新华剧作

沉吟集

李新华○著

南方出版传媒
花城出版社
中国·广州

图书在版编目（CIP）数据

沉吟集：新华剧作 / 李新华著. -- 广州：花城出版社，2021.12
ISBN 978-7-5360-9571-7

Ⅰ. ①沉… Ⅱ. ①李… Ⅲ. ①粤剧－剧本－作品集－中国－当代 Ⅳ. ①I236.65

中国版本图书馆CIP数据核字(2021)第252727号

出 版 人：肖延兵
责任编辑：陈诗泳
技术编辑：林佳莹
装帧设计：姚　敏

书　　名	沉吟集：新华剧作 CHENYINJI XINHUA JUZUO
出版发行	花城出版社 （广州市环市东路水荫路11号）
经　　销	全国新华书店
印　　刷	佛山市迎高彩印有限公司 （佛山市顺德区陈村镇广隆工业区兴业七路9号）
开　　本	787毫米×1092毫米　16开
印　　张	24　2插页
字　　数	435,000字
版　　次	2021年12月第1版　2021年12月第1次印刷
定　　价	198.00元

如发现印装质量问题，请直接与印刷厂联系调换。
购书热线：020-37604658　37602954
花城出版社网站：http://www.fcph.com.cn

　　李新华，1971年生于广东鹤山，现为广州文学艺术创作研究院副院长、一级编剧，系全国文化系统先进工作者、第三届广东省中青年德艺双馨作家、广州市高层次人才（优秀专家）、第十四届广州市政协委员。

　　从事戏剧创作以来，已经有4部作品获得国家艺术基金项目资助、4部作品入选国家文化和旅游部（文旅部）剧本扶持或剧本孵化计划项目。作品连续三届获得广东省艺术节编剧一等奖、剧目一等奖，连续三届获得省"五个一工程"奖，连续两届获得省鲁迅文学奖（艺术类）。历史剧《康有为与梁启超》获得第二十一届曹禺剧本提名奖，系第十四届中国戏剧节优秀入选剧目，并已经在全国30个省、自治区、直辖市的50多座城市巡演120多场，进入了清华大学等10多所高校。

序 言
一位可贵的"意外闯入者"

| 罗怀臻

广东省优秀剧作家李新华称呼我为老师，其实我们是同行和朋友。我和新华的相识始于何时，现在已经说不清楚了。这些年，我常在各地讲课，讲的都是戏剧创作，听者大都是各地方、各剧种的中青年编剧。在这些聆听者中，我与新华起初并无多少交往。直到2013年年初，广东省繁荣粤剧基金会计划在抗击非典十周年之际，推出一部粤剧，有意想请我创作。其时，一来我手头正写着别的剧本；二来我知道粤剧属曲牌板腔体结构，我不懂粤语，自知难以胜任。记得广东青年剧作家李新华曾经向我请教过他创作的粤剧剧本，给我留下了懂戏曲、懂粤剧曲牌、文笔也较成熟的模糊印象。于是我就向主办方提出：能不能由你们广东的青年编剧李新华执笔，我可以在创作过程中做些指导工作，但一不要报酬，二不要署名。这就有了后来他执笔编剧的粤剧现代戏《风云2003》，这部作品现在也收在这部剧作集里。

从2016年开始，文化部（2018年改称为文旅部）在北京举办戏曲人才培养"千人计划"高级研修班，这个班一共举办了五届，每届一年，每届又分编剧、导演、音乐、舞美和评论五个专业。新华是首届编剧班的学员，还是班长。我受聘为授课老师，给他们编剧班讲戏剧创作。主办方另外还派给我一个任务，就是要我作为导师带几名学生，对他们的剧本进行具体辅导。首届编剧班里，我带了三位学生，新华就是其中一位。

新华来自粤北山区，那是一片躲藏在南岭腹地的广袤土地，山高林密、九曲回肠，戏曲传播力有所不及。新华坦言，在考进广东省文联和中山大学联合举办的广东省粤剧编剧研究生班之前，他还没有在剧场看过一场完整的戏。考进粤剧编剧班的那一年，他已经33岁，真正的半路出家。显然，对于广东的戏剧界，尤其是粤剧界来说，他是一个意外的闯入者，闯入的理由是他再也不愿意待在那个曾经供职的银行，整天干那些记账、数钱的活儿了。一个一直在维持着某种微妙平衡的环境，一旦来了个意外的闯入者，必然会对原有的平衡进行破坏，因此闯入者必然要付出有形无形的身心代价。我关注着新华一路跋涉一路闯关的步履，体会到他的种种艰辛，新华与我当年从苏北小城闯入大上海的处境竟十分相似。

如果新华仅仅是职业的闯入，他会很快地适应身边的环境，在短暂的碰撞后会很快地向身边的环境妥协，那么，他会很快地泯然众人。但新华并没有止步于这种职业的、表层的闯入，他那种未受太多约束和禁锢的创作思想，在他的作品里肆意流淌。在他的话剧作品里，总会看到人物在他所营造的戏剧情景里剧烈碰撞，给人一种火花四绽、直抵心灵的冲击。在他的粤剧作品里，固然还有浅吟低唱、儿女情长，但更多的是铁马金戈、热血儿郎。他当然知道写戏必须写情，但他并没有局限于男女之情，而是把人物的情感点放在家国情怀的层面。如此，他所创作的粤剧剧本，明显有异于那些不管写什么题材、什么故事最后都落点在男女私情的作品。这是新华作为闯入者所带来的一种不同常例的创作姿态与观念。正是这种姿态与观念，让新华的作品有了更多内在的硬气和骨感。

《沉吟集》一共收录了8部剧本，而且全部都是粤剧，包括《海心岗》《莫雄将军》《青春作伴》《风云2003》《凉茶王传奇》《包公打井》《杨翠喜》《初心》。这8部作品题材不一、年份各异，却无一例外都是原创剧本。新华似乎还不习惯从传统剧目或传统戏曲人物中寻找创作灵感，这可能与他没有戏曲院团成长背景有关。中国戏曲有历代叠加、历代改编的传统和习惯，很多戏曲故事、戏曲人物并不是由单一作者独立完成，而是经过历代作者不断改编、不断重写，叠加而成。比如元代王实甫的《西厢记》，就是从金代董解元的《西厢记诸宫调》（又称"董西厢"）叠加而来，而"董西厢"又是从唐代元稹的《莺莺传》叠加而来。一直到现当代，戏曲创作中的这种改编、叠加仍在延续。而戏曲演员也有演绎传统故事、传统人物的喜好，尤其喜爱去演那些家喻户晓、耳熟能详的人物，因为前辈演员已经把可供参照的舞台形象立在那里，后来者要做的大都是锦上添花。新华没有去叠加、改编传统剧目和传统人物，这既是他的长处，也是他的短板，因为改编也是一种创作，从某种意义上来说是一种不亚于原创的创作，是对原作进行的淬火与升华。

在这部剧作集里，《海心岗》《莫雄将军》《青春作伴》《风云2003》《初心》这5部算是现代戏。《海心岗》说的是民国初年珠江口一带自梳女"梳起不嫁"的故事，讲述了女主人公招弟从"不想嫁"到"嫁不成"的过程，读完让人有一种锥心的痛。

《莫雄将军》和《初心》是两部男人戏。《莫雄将军》讲述了在第五次反

"围剿"期间,广东籍爱国将领莫雄通过身边的中共特科人员,向中央苏区送出绝密情报、为红军实施战略转移提供重要决策依据的故事,剧情跌宕起伏、惊心动魄。剧中所讲述的故事,与我们以往对长征的认知有所不同。但我相信,新华在剧中所写的人物和故事,是有足够史实作为支撑的,因为就算借他九个胆,他也不敢凭空去编造这段历史、捏造这些人物。但这样的题材、这样的故事,要实现在舞台上演,却是不易,这也许就是《莫雄将军》目前为止仍未能上演的一个原因。而在《初心》一剧里,讲述了叶挺将军在北伐、南昌起义、广州起义这一年半时间里初心不改、砥砺前行的故事。在这部作品里,让观众难以忘怀的不是叶挺与夫人的故事,而是叶挺与张发奎、薛岳的关系。叶、张、薛当年是军校同学,又一同在孙中山警卫团担任营长,在北伐出征时三人同披甲胄,誓言"打倒军阀,兴我中华"。然而不到一年时间,叶挺与张、薛站在了不同的政治阵营,曾经的同袍兄弟如今刀兵相向。在那个海边的小酒馆里,叶挺向张、薛二人唱出:"我捧起这酒跪地问句天——到底是谁人令我弟兄反面?到底是谁个惹起这出祸端?……这碗酒,曾经让兄弟三人坦诚见。这碗酒,如今是刀兵相向起硝烟。这碗酒,抛却了个人情谊决一战!"男儿血性,跃然纸上。

《青春作伴》《风云2003》是两部现实题材作品,都已经先后由广东粤剧院排演。《青春作伴》讲述女大学生村干部文青坎坷曲折的成长历程,而《风云2003》则再现了当年广东抗击非典的故事。以舞台作品响应中心任务和呼应时代热点,似乎已经成为近年文艺创作的一种习惯。这本身并无不妥,问题在于剧作者如何去响应中心、呼应时代?如何去挖掘人物内心的真实?如何去表达作者对所写题材与人物的理解?2003年那场起于广东的非典疫情,可谓来势凶猛,在初始阶段也经历了隐瞒疫情、封锁消息等短时间的混乱,但最终疫情得到了迅速控制。之所以能够取得最后胜利,当然首先是归功于各级党委政府的组织领导,同时也是以关山(剧中男主角)为代表的医务工作者舍生忘死、无私拼搏换来的胜利成果。

我曾有幸现场看了《风云2003》的演出,我感到无论从剧本创作、二度呈现,还是丁凡塑造的男主角形象,都对广东省戏曲现代戏创作和全国同类题材的创作是一次艺术的突破。眼下,新冠疫情仍未完全过去,各类抗疫题材作品也是五花八门,但是如粤剧《风云2003》那样能够写到时代痛点、写出世道人心且入情入理入戏的戏剧作品仍是少之又少。

《凉茶王传奇》《包公打井》《杨翠喜》这3部作品虽然写的都是历史题材,却也是完全意义上的原创作品。《凉茶王传奇》是写广东凉茶王老吉的故事,前几年王老吉凉茶火遍大江南北，让我们知道了广东有这么个商业品牌，知道了在广东还有一种与茶叶无关的、叫作"凉茶"的饮品。从这个作品来看，新华不但善于编故事，还善于从一些看似关系不大的史料记载中发现故事。根据他自己介绍，他在王老吉凉茶的历史记载中发现：当年林则徐到广东禁烟，感染了湿热症，就是喝了王老吉凉茶治好了病。就是在这条记载中，新华把"治病良医救命，治国良臣救国"两者有效勾连起来，全剧主旨由此得到了升华。《包公打井》与传统的包公戏有所不同，讲述包公在端州（今广东肇庆）任职时为民打井的故事。在新华的笔下，包公不但没有了传说中的"料事如神"，反而因为一时的疏忽几乎酿成大错。最终，作者笔下的包公，敢于认错，勇于纠错。《杨翠喜》本来是一支粤乐名曲，新华觉得"杨翠喜"应该是个人名，以人名为曲名，而且还唱遍了珠江河两岸、粤港澳三地，其中一定有故事。于是，他就去寻找这支名曲背后的故事。果然，他在各种资料记载中找到了杨翠喜此人、《杨翠喜》此曲背后的故事，几经铺排，便成《杨翠喜》一剧。在剧中，新华把乐曲《杨翠喜》贯串其中，两次填曲，曲中如"今世姻缘前世定，转世飘零何处认……"文辞凄婉，如泣如诉……

新华不同于有些一辈子只写一个剧种或者一辈子只写戏曲的编剧，他对各戏剧门类涉猎较广、介入较深，在话剧、音乐剧甚至影视剧方面也有建树。前些年他创作的话剧《康有为与梁启超》（又名《康梁》）在全国产生了一定影响，首演时我看了这部作品，当时我的评价是："《康梁》完全可以与国家级院团站在同一平台进行对话。"现在回过头来看，这样的评价并不过分。在《康梁》剧本里，作者以康梁师徒的恩怨离合作为主线，缀合起人物所处时代的大事件，把康梁师徒二人的痛楚书写得如此深刻、如此撕裂，却是近年舞台少见。"世有康梁，再无康党"的哀号，这不仅是梁启超的苦，还有康有为的痛，更有时代的悲……

我欣喜地看到，收入这部剧集里的8部作品，不乏如梁启超、康有为般鲜活的人物，无论是为送出绝密情报不惧毁家灭族的莫雄将军，还是顶住重重压力坚持科学精神的关山，还有在兄弟私情与家国大义之间痛苦抉择的叶挺，无不向观众展示人物激情澎湃的内心和报效家国的殷殷情怀，以及他们有如康梁师徒般撕裂的苦痛。所有的这些，与其说是剧中人物的感受感想，不如说是作者对人生、对社会、对艺术的所感所悟，这同时也是作者生命历程和人生体验的一种别样呈现。

从年龄角度来看，新华正处于剧本创作的黄金时期，社会阅历的积淀、剧作手法的成熟、人将中年的从容，所有这些都可以为他的创作提供不竭的动力。在最近几年里，每年他都以新创两部剧本的速度在写作，但我还是隐隐感觉他遇到了瓶颈。去年在广州我们有一次短暂的见面，他说感到迷惘和疲惫，因为很多的时间和精力都花在了与创作无关的事务上面。我知道他说的是什么，我的担心和他的担心是一样的，一旦在别的道路上走得太远，就很难再回到戏曲创作这条道路上来。因为戏曲创作这条道路充满坎坷和曲折，必须付出百倍的艰辛和努力，如果没有那种坚韧不拔的坚持与坚守，是难以走下去的。作为前辈，我还要与他共勉：坚守戏曲创作本业，因为这是你的立命之本。无论身份处境有何变化，剧作家的身份、本分不能丢，丢了，就不是你李新华了。与此同时，我也对新华寄予厚望：不能满足于做一个单纯的、职业意义上的闯入者，更不能演变成一个浑身戾气的"搅局者"，而永远要做一个保持着独立意识而融入环境的积极的建设者，那么，这样的"闯入"就是可贵的闯入。剧作家成长的道路上也总会有这样或那样的风雨，雷霆雨露，俱是天恩，没有九九八十一难，哪能取回真经？当你在剧本里、舞台上发出自己的声音，当你创作的作品和人物开始与观众、读者产生共鸣，说明你的行业与环境已经接受你、承认你、成全你。由此，你更应该多一份责任与担当，应该在做好自己的编剧工作的同时，思考本剧种、本区域的创作与发展，起到应起到的引领风气的作用。广东省自古以来就是戏曲的繁盛之地，作为广东具有全国影响的优秀剧作家，新华正在扛起岭南戏剧创作的大旗。

最后我还想说的是：没有任何一个作家，写出来的每一部都是精品、都是可以流传的经典，但作为一个有思想、有担当的作家，一定会用心去构建、去写好每一部作品，塑造好笔下的每一个人物。作品的数量固然重要，但艺术质量才是作品能否存世传世的根本。好好地去写好你的每一部作品、塑造好你笔下的每一个人物。既然从一开始你就是个意外的闯入者，那么何妨始终保持着某种距离与清醒，创作出一部又一部个性鲜明的杰出剧作。我一如新华相信自己一样地相信新华，我也相信时间会证明我们的信心。

是为序。

2021年3月28日

（作者系当代著名剧作家、中国戏剧家协会顾问、中国文艺评论家协会顾问、上海市剧本创作中心艺术总监）

目 录

剧 作

海心岗 / 2

莫雄将军 / 34

青春作伴 / 64

风云 2003 / 113

凉茶王传奇 / 152

包公打井 / 193

杨翠喜 / 226

初心 / 263

创 作 谈

莫雄的个人命运与中国革命进程 / 306

宣传品与艺术品 / 330

评 论

曾小敏《青春作伴》风雨兼程……伍福生 / 336

耐得住文学的寂寞　守得住身外的繁华……游志斌 / 343

新编现代粤剧《风云2003》观后研讨会纪要……苏小玲（整理）/ 348

简评新编粤剧《凉茶王传奇》……华永建 / 356

情动于中　以情感人……崔玉梅 / 360

粤剧《杨翠喜》观后感……Evelyn / 363

两看粤剧《初心》：红色主旋律题材作品的戏曲式表达……文瑶 / 366

后　记 / 369

剧作

粤剧

海心岗

人物表

招　弟　女，全名梁招弟，自梳女，林水生"不落夫家"的妻子。
林水生　男，珠江口西围村青年。
翠　萍　女，林水生的妹妹。
关　顺　男，西围村青年，小学教员。
崔万成　男，关顺的中学同学，国军参谋，后投靠日伪。
梁炳耀　男，翠萍从小订婚的恋人。
苏婉婉　女，崔万成的表妹，梁炳耀妻。
好　姨　女，老自梳女，林水生的姑妈。
老船工　男，好姨年轻时的仰慕者。
大妗姐、自梳女、村民、士兵等人。

序　幕

[二十世纪三十年代末、四十年代初。
[珠江口。江涛拍岸，天色湛蓝。
[一条小船泊在码头，不远处清晰可见江心小岛海心岗。
[幕后女声唱【新曲】

　　千帆过尽，
　　海心岗依旧。
　　江风不改，
　　珠江水长流。
　　阿哥似江水千里走，
　　阿妹如海石等白头……

[海心岗上，一群女子向珠江口驻足长望。

[一群男子在一个青壮年的带领下,背着包袱被盖,在离乡路上,一步三回头。

[幕后男声唱【新曲】

  海心岗依旧,
  风浪里难见归舟。
  纵然梦里有几多泪流,
  纵然梦里又难以放手。
  白首也不回头,
  白首也不回头……

[老船工上。

老船工　(叫喊)嗨——后生仔,上船啦!不然的话,就赶不上去南洋的船了——

[男子们上船,老船工撑篙。

老船工　开船啰!

[小船离岸远去,女子们驻足眺望。

[幕后女声唱【新曲】

  世事悠悠年月久,
  海心岗上恨长留。
  多少相思和守候,
  多少希望与离愁。
  相思守候成空盼,
  一似珠江水,夜夜南流。

[渐收光。

第一场

[夜晚。

[在喜庆迎亲声乐中起光。

[新房的墙上挂着大红"囍"字,红烛高燃。透过窗户,隐约可见远处的海心岗。

[招弟身穿嫁衣,头顶盖头坐在桌前。

[林水生带着几分酒意，身后跟着大妗姐（伴娘），被几个同龄青年簇拥着上。

青年甲　水生哥，娶到我们西围村最靓的招弟姐，你就好福气啊！

青年乙　是啊，招弟姐在那间洋人开的缫丝厂做工，每个月都赚十几个大洋！

青年丙　何止呀，她绣的珠绣在省城还卖得好价钱哩。

青年乙　所以说，水生哥从此就做了财神爷的女婿——

青年甲　那又如何？

青年乙　那下半辈子衣食无忧，福禄全收，赛过公侯，鬼见都愁！

青年丙　（不解）鬼见都愁？什么鬼呀？

青年乙　穷鬼——

[众人哄笑。

林水生　（喜滋滋地）各位兄弟呀——（唱【爽中板】）

　　　　　我林水生，从此不再，
　　　　　做光头和尚。
　　　　　也学得，双飞紫燕，
　　　　　交颈鸳鸯。

大妗姐　（接唱）

　　　　　招弟她呀，人靓声甜，
　　　　　让男人朝思暮想。
　　　　　谁个不赞，她是个——
　　　　　是个双全才貌的好姑娘！

　　能娶到招弟，是你前世修来的福分。

青年甲　水生哥——（唱【滚花】）

　　　　　你就春风得意暖洞房，
　　　　　可怜兄弟我就"眠石"（眠石）枕展"跱"（蹲）冷巷。

林水生　想不"眠石"枕展跱冷巷，就拿出你们的男儿本色来，不要让村里的姑娘个个都去做了"自梳女"、老姑婆！

青年乙　水生哥，你的妹妹翠萍也还没嫁，我们要是去追，你不反对吧？

林水生　追得到了算你本事，到时我奉送大床做嫁妆！

[众人起哄。

大妗姐　哎哎哎——你们懂不懂规矩？"大登科金榜题名，小登科洞房花烛"，

　　　　　阿水生要去见新娘子了。

青年甲　大妗姐,如今都已经是民国,早就不讲金榜题名那一套了。

大妗姐　民国就不要"小登科"么?

　　　　〔众人哄笑,随大妗姐下。

　　　　〔新房内,招弟自己掀开盖头一角,侧耳倾听房外的人声。

林水生　(唱【十字中板】)

　　　　　我喜盈盈,一步步,走向新房。

　　　　　满心欢喜,却难禁,心如鹿撞。

招　弟　(接唱)

　　　　　笑声远,人声散,我意乱心慌。(检查身上装束,将剪刀藏好)

　　　　　有刀剪,做提防,不容他鲁莽。

林水生　(接唱)

　　　　　门里的她,似桃花雨后,初上新妆。

招　弟　(接唱)

　　　　　门外的他,如黑衣贼人,蛮横强抢。

林水生　(接唱)

　　　　　我应该,谦谦得礼,慢诉衷肠。

招　弟　(接唱)

　　　　　我还须,小心应对,不容他相强!

　　　　〔林水生开门入房,掀开招弟的盖头。林水生笑脸相迎,招弟冷面相向。

林水生　(旁唱【滚花】)

　　　　　她为何冷面相向?(一想,释然)

　　　　　都怪我迟入新房。

　　　　招弟,刚才在外面陪班兄弟多饮两杯,让你久等,你不要见怪。

招　弟　我怎么会怪你?不过,我有话要同你讲!

林水生　哦,既然你我已结成夫妻,有什么话说你就照直讲吧!

招　弟　你听好了——(唱【二流】)

　　　　　我不会为你煮饭煲茶。

林水生　那就等我姑妈来煲。

招　弟　(续唱)

　　　　　我不能帮你洗衫补裤。

林水生　这……这就叫翠萍来补。

招　弟　（续唱）

　　　　　　我不与你生儿女——

林水生　（惊）你——你说什么？

招　弟　（续唱）

　　　　　　不能为你育娃娃！

林水生　（急）这……这……这到底是什么一回事？

招　弟　（唱【合尺滚花】）

　　　　　　我梁招弟——

　　　　　　已经梳起不嫁！

林水生　（震惊）啊？你……你……你已梳起不嫁？

招　弟　半年前，我已经同几个姐妹"梳起"。今日过门，不过是遵照父母意愿。（续唱【合尺滚花】）

　　　　　　拜过天地，

　　　　　　我就"不落夫家"！

林水生　（唱【气妲己尾腔】）

　　　　　　哎呀呀，今晚洞房惊雷炸！

招　弟　（唱【滚花】）

　　　　　　你无须惊讶，

　　　　　　我早把主意拿。

林水生　（唱【爽中板】）

　　　　　　两年前，初相见，

　　　　　　你在我心中朝思暮挂。

　　　　　　提亲事，订婚约，

　　　　　　只盼望早结并蒂花。

　　　　　　不曾想，拜过祖宗，

　　　　　　我林水生就成鳏寡！

　　　　（恼怒）林家的香火，难道就在我这里断了么？

招　弟　（冷笑）哦？原来，你娶我回来，只是为了传香火？

林水生　这……

招　弟　你放心，明年我会拿笔钱出来，给你娶一个妾侍，自然就有人帮你林家传香火！

林水生　（诚心诚意地）招弟，我刚才讲错了话，请你原谅。我林水生虽然为人鲁莽，但一定会诚心待你好呀！

招　弟　（冷笑）待我好？你看现在洋人到处开缫丝厂，我在缫丝厂挣的钱比你还多。不用吃你的、穿你的、用你的，到底是你待我好，还是我待你好？

林水生　（气结）你……你不要以为多挣几个钱就了不起，如今到处兵荒马乱，没个男人，怎成个家？

招　弟　（有所感触）男人？家？！

林水生　我林水生有手有脚，有气有力，可以与你一起养儿养家！

招　弟　（回过神来，冷笑）哼！你有气有力又如何？你看我们西围村的男人，不是去了金山（美国旧金山），就是下了南洋，最差都去了省城，有几个像你——（唱【滚花】）

　　　　　两亩薄田过日子，

　　　　　餐餐淡饭和粗茶。

　　　　　生意买卖不在行，

　　　　　只会卖力做牛马！

　　　　［林水生一听，十分恼怒，上前要扯招弟的衣衫。

　　　　［招弟亮出早就准备好的剪刀——

招　弟　你别过来！你过来，不是你死，就是我亡！

林水生　（无奈地）好，梁招弟，我林水生成全你！（唱【霸腔滚花】）

　　　　　从此你我不相欠，

　　　　　各自住在各自家！

　　　　［林水生一把拔掉烛台上的那对红烛，用力地在桌子上敲灭，然后愤然拂袖而去。

　　　　［招弟掩上房门，挑亮油灯，带着几分黯然，坐在桌前绣花。

　　　　［窗外传来老船工唱的咸水歌：

　　　　　有情阿哥，哥呀！

　　　　　睇你不过廿岁人仔，

　　　　　生得又强又壮哩兄哥……

　　　　［切光。

第二场

[上场数日后。

[海心岗上,"梳起石"前。

[幕后弹唱【南音】

　　珠江水,水连天,

　　江心磐石盼归船。

　　船去船来船不断,

　　潮涨潮落眼望穿。

　　月缺月圆长挂念,

　　花开花落总无缘。

[歌声中,好姨、招弟等一群自梳女又为一个女子完成"梳起"礼。

[仪式完成,众自梳女相伴离去,好姨、招弟走在最后。

[好姨回头张望,若有所思。

招　弟　好姨,你在看什么?

好　姨　(感慨地)唉!都四十年了,不知有多少姑娘在海心岗这块"梳起石"上"梳起"!

招　弟　好姨,你也是在这海心岗上"梳起"的,是吗?

好　姨　是呀。

招　弟　你那时是为什么要"梳起"呢?

好　姨　唉!我很小的时候,就没了父母,留下我和水生的阿爸相依为命。为了照顾他,我这个做大姊的,就"梳起"不嫁人了。

[幕后女声唱【满江红】

　　谁曾见,内忧外愁、

　　冷寂孤清四十年!

　　红妆悲白头,

　　秋霜染遍!

好　姨　(接唱)

　　有千般苦辛在双肩,

未讲已默然。

痴心无情难计算，

堪怜堪叹，

内心能无怨念？

［远处隐约传来老船工的歌声：

有情阿哥，哥呀！

睇你不过廿岁人仔……

招　弟　好姨你听——

［好姨不由自主地顺着招弟指的方向望去。

招　弟　这个老船工，都快七十岁了，天天还在唱这几句咸水歌。

好　姨　（深情又凄然地）他在等一个人……

招　弟　等一个人……

［老船工的歌声又隐隐传来：

每次见到哥你，

我块面都热辣辣呗……

［歌声中两个女人相依矗立。

［翠萍手提竹篮上。

翠　萍　（唱【快滚花】）

嫂嫂离家去，

阿哥叹无缘。

翠萍问绣工，

借机将嫂劝。

唯望哥和嫂，

从此释前嫌。

姑妈！嫂嫂！

好　姨　翠萍？你怎么会来这里的？

翠　萍　我是来找嫂嫂的。（对招弟）嫂嫂，我有点绣花功夫不会做，想你教教我。

招　弟　哦，拿来我看看。

好　姨　你们在这里慢慢绣，水生就快收工了，我要回去煮饭！

招　弟　好姨慢行！

［翠萍从竹篮里拿出几个绣花枕套。

翠　萍　嫂嫂，这些是省城一户人家订的嫁妆，说要什么绣连理枝、鸳鸯鸟和双飞燕。这连理枝是……

好　姨　傻女，连理枝就是相依相伴、枝叶相连的两棵树！

翠　萍　我没绣过嘛！嫂嫂，这几样你帮我画出来，我照着样子绣，好吗？

招　弟　你呀！（接过翠萍手里的枕套，在石案上画起来。）

翠　萍　（凑在招弟身后看着）嫂嫂，你画得真是好看啊！（唱【减字芙蓉】）

　　　　　　碧绿青翠连理枝，

　　　　　　枝头一对双飞燕。

　　　　　　水底鱼儿同戏水，

　　　　　　水面鸳鸯交颈眠！

　　　　嫂嫂，你看这些东西，都成双成对呢！

招　弟　（话里有话）这些都是人画出来的！

翠　萍　好多东西都不是画出来的。嫂嫂你看我的脸！（唱【减字芙蓉】）

　　　　　　我的脸上眼一双，

招　弟　（接唱）

　　　　　　双眼一世不相见！

翠　萍　（接唱）

　　　　　　两只耳仔（耳朵）也成对，

招　弟　（接唱）

　　　　　　东西左右各一边！

翠　萍　（接唱）

　　　　　　两个鼻窿（鼻孔）样相同，

招　弟　（接唱）

　　　　　　中间隔着一条线！

　　　　翠萍，你无谓再劝我了，我同你阿哥有分无缘！

翠　萍　嫂嫂，阿哥他到底做错什么呀？

招　弟　他什么都没做错，错就错在我们这些做女人的。俗语话："做女容易做媳难，坐船容易驶船难。"（唱【乙反三脚凳】）

　　　　　　日出做到日落，

　　　　　　开年忙到团年。

　　　　　　门前屋后是非多，

　　　　　　磨粗十指无人见。（【乙反七字清】）

　　　　　　苦楚百般不敢怨，

　　　　　　低眉垂眼苦作甜。

　　　　　　呼去喝来遭轻贱，

　　　　　　若无一子更可怜。（【乙反滚花】）

　　　　　　千辛万苦尚能挨，

　　　　　　最怕丈夫心肠变！

翠　萍　嫂嫂，阿哥对你是一片真心呀！

招　弟　今天是真心，难保他朝不会变心。（续唱）

　　　　　　今朝矜贵他年贱，

　　　　　　多少沧海变桑田！

翠　萍　那你为什么又嫁给他？

招　弟　嫁了给他，百年之后我才有个放神主牌的地方。

翠　萍　你是不是还挂念那个阿有哥呀？

招　弟　阿有？（凄然一笑）哼，他都在南洋成亲了，我还想他做什么？没有了他，我梁招弟一样有饭食、有衫着！（想了想）翠萍，东围村那个梁炳耀，自小与你有婚约，他走了都三年多了，有无书信给你呀？

翠　萍　（摇摇头）没有。听人家说，他在上海开纱厂。

招　弟　怕又是在外面喜欢上别的女人了！

翠　萍　炳哥他不是那种人！他一定会回来娶我的！

招　弟　万一他不回来，你是去上海找他？

翠　萍　（有点调皮地）他不回来，我就"梳起"不嫁，同嫂嫂你做"姐妹"！

招　弟　你同我做"姐妹"，怕人家关顺不肯呢。

翠　萍　嫂嫂！关顺是炳哥的好朋友，是炳哥叫他照顾我，没其他意思的！

招　弟　你看你，面都红了，还说没其他意思？

翠　萍　（有些急了）真是没什么嘛！我心里只有炳哥！

　　　　　［关顺内喊：翠萍！

　　　　　［关顺跑上。

关　顺　招弟姐！翠萍，阿炳从上海回来了！

翠　萍　（惊喜）啊？！他……他回来了？

招　弟　关顺，你怎么知道的？

关　顺　他刚刚叫人来通知我，叫我明天去他家饮酒。

　　　　〔远处又隐隐传来老船工的咸水歌：

　　　　　　每次见到哥你，

　　　　　　我块面都热辣辣呗，

　　　　　　我想话过你知呢，

　　　　　　妹爱你嘅热心肠呀哩！

　　　　〔切光。

第三场

　　　　〔上场次日傍晚。

　　　　〔东围村梁家祖屋，张灯结彩。

　　　　〔喜庆的乐声中，几个士兵抬着祭祀用的金猪、鞭炮、元宝蜡烛等物进门。苏婉婉一一看过之后，示意他们把这些东西抬进后院去。

　　　　〔梁炳耀手捧着一件珠绣披肩上。

梁炳耀　婉婉，你看我给你买了什么？

苏婉婉　这是什么呀？老公。

梁炳耀　这是我们这里出产的珠绣，远销金山、南洋，你看漂不漂亮？（展开披肩给苏婉婉看）

苏婉婉　呀，真的好漂亮啊！（爱不释手地披在身上）老公，我漂不漂亮？

梁炳耀　我梁炳耀的妻子，当然漂亮啦！（唱【寄生草】）

　　　　　　望不够你人如玉秀，

　　　　　　樱唇杏腮美明眸。

　　　　　　尤爱你甜笑半含羞，

　　　　　　风姿绰约像天仙真风流，

　　　　　　相依相伴一生都不够。

苏婉婉　（接唱）

　　　　　　相爱情意厚，永相守。

梁炳耀　（接唱）

　　　　　　愿今世长携手，

苏婉婉　（接唱）

　　　　　　夫妻万载共白头！

〔二人相拥。

〔崔万成着军装上，见二人亲热，笑了笑，故意干咳了两声。

崔万成　嘿嘿！（唱【催归】）

　　　　　　长日对还未够，

　　　　　　如蜜饯如热油。

　　　　　　返到乡下，

　　　　　　你哋（你们）要把心收！

苏婉婉　（娇嗔地）表哥，乡下又如何？难道乡下就不准亲热呀？

崔万成　（摇摇头）嘿嘿，到底是"浸过咸水"（留过洋）回来的。

〔一士兵上。

士　兵　报告崔参谋！外面有一个姓林的、一个姓关的要找梁老板，说是他的朋友。

崔万成　哦？阿炳你的乡亲这么快就找到来了！

梁炳耀　姓林、姓关？应该就是水生哥和关顺？快快有请！

士　兵　是！（下）

〔林水生、关顺、翠萍上。

梁炳耀　（迎上）水生哥！关顺！

林、关　（同时）阿炳！

〔三人亲热地拍肩拥抱。

翠　萍　（见没人理自己，嗫嚅地）炳哥！

梁炳耀　（这才发现翠萍）哦，是你呀翠萍，你比以前更漂亮了！

〔翠萍含羞低头。

〔苏婉婉冷眼打量翠萍。

崔万成　（见到林水生他们）他们是……

梁炳耀　我来介绍，他们是我自小玩到大的朋友，（依次介绍）水生哥、关顺、翠萍。（转而对崔万成）这位是崔万成，国军广州守备部队参谋，这次是专程从省城陪我回乡祭祖。这位是苏婉婉，万成的表妹，我的新婚妻子。

林、关 （挺意外）你说什么什么？你的新婚妻子？！

　　　　　［翠萍如受重击，几乎站立不稳。

林水生 （拉住梁炳耀走到一旁）阿炳——（唱【快慢板】）

　　　　　你与翠萍，竹马青梅，定亲已久。

　　　　　如今你在，撕毁婚约，是甚因由？

梁炳耀 水生哥，不必劳气——（接唱）

　　　　　新时代，新青年，当立新破旧。

　　　　　讲平等，无分尊卑，婚姻自由。

　　　　　父母命，媒妁言，又何须恪守？

林水生 你——（唱【滚花】）

　　　　　你敢恋新弃旧爱，

　　　　　先问过我的拳头！（举手欲打）

崔万成 （拦住林水生）且慢！几位若是阿炳朋友，这里有好茶好酒招待；如果是来捣乱的，阿炳认得你们，我手下的弟兄可就不认得你们！来人——

　　　　　［两个士兵持枪跑上。气氛骤然紧张。

关　顺 慢来！你……你是崔均？

崔万成 （狐疑地）你怎么知我以前的名字？

关　顺 你是不是在上海浦华中学读过书？

崔万成 是啊，你是……

关　顺 我是关祥顺啊！

崔万成 关祥顺？肥仔顺？！

关　顺 崔均——火头军！

崔万成 （惊喜）哎呀，这么多年不见，你又改了名字，这真是大水冲了龙王庙！（唱【滚花】）

　　　　　当年在上海街头，

　　　　　他曾拚死将我相救！

　　　　　表妹，快来见过顺哥！

　　　　　［众人热烈相见，两士兵下。

关　顺 你这个当年的文弱书生，如今成了军官呢！

崔万成 呵呵，自打那次学生运动之后，舅父怕我再惹事，就将我送入军队了。你呢？

关　顺　我？（唱【滚花】）

　　　　　　　　飘然一身归故里，
　　　　　　　　厕身学馆在村头。
　　　　　　　　雄心壮志化轻烟，
　　　　　　　　子曰诗云挂在口。

崔万成　（接唱）

　　　　　　　　热血青年怀理想，
　　　　　　　　也难洒脱稻粱谋。
　　　　　　　　时逢乱世出英豪，
　　　　　　　　何不与我再携手？

关　顺　与你再携手？

林水生　关顺，现在不是你们叙旧的时候！

关　顺　水生哥，大家是自己人，何必劳气呢？

　　　　[一直在旁冷眼相看的苏婉婉终于开口。

苏婉婉　（对梁炳耀）梁炳耀，这个翠萍就是当年你父母定下的娃娃亲？

林水生　（抢过话头）哼！知道了你还抢人老公？

苏婉婉　（笑）哈哈，我苏婉婉会同一个村姑抢老公？（唱【梆子中板】）

　　　　　　　　他虽有娃娃亲，
　　　　　　　　但未成眷偶。
　　　　　　　　我是婚姻自主，
　　　　　　　　恋爱自由。

林水生　难道翠萍她——（唱【七字清】）

　　　　　　　　三载青春空守候？

崔万成　（接唱）

　　　　　　　　牛唔饮水怎揿低（压低）牛头？

关　顺　（旁唱）

　　　　　　　　翠萍伤心我难受。

翠　萍　（旁唱【滚花】）

　　　　　　　　我痴心一颗尽付东流！
　　　　　　　　黯然神伤心如刀剖！
　　　　　　　　到如今我走……走……走……

留……留……留……

［趁众人不觉，翠萍掩泣奔下。

［林水生和崔万成仍在相持不下。

林水生　他应当娶翠萍！

崔万成　他娶的是我表妹！

［二人争起来，关顺相劝。

崔万成　关顺，你我都受过新教育，你来评评理：婚姻大事，到底是要听从父母之命，还是要尊重个人选择？

关　顺　这个嘛……（旁唱【十字二簧】）

　　　　　这句话如何说？

　　　　　这个圈圈怎兜转？

　　　　水生哥，依我说——（唱【二流】）

　　　　　两情相悦饮水也甘甜。

　　　　　捆绑鸳鸯一世多嗟怨！

林水生　关顺，你——

苏婉婉　好啊——（唱【滚花】）

　　　　　不愧是受过新教育的新青年！

林水生　翠萍，我们走！（发现不见了翠萍）翠萍——翠萍呢？

［关顺也惊觉，众人四处寻找：翠萍——翠萍——

［切光。

第四场

［紧接上场。

［海心岗下，景同序幕。

翠　萍　（内唱【乙反二簧倒板】）

　　　　　心如刀割——

［翠萍掩泣奔上。

翠　萍　（唱【旧苑望帝魂】）

　　　　　如今我恨恼一腔，

何堪我悲独怆？

我为佢（他）痴心，

寸断柔肠，

梦里不知满地已冰霜。

皇天你令我心伤，

皇天我恨你布孽网！

自惹相思，最断人肠，

我万箭穿心涕泪寄珠江。（转唱【合尺花】）

阿哥你好生把姑妈奉养，

翠萍我这就命赴黄泉见爹娘。

［一声惨叫，翠萍跳下汹涌的江水中，音乐起。放烟雾。

［歌舞队饰江涛上。翠萍在翻滚的江涛中时起时伏。

［招弟寻找而上。

招　弟　（呼喊）翠萍——翠萍——

　　　　［看到了在江水中沉浮的翠萍，招弟扔下手中竹篮跳下江中向翠萍游去，眼看就拉到翠萍的手了，一个浪头打来，她呛了水，随波沉浮。

翠　萍　（也看到了招弟）嫂嫂——

招　弟　翠萍——

　　　　［两人的手牵到一块，但被江水越卷越远。

　　　　［林水生、关顺奔上。

林水生　（四处张望）翠萍——翠萍——

　　　　［林水生跳入江中，关顺随之也跳了下江。

　　　　［江涛翻滚，四人在江中搏斗。林水生拉住了招弟，关顺也拉住了翠萍，他们奋力向岸边游去。

　　　　［歌舞队下，浪涛消去。四人有气无力地上岸，翠萍已经晕了过去。

　　　　［好姨和老船工闻声赶到。

好　姨　（哭喊着）翠萍——翠萍——你怎么了？！

老船工　关顺，你快背翠萍回村，把她放在牛背上，将她肚里的水逼出来，这样就不会有生命危险了。

关　顺　好！

　　　　［关顺背起翠萍下，老船工随下，林水生也想随下，被好姨拦住。

好　姨　你照顾好招弟，翠萍那里有我们。（匆忙下）

　　　　［招弟坐在地上，剧烈地咳嗽，林水生帮她轻捶后背，不料招弟一转身，甩掉了林水生的手。

林水生　（埋怨地）你呀——自己都不会游水，就去救人，差点搞出个"大头佛"（大麻烦）！

招　弟　我去看看翠萍。

　　　　［招弟说完就起身，不料一站起，痛得哎呀大叫，旋即痛楚地蹲下身子，拉上裤脚一看，原来小腿受伤了。

　　　　［林水生伸手去扶，又被招弟甩手拂去。

　　　　［招弟又慢慢地站了起来，咬着牙小试一步，没事，于是大大地迈了一步。不料一迈步，双脚又不听使唤，整个身体重重地扑在林水生的怀里。

林水生　你看你，伤到筋骨了还认朒（逞能）！（说着把招弟整个人抱了起来）

招　弟　（拼命挣扎）放开我——放开我——

林水生　放开了你自己爬回去呀？

招　弟　你不放开我，我就打你！

林水生　你打——你打——

　　　　［招弟果然举起拳头，打在林水生的肩头，但打了几下拳头就无力地垂下了。

招　弟　这样被人看到会笑话的！

林水生　我抱自己的老婆，谁会笑话？

　　　　［招弟还想挣扎，但林水生越抱越紧，动了几下，慢慢地也就不再挣扎了。

　　　　［林水生半抱半挽着招弟，一步一步地向村里回走。

招　弟　（旁唱【杨翠喜】）

　　　　　　春心渐回暖带幽香。

　　　　　　人被抱紧我半推半就含泪想，

　　　　　　仿佛惊涛和重浪，

　　　　　　我纵使有情难回望。

　　　　　　误了韶光空悲怆，

　　　　　　怕又鬓染霜，

相知却在歧路上。
只怕俗情难容这鸳鸯，
依稀见，珠江水涨。

林水生　（旁接唱）
今世相逢腾浊浪，

招　弟　（旁接唱）
多少姻缘来世望！
我心似乱麻共你泣相看，
一似这般最断肠，
更加茫茫然！

林水生　（旁接唱）
才将心曲唱罢，

招　弟　（旁接唱）
唱罢更悲伤，

林水生　（旁接唱）
相知盼在同路上。

林、招　（合唱）
今晚月儿伴绣娘（我郎），
伴君随梦去盼春光。

〔渐收光。

第五场

〔上场数月后。
〔海心岗码头。
〔幕后弹唱【南音】：
骤变风云硝烟起，
珠江两岸声声悲。
一线生机离故里，
归来何日？遥遥无期！

　　　　　[歌声中,一群衣衫褴褛的老少村民,相互扶携,三步一回头,渐远去。
　　　　　[翠萍和招弟捧着小包袱从老船工的船下来。三人看着远去的人们,依依不舍。

翠　萍　嫂嫂,他们走了,什么时候才回来?
　　　　　[招弟摇摇头。
老船工　唉!日本仔(日本鬼子)封锁了港口码头,我们这一带是蚕桑区,蚕丝运不出去,粮米又运不进来,那些洋人开的缫丝厂都早已经关了门。不走,等饿死吗?
招　弟　再这么下去,我们迟早都怕要走了!
老船工　招弟,你们的珠绣今日又没卖出去?
　　　　　[招弟一脸疲倦地坐在路边的石头上。
翠　萍　这个时候,还哪里有人买这些东西呢?不知阿哥和关顺去借粮又怎样呢?
老船工　翠萍,这里有一封信是寄给关顺的,你帮我交给他吧。
　　　　　[翠萍默默接过老船工手中的信件。
　　　　　[内场:哎,过渡呀——
老船工　来了来了!(下)
林水生　(幕后唱【倒板】)
　　　　　　　愤然归去!
　　　　　[林水生、关顺气冲冲地上。

翠　萍　嫂嫂,阿哥他们回来了!
林水生　(唱【乙反长句滚花】)
　　　　　　　满怀悲愤,
　　　　　　　难展愁眉。
　　　　　　　耳听珠江浪涌,
　　　　　　　好似战鼓频擂!
关　顺　(接唱)
　　　　　　　说什么千古艰难唯一死,
　　　　　　　只缘未到怒发冲冠时!
　　　　　　　湛湛青天谁来撑起?
　　　　　　　唯赖我辈热血男儿!

翠　萍　阿哥！顺哥！（见他们两手空空）你们没借到粮么？

关　顺　整个广州城都被日本仔占领了，找谁借粮？

招　弟　那又何必发这么大火呀？

关　顺　在省城见到日本仔欺负我们中国人，水生哥忍不住就要冲上去要打日本仔，是我死命拖住他回来。

林水生　那些日本仔到处耀武扬威、欺压百姓！（咬牙切齿地）我打！

招　弟　日本仔有枪有炮，有飞机有军舰，你拿什么跟人家打啊？

　　　　［林水生一拳打在石头上，蹲下生闷气。

翠　萍　顺哥，有你的信。（将信件交关顺）

关　顺　多谢！（走到一旁看信）

招　弟　（示意翠萍走到一边，拿出手帕包着的几块银圆交给翠萍）翠萍，他们没借到粮，这些钱你先拿去换些米，煲碗粥给你哥食。

翠　萍　（不接）嫂嫂，我不可以再拿你的钱了！

招　弟　拿着！我们女人饿得，他们男人做苦工饿不得！放心，我还有些积蓄。

翠　萍　（感激地）嫂嫂！

关　顺　（看完信变得兴奋起来）太好了！水生哥，我们可以去打日本仔了！

林水生　你说什么？

关　顺　这是崔万成写来的信！他说他已经当上了营长，叫我过去，一起打日本仔！

林水生　崔万成？就是梁炳耀老婆那个表哥？

关　顺　是啊，他说部队正在招兵买马。

林水生　好，我们一起去投军，去打日本仔！

　　　　［招弟和翠萍对两个男人决定从军感到十分突然。

翠　萍　阿哥，你们真的要去投军？！

林水生　翠萍，你要照顾好自己和姑妈。

翠　萍　我？（有些慌乱）

招　弟　（自言自语）也好，早些赶走日本仔，我们才有好日子过。（向林水生）你放心，我们有粥食粥，有饭食饭。

林水生　那就好。我们去收拾一下，马上就走！

　　　　［林水生和关顺下。

翠　萍　嫂嫂，阿哥和关顺真的就要走吗？

招　弟　看来真是要走了。

剧　作

［幕后伴唱【新曲】：

  突然之间，一声去也，

  乌云布满心间！

  万千心事，有口难言，

  霎时愁云惨淡。

  从今以后，梦魂常系，

  万里关山。

［林水生、关顺各背一个小包袱上。

林水生 招弟——（接唱）

  这一去，万里沙场，

  不知何时能返乡间。

等回来的时候，我们再做对真正的夫妻，好吗？

招 弟 （唱【合尺花】）

  投军报国是大事，

  莫要嬉戏当等闲！

林水生 我知道。

招 弟 我只求你们——（续唱）

  今日人去万重山，

  他日兄弟同回返。

关 顺 好！我们同去同回返！翠萍，我也求你一件事。

翠 萍 什么事？

关 顺 求你千万莫再寻短见，也不要学人"梳起"做"姑婆"！

翠 萍 我……顺哥，我不会"梳起"了……（唱【二流】）

  我日夜祈求菩萨，

  愿你平安把家还。

林水生 （接唱）

  好言一句暖心间，

  一诉衷肠未为晚。

  只求招弟偿我这番心愿，

招 弟 （接唱）

  只求你一双眼儿望乡关。

关　　顺　（拉着翠萍的手）翠萍，等我回来……

翠　　萍　（忍着热泪，点头）嗯！

林水生　（从怀里拿出包裹着的红烛）招弟，这对是我们成亲那晚的红烛，现在我把它们交给你，等我回来的时候，我要亲手再将它们点燃！

招　　弟　（接过红烛）再将它们点燃？（唱【上海滩】）

　　　　　　望归，望还——
　　　　　　乱世鸳鸯千里隔关山。
　　　　　　临岸边，挂征帆，
　　　　　　梦里太多悲悯泪轻弹。

林水生　（接唱）

　　　　　　梦归，梦还——
　　　　　　未怕关山风雨翻番。
　　　　　　谁哀，国难？
　　　　　　卫国保疆休叹聚散！

招　　弟　（接唱）

　　　　　　远隔万里，望穿双眼，
　　　　　　你快步跨过鬼门关！
　　　　　　西风吹，吹不散，
　　　　　　漫漫长夜风萧枕冷。

林水生　（接唱）

　　　　　　望故乡，在岭南——
　　　　　　月照珠江碧海青山。
　　　　　　前路险，做等闲，
　　　　　　万里江山千古颂赞！

〔歌声中四人依依惜别，渐收光。

第六场

〔半年后。傍晚，招弟半怀喜悦地挽着个小篮急上。

招　弟　（唱【南音】）

　　　　　　　心欢喜，步匆匆，

　　　　　　　得闻音信盼相逢。

　　　　　　　长夜孤衾难入梦，

　　　　　　　日出日落望江风。

　　　　　　　原来情苗早播种，

　　　　　　　相思半载已葱茏。（略羞赧，转【流水】）

　　　　　　　想他驰骋沙场多英勇，

　　　　　　　一似霸王策马挽大弓！

　　　　　　　不怕冷语风言多讥讽，

　　　　　　　去学那鸳鸯戏水，

　　　　　　　两心相悦情意浓。

　　　　　［来到林家小院，翠萍正在打扫庭院。

招　弟　翠萍，翠萍——（见到了翠萍，悄声地）你哥今早回来了？

翠　萍　（含泪点头）嗯。

招　弟　（要进入里屋）我要去看看他。

翠　萍　（拦着）嫂嫂，你不能进去！

招　弟　我是你嫂嫂，你怎么不让我进去？

翠　萍　（悲伤地）我哥他……他说不想见你！

招　弟　（一怔）为什么？

翠　萍　（不忍）嫂嫂，你莫再问了！

招　弟　他……他是不是还在怨恨我？

翠　萍　那……那你自己问阿哥吧！（忍泪下）

　　　　　［招弟来到林水生房前，拍门。

　　　　　［林水生拖着断腿，拄拐杖上，但不开门。

招　弟　林水生，我知道你在里面！你开门——

　　　　　［林水生痛苦，几次欲开门，又止。

招　弟　（唱【十字中板】）

　　　　　　　他归来，本应欢喜，为何躲闪？

林水生　（接唱）

　　　　　　　她门外，声声呼叫，我暗自心酸。

招　弟　（接唱）

　　　　　　我不信，离别半年，真情就变。

林水生　（接唱）

　　　　　　我怎能，一条残腿，

　　　　　　累佢（她）多年。（转【滚花】）

　　　　　　只怪世事无常，

　　　　　　命如蚁贱！

招　弟　（接唱）

　　　　　　我定要三口六面，

　　　　　　问清因缘！

　　　　　　林水生！你开门！（继续拍门）

林水生　（在门内）招弟，我不想见你，你走吧！

招　弟　你一去半年多，今天终于回来，为什么不见我？

林水生　为什么……（唱【中板】）

　　　　　　你快快把家回，

　　　　　　莫再问长问短。

　　　　　　你我情缘已断，

　　　　　　无谓再来纠缠！

招　弟　我纠缠么？当初是谁劝我这个自梳女"落家"的？（接唱）

　　　　　　又是谁两次三番，

　　　　　　来求我心意回转？

　　　　　　说什么待到归来日，

　　　　　　再与我花烛重燃？

林水生　我……（旁接唱）

　　　　　　往事历历在眼前，

　　　　　　似见她如花笑脸。

　　　　　　好想和她手牵手，

　　　　　　重燃红烛肩并肩。（走近门边，唱【乙反中板】）

　　　　　　又怕一身伤残，

　　　　　　今生将她亏欠！

　　　　　　还是强忍悲痛，

　　　　　狠心拒绝姻缘。（对门外）
　　　　　请恕我当日轻狂，
　　　　　错把痴心呈献。
　　　　　你既然已"梳起唔嫁"，
　　　　　勿违往日誓言。

招　弟　（哭骂）林水生呀林水生，你变了……

林水生　我变了？（摸着空空的裤管，伤心地自叹）是呀，我变了……

招　弟　你可知道，这大半年来，我为你担惊，为你受怕，日日夜夜都在盼你平安归来！（唱【乙反二簧】）
　　　　　可知我，冰冷情心，为君回暖？
　　　　　可知我，情丝一缕，将你挂牵？
　　　　　可知我，日日江边，望君回转？
　　　　　可知我，红烛一对，等你重燃？（忍不住落泪）

［林水生随着招弟的诉说，一步一步走向门边，伸手就要开门，犹豫再三，抚着自己的断腿，终于还是忍住，沮丧地跌坐地上，捶打自己的断腿。

林水生　（旁唱【乙反二流】）
　　　　　她句句真情，
　　　　　教我悲喜难辨。
　　　　　这迟来的剖白，
　　　　　徒添我凄酸！
　　　　招弟哪——（续唱）
　　　　　心存无尽感恩，
　　　　　谢你真情一片。
　　　　　叹我天生命蹇，
　　　　　今世与你无缘！

招　弟　无缘？林水生——（念韵白）
　　　　　谁曾说要等你回来，
　　　　　亲手将这红烛点？
　　　　　谁曾说要帮我梳髻，
　　　　　双双再拜地拜天？

> 谁曾说要做真夫妻，
>
> 再结连理偕百年？

林水生 （旁接念）
> 我……我……我，
>
> 我肢残体缺，
>
> 心似黄连！

招　弟　水生，我今晚把红烛带来了！我今晚也把牙梳带来了！你开门，帮我点红烛，帮我梳发髻！

林水生　点红烛？梳发髻？

招　弟　今晚我们再……再洞房！

林水生　再洞房？

招　弟　当初你同关顺二话不说，背个包袱就敢去杀敌报国，难道如今连自己的女人都不敢见吗？（哭叫）你出来——你出来呀！

　　　　〔林水生用力擦去脸上的泪水，一咬牙，"哗"的一声将门打开。

　　　　〔招弟一看挂着拐杖的林水生，看到林水生空空的右脚裤管，惊呆了。转而忘情地冲上去，半蹲下，挽起那条空荡荡的裤管。

　　　　〔静场片刻。音乐再起。

招　弟　（唱【乙反滚花】）
> 原来他肢缺体残，
>
> 教我心碎肠断。
>
> 内心千般怨恨，
>
> 尽化作一缕轻烟。

　　　　为什么？为什么会弄成这样？

林水生　咳！我们怎么都没想到，那个崔万成投降了日本仔，做了卖国贼。关顺和我不肯随他，正要去投奔抗日游击队，被他的人追杀，关顺他……他中弹落水，生死不明！

招　弟　啊？那么翠萍她知道么？

林水生　翠萍她——（唱【乙反滚花】）
> 旧伤未愈添新伤，
>
> 悲怆满怀泪满面！

招　弟　那……那你又是如何回来的？

林水生　　我受伤后被一个老乡救起，帮我治好脚伤。之后我一边乞讨一边走，走了两个多月才走回来。（悲伤地）招弟，你走吧！我这个样子，不能再与你做夫妻了！

招　弟　　不，我……我要同你做一对真正的夫妻！

林水生　　（悲愤）梁招弟呀梁招弟，我林水生手脚齐全的时候，绑你入洞房，你都不愿意同我做夫妻，如今我肢残体缺，你却要同我做"真正的夫妻"？！（用拐杖把地板敲得咚咚响）我不需要你的可怜，也不需要你的同情！

招　弟　　不是可怜，也不是同情！当初是我答应了你，等你回来就再点红烛。

林水生　　你就不怕被你那班"姐妹"讲闲话？！

招　弟　　"梳起不嫁"是我自己做主，如今"落家"又是我自己做主——（唱【合尺花】）

　　　　　　闲言碎语风过耳，

　　　　　　过耳清风不留痕！

　　　　　　但得两人三脚共一生，

　　　　　　人前人后我忍、忍、忍！

林水生　　（接唱半句）

　　　　　　令你一生受拖累，

招　弟　　（幽幽地接唱）

　　　　　　粗茶淡饭伴夫君。

林水生　　（感动）招弟……

招　弟　　（从竹篮中拿出红烛，插在桌子的香炉上）水生，我们来将这对红烛点燃。

林水生　　招弟……

招　弟　　（把火柴塞在水生手里）你来点！

　　　［林水生划着火柴，欲点燃红烛。

林水生　　（唱【红烛泪】）

　　　　　　乌云蔽月寒星闪，

　　　　　　历尽风霜成亲眷。

　　　　　　与妹相见，红烛再点，

　　　　　　悲秋风，何堪世情乱。（手颤抖，火柴擦断了几支，仍没把红烛点燃。）

招　弟　（接唱）

　　　　　　真情永在梦相牵，

　　　　　　月挂西窗红烛艳。

林水生　（接唱）

　　　　　　有心相见，又怕福分浅，

　　　　　　这身躯，难见新人面。

招　弟　（接过林水生手中火柴，点燃红烛，接唱）

　　　　　　莫担心，

　　　　　　冬尽春风暖，

　　　　　　只愿相依白头无他念。

　　　　　　与君订百年，

　　　　　　红烛永艳。

　　　　　　今夜夫妻爱恋，

　　　　　　看人间真情常在两心甜。

　　［一对红烛高燃。

林水生　招弟！我……

招　弟　（嗔道）你又要说什么呀？

林水生　我是个男人，不但照顾不了你，还要你照顾，我……

招　弟　谁规定一定要男人照顾女人啦，就不许女人照顾男人吗？（嗔骂）你呀，小看女人！（唱【反线二簧】）

　　　　　　两夫妻，双飞燕，

　　　　　　共筑爱巢在屋檐，

　　　　　　说什么拖累与亏欠？

　　　　　　但得相依白头，

　　　　　　两心相守，

　　　　　　两手相牵。

　　　　　　哪怕三餐淡饭粗茶，

　　　　　　情义在心中，

　　　　　　梦里也温暖。

林水生　（接唱）

　　　　　　怕只怕情深缘浅，

　　　　　老天不肯成全。（转【正线长句二簧】）

　　　　　血雨腥风，人间乱。

　　　　　我肢残体缺，难将你保全。

招　　弟　（接唱）

　　　　　风雨终会停，

　　　　　人间复和暖。

　　　　　执手相依到自首，

　　　　　共醉夕阳前。

　　　　　遥望海心岗，

　　　　　闲话旧时梦点点。（转【合尺滚花】）

　　　　　历经风霜雪雨，

　　　　　喜看艳阳万里天。

林水生　（紧紧地握住了招弟的手）招弟——

招　　弟　水生哥——（唱【千般恨】）

　　　　　愿与阿哥结婵娟，

　　　　　伴你千里人不倦。

　　　　　做对好夫妻，

　　　　　建个小家园，

　　　　　明月当空我倾说情愿。

林水生　（接唱）

　　　　　愿与妹妹结婵娟，

　　　　　伴你千里人不倦。

　　　　　历雨经风，又见春光艳，

　　　　　俗世沧桑更添磨炼。

　　［林水生抚伤。

　　［招弟蹲下挽起林水生空空的裤管。

招　　弟　（接唱）

　　　　　心儿凄酸，心儿不乱，

　　　　　为郎梦牵秋水望穿。

　　　　　不离不弃，终偿我愿，

　　　　　对你真心此情不变。

林水生　（接唱）

　　　　　　从此不须两地牵，

　　　　　　尘世远隔度余年。

招　弟　（接唱）

　　　　　　长相见，

林水生　（接唱）

　　　　　　常思念，

招、林　（合唱）

　　　　　　伴你一生永居小寒村。

　　　〔两人两手相执，先是一深情对视，旋即忘情相拥。

　　　〔崔万成带两个士兵，身穿日伪军军服冲上。翠萍追上。

翠　萍　（拦阻）你们是什么人？做什么的？

崔万成　（打量了一眼翠萍）你不认识我了？我是崔万成，来找你阿哥林水生的！

翠　萍　我阿哥、阿哥他今晚……办婚礼，入洞房……

崔万成　（大笑）哈哈哈！那我这个老朋友，正好前来恭贺！（欲前）

翠　萍　你们现在不能进去。

士　兵　走开——

　　　〔士兵将翠萍推倒在地。

　　　〔翠萍爬起，看了看情形不对，急下。

　　　〔崔万成来到房门前，停。

崔万成　林水生！你出来——

林水生　（内应）你是谁？

崔万成　崔万成！

林水生　（开门，见崔万成）哦，果然是你。

崔万成　呵呵，这么快又入洞房了？听人说，大半年前，你娶的是个自梳女，自梳女落夫家，好像不是很合规矩吧？

林水生　合不合规矩，与你无关！

崔万成　（干笑）哈哈！你入不入洞房当然与我无关，但我山长水远追到这里来，总是有与你有关的事情！（正色地）林水生，要么——你就把共产党游击队接头地点和接头暗号给交出来，要么——你现在就跟我回去接受处置！

林水生　（愤怒地）崔万成，你这个卖国贼！

崔万成　我，识时务者而已！

林水生　我呸！你这个汉奸，关顺当年错救了你！

崔万成　废话我就不跟你说了，交出共产党游击队的接头地点和接头暗号，或许我可放你一条生路！

林水生　地点和暗号没有，命有一条！

崔万成　（沉下脸）哦，那你就别怪我翻脸不认人了。（对士兵）将他带走！

　　　　［士兵动手要绑林水生，招弟手持剪刀，从里屋冲出来与之搏斗。

　　　　［一个士兵被招弟刺伤，崔万成开枪，招弟中弹倒地。

林水生　（发疯地从地跳起，撞向崔万成）崔万成，我同你拼了！

　　　　［另一个士兵开枪，林水生中弹倒地。

崔万成　（悻悻地骂）妈的，白跑一趟，走——

　　　　［士兵扶起受伤的那个士兵，三人下。

　　　　［翠萍和老船工急上。

翠　萍　（见到倒地的哥嫂，惨呼）阿哥——嫂嫂！

老船工　（哀号）老天爷啊，你就不能成全他们一个晚上吗？

　　　　［静场片刻。束光打在地上中了弹的招弟，她身边是林水生的拐杖。

　　　　［灯全暗，只剩桌子上的那对红烛高燃。

　　　　［幕后女声和唱【新曲】

　　　　　　啊……啊……

　　　　　　多少相思空守候，

　　　　　　多少牵挂付东流。

　　　　　　海心岗啊，恨未休——

　　　　　　海心岗啊，恨长留——

　　　　［渐收光。

尾　声

　　　　［上场次日，海心岗码头。

　　　　［一弯残月挂半空。好姨送别一身重孝的翠萍。

好　姨　（伤感地）翠萍，无论找不找得到关顺，你都要回来，姑妈在家里等你！

翠　萍　姑妈，你要照顾好自己。

老船工　（话中有话）放心吧翠萍，你这个姑妈呀，从来都不需要别人照顾。

好　姨　（向老船工）你呀……要照顾好翠萍，送她去，接她回！少了一根头发，我都……

老船工　阿好，都几十年啰，到现在你还不信我？

　　　　［翠萍背起身旁的包袱，跳上老船工的船，两人下。

　　　　［好姨驻足眺望……

　　　　［幕后女声群唱，一曲苍凉的咸水歌在珠江口水网阡陌中久久回荡：

　　　　　　有情阿哥，哥呀！

　　　　　　睇你不过廿岁人仔，

　　　　　　生得又强又壮哩兄哥！

　　　　　　摇起艇仔嚟快如箭啰，

　　　　　　每次见到哥你，

　　　　　　我块面都热辣辣嘅，

　　　　　　我想话过你知呢，

　　　　　　妹爱你嘅热心肠呀哩！

　　　　［渐收光。

　　　　［剧终。

　　　　　　　　（本剧与邓艳燕合作，发表于2007年《剧本》月刊增刊）

粤剧

一份促成中央红军长征的绝密情报
一个由共产党人组成的"剿共"司令部
一位广东爱国将领在非常时期的生死抉择
一场发生在第五次反"围剿"期间的谍战风云

莫雄将军

人物表

莫　　雄　广东英德人，时任国民党赣北第四区行政督察专员兼"剿共"保安司令。

刘汝年　中共特科队员，公开身份是国民党赣北第四区"剿共"保安司令部参谋长。

莫夫人　莫雄妻子。

茹　兰　中共特科派驻赣北地下组织小组长，公开身份是惠民诊所女大夫。

谢显夫　国民党军统驻赣北第四区办事处特派员。

苏　明　莫雄副官，心腹随员。

老　六　赣北游击队侦察员。

马　梁　谢显夫随员，潜伏在军统内的中共特科人员。

叶小楠　混入赣北游击队的军统特务。

军官、士兵、特务若干。

序　幕

［1934年10月初，江西德安县城外。

［夜幕降临，隐隐传来阵阵雷声，风雨欲来的样子。

［前演区光起，老六和叶小楠摸索着上，两人一副夜行装束，手里拿着驳壳枪。

叶小楠　六哥——（念【快打慢念】）
　　　　　　前边就是德安县城！

老　六　（接念）
　　　　　　我们不走城门走小径，
　　　　　　避开暗探与哨兵！（两人继续圆场）
　　　　　小楠——（接念）
　　　　　　消息是否可靠，
　　　　　　有无虚报军情？

叶小楠　（接念）
　　　　　　莫雄今夜回军营，
　　　　　　消息可靠绝不是道说途听。

老　六　好！（接念）
　　　　　　拿了莫雄的性命，
　　　　　　我来为你把军功请！（唱【快中板】）
　　　　　　风雨如磐夜难静，
　　　　　　德安今夜不安宁。
　　　　　　等不来上头下命令，
　　　　　　人两个枪两把我闯敌营！

　　　　［幕后传"抓共匪，别让他跑咯"的嘈杂声。

叶小楠　不好——有人！（隐蔽）

　　　　［惊雷声中，谢显夫和马梁带一小队巡逻队搜索而上。

谢显夫　（念【白榄】）
　　　　　　上头有令，严防敌情！

众　人　（接念）
　　　　　　严防敌情！

谢显夫　（接念）
　　　　　　小心共党奸细，
　　　　　　不使有机可乘！

众　人　（接念）
　　　　　　不使有机可乘！

谢显夫 （接念）

　　　　留意生人面口，

　　　　捉拿红军伤兵！

众　人　明白——（接念）

　　　　捉拿红军伤兵！

谢显夫　走——

众　人　走——

　　［谢显夫与巡逻队下。

老　六　（与叶小楠一跃而起，唱【大喉滚花】）

　　　　杀入德安城，

　　　　来他个刀光剑影。

　　　　直闯司令部，

　　　　闹他个地覆天倾！

　　［两人迅速消失在雨夜中。

　　［切光。

第一场

　　［紧接上场，屋外传来隐隐雷声。

　　［保安司令部灯火通明，勤务兵进进出出。莫夫人上。

莫夫人　（唱【寄生草】）

　　　　今晚设下团圆宴，

　　　　夫君归来热酒一杯要共尝。（走到门口向外张望，不见人影，接唱）

　　　　寒夜雨让我愁心实神伤，

　　　　盼君得见夜归解我愁肠。

　　　　两情未老真心相向，

　　　　要让孩儿同父母得欢畅。（又向门外张望，接唱）

　　　　冷雨彻夜难停歇，

　　　　夫君佢仍未归我怕梦长。

　　［幕后传："莫司令官回府——"

莫夫人　（惊喜地）啊?!　回来了——

　　　　［莫雄内唱【秋水龙吟】首句：

　　　　　　惊雷，风雨，重叠网！

　　　　［莫雄和苏明上，莫雄拿着一个厚厚的公文包，身上的披风还没有褪去。

莫　雄　（脸色凝重，接唱前曲）

　　　　　　杀声到，血腥闻，危机又降——

　　　　　　铁样合围拢，老蒋狂妄！

　　　　　　招招够狠实在让人慌。（转【中板】）

　　　　　　庐山七日，

　　　　　　调集五省强豪，

　　　　　　蒋介石誓言要剿灭共产党。

　　　　　　百万重兵，

　　　　　　合围推进，

　　　　　　叫红军难守亦难防！（掂了掂手中的公文包，转【十字清】）

　　　　　　这计划，重千钧，部署用兵情况。

　　　　　　若实施，覆巢下，只怕玉石俱亡。（转【滚花】）

　　　　　　未等天明我就把回路赶，

　　　　　　心急如焚不惧夜色苍茫。

　　　　［莫夫人迎上。

莫夫人　夫君——

莫　雄　夫人——

莫夫人　（忧心地）说是去开三天会，开了七天才回来。天天见到大军南下——
　　　　（念【白榄】）

　　　　　　你是公署专员，

　　　　　　地方行政首长。

　　　　　　更兼"剿共"司令，

　　　　　　再次着起军装。

　　　　　　此去庐山受命，

　　　　　　莫非又要打仗？

莫　雄　军务上的事情，夫人你就不要过问这么多了。

莫夫人　那我去叫人把饭菜再热一热。

莫　雄　辛苦夫人了。

〔莫夫人拿着莫雄的披风下。

莫　雄　苏副官，你马上通知刘参谋长到我办公室。注意，不要惊动其他人！

苏　明　（劝阻）司令官，事关重大，万不可鲁莽行事呀！

莫　雄　苏明，你跟我莫雄有几年了？

苏　明　九年前在东征战场上，司令官救我一命，从此追随左右。

莫　雄　九年来，你可曾见过本司令官鲁莽行事？

苏　明　未曾……

莫　雄　那你还不去通知刘参谋长？！

苏　明　（哀求）司令官，这份是绝密情报，你交给了共产党，万一让上头追查起来，要斩头的呀！

莫　雄　苏明哪——（唱【爽二簧】）

　　　　既是存心为国，
　　　　岂惧毒蛇虎狼，
　　　　刀枪罗网？
　　　　国难当前，
　　　　理应同御外敌，
　　　　不负热血一腔。（转【滚花】）
　　　　你是怕受我牵连，
　　　　耽误了前途宽广？

苏　明　（接唱）

　　　　苏明决非贪生之辈，
　　　　敢随司令官挽危亡！

莫　雄　（沉重地，念【韵白】）两年前在淞沪战场，我莫雄率税警总团四千弟兄，配合十九路军在庙行阵地将日寇重创。七百弟兄阵前伤亡，换来了中国军人的荣光。如今东北全境沦陷，却派我来江西当这个保安司令，调转枪口对付共产党……（顿了顿）国共两党，同为炎黄，必须联手抗日，否则将会是国族灭亡！

苏　明　国事自有南京蒋委员长担待，与我们何干？

莫　雄　（严肃地）你再说一遍——

〔苏明缄口。

莫　雄　（叹了口气）唉！算了，你不愿意去，我自己去！（欲出门）
苏　明　（忍泪地）司令官，我去——（欲下）
　　　　［刘汝年急上。
刘汝年　将军——
莫　雄　（拉着刘汝年的手）刘参谋长，你来得正好，我有要事正要找你。
刘汝年　（喘定了口气）将军，大事不好！
莫　雄　何事慌张？
刘汝年　惠民诊所被谢显夫那几个军统特务包围了。
莫　雄　（不以为然地）哦？那你告诉他们，诊所是你这个刘参谋长的未婚妻茹兰开的，再给几个钱，打发他们就行了。
刘汝年　（欲言又止）将军，诊所刚收治了几个伤员……
莫　雄　（一惊）伤员？什么伤员？
刘汝年　（低声）是红军游击队的伤员……情况危急，请将军去为我们解围。
莫　雄　（略不满）为你们解围？（想了想）走吧——
　　　　［刚走几步，莫雄收住了脚步，拿起桌上的公文包，在刘汝年耳边细语几句。
刘汝年　好！
莫　雄　（把公文包往苏明怀里一塞，郑重地）这个，你给我拿好！（与刘汝年急下）
苏　明　（拿着公文包）司令官——
　　　　［切光。

第二场

　　　　［紧接上场。
　　　　［惠民诊所，正堂的一张诊案，几件医疗器具，两边各有一间小病房。
　　　　［马梁和几个军统特务持枪围着茹兰，剑拔弩张，气氛紧张。
　　　　［谢显夫上，却是一副暗暗得意、胸有成竹的样子。
谢显夫　（唱【板眼】）
　　　　　　军统特务，我谢显夫。

　　　　　为人老辣，行走江湖。

　　　　　受命领衔，南京政府。

　　　　　督军"剿共"，绝不马虎。

　　　　　德安这个莫雄，

　　　　　行藏难摸又难估。

　　　　　人说系粤军"五虎将"，

　　　　　我睇你名实不符！（转【催归】）

　　　　　连日里人来人往，

　　　　　我要勤查看来对付。

　　　　　捉到把柄，

　　　　　就赠你一声"苦"！

　　　（冷笑）嘿嘿——

马　梁　（报上）报告特派员，惠民诊所已经被包围。

谢显夫　好！

茹　兰　谢特派员，你为何要兴师动众，包围我诊所？

谢显夫　（绵里带针地）茹医生，谢某多有得罪，还望你配合配合。

茹　兰　哦，我明白了。（唱【减字芙蓉】）

　　　　　听说近来军费紧张，

　　　　　弟兄们欠饷已半载。

谢显夫　哈哈，错了——（接唱）

　　　　　我要告诉茹小姐，

　　　　　我们今日不求财！

茹　兰　那求什么？

谢显夫　（接唱）

　　　　　今日什么也不求，

　　　　　是谢某职责所在。

茹　兰　那特派员是否知道，这诊所是谁人开？

谢显夫　当然知道！（接唱）

　　　　　但我怀疑这间诊所，

　　　　　把不该收的人收进来！

茹　兰　　谢特派员，我保证诊所里边——（接唱）
　　　　　　　没有你说的那种人，
　　　　　　　你不要栽赃陷害！

谢显夫　　茹医生——（有点戏弄地唱【滚花】）
　　　　　　　谁人保证都没用，
　　　　　　　除非莫司令从里边走出来！

茹　兰　　真个要查？

谢显夫　　当然要查！

茹　兰　　那好，请谢特派员出示搜查令？

谢显夫　　（大笑）哈哈！笑话，天大的笑话！军统要查一间小小的诊所，还要搜查令？给我搜——

　　　　　　［几个小特务欲进病房，马梁则闪缩地跟在后面。

茹　兰　　（拦住）谁敢？！

　　　　　　［双方僵持之际，刘汝年上。

刘汝年　　特派员，何事与茹医生争吵？

谢显夫　　哼！你的未来夫人这间诊所，收容了红军游击队的伤员！

刘汝年　　哦？红军游击队的伤员怎会来到惠民诊所呢？

谢显夫　　（冷笑）嘿！让我的人进去查一查，不就清楚了吗？

马　梁　　（将谢显夫拉过一边，悄声地）头儿——（唱【滚花】）
　　　　　　　这不是间普通的诊所！

谢显夫　　我当然知道。

马　梁　　（接唱）
　　　　　　　就怕查出个大头佛（大麻烦），
　　　　　　　到时我们就难以收科。

谢显夫　　大头佛？（接唱）
　　　　　　　你将内里因由，
　　　　　　　同我讲个清楚。

马　梁　　这是间专治梅毒花柳、性病妇科的诊所，时常有南昌的达官贵人上来问诊。依我看，还是不查为妙。

谢显夫　　（气不打一处来）多事！不管什么达官贵人，今天我都要查！

刘汝年　　（对茹兰）既然如此，茹兰你就让他们查一查吧，大家无谓伤了和气。

茹　兰　让他们查？

刘汝年　让他们查。

谢显夫　（一挥手）给我搜——（几个小特务冲进了病房）

　　　　［小特务们才进门，又哗地全退了出来。随即，莫雄边扣衣服边从病房走出。

莫　雄　（冷冷地）谢特派员，看来，今日不出我莫雄的现丑，你是不会安心的。

　　　　［在场的所有人都感到愕然。

谢显夫　（一时不知所措）司令官，你……怎么在这里？

莫　雄　在庐山开了几日会，下得山来身体不适，来找茹医生看一看。怎么，不可以吗？

谢显夫　（稳定情绪）司令部有军医，难道司令官你……

莫　雄　（做恼怒状）你们军统未免管得太宽了吧？！

谢显夫　（软中带硬）不敢！军统、军政虽属两个系统，但从理论上说，还是要接受当地军政的统领。

莫　雄　（讥讽）你们军统休息几日，天下就太平了。

谢显夫　近来红军游击队活动猖獗，莫司令官还是小心为好。

莫　雄　（冷冷地）多谢，我会小心！

谢显夫　那就最好！如有调用，谢某随时候命！告辞——（率特务灰溜溜地下）

刘汝年　（对莫雄）将军，多谢你！

莫　雄　（坐下，淡然地）军统的人走了，叫你们的人出来吧。

茹　兰　你们都出来吧。

　　　　［闻声，三四个衣衫褴褛的红军游击队伤员互相搀扶着走出。

刘汝年　多谢将军的帮助！同志们，我们马上转移！

莫　雄　刘参谋长，你留下。

　　　　［刘汝年略加思索，示意茹兰带伤员下。

莫　雄　（冷冷地）刘参谋长，这间诊所，是你同茹兰的合伙生意吗？

刘汝年　是的。我不该一边为将军做事，一边做生意！

莫　雄　（一拍诊桌）请你搞清楚，如今是我莫雄为你们做事！你告诉我，这到底是怎么一回事？

刘汝年　（诚恳地）请将军原谅！这间诊所，其实是我党在德安县城的秘密交通站。

　　　　［莫雄的脸色越来越凝重。

刘汝年　一是传送情报，二是接待过路的同志，三是方便采购药物。

莫　雄　刘汝年先生——（唱【中板】）
　　　　　　　想当初，组建司令部，
　　　　　　　我到上海找中共特科。
　　　　　　　到如今，这个"剿共"大本营，
　　　　　　　共产党人有数十个。
　　　　　　　秘密交通站，
　　　　　　　就在我眼皮底，
　　　　　　　竟也无人向我提起，
　　　　　　　却是为何？（转【快慢板】）
　　　　　　　难道是，不信任莫雄，事事隐瞒于我？
　　　　　　　什么荣辱共，肝胆照，岂不是信口开河？！
刘汝年　对不起，将军。我们有我们的考虑。
莫　雄　你们有你们的考虑？
刘汝年　是的。况且，这样并不影响我们之间的合作。
莫　雄　（震怒）如果你们连我莫雄都不信任，还谈什么合作？又从何合作？
　　　　哼——（拂袖而下）
　　　　〔切光。

第三场

　　　　〔紧接上场，三更时分，屋外传来阵阵风雨声。
　　　　〔刘汝年与茹兰的居所。两人一阵沉默。
茹　兰　（打破沉默）莫将军是对的，在设立交通站这件事上，我们不应该隐瞒他。
刘汝年　这不是隐瞒，而是要保持我们工作的独立性。
茹　兰　（走到窗边，拉开帘布，向外望了望，转而不无忧虑地）赣南中央苏区的形势，一日比一日紧张。我们在德安能否收集到有价值的情报，还要寄望莫雄。
刘汝年　（唱【二簧滚花】）
　　　　　　　把希望寄托莫雄，

　　　　　想来就吉凶难料。
　　　　　可知他出身旧军阀，
　　　　　更是个国民党官僚。
　　　　　就怕到时求助不成，
　　　　　反遭其扰！
茹　兰　莫雄不是旧军阀、旧官僚！
刘汝年　不是旧军阀、旧官僚又是什么？
茹　兰　如果他是个旧军阀旧官僚——（唱【八字句二簧】）
　　　　　去年组建司令部，
　　　　　怎会向我党要人？
　　　　　又怎会几次三番，
　　　　　救我党人于危困？
　　　　　又怎会帮助游击队，
　　　　　在军统眼皮底下脱身？
刘汝年　我个人并不怀疑莫雄的真诚，不然的话，我党特科也不会派我们来到德安帮他组建司令部。但他的历史背景复杂，我们对他的了解又有多少呢？
茹　兰　（唱【送君】）
　　　　　他早参加革命，
　　　　　贫农出身多苦困，
　　　　　曾受命孙先生为国上阵。
　　　　　心中装有黎民，
　　　　　带兵总会严训，
　　　　　时常易帜，
　　　　　正是缺乏了方向指引。（转【七字清】）
　　　　　"莫大哥"名声军中震，
　　　　　皆因他是同盟会资深人。
　　　　　当年北伐大本营被围困，
　　　　　他率部相救蒋介石才脱身。（转【三字】）
　　　　　赫赫战功，无人过问。
　　　　　因非嫡系，遭人侵吞。

军阀混战期间，他的粤军第十一师被蒋介石缴械，因此他与张发奎等粤军将领多次举旗"反蒋"。两年前，在上海他与我党特科有了秘密来往，还提出了入党申请。李克农同志认为，他是国民党元老，留在党外对我们更加有利。从目前的情况来看，我们与莫雄的合作，是有价值的。

刘汝年　但这种价值，并不是我们特科所要的。

茹　兰　你说得没错！敌人的四次"围剿"以失败告终，势必还会有第五次、第六次"围剿"。来德安前，组织上交代我们，要想方设法搞到有关新一轮"围剿"的情报。

刘汝年　如此搞情报，岂不是守株待兔？

茹　兰　当然不能守株待兔。我们要积极争取莫雄的信任，要相信莫雄、依靠莫雄。

刘汝年　要依靠莫雄？

茹　兰　（调皮地）我是党小组长——（唱【滚花】）

　　　　　　我的命令必须服从，

　　　　　　不许你有丝毫放任！

刘汝年　（不服气地）我还是司令部的参谋长哩！

茹　兰　你这个参谋长，是假的。

刘汝年　我是你的未婚夫，这个不假了吧？

茹　兰　（又一本正经的样子，接唱）

　　　　　　现在是在谈工作，

　　　　　　不是在与你谈婚。

刘汝年　（笑了笑）敢问我的大小组长，那你是否觉得，今晚的事情来得有点蹊跷？

茹　兰　蹊跷？

刘汝年　游击队伤员这边才送到惠民诊所，军统那头就掌握了情况，这到底……

茹　兰　你的意思是……

刘汝年　会不会有奸细？

茹　兰　奸细？

刘汝年　我们在军统内部不是也布下暗线吗？怎么还不发挥作用？

茹　兰　（摇头）现在还未到时候。

刘汝年　看来，这群军统不好对付。

茹　兰　我中有你，你中有我，这就是谍报工作。

　　　［正在这时，外面突然传来"砰砰——"两声枪响，哨兵喊"有刺

客——"
刘汝年 （一愕，拔出手枪，对茹兰）走，去看看——
〔两人急下。切光。

第四场

〔紧接上场，莫雄司令部办公室。
〔这时，老六已用枪抵着莫雄，而谢显夫和马梁则已把叶小楠抓住。

莫　雄　（处变不惊）你们——是什么人？
老　六　（一字一句地）德安游击队侦察员。今日，也要你尝尝我们的厉害！
莫　雄　你同伴已被抓住，大家都不要做无谓的牺牲！
老　六　（大笑）哈哈哈——我不会上你的当！
叶小楠　（挣扎）六哥，你不用管我！
马　梁　你闭嘴！
〔刘汝年与茹兰急上。刘汝年也用手枪对着老六。
刘汝年　（喝止老六）你是什么人？
老　六　（不屑地）不要再问我是什么人！
〔谢显夫一旁冷眼观看。
刘汝年　谁派你来的？
老　六　是我自己要来！
刘汝年　你要做什么？
老　六　杀莫雄！
刘汝年　你为什么要来杀莫司令？
老　六　因为他是"剿共"司令，我老六是共产党！
刘汝年　（暗惊）共产党？只怕你拿了莫司令的性命，也难以走出这德安城！
老　六　哈哈——（唱【滚花】）
　　　　　　既然我们进得城来，
　　　　　　就准备把阎王爷见。
　　　　　　今日不是他死在我枪下，
　　　　　　就是我亡在他眼前！

［态势一时僵持。

谢显夫 （旁唱【减字芙蓉】）

　　　　早听闻莫雄通共，

　　　　今夜且看他如何表演。

刘汝年 （旁接唱）

　　　　谢显夫要看热闹，

　　　　真叫我欲语难言。

茹　兰 （旁接唱）

　　　　老六他不知内情，

　　　　莫将军委曲求全把真相掩。

莫　雄 （旁接唱）

　　　　一心只想帮共产党，

　　　　反被逼上风口浪尖。

茹　兰 （旁唱【快中板】）

　　　　莫雄将军处境危险！

谢显夫 （旁接唱）

　　　　不让佢哋将时间拖延！

刘汝年 （旁接唱）

　　　　我要痛下决心当机立断！

莫　雄 （旁接唱）

　　　　难为进退叫我怎周旋？

谢显夫 （冷笑）嘿嘿！（旁接唱）

　　　　好戏一场我来导演！

　　　　（暗示叶小楠）叫你的朋友放了莫司令官！

叶小楠 （会意）六哥，他就是莫雄，你不用管我！

老　六 兄弟你放心，我不会放过他的！哈哈——

　　　　［老六拉拖着莫雄要向门口走。

刘汝年 （挡在门口）老六，你到底放不放人？

老　六 （坚定地）不放！

刘汝年 我再问你一句，放还是不放？

老　六 我再答你一句：不放！

［"砰——"一声，刘汝年枪响，老六轰然倒地，莫雄得救。

［所有人都感到意外、愕然。

［谢显夫失望至极，让手下的人把叶小楠押下，把老六的尸体带下。

［舞台上剩下莫雄、刘汝年、茹兰，分别在不同的光区。

茹　兰　（旁唱【反线中板】）

　　　　这一枪，

　　　　打在老六身上，

　　　　佢魂离命魄升天。

刘汝年　（旁接唱）

　　　　这一枪，

　　　　打在我心中，

　　　　怕是责难逃，罪不浅。

莫　雄　（旁接唱）

　　　　这一枪，

　　　　响在我耳边，

　　　　震动我心弦。

茹　兰　（旁接唱）

　　　　可叹这个刘汝年，

　　　　敢负骂名，

　　　　一由血色染。

莫　雄　（旁接唱）

　　　　可怜这个老六，

　　　　不明就里，

　　　　一命奔黄泉。

刘汝年　（旁接唱）

　　　　可笑我朗朗心迹，

　　　　哪个能见，

　　　　谁人能辨？

［莫雄隐去，舞台上剩下刘汝年和茹兰。

茹　兰　你开枪，打死了自己同志……

刘汝年　（痛苦地）我、我开枪，打死了自己的同志……

茹　兰　将来，你会被送上审判台的！

刘汝年　那你告诉我，刚才的情形，换了你，你会怎做？

茹　兰　（痛苦）我……我也不知道……

刘汝年　这一枪，我——必须开！

茹　兰　为什么？

刘汝年　因为我是一个革命者。

茹　兰　如果有那么一天，如果又是这般情形，你……会向我开枪吗？

刘汝年　（略一思索）会的……

茹　兰　（感到悲凉。唱【乙反中板】）

　　　　　　三年前，
　　　　　　初遇上海，
　　　　　　彼此相见真诚。
　　　　　　估到他热血一腔，
　　　　　　救民倒悬，
　　　　　　品行端正。
　　　　　　不曾想今日，
　　　　　　却成坚冰一块，
　　　　　　不见半点温情。（转【滚花】）
　　　　　　不由得悲从中来，
　　　　　　犹似半梦半醒。
　　　　　　只觉天旋地转，
　　　　　　两眼泪暗凝。（悲泣）

刘汝年　（接唱）

　　　　　　身处隐蔽战场，
　　　　　　处处刀光剑影。
　　　　　　容不得半点差错，
　　　　　　讲不得半点温情。

茹　兰　（唱【明月千里寄相思】）

　　　　　　不相信，实难认，
　　　　　　枉负我一片深情，
　　　　　　全没了，盟誓证。

刘汝年 （接唱）

　　　　　　从没有，敢抛开家国恨，

　　　　　　相约梦里追寻爱侣星。

茹　兰 （接唱）

　　　　　　寒月笑我，太痴情，

　　　　　　陶醉春光美景。

　　　　　　到今夜，情恨恶善看得清，

　　　　　　不再流泪到天明。（隐去）

刘汝年 （唱【二簧滚花】）

　　　　　　但得将来获全胜，

　　　　　　告慰先烈在天灵！

　　　［渐收光。

第五场

　　　［紧接前场，四更时分。
　　　［莫雄寓所。
　　　［莫雄一人在屋里来回走动，手中拿着那份厚厚的绝密情报，思绪难安。

莫　雄 （念【诗白】）

　　　　　　风雨无言济上苍，

　　　　　　匹夫有责系兴亡。

　　　　　　险棋一着意难决，

　　　　　　荣辱生死两茫茫。（唱【南音】）

　　　　　　当年北伐东征，敢拚敢闯，

　　　　　　为何今日，愁绪一腔？

　　　　　　这份绝密军情，

　　　　　　如不交给共产党，

　　　　　　国共再开兵衅，

　　　　　　眼见着国土沦亡。（转【中板】）

　　　　　　然而身家性命，一线而悬，

　　　　实在叫人难舍又难放！（一阵思索后，将情报放回桌子上。转
【慢板】）

　　　　　　我本是，英州古邑，

　　　　　　江畔放牛郎。

　　　　　　十六岁，别爹娘，

　　　　　　到广州风雨闯荡。

　　　　　　征尘里，看尽几多争斗，

　　　　　　几多厮杀，几多伤亡。（转【反线二簧】）

　　　　　　你看他，冠冕堂皇，

　　　　　　实则是为名来利往。

　　　　　　你看他，占山落草，

　　　　　　据地就称王。

　　　　　　哪一个，实意真心，为民着想？

　　　　　　哪一个，铁肩一副，道义担当？

　　　　　　哀哀故国，只落得——（由【正线二簧】尾二顿起）

　　　　　　积弱百年，中原板荡。

　　　　　　曾追随先总理，建共和，

　　　　　　掀帝制，复兴我家邦。

　　　　　　到如今，却见日寇侵华，

　　　　　　又见同根相煎，

　　　　　　怎不叫人悲怆？（转【快二流】）

　　　　　　盼有一日兵戎息，

　　　　　　江南江北养蚕桑，

　　　　　　兄弟高举抗日旗，

　　　　　　国共原来是友党。

（楔白）大丈夫当以家国为重，身家性命，如今只能放置一旁！（转
【霸腔滚花】）

　　　　　　赶尽倭寇，

　　　　　　还神州一个干干净净、亮亮堂堂。

　[莫夫人与苏明急上。

莫夫人　（焦急地询问）夫君，你没事吧？

莫　　雄　没事。

莫夫人　吓死我了！我刚才听到枪声，苏副官说，是游击队的人来刺杀你？

莫　　雄　（严肃）苏明，你都跟夫人说了些什么话？

莫夫人　说了该说的话。

苏　　明　司令官，我们与共产党的合作到此为止吧。

莫　　雄　（摇头）不！天马上就要放亮了，我们要把这件事抓紧办完。

苏　　明　（拿起桌子上的情报）司令官，你真要将这份绝密情报……

莫夫人　（抢过苏明手中的情报）这就是那份绝密情报？

莫　　雄　苏明，天一亮你就去通知刘参谋长，到我办公室开会！

苏　　明　（急了）司令官——

莫　　雄　执行命令！

　　　　　〔苏明欲言又止，莫雄摆了摆手，苏明无奈地下。

莫　　雄　夫人，请将情报交还我。

莫夫人　（坚决地）不行！

莫　　雄　交给我！

莫夫人　交不得呀夫君——（唱【快滚花】）

　　　　　　　你要将它交给共产党，

　　　　　　　可知这样会家破人亡？（垂泪）

莫　　雄　家破？人亡？

莫夫人　（接唱）

　　　　　　　你纵然不顾自己安危，

　　　　　　　也要为莫家十几口人着想。

　　　　　〔莫雄沉默不语。

莫夫人　夫君哪——（唱【乙反木鱼】）

　　　　　　　这么多年来，

　　　　　　　你东奔西闯，

　　　　　　　我跟随左右，

　　　　　　　为你煮茶煲汤。

　　　　　　　不求你晋爵升官，

　　　　　　　不敢有发财奢望。

　　　　　　　为求翁姑长寿，

　　　　　　　为求儿女能上学堂。
　　　　　　　为求日有三餐，
　　　　　　　为求夜眠麻帐。
　　　　　　　为求你平安无事，
　　　　　　　为求你身体安康……
莫　　雄　（动情地）夫人，难为你了。
莫夫人　（唱【乙反二簧】）
　　　　　　　为求你应承，
　　　　　　　不再同共产党人来往。
　　　　　　　须知道如今天下，
　　　　　　　系姓蒋称霸称王。
莫　　雄　（愧疚地）夫人哪——（唱【二簧慢板】）
　　　　　　　这些年，让你受怕担惊，流离苦况。
　　　　　　　为夫我，于心铭记，刻骨难忘。
　　　　　　　共产党，从未给我莫雄，金钱银两。
　　　　　　　更没有，给过我，兵马刀枪。
莫夫人　那你为何还在为共产党做事？
莫　　雄　（唱【反线中板】）
　　　　　　　我厌倦了军阀混战，
　　　　　　　人人争抢地盘，
　　　　　　　年年都在打仗。
　　　　　　　我看透了官场腐败，
　　　　　　　个个蝇营狗苟，
　　　　　　　华夏失却栋梁。
　　　　　　　当年北伐东征，
　　　　　　　共产党人冲锋在前，
　　　　　　　敌人闻风胆丧。
　　　　　　　中山先生"三大政策"，
　　　　　　　在他们身上得以光大发扬。（转【滚花】）
　　　　　　　正是这些共产党人，
　　　　　　　让我看到民族的希望！

莫夫人　这些共产党人，让你看到民族的希望？

莫　雄　（深有感触）这么多年来，见惯了风风雨雨，我终于明白，只有共产党，才能救中国！

莫夫人　（唱【滚花】）

　　　　　来刺杀你的就是共产党，

　　　　　你就没有半点害怕与凄惶？

莫　雄　夫人哪——（唱【回龙腔】）

　　　　　难忘记，适才间，那一声枪响。

　　　　　刘汝年，为救我，

　　　　　向自己同志开了枪！（清唱【流水南音】）

　　　　　这一枪饱含多少勇气胆量！

　　　　　这一枪诉说多少悲愤感伤？

　　　　　这一枪成全一个铮铮铁汉！

　　　　　这一枪写下——（转【七字中板】，尾二顿起）

　　　　　写下信任胜过剖肝掏肠！

　　　　　我莫雄转战沙场打过无数仗，

　　　　　最撼我心魄莫过这一枪！（转【滚花】）

　　　　　事到如今，

　　　　　唯有请夫人见谅。

莫夫人　你再这样下去，总有一天会惹祸遭殃！

莫　雄　这些年来，你知道我为共产党做过不少事情，若然说祸殃，枪毙十次都够了。（唱【滚花】）

　　　　　人生在世难免一死，

　　　　　死得其所虽死何妨？

　　　　（不容置疑地）为夫心意已决，你就将情报交还给我吧！

莫夫人　你……你……你——

　　　　［莫夫人欲留难舍，最终还是忍泪将情报交还莫雄。

莫　雄　夫人哪，德安已经很不安全。天亮后，你带着我的信，去上海找到我的朋友老郑，他会安排你的一切。

　　　　［说完，莫雄急就短信一封，交夫人。

莫夫人　那你呢？

莫　雄　你放心，我会保护好自己。况且，这里还有中共特科的朋友。（意味深长地）这场下了大半夜的秋雨，也该停了。

莫夫人　（关切地）夫君，等你处理完这里的事情，我们就回英德老家——（唱【滚花】）

　　　　　　与世无争把爹娘孝养。

莫　雄　（接唱）

　　　　　　男耕女织再叙儿女情长。

　　　　［渐收光。

第六场

　　　　［凌晨五更时分，天将破晓。牢房。

　　　　［叶小楠卧在地上。马梁着夜行服，悄悄地潜入牢房。

马　梁　（摇叶小楠）小楠，小楠——

叶小楠　（醒，有点惊惶）你、你是……

马　梁　我是马梁，谢老板叫我放你出去！

叶小楠　谢显夫谢老板？

马　梁　对！谢显夫谢老板！

叶小楠　（会意）好！

　　　　［马梁打开叶小楠身上的镣铐，两人轻手轻脚走出牢房。

　　　　［两人圆场。

马　梁　（一语双关，唱【快中板】）

　　　　　　今朝相逢未算晚！

叶小楠　（续唱）

　　　　　　未哪未算晚——

马　梁　（接唱）

　　　　　　得出城郭望西山！

叶小楠　（续唱）

　　　　　　望哪望西山——

马　梁　（接唱）

　　　　　　从此逍遥无苦难！

叶小楠　（续唱）

　　　　　　无哪无苦难——

马　梁　（接唱）

　　　　　　送你上路老家还！

叶小楠　（续唱）

　　　　　　老哪老家还——

马　梁　哈哈——

叶小楠　哈哈——

马　梁　哈哈哈——

叶小楠　哈哈哈——马大哥，多谢相救，后会有期！

马　梁　后会——有期——

　　　　〔说完，马梁伸出右手与叶小楠握别。

　　　　〔正在握别间，马梁的左手抽出一把匕首，猛然发力，捅进了叶小楠的腋窝。

叶小楠　（痛苦万分）你、你到底是什么人？

马　梁　来拿你性命的人！

叶小楠　你……（倒地，死去）

　　　　〔马梁从叶小楠身上抽回匕首，然后警惕地看了看四周，下。

　　　　〔景暗转。

　　　　〔是日早上，秘密会议室。

　　　　〔刘汝年等几个军官已落座。苏明引莫雄急上，众人起立。

莫　雄　（示意）请坐。各位都是我莫雄请到德安来的中共朋友，本来这个会昨天晚上就要开，但连续发生了几件意外的事情，有人劝我，这个会就不要开了。但我经过再三思量，这个会还是要开。

　　　　〔苏明不自然地把脸转过一边去。

刘汝年　将军，昨天晚上的事情，我们深表歉意。

莫　雄　现在不是说这个的时候。（唱【快滚花】）

　　　　　　昨天我从庐山回来，

　　　　　　带了份绝密情报！

刘汝年　绝密情报？

莫　雄　（从苏明处拿过情报，郑重地交给刘汝年）你们看！

　　　　〔刘汝年与军官甲迅速翻看，两人一边翻一边念。

刘汝年　（快打慢念）

　　　　　　围剿共匪动员通告——

军官甲　（接念）

　　　　　　主力布防示意图！

刘汝年　（接念）

　　　　　　机械化部队快速行进线路！

军官甲　（接念）

　　　　　　重装部队每日推进步骤！

刘汝年　（接念）

　　　　　　每个关隘重兵把守！

军官甲　（接念）

　　　　　　150万兵力投入战斗！

刘汝年　（接念）

　　　　　　主目标：捣毁瑞金赤都！

军官甲　（接念）

　　　　　　总任务：捉拿共党匪首！

两　人　（倒吸一口凉气）天哪——

刘汝年　（唱【滚花】）

　　　　　　蒋介石今次下足血本！

　　　　　　欲置红军于绝地穷途！

莫　雄　（唱【爽二簧】）

　　　　　　这份计划，

　　　　　　是南昌行营，

　　　　　　请德国专家打造。

　　　　　　百万大军，

　　　　　　剑指赣南，

　　　　　　向贵党根据地开刀！

　　　　　　毕其功，

于一役,

"铁桶计划"是其代号!

这份情报,关乎贵党和中央红军的生死存亡,关乎中华民族的前途命运,请你们迅速转送周恩来先生。

刘汝年　将军,你是说,要将这份情报交给我党?

莫　雄　(坚定地)是的!东北沦陷,华北告急,蒋介石却在这个时候,炮制出这样的一份"围剿"计划,实在是不得人心啊!(唱【滚花】)

最多只需一个月,

百万大军集结瑞金四周。

"铁桶"形成合围,

到时就滴水不漏。

若然拖延十天半月,

红军恐怕就无路可走!

刘汝年　如果上头追查起来,你怎么办?

莫　雄　你们放心,我自有安排。

苏　明　(抢白)司令官,这份情报全部编码,在庐山你签名领用,一旦追查下来,走不掉的。

莫　雄　苏明,你胡说什么!

苏　明　我说的只不过是事实。

刘汝年　(想了想)将军,我们不能再做对不起朋友的事了,情报的内容,我们抄录上报!

莫　雄　这是一份整体作战方案,岂是抄三五句话说得清楚?不掌握这些翔尽的兵力部署,红军又怎知该向哪个方面突围?(唱【滚花】)

你们不必为我担忧,

自从与共产党人做朋友。

我义无反顾,

别无所求!

但愿国共搁置分歧,

同御日寇。

我莫雄可笑对生死,

能慷慨赴囚!

刘汝年　（上前紧握莫雄的手，愧疚地）将军，对不起！（唱【滚花】）

　　　　　我们工作多有不周，

　　　　　让你险遭老六狠手。

莫　雄　刘参谋长，如果当时不是谢显夫在场，这场误会是可以化解的。唉——（唱【中板】）

　　　　　老六是个汉子，

　　　　　热血一腔为国流！

　　　　　他在天英灵，

　　　　　亦可环照宇宙。（转【七字清】）

　　　　　国共团结固金瓯，

　　　　　两党同将国运救。（转【滚花】）

　　　　　我莫雄也算曾尽匹夫责，

　　　　　不负少年头！

刘汝年　（感动）将军，你的民族大义，我们定向组织汇报。

　　　　［幕后传来哨兵的吆喝："站住！什么人——"

　　　　［谢显夫的声音："我！谢特派员，找莫司令有要事报告。"

　　　　［谢显夫带着马梁等几个特务押着莫夫人和茹兰上。

莫　雄　（惊诧）谢特派员，你这是……

谢显夫　哈哈，莫雄啊莫雄，（指莫夫人）你看我把谁带来了？（唱【滚花】）

　　　　　这回真正人赃并获，

　　　　　看你还有什么招数？

莫　雄　（沉着气）谢显夫，原来你一直在怀疑我。

谢显夫　没错！我，以及我的上头，一直在怀疑你通共。今天一大早，你夫人身上——（唱【滚花】）

　　　　　找到一份通共密件，

　　　　　我都算得明察秋毫！（说完，把信拿出在莫雄面前晃了晃）

　　　　你可能还不知道，你那个姓郑的朋友，已经被上海军统逮捕了。

莫　雄　在我背后，你们军统到底还做了些什么？

谢显夫　哦，我也不妨告诉你——（唱【滚花】）

　　　　　得知你昨晚回德安，

　　　　　我把消息向老六通告。

千斤有时不敌四两,

杀人最好还是借刀!

哈哈——

刘汝年 你还带兵包围惠民诊所,想借机把莫司令官整倒!

谢显夫 刘参谋长果然聪明!我有证据证明,你——刘大参谋长,还有你们,以及你这位美女大夫,都是共产党!(胜券在握)如今,是收网的时候了。

刘汝年 军统的手段还蛮高明的嘛。你们还知道些什么,说来给大家听听。

谢显夫 失礼失礼!我还——(唱【海南曲】)

知道莫将军,

匆忙返到,

手上有一套,

是绝密情报!(念【白榄】)

我亦接到报告,

你们在开会研究下一步,

等我猜一猜,(造作地想一想,故意夸张地)猜一猜!哦——

一定是商量如何……如何……

如何将情报送到瑞金赤都!

怎么样,莫司令官,我没猜错吧?

莫　雄 所以——(唱【滚花】)

你就导演了那出戏,

以逸待劳。

让我们两败俱伤,

送不成情报?

谢显夫 说对了!我现在过来,不但要将你拘捕,还要收缴这份情报!(唱【三脚凳】)

可惜老六那个替死鬼,

死得是糊里糊涂。

参谋长辣手狠心,

可算凶横残暴!

刘汝年 哈哈!(接唱)

与谢特派员相比,

　　　　　　我不过是小巫见大巫。
　　　　　　那个游击队叶小楠，
　　　　　　一样被人开腔剖肚！
谢显夫　（吃一惊）啊？刺杀叶小楠？谁干的！
马　梁　是我干的！
谢显夫　（气急败坏）蠢货！我是叫你去放人，不是杀人！
茹　兰　是我叫他杀的！
谢显夫　（大惊）啊？！你们——
　　　　〔慌乱之际，谢显夫拔枪欲射向莫雄，马梁和两个军统特务突然出手制止。一阵开打，刘汝年、马梁等人将谢显夫和其他特务拿下。
茹　兰　谢特派员，你有个叶小楠，我们同样也有个马梁，没想到吧？
谢显夫　你们……（垂头丧气）
刘汝年　（对莫雄）将军，这几个军统如何处理？
莫　雄　秘密处决！
　　　　〔特科人员将谢显夫等人拖下。随即幕后传来几声枪响。
莫　雄　马梁，请你以军统驻赣北第四区办事处的名义，上报谢显夫阵亡的消息，我再以保安司令部的名义，提请你升任特派员。
马　梁　是！
　　　　〔莫雄为莫夫人、刘汝年为茹兰松绑。
莫　雄　（歉意）夫人，让你受惊了！
莫夫人　（嗔）你呀——
刘汝年　将军，我们特科谢谢你！
莫　雄　刘参谋长，形势危急，你立即带上情报起程吧。到了赣南，见到周恩来先生，就说当年东征粤军第三旅旅长莫雄向他问好，并期望一如当年东征北伐，国共两党早日联合起来，共同抗日！
刘汝年　是！（郑重敬礼）
　　　　〔刘汝年从莫雄手中郑重接过情报，与众人依依惜别。
　　　　〔幕后群唱【剑归来】
　　　　　　漫说风雨又何骤，
　　　　　　万马千军若洪流。
　　　　　　护国安邦杀敌寇，

尽得胆气万世流。
乱世家国月如旧,
万里江山为谁留?
日照碧天已白昼,
但得天际绿如柳。(群声原曲继续无字咏唱)
啊啊……啊啊……啊啊……

[渐收光。

尾　声

[幕后音： 数日后,刘汝年历尽千难万险,终于在敌人"铁桶计划"合拢前,及时把这份绝密情报送到瑞金中央苏区,亲手交到周恩来同志手上。据有关党史专家考证,这份情报成为中央红军北上抗日、开始二万五千里长征的重要决策依据之一。

[一组红军爬雪山、过草地的舞蹈。

[景转。若干年后的春天,广州,木棉花绽放。

[白发苍苍的莫雄与刘汝年由工作人员陪同着,慢慢地走向对方。

刘汝年　你就是……莫……莫雄……同志?!

莫　雄　刘汝年同志!

[两位革命老人的手紧紧地握在了一起。

莫　雄　我们……我们终于又见面了!

刘汝年　是啊,又见面了!我受党的委托,接你上北京与叶帅、李克农同志见面。

莫　雄　(急切地)茹兰同志呢?

刘汝年　(伤感地)茹兰同志在1939年不幸被捕,英勇牺牲……

莫　雄　那……那当年司令部的其他同志呢?

刘汝年　大都……牺牲了。

莫　雄　(伤感地)他们怎么不等到全国解放啊?!(老泪纵横)

刘汝年　革命成功了,但他们都走了……

莫　雄　就剩下我们俩了?

刘汝年　就剩下我们俩了……

莫　雄　革命成功了，他们却都走了……

　　　　[两人感慨万千。

　　　　[幕后音：1949年10月，广州解放，毛泽东主席指示叶剑英同志，一定要找到广东的莫雄并安排工作，因为莫雄是"党的老朋友，老同志"。解放后，莫雄先后担任北江治安委员会主任、广东省人民政府参事室副主任、第五届全国政协委员、政协第四届广东省委员会副主席等职。1980年，莫雄在广州病逝，享年89岁，骨灰安葬于家乡广东英德望埠镇，叶选平同志为其题写"莫雄墓道"。

　　　　[天幕一幅巨型莫雄晚年肖像徐徐降下。

　　　　[幕后唱【新曲】

　　　　　　拂开记忆的尘封，

　　　　　　拨开历史的迷蒙。

　　　　　　天地间，看风云变幻，

　　　　　　征尘里，有各路英雄。

　　　　　　终有日，敌寇除尽成一统，

　　　　　　但留得，浩气长存天地中。

　　　　[剧终。

附录：

本剧主要参考文献：

1. 1991年广东人民出版社出版的《莫雄回忆录》（广东省政协、广州市政协和英德县政协文史资料研究委员会合编）。

2. 1997年人民出版社出版的传记文学《山路漫漫——项与年的革命生涯》（作者：卢运泉、李立维，习仲勋同志作序）。

3. 2014年3月国家安全部政治部组织宣传局、江西省国家安全厅联合摄制的电视纪录片《隐蔽战线传奇人物——莫雄》。

（本剧与余楚杏合作，2009年获得广东省专业剧本评选三等奖）

粤剧

青春作伴

人物表

文　青　女，23岁，南方某大学农科毕业生，后任粤西水口村村委会主任。

林春华　男，28岁，水口村村主任助理，复退军人。

罗家伟　男，23岁，文青的大学同学，前男朋友。

四　婶　女，50多岁，盲眼村妇，文青生母。

傅丽丽　女，23岁，文青的大学同学、闺蜜。

郭　强　男，40多岁，平山镇镇长。

算盘叔　年近六十，水口村民，林春华父亲。

阿　发　男，50多岁，前任村主任。

阿　娣　女，二十出头，水口青年村民。

文　母　女，年近五十，文青养母。

小跟班、众大学生、众村民等。

第一场　欢乐中的悲哀

〔南方某大学校园内，礼堂。

〔光启，一群男女大学生，头戴学士帽，在准备照毕业相，在音乐声中不断变换造型，镁光灯闪烁。

罗家伟　男同学，来一张——

众男生　好！

〔男生摆造型。

文　青　女同学，来一张——

众女学　好！

〔女生摆造型。

文　青　再来一张有个性的——

众学生 好!

〔摆各种个性造型。

罗家伟 最后来一张经典的——

众学生 好!茄——子——

众学生 毕——业——啦——

〔众学生抛帽子,狂欢、起舞。

众学生 (齐唱新曲"毕业歌")

曾共你挽手一起走过,

留下了思忆永记。

还共你书山探索攀登,

为着理想不言放弃。

无惧畏经风风雨雨,

让我的青春放飞。

学海里遨游又添朝气,

同学有壮志云天万里。

　　　　　从今隔两地人渐远去，

　　　　　心里永远记着这一天，

　　　　　这一天在我心中永记。

　　　　　日后重逢我们再牵手，

　　　　　细说人生未老，

　　　　　再看河山壮丽！

　　　　[舞曲骤停，男女同学造型定格。

女生甲　（满怀憧憬地，念【韵白】）

　　　　　十年后同学会，

　　　　　你们会看到我的奔驰宝马！

罗家伟　（意气风发地，接念）

　　　　　二十年后，

　　　　　整个华南商界，

　　　　　都是我罗家伟的天下！

男生甲　（接念）

　　　　　我将来的企业，

　　　　　称霸东南亚！

傅丽丽　（接念）

　　　　　我傅丽丽的公司，

　　　　　跨国到美加！

女生甲　文青，你呢？

文　青　（一时愕然）我？

众学生　是啊！

傅丽丽　（抢着）我们的文青小姐呀，豪门千金，富家二代，父母将她下半辈子都安排好了，不是考研就是出国，哪还用她操心！

罗家伟　（打断）好啦好啦。我宣布，毕业晚会，现在开始——

四男生　我们先来——

　　　　[四男生跳街舞，赢得阵阵掌声。家伟与文青深情对望，被同学们发现。

男生甲　（触景生情地）家伟，你再不向我们的文青小姐求婚，将来就没有机会了！

众男生　（集体起哄）求婚！求婚！

[罗家伟在男同学的推搡下，走到文青面前。

[傅丽丽见状，当即上前阻止。

傅丽丽 慢！我们的罗大班长，向文青求婚，你凭什么呀？

罗家伟 （一时没想好，似在自语）我凭什么？

男生甲 凭什么？就凭我们罗大班长是学习尖子、校园歌手，还是篮球王子、学生会主席！

傅丽丽 （酸溜溜地、挖苦地）我知道你罗家伟有车有楼，但车是自行车，楼是父母二十世纪分的四五十平方米的旧楼，配得上我们文青小姐的男孩子，还没在地平线上出现！

罗家伟 毕业了，我可以奋斗！

傅丽丽 （嘲笑）等你奋斗完，"蚊都瞓啦"（蚊子都睡觉了，意谓黄花菜都凉了）！文家的夫婿，将来要掌控整个文氏集团，不是条"金融大鳄"，起码都是只过洋"海龟"（海归），轮得到你咩？

男生甲 （看不过眼）喂——傅丽丽，是不是没人向你求婚，吃醋呀？

傅丽丽 （气结）你——

众男生 （又向罗家伟起哄）求婚！求婚！求婚！

罗家伟 （犹豫地，旁唱【怀旧】）

相爱已三载，

难得有情人。

我有痴心与用心，

早盼共结誓盟。

[罗家伟欲上前。

男生乙 慢着！（拉开一个易拉罐，递拉环）家伟，戒指！戒指都帮你准备好了——

男生丙 （赞叹地）用易拉罐拉环做戒指，"叻仔"（聪明）！

罗家伟 （接过戒指单膝跪下）文青，你嫁给我吧！

文　青 （被感动，与家伟深情对视，旁唱前曲）

相爱已三载，

共君结伴行。

睇到（看到）家伟有上进心，

总不甘落后别人。

罗家伟　文青，你嫁给我吧！

　　　　［文青向罗家伟投以鼓励的目光，慢慢地伸出了手。

　　　　［罗家伟把"戒指"戴在文青的手指上。

众男生　（不依不饶地起哄）嘴佢（亲吻她）！嘴佢！嘴佢！！

　　　　［正在这时，文母拉着个大旅行箱仓促上。

　　　　［同学们热烈庆祝，大呼小叫，气氛热烈。

文　母　（站在门口，呼叫）文青！

文　青　（有点意外地走过去）妈？

众学生　阿姨好！

　　　　［热闹的场面、载歌载舞的学生隐去。

文　母　（惊恐地）文青，你快跟我走——

文　青　（不解）妈？去哪儿？

文　母　先去香港，再想办法出国。

文　青　（一惊）香港？出国？为什么呀？

文　母　你爸爸出事了！今日上午他被司法机关带走了！

文　青　（大惊）啊？爸爸怎么啦？怎么会这样？

文　母　唉，你爸爸有个朋友因金融诈骗被抓，他是担保人，肯定是被牵连进去了。

文　青　做个担保能算什么罪呀？妈，爸爸他不会有事的！

文　母　（哭喊）文青，那个案件涉及好几个亿，谁知道你爸爸要负什么责任呀？就连我们家的房子，都被查封了！

文　青　（惊愕）啊？！

文　母　（急）女儿——再不走，怕连我那几个养命钱都保不住了！

文　青　（痛苦地）妈，我们不能走！如果我们都走了，谁来照顾爸爸呀？

文　母　（严厉地）我管不了那么多！我再问你一次，你走还是不走？

文　青　（痛苦地摇头）不走不走，我不走！（哭着喊）妈！你别走……我们不能丢下爸爸不管的！（哀求）妈——

文　母　（冲口而出）不要叫了！我不是你妈妈！

文　青　妈，你说什么？（以为是气话，看看是认真的，震惊）

文　母　（冷冷地）我不是你亲生妈妈。（叹了口气）既然你不想走，我也不勉强你。（打开皮箱，拿出件小棉袄递给文青）这件小棉袄，是你刚到我们

家时身上穿的，你就留下做个纪念吧。没时间了，我走了！（拖着行李箱急下）

［文青颤抖着手，打开了那件小棉袄，仔细看了看。

文　青　妈！（双重打击下，几乎崩溃，唱【双星恨】尾段）

　　　　　　天要倾，地要翻，

　　　　　　一瞬间，泪满衫。

　　　　　　失去双亲倍孤单，

　　　　　　两手颤抖，豪情顿化冰冷，

　　　　　　孤飞燕，魂欲散，

　　　　　　失倚靠，无望盼，

　　　　　　梦已尽碎，自天坠地我未惯，

　　　　　　心中痛苦五味翻，

　　　　　　道长路远怎去攀？（欲晕倒）

［罗家伟、傅丽丽上，急搀扶。

罗、傅　文青，文青！

文　青　丽丽，家伟——（三人相拥，文青痛哭）

［切光。

第二场　被推上的村主任

［夜，街。昏黄的路灯，细雨飘零。

［文青手里拿着一沓求职简历，神情木然地上。

［汽车飞驰而过（声音），文青视而不见，险象环生。

［罗家伟持伞上，看到文青，急忙把文青拉到路旁。

罗家伟　（劝慰）文青，文青？你怎么了？

文　青　家伟……

罗家伟　今天面试顺利吗？

［文青把手中没有送出去的简历给罗家伟看了看。

罗家伟　（气愤地）这都是什么破公司？！还说是上市企业、跨国集团，一点信用都不讲，说好了你毕业就去报到，现在却翻脸不认人！就算你爸爸出了事，他们也不可以这样的啊！哼！（继续劝慰）好的公司还有很多，东家不打打西家！别怕，还有我呢！

文　青　家伟，我……我想离开这里……

罗家伟　离开这里？到哪儿？

文　青　去——农——村——

罗家伟　（意外地）去农村？

文　青　学校团委张老师说欢迎我们报名到农村去。（似在征求罗家伟的意见）家伟，我想去……

罗家伟　（着急）学校要动员大家到农村去，当然说得天花乱坠，你以为农村真那么好吗？

文　青　去年实习的时候，我曾到过农村，在那里，我是最开心的。

罗家伟　那时你还是个富家小姐，到农村就当旅游度假，当然开心了！而现在你最需要的是一份可以养活自己的工作，拜托你现实一点好不好？

文　青　（恳求地）家伟，你跟我一起去吧。

罗家伟　（嗫嚅）文青，其实……我……我已经找到工作了！

文　青　（略意外）你已经找到工作？

罗家伟　是一间很大的地产公司，我应聘的那个职位有很多人竞争，（得意地）因为我的表现出色，所以最后他们录用了我。

文　青　你是不想跟我去吧？

罗家伟　（辩解）文青，不是不是！我……其实我不是你想象的那样……（终于找到借口）文青，你看这样好不好：你既然这么想去农村，你就去，就当是散散心，我就进那间地产公司。以后你在农村干得不开心，回到城里至少还有我；如果你在农村站稳了脚，升了个一官半职，说不定，我还可以去投靠你！这样，岂不是两全其美了……

文　青　两全其美？

罗家伟　是的。况且你现在这样的情况，离开一下或者也有好处……

　　　　〔文青心里一冷，忧伤的音乐起。

　　　　〔两人有点无奈地各自转过身去，背靠背。

　　　　〔切光。

　　　　〔暗转。水口村村委前的大晒谷场。

　　　　〔阿娣举着个"大声公"（扩音器）上。

剧 作　71

阿　　娣　（吆喝）各位乡亲，各位父老！各位父老乡亲！今天是水口村换届选举大会，请大家都来参加会议，为了我们村的发展，投下你神圣的一票！

　　　　　　〔算盘叔上，只见他咣地敲了一下手中的铜锣。

算盘叔　乡亲们，选村主任咯——选村主任咯——

阿　　娣　（走过来问）算盘叔，我刚才这样"嗌"（叫喊）可以吗？

算盘叔　（满意地）可以可以，电视上都是这样"嗌"的！（"咣——"，又打了一下铜锣）大家快点出来，选村主任咯——（下）

　　　　　　〔媳妇甲拿着张小板凳上。

媳妇甲　（回头招呼）快点快点，选村主任啦！

　　　　　　〔内场应：来啦！

　　　　　　〔一群穿着花枝招展的大姑娘小媳妇拿着小板凳舞蹈着上。

　　　　　　〔算盘叔复上，往大姑娘小媳妇手里塞东西。

算盘叔　到时候选哪个，你们都记得了吧？

众媳妇　（齐声）记得啦！（下）

　　　　　　〔一队青年小伙上，算盘叔又与他们一一耳语，众人会意，下。

算盘叔　（继续吆喝）大家快点出来，选村主任咯——选村主任咯——

小跟班　（上，冷嘲热讽地）算盘叔，你这样做，不就是想要大家选你的儿子春华吗？直接说好了。

算盘叔　（不服地）春华怎么啦？他从部队复员回来，前前后后当了五年村主任助理。

小跟班　当五年助理算什么，人家阿发叔，都当了两届村主任。

算盘叔　阿发当村主任，他自己就（对着小跟班耳边猛地敲了一下锣）"发"（发财）啦！（继续吆喝）投票选村主任咯——

小跟班　（向里招呼）阿发叔，快些吧——

　　　　　　〔阿发在另一班村民的簇拥着上。

阿　　发　（对众人）你们的事包在我身上！选哪个你们都知道了吧？

众　　人　（点头）知道，知道！（簇拥着发叔下）

　　　　　　〔两个村民抬着长板凳舞蹈上，算盘叔又上前去"拉票"，一场板凳舞。

算盘叔　记得选春华，记得选春华啊……投票选村主任啦！

　　　　　　〔三人同下。

　　　　　　〔景转会场。文青带领着阿娣她们在布置会场。

阿　　娣　选村主任了，请大家快来！

　　　　　［村民们陆陆续续进会场，会场十分嘈杂。

文　青　（有点胆怯地）请大家静一静，静一静，水口村推选村主任候选人大会马上就要开始，请大家讲文明、讲秩序……

村民乙　（马上呛声）喊——你这个外来妹，什么时候轮到你出声呀？下去——

　　　　　［文青被呛，怯怯地走到一边去。阿娣见状，顶上。

阿　娣　下面，请出我们的郭镇长！

　　　　　［郭强上，众村民鼓掌。

郭　强　各位乡亲，水口村领导班子换届选举工作，现在正式开始了！下面请出有意参选的林水发同志！（阿发上）林春华同志！（春华上。郭强对文青说）大学生，你也上来坐，帮忙做记录。（文青在旁边找了个位置，坐下做笔记）下面，先请林春华同志发言。

林春华　（清清嗓子，向群众敬了个军礼，拿出讲稿，一本正经地念）各位乡亲，各位父老，各位父老乡亲：在上级党委政府的正确领导下，在村党支部的团结带领下，在全体村民同志的共同努力下，近年来，水口村坚持科学发展，虽然遇到了一个又一个的困难，但我们还是取得了一个又一个的胜利……

村民甲　（打断）喂——春华，你可不可以不读文件呀？

　　　　　［部分村民起哄：是呀，是呀——

林春华　（窘态，丢下讲稿）我……我不选了！（要走）

　　　　　［郭强拉住林春华。

郭　强　（略责备）春华同志，你是村干部，有意竞逐下届村主任，几句话都还没说完就走，这怎么行呀？

林春华　郭镇长，你看他们——（唱【长句滚花】）

　　　　鸡一嘴，鸭一嘴（你一言，我一语），
　　　　叽叽喳喳，"冇啲规矩"（不守规矩）。
　　　　你又唔（不）表个态，
　　　　总系笑口微微。
　　　　领导既然任由大家放肆，
　　　　我又何必还要白费心机？（句）
　　　　枉我这几年尽力尽心，
　　　　为村里用心办事。

算盘叔 （激动地站了起来，一只脚踏在板凳上，叫）儿子呀——不用怕！老爸支持你！

　　［部分村民附和：春华，我们支持你——

郭　强 大家都静一静！（对春华）春华同志，你又难怪村民有意见——（念【口鼓】）

　　　　这几年，

　　　　阿发系村主任，

　　　　你系佢（他）助理。

　　　　话就话（说是说）互相配合，

　　　　实质上是相互扯皮！

林春华 （欲辩）郭镇长……

郭　强 （接念【口鼓】）

　　　　你睇睇（你看看）——

　　　　东村搞物流，

　　　　西村办民企。

　　　　村村都风风火火，

　　　　个个都屋润家肥。

　　　　而你们水口村，

　　　　一年一年又一年，

　　　　年年"执猪尾"（落后于人）。

　　　　大家都希望，

　　　　今次选出个好领导，

　　　　撑起呢（这）支大旗！

众　人 是啊是啊……

林春华 （气馁）想撑起支大旗？如果是这样——怎有人嫌发叔太过老？（部分村民起哄）又有人说我下巴没长毛？（另一部分村民起哄）世事哪得两全其美？

郭　强 你先坐下……既然是民主选举，当然就有不同意见了。如今的干部，一定要经得起群众的考验！

阿　发 （胸有成竹地，站起）郭镇长，是时候轮到我讲几句了吧？

　　［阿发的支持者鼓掌。郭强点头同意。

阿　发　（念【白榄】）

　　　　　　水口村,

　　　　　　虽然近年冇乜（没什么）发展,

　　　　　　但都算安安乐乐无惊无险。

　　　　　　如果真想赚大钱,

　　　　　　其实也是很方便,

　　　　　　就学隔离（隔壁）村,

　　　　　　卖光那些地和田,

　　　　　　那就人人都可以快活过神仙!

部分人　（附和,接念）对!快活过神仙——

算盘叔　（挖苦地）阿发,不是我说你,你自己没胆量、没本事,就别扯这么多借口好不好?

村民乙　是啊是啊,我们水口村还没"发"（发财）,他自己就"发过猪头"（发得一塌糊涂）!

阿　发　（被辱,怒）喂——你不要血口喷人!我两个儿子,一个在深圳搞装修,一个广州开酒楼,我阿发的每一分钱都是干净的!

村民乙　（嘲笑地）肯定干净啦,可怜村集体的账户更"干净"!大家说是不是呀?

阿　发　（气结）你——

　　［两边的村民又闹得不可开交。

郭　强　大家静一静,静一静!春华同志,你说一下工作设想吧?

林春华　郭镇长——（念【白榄】）

　　　　　　水口村,有资源。

　　　　　　去省城,未算远。

　　　　　　点解（为何）近年没发展,

　　　　　　皆因没个长远规划和现代理念。

　　　　　　又怕亏,又怕蚀,

　　　　　　想发财,又怕承担风险……

村民甲　（打断）春华,不是我们不想发财,这几年来,你都没给我们带来什么发财的机会。

　　［部分村民起哄:是呀是呀,发财谁不想呀?

郭　强　好啦好啦,乡亲们,两位候选人都谈了自己的想法,接下来,我们就要按照《村民委员会组织法》的法定程序，先推选村主任候选人。候选人确定并通过政审后，下个星期就进行正式投票。现在开始推选候选人投票——

［两边支持者分别呐喊："支持春华！""支持发叔！"

［四婶拿盲公竹，由女村民引上。

四　　婶　是不是今天选村主任……是不是今天选村主任……

林春华　（赶忙迎上）四婶，今天是推选候选人，你不方便，就可以不来了。

四　　婶　华仔，我还没全瞎，我要来选你当村主任！

［林春华扶四婶落座。

［文青手机响，走到一旁接听："喂——喂——"

郭　　强　同意林水发为候选人的，请举手——（部分村民举手）文青，请统计一下人数。（不见文青）文青——文青——

［文青正在一旁接电话。

文　　青　（对电话）吴老板，对对对，是我联系你的……什么？你下午就到？好好好……

郭　　强　（只好对一旁的阿娣）阿娣，你统计一下人数。

［阿娣点人数。

郭　　强　同意林春华为候选人的，请举手——

［部分村民举手，算盘叔举手，四婶也举手。

［阿娣又在点人数。

文　　青　（在继续接电话）吴老板，我都问过的了，这个价钱……

阿　　娣　（有点为难地，对郭强）郭镇长，两边的票数一样多。

郭　　强　（有点意外）啊？

［一组村民："推发叔——推发叔——"另一组村民："推春华——推春华——"双方甚至分成了两个阵营，举起拳头挥动着，一副誓不罢休的样子。

［声音震耳欲聋，文青听也听不清电话。

［郭镇长让众人稍安勿躁，众人安静下来，一起望向文青。

文　　青　（继续接电话）吴老板，只要价钱合理，十车八车没问题……我都打听过了，这个价钱肯定合理……水口村的紫心番薯曾经卖到香港……对，只要车一到，就可以马上装车！

［众人听到了"水口村的紫心番薯"，围拢到文青这边来。

算盘叔 （走了过来，有点不满地）文青，你真不懂规矩！现在大家都在开选举大会，你要做自己的生意，能不能等到散会啊？

文　青 （挂掉电话，歉意地对算盘叔）不好意思，算盘叔。刚刚有个客商打来电话，说他的车队下午就到我们村，收购番薯、芋头。

阿　发 （不解地）收购番薯、芋头？

众　人 番薯、芋头？

文　青 是呀，昨天我联系了个客商，要将村里的番薯、芋头卖出去。

　　　　　［众人表现出兴趣。

女村民 文青，你到我们村都快一年了，我都还没见过你入城，你怎么联系？

文　青 其实很简单，如今都是信息时代了——（唱【数鬼芙蓉】）

　　　　　　　有网络，有手机，

　　　　　　　广州、深圳、上海、北京，

　　　　　　　可以随便去。（转【二簧】）

　　　　　　　自去年来见到，

　　　　　　　村民家家户户，

　　　　　　　收成大批芋头、番薯。（转念【白榄】）

　　　　　　　年年贱卖，日日喂猪。

　　　　　　　看得我心头如受刺。

　　　　　　　现在的大城市，

　　　　　　　都是流行绿色饮食——

众村民 （齐）绿色饮食？

文　青 （接念【白榄】）

　　　　　　　粗粮搭配山珍海味，

　　　　　　　有益健康又减肥。（唱前腔【二簧】）

　　　　　　　越是盛宴华筵，

　　　　　　　越食芋头番薯，

　　　　　　　这对我们村里，

　　　　　　　是一个大好商机。（句）

　　　　　　　我就上网搜寻，（合字长腔）

　　　　　　　手机联系，

　　　　　找来吴老板，果间（那家）农贸公司，
　　　　　他利用回头货车，
　　　　　省却了许多运费。
　　　　　（趋快）一门生意，两家便宜。
　　　　　以后许多经营，（转【合尺滚花】）
　　　　　都可以发展下去。
算盘叔　（有点恼火地）文青，讲到卖番薯、芋头，我算盘叔最懂行情！你番薯卖多少钱一斤？
文　青　（反问地）算盘叔，那你们以前的番薯卖多少钱一斤？
算盘叔　（挺自豪地）我们的番薯呀，可以卖到五毛一斤！
　　　　〔文青伸出两根手指。
算盘叔　两毛？不卖不卖！
文　青　如果是两元呢？
众　人　（惊讶）两元？
文　青　你们卖还是不卖？

算盘叔　（第一个反应过来）卖，我卖！我家里还有十几担！

众　人　（抢着，生怕不买自己的）我卖——我卖——

文　青　放心，大家将自己的番薯、芋头装好袋，到时敞开收购。

　　　　［算盘叔第一个抬脚就要走。

阿　娣　算盘叔，你干吗去呀？

算盘叔　几大咪执输（千万别吃亏），返去（回去）装番薯——（飞身而下）

　　　　［众人一听，也急着要散。

郭　强　（急了）喂——各位乡亲，会还没开完，还没推举出正式候选人呢。

众　人　（收住了脚步，一起指着文青）不用选了，就她——

郭　强　（疑惑地向文青）她？！

众　人　（齐声）对，就她了！

文　青　（意外地）我？当村主任？

　　　　［急收光。

第三场　盲村妇的倔强

　　　　［音乐起，灯渐亮，四婶坐着缝棉袄，身旁放着一个针线篓。

四　婶　（放下衣物，起唱【朦胧】）

　　　　　　沉沉黑暗度晨昏，

　　　　　　幸好靠感觉还能够站与行。

　　　　　　十数载光阴，

　　　　　　万事可躬亲，

　　　　　　最遗憾有件事心中长抱恨。

　　　　（悲叹楔白）夭妹，你听到妈妈叫你吗？（转唱【二簧】，略爽）

　　　　　　妈妈年年岁岁，

　　　　　　为你咬线拈针。

　　　　　　只望你早日归来，

　　　　　　呢（这）件新衫最合衬。

　　　　［四婶在音乐声中，坐下，摸索着零碎布料，引线牵针。

　　　　［光全亮。破旧农家小院，一间矮小的土砖房。

[林春华一手提着小半包水泥，一手拎着个灰沙桶上。

林春华 四婶！

四　婶 华仔，你又来了。

林春华 是啊，我来帮你捡瓦漏。

四　婶 唉，自你从部队回来，年年都来帮我捡一次瓦漏，算起来都有五次啦。

林春华 这都是我应该做的。四婶呀，这房子又残又旧，还是找个地方搬出去吧。

四　婶 （固执地）我不搬！我搬走了……

林春华 （学着四婶的语气，抢白）我搬走了，奀妹回来，就认不得路啦。

四　婶 （十分宽慰）华仔啊，全村人，就数你最懂我心。

林春华 所以你就要听我的话，早点搬出去。要是刮台风、下大雨，这房子就危险了！

四　婶 你不用再劝我。总之，奀妹一天不回来，我就守一天；一辈子不回来，我就守一辈子。

林春华 （不忍地）四婶，你都等了十多二十年了，依我看哪，奀妹是不会回来了——

四　婶 （有点恼怒地）我不许你乱说！奀妹她一定会回来的！（发觉不该这样对春华，转和颜悦色地）华仔，如果奀妹回来，我将她嫁给你。

林春华 （玩笑地）那我要见过才行啊，万一她是个丑八怪，那怎么办？

四　婶 （嗔怒）我的女儿，怎可能是丑八怪呢？华仔——（唱【梆子慢板】）

　　　阿奀妹，我个女，

　　　怀胎十月，骨肉相亲。

　　　咿呀学话，蹒跚学行，

　　　可爱纯真，聪明机敏。

　　　可怜她，三岁没了爸爸，

　　　四岁被人拐卖，

　　　我处处寻找，无处找寻。

　　　唯有一日又一日，

　　　一年又一年，

　　　岁岁年年将佢（她）等。

林春华 （耸了耸鼻子）四婶，什么味道？

四　婶　（醒悟）哎呀！——我煲的番薯！（起身要下）

林春华　（制止）四婶，等我去帮你收火！

　　　　〔林春华顺手拿起个灰沙桶下。文青提了包礼物上。

文　青　（【西皮】下句连序唱）

　　　　　　水口江边多美景，

　　　　　　风帆浪里影。

　　　　　　远闻鸡唱声，

　　　　　　近看鸭鹅泳。

　　　　　　虾仔跳，身轻盈，

　　　　　　林树间，蝉鸣荔熟，

　　　　　　一片安宁。

　　　　（看见破房，楔白）池塘边，砖瓦房，应该是这里了吧？唉——（唱【滚花】）

　　　　　　没料到四婶的住家，

　　　　　　竟是这般光景。

　　　　　　待我劝她离走，

　　　　　　与她细说慢倾（谈）。

　　　　〔文青推开院门进。

文　青　四婶——

　　　　〔四婶装着没听见。

文　青　（趋前）四婶，我是文青——

四　婶　（手中的针线活不停，满怀敌意地）文大村主任，有何贵干啊？

文　青　（依然热情地）四婶，大家委托我看你来了。

四　婶　有心了！

文　青　（想找话题，看见针线篓，上前想拿棉袄）这是什么呀四婶？真漂亮！

　　　　〔四婶举起"盲公竹"，向文青的手唰的一下扫过去。

　　　　〔文青连忙缩回已碰到棉袄的手。

四　婶　（喝止）不准碰我的东西！（像在自言自语，又像是说给文青听）哼，卖几担番薯，就抢了我春华的村主任当，老天没眼啊！

　　　　〔文青有点尴尬，又惊诧于四婶的感觉敏锐。

林春华　（拎着灰沙桶上）四婶——

文　青　（迎上）春华哥！

四　婶　（讥讽地）哥前哥后，叫得够甜。

林春华　（看以奉承，实质挖苦）四婶，人家是大学生来的！

　　　　［春华边说边顺着梯子爬上屋顶。

四　婶　（不以为然）大学生怎么啦，大学生就可以吃人吗？

文　青　（看看屋顶，转移话题）春华哥，我正要找你！

林春华　有什么吩咐，文主任？（从屋顶抛下一截麻绳，刚好落在文青身旁）

文　青　（受惊吓，跳了起来）啊——蛇！蛇呀——

林春华　（已下到地上。拿起绳头嘲笑文青）只是麻绳而已，不是蛇！

四　婶　（有点心痛地）唉——五谷不分，禾稗不辨！在城里当个娇小姐不好？跑到这里当什么村主任？

文　青　（无话找话）春华哥，你上屋顶干什么？

林春华　这间房子太旧了，年年都要捡瓦漏！

文　青　（对四婶）四婶，村委会为你安排了一间新屋，我们想你搬过去，这屋子实在是太危险了。

四　婶　文主任，在村里，是你说了算；这屋子，是我说了算！我的事，不用你操心！

文　青　（虽难受仍真诚地）四婶，你一个人住在这里，万一发生什么事情，我们怎么对得起你呀！

四　婶　是生是死，是我的事，与你们无关！

林春华　文主任，你还是省点气吧！

文　青　明明是危房，为什么不搬？

林春华　是因为四婶的女儿……

四　婶　（打断）华仔！

林春华　好好好，四婶，我不说！我不说！

文　青　（想起手中礼物，双手奉上）四婶，这是村委会的一点心意，请你收下！

四　婶　你捎些东西来，是想堵住我的嘴吗？哼！（把礼物扔地上，直起唱【雨打芭蕉】中段）

　　　　　　我哋（我们）虽穷，
　　　　　　人人老实务农，
　　　　　　不慕浮华，不肯跟风。

　　　　　不管啲官讲"乜东东"（什么东西），

　　　　　有饭，有茶，有馓（菜），

　　　　　家家饱饱暖，

　　　　　年年笑口逢。（边唱边下）

文　青　（追上）四婶，四婶！

林春华　（看着文青在捡拾地上的东西，有点不忍）文主任，四婶老人家脾气是大些，你不要介意。

文　青　（有点恼怒地）春华哥，你这样就不对了！让四婶搬家是村委会的集体决定，你开会也在场，刚才为什么不劝她一下？

林春华　文主任，你来到水口村才多久？你了解多少情况？

文　青　我不管什么情况！我是村委会主任，万一房子塌了，出了人命，我要负责任的！

林春华　文大主任，四婶不搬，她有她的难处，我帮她补补瓦漏，也是为了安全着想，有什么不好？（敲了敲手中的灰沙桶）不是什么事情大学生都能搞定的！

文　青　（赌气地上前抢过春华的桶）谁说我搞不定？

　　　　〔文青爬上屋顶，不料屋顶摇摇晃晃。文青被吓得脚颤、胆怯，想下却又下不来。

林春华　（叹气，爬上梯子，递上手）这下就知道了吧？

　　　　〔文青下来，生气地欲走，林春华喊住她。

林春华　（打圆场）大学生，又说有事找我，什么事啊？

文　青　（平复一下情绪）春华哥，这段时间以来，我思考过很多问题，既然乡亲们都信任我，支持我，我就要负起这个责任，勇于担当，实实在在地为大家做些事情。

林春华　（不以为然）新官上任嘛，三把火，烧吧！

文　青　（有点意外）你也知道我的三个规划呀？

林春华　（猜对了，也意外）真是三个规划呀？哪三个？

文　青　我通过一年多的观察，近期又走访了各家各户，听过大家的意见，有了个初步的工作思路。春华哥你听——（唱【梆子慢板】）

　　　　　水口村近江边，（转【越调流水板】，静唱）

　　　　　山丘后坡成一片。

　　　　　　有不少土特名产，

　　　　　　都是出自家传。

　　　　　　算盘叔养的乌鬃鹅，

　　　　　　皮脆肉嫩。

　　　　　　春华哥你种的鸡心芥，

　　　　　　肉厚淋甜。

　　　　　　阿发叔养的对虾，

　　　　　　也曾蜚声近远。

　　　　　　只可惜小家小户，（入乐）

　　　　　　散养兼散卖，

　　　　　　卖不出好价钱。（句）

林春华　那你打算怎么样？

文　青　第一，我们要把散养户联合起来组成合作社；第二，想办法提高水口村名优特产的品质，打造我们自己的品牌；第三嘛——（唱【滚花】）

　　　　　　投入大市场，

　　　　　　才有可能大发展。

　　　　　　我最大的理想，

　　　　　　就是建成现代农业生态园。

林春华　（不以为然）哼！这就是你的发展大计啊？（唱【三脚凳】）

　　　　　　讲来就好听，

　　　　　　只怕难实践。

　　　　　　若有好办法，

　　　　　　何必等到今年？

　　　　　　你睇各户各家，

　　　　　　都在自打自算。

　　　　　　加上无门又无路，

　　　　　　又怎打进大城圈？

　　　　　〔四婶拿着盆煮熟的番薯上。

四　婶　（挖苦地）华仔，今时就不同往日咯——（唱【滚花】）

　　　　　　人哋（人家）山鸡可以变凤凰，

　　　　　　神通广大"乜都搞得掂"（什么都可以办妥）！

文　青　四婶，不是我神通广大，但我知道——（唱【减字芙蓉】）

　　　　只要我们用心做，

　　　　三个规划可以办周全。

四　婶　（接唱）

　　　　就怕你不识农时，

　　　　到时搞成七国咁乱（一团糟）！

　　　　不过讲到种菜呢一项，

　　　　华仔就最有发言权！

文　青　好呀，春华哥，那就由你来负责联系各户——（接唱）

　　　　整体开发松仔坡，

　　　　规模种植连成一片。

林春华　（接唱）

　　　　东家推来西家让，

散沙一盘难成团。

四　婶　华仔讲得对——（接唱）

就怕发财不成，

到头反惹怒怨。

文　青　四婶，我们还没尝试过，怎么知道办不成呢？下一步，我还要把江边一带零散虾场联结起来——（接唱）

产业化科学养殖，（半句）

林春华　（强烈地）我反对——（接唱）

台风一到就玩完！

文　青　（胸有成竹地）春华哥，你放心，我都调查了解过了，最容易受水流冲击的就转角坳那几十米堤围，我们先把它加高加固。等明年虾场赚到钱，再按百年一遇的防洪标准筑高石基，那时就安枕无忧了。

林春华　（语带讥诮）如果是这样，那我预祝你早日成功咯！

四　婶　（附和）那我预祝你早日成功咯！

林春华　你还有什么新招式啊，文主任？

文　青　听说，你阿爸算盘叔是养鹅能手，对吧？

林春华　（一愕）你不是打算养鹅吧？

文　青　对！不但养，还要大养特养。你做一做他的思想工作，帮他打行个算盘（算足账），发动村里养鹅户，扩大存栏量，将来的销路由我负责！

林春华　（不相信地）由你负责？你以为卖番薯咩？

四　婶　是呀！你以为卖番薯咩？

文　青　（满怀信心地）放心啦，乌鬃鹅比番薯好卖！

林春华　（抗拒地）文主任，大规模养家禽，风险会成倍增加，你知不知道啊？

文　青　我是正牌农科生，我当然知道！只要我们做好防疫防病，就不会有问题。

林春华　你就这么肯定？

［文青肯定地点头。

林春华　如果养殖户有什么损失，谁来负责？

文　青　大家如果有什么损失，由村委会负责！

林春华　由村委会负责？（大笑）哈哈哈……

文　青　你笑什么？

林春华　笑你张空头支票开得好大!

文　青　你什么意思?

林春华　村委会账上早就没钱了,怎么负责?

文　青　(冲口而出)村委会没钱,就由我来负责!

林春华　由你负责?你要说到做到才好!

文　青　(半赌气地)我说得出,就一定做得到!

　　　　[急收光。

第四场　情河上的突变

　　　　[水口村村口。

　　　　[一场禽流感疫情后,众村民们在议论纷纷。

林春华　(制止众人)别吵了,别吵了!文主任她也不是有意害大家,这次禽流感谁也预想不到,大家体谅体谅,一起度过这难关吧。

众村民　我们家家户户都损失惨重,谁体谅我们呀?

　　　　[众人起哄、喧哗。

阿　娣　(从外面冲进来)春华哥,文主任走了——

村民乙　走了?她怎么可以"跑路"啊?

阿　娣　不是,文主任说是到省城借钱,说要赔给养殖户。

众村民　借钱?!借口就真!

林春华　(急了)大家别吵了好不好!(想了想)她真的要去借钱?(对阿娣)阿娣,家里的事就交给你,我要入省城去找文主任,看看到底是什么情况。

　　　　[春华下。

　　　　[转暗。罗家伟居室客厅。

　　　　[光起,深夜。罗家伟坐沙发上,旁边有一瓶红酒和一个有酒的酒杯。

　　　　[罗家伟焦急站起,端起了酒杯。

罗家伟　(无限感慨,唱【反线寒关月】)

　　　　　　夜凉如水,

　　　　　　一宵未眠,

心惆怅。

　　酒香烈，

　　却难得，

　　浅斟低唱。

　　为我前程理想故，

　　难为她舍身去帮忙。

　　如今天已渐明，

　　未等到消息我坐卧不安！

　［百感交集，举杯一饮而尽。

　［傅丽丽低胸装上。按门铃，罗家伟开门。

傅丽丽　家伟！

罗家伟　（急切地）丽丽，那件事情办得……

　［傅丽丽径直走进门，罗家伟有点讨好地递上一杯水。

罗家伟　昨天那件事……

傅丽丽　（喝过水，把杯子递还家伟）你就知道关心自己的事。

罗家伟　是……是我不好，你……你先休息一下……

傅丽丽　你不想知道自己的事了吗？

罗家伟　（冲口而出）想！（转而又一想）我……我又怕累着了你……

傅丽丽　家伟，为了你，就算再苦再累，我也愿意。

罗家伟　丽丽——（情不自禁地扶着丽丽双肩）

傅丽丽　说吧，想听好消息，还是坏消息？

罗家伟　啊？（略思索）还是——坏消息吧！

傅丽丽　（狡黠地）那你听好了——

罗家伟　说吧……

傅丽丽　乔总决定要免去你销售经理的职务！

罗家伟　（跳起）为什么？！我做错了什么？

傅丽丽　（欣赏着家伟的反应，慢条斯理地）都当副总了，还当这个什么销售经理呀？

罗家伟　（惊喜）你是说乔总已经——

傅丽丽　（含情脉脉看着罗家伟）只需在董事会上走走程序，马上就可以下任命。

罗家伟　（瞬间经历冰火两重天）真的……是真的吗？副总？我罗家伟就要做公司

	副总？（不敢相信）这是真的吗？
傅丽丽	这当然是真的了！这还不是乔总的一句话？（含情脉脉地）你陪我跳个舞。
罗家伟	好！

　　［音乐起，罗家伟挽着傅丽丽相拥，起舞。

罗家伟　（唱【柳摇金】）

　　　　当初满怀理想，

　　　　曾经不停拼命干，

　　　　只得两字叫悲凉。

　　　　多亏你，

　　　　为我嘅前途扫清魔障。

　　　　痛苦自吞，

　　　　足见你情深意长。

傅丽丽　（接唱）

　　　　茫茫人海，

　　　　你才智是无双。

　　　　我真心喜欢你，

　　　　愿共同把方向。

　　　　不怕闲言，无畏雪霜。

罗家伟　（接唱）

　　　　迈出此步决不后悔，

　　　　光辉锦绣万里长！

　　［罗家伟一把抱起傅丽丽，两人进入房间。
　　［一阵舒缓的小夜曲过后，天将破晓。
　　［文青风尘仆仆，一脸疲惫上。

文　青　（唱【西皮】）

　　　　我曾组织村民养鹅，

　　　　供广州，市场甚多。

　　　　眼看成，丰硕果，

　　　　怎知道突来，

　　　　禽流感凶魔。

（白）疫区家禽，全部捕杀，唉，虽有政府补偿，但损失实在太大！

（转唱【双飞蝴蝶】）

>我曾经有许诺，
>甘当一切劫后果！
>现全村已骚动，
>要追损失嘅太多！
>家中遭变后钱已无几个，
>法子想遍难以补过。
>这风波，乱心窝，
>倍感焦灼彷徨无助。
>唯有到此找家伟，
>盼他出手度危祸。
>借点资金与我，
>到门边心猛跳似着了魔。（吊慢收）

文　青　（站在罗家伟公寓门口，按门铃）家伟——家伟——

〔罗家伟穿着睡衣，出来开门。

罗家伟　（唠叨）哪个呀？大清早的！

〔开门一见到是文青，罗家伟慌乱地要关上门。

文　青　（笑着推开门，要进来）家伟——

罗家伟　（极尴尬，却又不敢不放文青进门）文青，怎么是你啊？

文　青　我回来，你不开心吗？

罗家伟　（敷衍地）开心……开心……

傅丽丽　（内叫）家伟，谁那么早来叫门呀？

〔傅丽丽穿着低胸睡衣从房间出来，与文青面面相觑，十分意外。

傅丽丽　文青，是你？

文　青　（震惊）丽丽……你……

罗家伟　（极力解释）文青，文青，不是你想象的那样……

〔文青已经明白怎么一回事，从挎包里拿出当日那个拉环"戒指"，气愤扔给罗家伟，转身就走。

罗家伟　（捡起掉地上的"戒指"）文青——

傅丽丽　（抓住罗家伟）家伟——

〔文青从家伟家出来后，忍不住失声痛哭。
〔切光。

第五场　困厄中的支持

〔夜，路灯下。
〔林春华挎着个挎包，冒着细雨上。

林春华　（唱【河调中板】）

　　昨天文青要入省城，

　　她话要找人来借钱。（仄）

　　担当起村主任责任，

　　信守自己许下诺言。

〔细雨中。文青上，没伞，任由细雨浇洒。
〔林春华见到了细雨中的文青。

林春华　（唱【反线二簧板面】）

　　看她愁容满面，

　　不语不言。

　　却艰难勇担当，

　　一往无前。

　　不屈天灾来祸害，

　　不怕万箭与千剑，

　　愿和她共赴艰险。（转【反线二簧】）

　　想当初，曾对她，

　　当面冷语加恶言。

　　以为她，到农村，

　　不过是"镀金"和"打个转"。

　　没料到，她殚精竭虑，

　　把"三个规划"，实施周全。（转【古腔十字清中板】）

　　可见她，每日爬山坡，

　　下虾塘，不知疲倦。

　　　　可叹她，把心事，

　　　　藏心底，不与人言。

　　　　可敬她，将水口村，

　　　　当成家，来把功业建。

　　　　佩服她，才半载，

　　　　就赢得称赞，口碑在全村。（转【快中板】）

　　　　前路崎岖，

　　　　愿与她同赴艰险。

　　　　如磐风雨，

　　　　愿为她撑起一片晴天！

　　[林春华悄悄地走过去，脱下自己的外套，为文青撑起一片"晴天"。

　　[头上没了雨，文青以为雨停，抬头一望，却是林春华为她支撑的"晴天"。

文　青　（感动地）春华哥，你——

林春华　文青，我们回去吧。

文　青　（苦恼地）钱还没有借到，我还不能回去。

林春华　（靠近文青，有点神秘地打开挎包）文青，你看——

文　青　（一看，一惊）钱？

林春华　（自豪地）整数，刚好十万！

　　[春华郑重地把挎包递给文青。

文　青　（疑惑地）从哪里来的？

林春华　昨日下午我们在车站分手后，我就去找我叔叔。

文　青　你叔叔？

林春华　是呀，他在省城做包工头。

文　青　找他干什么？

林春华　借钱！

文　青　借钱？

林春华　我说我已经找到了女朋友，准备结婚要用钱。我小时候叔叔最疼我了。

文　青　（纳闷）你女朋友？谁呀？

林春华　（冲口而出）不就是你嘛！

　　[文青一恼，把挎包塞回给春华。

林春华 （窘态）我跟你开个玩笑而已。

文　青　有你这样开玩笑的吗？

林春华 （赔着笑）都是为了能借到钱嘛……

文　青　（依然不解）那你借这么多钱干什么？

林春华 （坦然）补偿养殖户的损失。

文　青　（气恼）我说过我自己的事，我自己负责，你不信任我！

林春华 （真诚地）文青，这不是你一个人的事，你家里的情况我都知道了——
（唱【反线中板】）
　　　　这个时候，你又如何，
　　　　去揾人借钱？（仄声）
　　　　你是村主任，是支部书记，
　　　　我也是支部委员。
　　　　工作上，相互支持，
　　　　更应当坦诚相见。

面对困难，要共同携手，

风雨并肩！

文　青　（感激，旁接唱）

原来他，

一直在关心支持，

不由我心头一暖。

这两天，

我见尽了虚伪的真诚，

蹚过这冰火两重天。

林春华　好啦，没事了！（想逗文青）开心点，给个笑容——

［这一天来伤心事太多了，文青心情还没有平复，没笑。

林春华　整天苦瓜样的脸，很容易老的！（见文青还是不笑，叹气）唉！既然我这么辛苦把钱借回来，你都不开心，那这钱我就扔了算了！

［林春华甩起挎包，装出要扔钱的样子，文青急忙阻止。

［一来一去，文青终于被逗笑了。

林春华　好了，笑了就好了！我们快点回去吧。天气预报说，今年的第七号超强热带风暴"海棠"马上就要登陆，村里还有很多事情要等你处理。

文　青　是呀，我们还是快赶回去吧。

文、林　好，出发！

［雨又下，林春华重新撑起衣服做的"伞"，两人一起走下。

［切光。

第六场　风雨中的棉袄

［强烈急促音乐骤起。

［天幕微亮，黑云翻滚，雷鸣电闪，狂风暴雨。

［算盘叔和阿娣戴着雨帽，披着雨衣上。

算盘叔　（打着铜锣）乡亲们，发大水啦，发大水啦！快点走啊！

阿　娣　（举着"大声公"）台风来了，大家快点走啊！危险啊！

［灯光起，村口。

［文青、林春华顶风逆雨上。

算盘叔 （大声地对文青）文主任，洪水都快浸到菜田了。（对春华，伤心地）哎呀——养鹅全死光，种菜又"泡汤"，春华，你的"老婆本"又没咯！

［阿发和小跟班、众村民等，扛着铁锹急上。

阿　发 （急）虾场快要浸水！什么都没有了！

众　人 （急，围着文青）文主任，我们该怎么办？

文　青 （镇定地）大家不要急，听我安排。（似在征求阿发的意见）阿发叔，你看能不能这样——

阿　发 文主任，我阿发听你安排。

众　人 我们都听你安排！

文　青 好！春华哥，你带领民兵应急分队，马上上大堤！

林春华 好！

阿　发 （站了出来）文主任，大堤情况我最熟悉，还是让我去！

［说完，阿发就要走。

林春华 （拉住阿发）阿发叔，现在大堤那里最危险，我是民兵营长，应该我上！

［阿发和春华争执了起来。

阿　发 我上！我上！

林春华 我上！我上！

文　青 （果断地）情况危急，你们都不要争了，我看还是让春华哥上吧！阿发叔，你负责组织村里的老人小孩，全部撤到学校！

阿　发 （略一想）好！

算盘叔 （急了）那我呢？

文　青 算盘叔，你负责带领村里的其他男村民，去芥菜基地排涝保苗，减少损失！

算盘叔 好！

文　青 大家分头行动！

［众人欲散。

文　青 （叫住）等一等！（强调地）大家都要记住，财产固然重要，但我们更要确保全村不能出现一个意外伤亡！

众　人 （齐应）好——

文　青 阿娣，你跟我来——

阿　娣 好！

剧　作

〔众人分边急下。

　　〔一队队穿迷彩服的民兵应急分队扛着防汛器材穿梭而行；算盘叔和一班村民荷着锄头上；发叔带着老人小孩撤离。所有人员组成立体宏大的抗台风场面。

　　〔文青和阿娣等女村民披着雨衣，拉起大缆，协助应急分队打桩固堤。

一村民 （上，报）文主任，四婶家里已经进水快要倒了，我叫她快些搬出来，她硬是不肯！

阿　娣 （吃惊）怎么办啊？主任？

文　青 （暗吃一惊）阿娣，我们去看看！

阿　娣 好！

　　〔文青和阿娣顶风迎雨，舞蹈身段圆场。

文、娣 （合唱【旧苑望帝魂】）

　　　　台风浪卷滔天，

　　　　洪水将岸淹。

　　　　漫过山坡，

　　　　毁坏农田，

　　　　满目沧桑最心酸。

　　〔幕后合唱前曲：

　　　　皇天你又太心偏，

　　　　何必施怒怨？

文　青 （接唱）

　　　　我踏浪口风尖，

阿　娣 （接唱）

　　　　我逐浪尾回旋，

文、娣 （合接唱）

　　　　抗天灾勇当先！

　　〔风雨越来越大，文青和阿娣继续圆场。

　　〔幕后合唱前曲：

　　　　皇天你又太心偏，

　　　　何必施怒怨？

　　　　我踏浪口风尖，

　　　　　　我逐浪尾回旋，

　　　　　　抗天灾勇当先！

　　　　〔歌声中，文青、阿娣同下。

　　　　〔景转，四婶的院子前。

四　婶　（站在小屋门口，哀叫）奀妹——奀妹——

　　　　〔叫了几遍，四婶又颤巍巍地进入屋里。

　　　　〔文青、阿娣急上。

文　青　（呼叫）四婶——四婶——

　　　　〔屋里传来四婶的哀号：奀妹——奀妹——

　　　　〔文青就要往屋里冲，阿娣追在后面。

阿　娣　主任，危险——

文　青　四婶在里面，她更危险！

　　　　〔文青还是不管不顾地冲进了屋里。

阿　娣　（着急地向外边叫）来人啊——救命呀——

　　　　〔文青拉着四婶从屋里出来。

四　婶　（始终不愿意离开）你们放开我！我不走我不走！我要等奀妹回来——

文　青　四婶，屋里边危险！

　　　　〔四婶不听，三番四次挣脱文青和阿娣的手，要冲进屋里。

　　　　〔情急之下，文青啪的一声，跪在四婶面前。

文　青　（流着泪，激动地）四婶——如果你不听我的话，万一出个什么事，奀妹就算回来，怕也都见不到你了……

　　　　〔四婶闻言，如泥塑木雕一般，呆住了。

四　婶　（摸摸索索地扶起文青）文主任……四婶听你的话，听你的话，我一定要等到奀妹回来。（走了两步，转而一想）不行！我还有个藤匦……（又摇摇欲坠的向破屋里冲）

阿　娣　四婶，难道藤匦比人命重要吗？！

四　婶　它比我的命还重要……

　　　　〔还未等四婶说完，文青就冲进了小屋。

阿　娣　文主任——危险——小心——

　　　　〔紧张的音乐。

　　　　〔风雨中，文青挽着个小藤匦从屋里出来。

剧　作　97

［一个着急，文青重重地摔了一跤，小藤匣打开，里面的棉袄丢了一地。

［又一阵强风刮过来，小屋轰然倒塌，三人惊呆。

［四婶抖抖索索地摸索找地上的棉袄，阿娣帮忙把棉袄收拾起。文青也捡起两件。

［棉袄在手，文青下意识地打开来看了看。一看，竟是件深蓝底布、襟前缀着三颗鲜红荔枝、有一排蝴蝶布纽扣的棉袄。

［文青惊呆！

［切光。

第七场　风卷回的母亲

［音乐声舒缓而幽怨，背景灯徐亮。

［决堤旁，文青独立远望剪影。

［灾后景象，一片颓败，被台风刮倒的芭蕉、被洪水卷倒的水草随处可见。

［起【江河水】引子，前灯渐亮。

文　青　（唱【江河水】）

雨后到江边，

江景昨日与今两重天。

江风似旧日又再扑面，

江中漂浮却是那些败草荆段。

再抬头望向天——

也是多么洁净真个灿烂，

难解莫辨，

顷刻之内乍晴乍雨、骤暗骤明，

像我今天纷乱，

烦恼满腹有辣有酸倍熬煎。（转【乙反中板】）

不期风雨，毁了虾场，

断送父老乡亲致富愿。

多少辛劳，一腔热血，

换来黄泥水草半沉船。

接二连三，残酷打击，

　　万丈雄心随风渐去远。

　　一场台风，卷走了希望，

　　也卷回慈母到我跟前。（转【二簧尺字序】）

　　她苦苦撑持凄然度过每一天，

　　形单影只，鬓经霜染。

　　置衣衫，理三餐，

　　未有差半点。

　　谁敢想，

　　佢已经盲咗（了）双眼有十几年。

　　不是心中苦相思，

　　如何面对此惨变？（转【反线二簧】）

　　叹文青，廿载人生，

　　苦乐一朝尝遍。

　　家方散，将复圆，

　　谢天公格外垂怜。

　［隐约间，传来四婶的呼唤："夭妹，夭妹——"

文　青　（转【叹板】）

　　仿佛听得呼唤夭妹，

　　是妈妈叫我回家转。

　　待我加快脚步，

　　恨不能飞到她身边！

　（白）妈妈——（下）

　［暗转四婶家，已经坍塌房子……

　［屋旁的空地上，竹架横架起两排竹竿，前矮后高，竹竿上晾满了式样一致、大小不等的十八件棉袄，随风摇曳。

　［起【春江花月夜】序，灯复亮，残垣前，四婶坐小桌旁依旧在缝她的棉袄。

四　婶　（唱【春江花月夜】）

　　仍是这方圆，

　　屋已塌瓦不全，

　　池塘未涸，树尚翠青，

　　　　　我拈线依然。
　　　　（楔白，哀叫）奀妹，妈妈为你呀——（接唱前曲）
　　　　　用一岁光阴制一件，
　　　　　尽管两眼昏黑不似从前。
　　　　　总之要爱女，
　　　　　归家有新衣穿。
　　　　［文青拿着小棉袄上，百感交集，踽踽而行。

文　青　（如忆如诉，接唱前曲）
　　　　　耳际仿佛听见，
　　　　　妈妈又来劝——
　　　　　外出休走远，
　　　　　叮嘱声声水边山间太险莫流连……
　　　　（轻声地，楔白）妈妈，妈妈，奀妹回来了！

四　婶　（似真似幻）奀妹，奀妹，是不是你叫妈妈啊？我听到……我听到你叫我啦！

文　青　（接唱前曲）
　　　　　夜深每不眠，
　　　　　挑灯帐中把被添。

四　婶　（思忆着，接唱）
　　　　　这门前，
　　　　　洋溢你笑声串串，
　　　　　羊角小辫扎起分两边，
　　　　　微泛酒窝嗌（叫）妈又甜。

文　青　（幻想着，接唱）
　　　　　年少不知分寸，
　　　　　只会撒娇牵衣绕缠裙脚边。
　　　　　发髻爱搞乱，
　　　　　你大啖（大口）亲我面，
　　　　　几句童言稚语，
　　　　　常常令你腰身仰俯笑成团。
　　　　　世间母爱最真善，

　　　　　但得再入怀，

　　　　　享不尽这温暖。（吊慢）

　　　　[四婶起来，踉跄，差点摔倒。

文　青　妈妈——（抢前扶住）

四　婶　（触电般）妈妈？谁叫我妈妈？

文　青　（流着泪，肆意地呼喊）妈妈，奀妹回来了！

四　婶　（抖抖索索地摸着）你系奀妹？你系奀妹？（忽然清醒，慢慢把文青推开）你不是奀妹！我听出来了，你是文青，你是文主任！

文　青　妈妈，我是奀妹啊！

四　婶　（有点凄酸地）文主任，我知道你心地好，是个好姑娘，但你也不需要逗我开心！你不是奀妹——你不是奀妹——（把文青推开）

　　　　[文青拿出小棉袄。

文　青　妈妈，我真是奀妹啊！四岁那年，我被人送到养父母的家，穿的就是这件棉袄，和你这十八件棉袄款式是一模一样。

〔文青双手把小棉袄送到四婶手上,四婶几乎抢过,上上下下、里里外外摸个仔细。

四　婶　(惊愕地)那排蝴蝶纽扣、三颗红荔枝,都是我绣的!都是我亲手绣的!对对对!没错,是这件,就是这件!(开始激动起来)你……你……你脖子后面——

文　青　有一个半月形黑痣!还有左小腿后面——

四　婶　有条长疤,是你三岁多的时候爬荔枝树刮伤的。

〔四婶拉过文青,从脚到头颤巍巍地摸索着。良久,一把抱过。

文　青　妈妈——

四　婶　(哭,把文青搂在怀里)奀妹——

文　青　(悲呼)妈妈——

四　婶　(使劲拍打着文青)妈妈等了你足足十八年啦——(唱【昭君怨】,首句摇板)

　　　　　　十八年——(跳到中段唱)
　　　　　　时时梦见你红红笑面带甜,
　　　　　　醒来已不见。
　　　　　　唯泪向枕衾染,
　　　　　　无计无语无言,唤句天——

文　青　阿妈——

四　婶　(接唱前曲)

　　　　　　唉——
　　　　　　苍天终不见,
　　　　　　旱黑终莫辨。
　　　　　　日里夜里但把女儿念,
　　　　　　念你孤身在哪方,
　　　　　　有边个(谁人)爱怜?
　　　　　　每日里长伴我,
　　　　　　拈针弄线,针曲线断。(跳到尾句)
　　　　　　只剩满心是痛酸。

文　青　妈妈——(安慰四婶,互相擦拭着眼泪,接唱前曲)

　　　　　不须心痛,

　　　　　不应再洒泪,

　　　　　莫怨莫悔莫把以前念。

　　　　　身边有女孝亲慈,

　　　　　让寂寞离远,

　　　　　忧心渐远,

　　　　　也不必再拈线。

　　　　　期待来日里共建——

　　　　　一个亮丽温馨快乐小家园。

　　　　　甜甜话语绵绵说不完,

　　　　　围着我妈转,长在你身边,

　　　　　从此令你开心每一天。

四　婶　乖女——

文　青　妈妈——

四　婶　妈妈做了棉袄给你,你试试?

文　青　好!

　　　　〔四婶正在帮文青试棉袄,林春华内呼:"四婶,四婶——"兴奋地上。

林春华　四婶,原来你真的回到旧屋这里来。

四　婶　(喜叫)华仔,奀妹返来了,奀妹返来了!

林春华　(张望)奀妹?在哪里?

文　青　(还有点不好意思)妈——

四　婶　奀妹——

林春华　(对文青,恍然大悟)原来你就是……难怪难怪,我第一次见到你,就似曾相识!

四　婶　当然啦,我们母女连心嘛!哈哈哈——(有点神秘地悄声问)华仔,我女儿漂亮吗?

林春华　(又偷偷地瞟了一眼文青)漂亮,漂亮!

四　婶　不是丑八怪吧?

林春华　(会意,有点不好意思地)不是!不是!

四　婶　那我把她……

文　青　（知道四婶和春华在说自己，似在抗议地）妈——
四　婶　（会心一笑）哈哈哈——
　　　　［三人其乐融融。
　　　　［切光。

第八场　小村干部的抉择

　　　　［村口小道，台风过后的灾后痕迹依然清晰可见。
　　　　［罗家伟、傅丽丽派头十足、志得意满地上。
傅丽丽　（唱【追信头】）
　　　　　　这村中，
　　　　　　系边处（在哪里）开发任我拣——
罗家伟　（与傅丽丽走向高处眺望，接唱【追信】）
　　　　　　景色醉人天空湛蓝，
　　　　　　河流绕村走吞远山，
　　　　　　极目天际浪天送白帆。
傅丽丽　（接唱前腔）
　　　　　　忙不迭迷倒了双眼，
　　　　　　和风里暗香轻泛，
　　　　　　何处风光堪比此间？
　　　　家伟，前面就是水口村了。
罗家伟　虽然是台风灾后，但不愧是个世外桃源！
傅丽丽　最重要是离省城不算远，是一个商业开发的黄金板块，接下来就看你的了！
罗家伟　丽丽，这是我当上副总后的第一个大项目，我一定会做得最好！
傅丽丽　（向后面望了望）怎么还不见他们平山镇的郭镇长。
罗家伟　刚才郭镇长与我发了信息，说临时有点事，让我们先入村，他随后就到。反正，村主任是文青……
傅丽丽　（有点醋意地打断）文青，文青，你就知道文青！我们来水口村要见的是村主任！

罗家伟 （有点气短）知道知道。哪边轻，哪边重，我知道！

［罗家伟主动伸出胳膊，傅丽丽趋前与罗挽手下。

［转景。村委办公室。

［起音乐，文青在收拾办公桌上的私人物品，神情黯然。

［林春华与算盘叔、四婶、阿发、阿娣上。

算盘叔 （夸张地）文主任，你千万别辞职啊！这次强台风，我们水口村损失算是最小的了，大家都夸你，是这个！（竖拇指）

阿　发 是啊，全村没有一个意外伤亡，镇里还通报表扬我们村，说抗灾工作组织得力！

四　婶 （伤感地）奀妹，你真的要走？

［文青点点头。

四　婶 听说你要辞职，春华饭都吃不下，觉也睡不着，都快病了！

林春华 （略责备地）四婶！

文　青 （关切地）春华哥，你——

林春华 （辩解）我没事。文青，这次是天灾，谁也预料不到的啊。你放心，我们仍旧是支持你的！

众　人 对，我们还支持你！

文　青 各位乡亲，你们的心意我领了。（愧疚地唱【乙反中板】）

　　　　文青当初曾讲过，

　　　　试任村主任，一年为期。

　　　　以为实施三个规划，

　　　　就能带领乡亲，

　　　　过上好日子。

　　　　天灾尚可自谅，

　　　　决策失误酿人祸，

　　　　村中今日境况，

　　　　更衰过旧时。（转【二流】）

　　　　文青唯有引咎请辞，

　　　　告别了故园桑梓。

　　　　告别了乡亲同事，

　　　　　　告别了生我的亲慈。
　　　　　　告别了春华哥,
　　　　　　回到那个伤心的城市。
　　　　　　做个流水线上的打工妹,
　　　　　　为着三餐苦操持。(转【二簧滚花】)
　　　　　　再求乡亲照顾我妈妈,
　　　　　　让她再过几天好日子。
　　　　　　等到文青有了积蓄,
　　　　　　就接佢(她)入城将眼病医。
四　婶　(落泪)奀妹,妈妈拖累你了……
　　　　〔众人黯然神伤。
　　　　〔傅丽丽、罗家伟上。文青这时正在收拾办公桌上的东西,突然看见二人,愕然。
傅丽丽　(一副公事公办的样子)请问,谁是这里的负责人?
算盘叔　(指着文青)她就是我们水口村的文主任。
傅丽丽　(对文青)你就是文主任呀?我来介绍一下:这位是宏大集团副总裁罗先生,我是集团公司的秘书傅丽丽。你们平山镇的郭镇长叫我们先洽谈一下合作项目,他随后就到。
罗家伟　(很大度的样子,主动伸手)文主任,幸会幸会!
文　青　(稳定了自己的情绪,不卑不亢地与罗握手)幸会——
罗家伟　希望我们合作愉快!
文　青　那要看是什么样的项目了。
　　　　〔文青又向傅丽丽伸出手,傅丽丽却上前顺势依偎着罗家伟。
文　青　(把手势转换成招呼,大度地)请坐。
　　　　〔罗家伟、傅丽丽坐下。
　　　　〔郭强急上。
郭　强　(对罗、傅)呵呵,你们都到了。(对文青)文主任,我来介绍一下,他们是……
文　青　(打断,话中有话地)郭镇长,不用介绍了,我们已经认识!
罗家伟　文主任,为支持你们灾后重建,我们宏大集团决定强势进驻水口村,投资一个大项目,希望我们能够合作成功。

林春华　（热烈地）那太好啦！如果能够引进一个大项目，文青就不用辞职了！

文　青　（淡淡地）郭镇长，我的辞职报告已经递上镇党委，合作的事就由春华哥来谈吧。

郭　强　镇党委一天没批复，你一天还是水口村的村主任。

阿　发　（看到希望，连忙附和）对对对，我们村民大会还没同意她辞村主任一职！

文　青　那好。（对罗、傅）我来介绍一下，这位是我们的村主任助理林春华先生，有什么项目我们就一起谈吧。

傅丽丽　我们今天来，是想协助你们水口村灾后重建！你们水口村啊——（唱【杨翠喜】中段）

　　　　　　天降灾情成隐患，

　　　　　　多少村民房打烂，

　　　　　　修建危房是所盼，

　　　　　　本公司急众之难。

林春华　（接唱）

　　　　　　大家盼盼盼，

　　　　　　谁都焦急盼望把身翻，

　　　　　　资金短缺能怎办？

　　　　　　多谢热诚来帮忙，

　　　　　　为村民度过这困与艰。

　　　　（白）不知两位带来什么好项目？

罗家伟　我们打算给钱，让水口村民——（唱【秋江别】中板）

　　　　　　一转眼有车有楼，

　　　　　　分补贴大家有份。

　　　　　　田也不须耕地由佢（它）赋闲，

　　　　　　做个老板仔日子好悠闲。

文　青　（冷静地）两位都是商家，在商言商，你们不会来水口村开善堂吧？是什么项目，直接说吧。

罗家伟　果然爽快！宏大集团打算和水口村合作发展房地产，三年内，将水口村打造成一个现代化园林式综合小区！

傅丽丽　林助理——

　　　　〔傅丽丽从公文包拿出规划图递给林春华，林春华接过展开。

［罗家伟意气风发地上前"指点江山"。

罗家伟 你们看，海边建别墅，山边盖高楼，这里是一个高级会所，至于左面嘛——

傅丽丽 当然是写字楼和商住区啦！

罗家伟 对！不用三年，一个超大型的园林式成熟社区就会在水口村落成！怎么样？你们对这个项目，有什么看法？

林春华 （明白了）哦，原来你们是要"圈地"！

傅丽丽 耕田那么辛苦，搞房地产多好啊，小区一建成，个个可以"住洋楼，养番狗"，还可以分到一大笔钱。

林春华 （不快）那能分多少钱？

傅丽丽 （有点刻薄地）我就知道你们农民最关心的就是钱，你们放心，征地补偿款我们会以最高标准执行，到时打跛只脚，都够你叹（享用）一世啦。

盘算叔 （怒）喂——傅小姐，你不要见到我们有眼前的困难，就拿钱来砸我们！

阿 发 对，我们是需要钱，但我们更爱土地！

文 青 （委婉地）这么大的事情，要等村委开个大会，研究研究才能决定。

林春华 （走到文青身边）对，我们要研究研究。

傅丽丽 研究研究？两位，这个项目已经得到"上面"的支持，你们就不要跟我们打什么官腔了。（盛气凌人地）这份协议，你们签也得签，不签也得签！（递过协议）

文 青 （不避锋芒）既然得到了"上面"的支持，那你们找"上面"谈去吧。（把协议扔回丽丽）

傅丽丽 （气结）你——

罗家伟 （拿过协议，严正地）文青，公是公，私是私，请你不要意气用事、公报私仇！

林春华 （不解）公报私仇？谁和你们有仇？

傅丽丽 （马上接口，得意地煽动）是啊，忘了告诉你们，你们的文主任，是我们罗总以前的女朋友！现在人家不要她，她就怀恨在心，抓到机会就公报私仇！哼，没见过这么不要脸的女人！

［众人哗然。

罗家伟 还有呀，因为她自己本身就是个有钱人家！她是个富家女！你们没钱无所谓，她有就行啦！

林春华　　哦，原来欺负文青的人，就是你！（突然冲前想抓罗家伟）

　　　　　［文青赶快拦住，算盘叔把林春华举起的手按下。

文　青　　（有点伤感地）没错！曾经我是个有钱人，但在一夜之间，身边的亲人离我远去，富家千金变得一贫如洗……我并不反对房地产开发，但我反对用老祖宗留下的养命田来搞房地产开发，反对牺牲子孙后代的生存空间，来建造今天所谓的幸福！

众村民　　（支持文青，合）文主任——讲得好！我们支持你！

文　青　　（唱【秋江别】中段，众人陆续鼓掌拍和）

　　　　　　　　道路多曲折，

　　　　　　　　坚守信和诚，

　　　　　　　　曾历灾劫，

　　　　　　　　艰辛再苦拼，

　　　　　　　　能越过崇山峻岭！

　　　　　　　　倘卖了地——（一槌锣鼓）

　　　　　　　　如何面对后世子孙滚滚骂名！

众村民　　（欢呼）好！

郭　强　　罗总，傅小姐，这些都是群众的心声，你们都听到了吧？

罗家伟　　（急了）郭镇长，你知道，我们公司已经做了前期投资，各方面还做了打点，如果不能签约，我们损失就大了！

郭　强　　罗总，集体土地，最终还是要尊重村民意见。这条政策，就不需要我多做解释了吧？

文　青　　（真诚地）罗总、傅小姐，如果贵公司将来要进行农业方面的开发，我们倒是有合作的空间。

罗家伟　　（气恼地）农业开发？你去找别家吧！哼——

　　　　　［罗家伟、傅丽丽愤愤然地下。

郭　强　　（握住文青的手）文主任，他们宏大集团能量极大，这事我一直有压力，你帮了我一个大忙啊！

文　青　　郭镇长，我还担心你会逼我签呢！

郭　强　　怎么会？我也是这里的一分子啊。我今天之所以迟来一步，是给大家带来一个好消息！

众　人　　好消息？

郭　强	是呀！大家还记不记得，去年底来我们村收购番薯、芋头的吴老板？
众　人	记得！记得！
郭　强	他不只是经营农贸产品这么简单，他还是天源集团公司华南区总代理。天源集团是一家"公司+基地+农户"模式的大型现代农业企业，他们对平山镇进行了深入翔尽的调查，以及此前与你们水口村成功的合作，决定以水口村为中心，以整个平山镇为腹地，投入巨资，进行绿色现代农业开发。市里面的主管部门，现在正同吴老板研究整体开发方案。
林春华	（惊喜）绿色农业开发？我们一直都想搞呀！
郭　强	天源集团一旦进驻，资金、技术、销售等问题都将迎刃而解。文主任，你终于可以大展拳脚了！
文　青	郭镇长，我已经向上面递了辞职报告。
林春华	（着急地）郭镇长，文青辞职的事……
郭　强	各位乡亲，文主任要辞职，大家同意吗？
众　人	不同意！
郭　强	那水口村的村主任——
众　人	（指向文青）还是她！

　　〔文青笑而不语，幸福地挽起四婶的手。众人欢呼雀跃。

　　〔渐收光。

尾　声

　　〔一望无际的田畴，丰收在望的庄稼，有各色蔬果，有水产养殖，还有现代化的禽畜厩舍。

　　〔水口村村口，林春华挽了个行李袋，在等人。

　　〔文青上。

文　青	（不解地）春华哥，你这么急叫我过来，有什么事呀？
林春华	（有点不好意思地）我今天要走啦。
文　青	（看见行李）走？你要出差？
林春华	（递上录取通知书）文青，你看！

文　青　（高兴）啊！省农学院！你太棒了！（稍停顿，不满地）你为什么一直瞒着我？

林春华　我是想考上后才告诉你。这一年来，随着绿色产业的一一铺开，我越来越觉得自己的知识不足，所以……

文　青　嗯，我支持你！（转而又有点惆怅）不过……

林春华　放心吧！有你在这里，我……我是会回来的……

文　青　（羞赧）那我……我帮你拿行李吧……

林春华　我自己拿……

　　　　［两人抢着行李袋，结果，一人拿起了一边背带，倒也有趣。

　　　　［音乐声起，两人亦步亦趋。

文　青　（唱【送郎调】）

　　　　　　斜阳柳林边，

　　　　　　绿叶轻拂脸，

　　　　　　漫步小径中，

　　　　　　心内似蜜甜。

林春华　（接唱）

　　　　　　荷塘有双飞燕，

　　　　　　呢喃悄相言，

　　　　　　离愁别绪，

　　　　　　缘何心中掀？

　　　　　　欲去怕行，

　　　　　　几点泪儿转，

　　　　　　望望一川翠碧，

　　　　　　寸寸心上连。

　　　　［歌声中，两人到了村口。

林春华　文青，我走了……

文　青　春华哥，你保重。

林春华　你也保重。那……我走了……

　　　　［林春华已经走出好远，文青还在招手。

文　青　（喊住）春华哥，我等你回来。

林春华 （高兴地）哎——我会回来的！你一定要等我——

［在两人的相望中，幕后续唱前曲。

［渐收光。

［剧终。

　　［本剧与文电伯、秦中英、余楚杏合作，2011年广东粤剧院青年团首演，曾小敏饰演文青，文汝青饰演林春华，彭庆华饰演罗家伟。本剧获得第九届广东省鲁迅文学奖（艺术类）、第十一届广东省艺术节剧目一等奖和编剧一等奖等奖项］

粤剧

风云 2003

人物表

关　山　岭南医院教授，医院呼吸疾病研究所所长。
白宛兰　岭南医院护士长。
万小丰　《岭南日报》记者，白宛兰的新婚丈夫。
于　力　省卫生厅厅长，关山大学同学。
万　川　岭南医院院长，万小丰父亲，关山、于力大学同学。
叶永源　关山的研究生，助手。
朱静芸　岭南医院护士。
梁　姨　白宛兰邻居。
医护人员，保安甲、乙，随员，送货工甲、乙等若干人。

第一场　迎新岁

[幕后女声独唱序曲：
　　莫道当今无战事，
　　从来生命总关情。
　　回首荆途血与泪，
　　一代风云百代惊！
[光渐起。
[2003年新年除夕。广州，岭南特色的年市花街，有卖桃花、年橘的档口，也有卖春联、年货的档口。广场音乐在播放欢快的贺年曲。
[花街处处花团锦簇、春意盎然。倩男靓女手持玫瑰、剑兰、百合在各个档口流连。
[白宛兰身穿艳丽的春装，手持鲜花上。

剧作　113

白宛兰 （唱【娱乐升平】）

　　　　春节花市又迎岁,

　　　　花竞相开放,

　　　　心情也开朗。

（回头喊）小丰,你快点——

［万小丰内应:"来了,老婆——"只见他一副记者行头,上。

白宛兰 （接唱）

　　　　你睇那边芍药红红衬出好时光。

　　　　兰花——桃花——

　　　　浓香远溢四方。

万小丰 （接唱）

　　　　人在红树绿海中走过,

　　　　美好年景真欢畅,

　　　　庆新年,又有福星降!

白宛兰 （接唱）

　　　　倩影对对,丽影处处,

　　　　　　　　话短却情长。
万小丰　（接唱）
　　　　　　　　暂且多流连，
　　　　　　　　让我共你相依，
　　　　　　　　就似玉燕双双。
白宛兰　（接唱）
　　　　　　　　宏图大计，有你同在，春光明亮。
　　　　　　　　美好日子，过得幸福，与天地长。
万小丰　（接唱）
　　　　　　　　看今天，把花街行遍，
　　　　　　　　缤纷五彩，春色秀妆。
　　　　　　　　夫妻创业共进取，
　　　　　　　　青春岁月伴理想。
　　　　[万小丰边唱边举起手中的相机抓拍。
白宛兰　（有点埋怨地楔白）今日是年三十，出来行花街，你还带个相机。
万小丰　顺便拍几张而已，明天可以放上我们报纸的新春特辑，这叫工作生活两不误！
白宛兰　（略羞赧）除了工作和生活，明年我们还要……
万小丰　（不解）还要什么呀，老婆大人？
白宛兰　还要完成"造人"计划……
万小丰　"造人"计划？（喜）好呀！（接前曲）
　　　　　　　　你要说到做到，
　　　　　　　　我爱你护你。
　　　　　　　　落街买餸（菜），
　　　　　　　　用心照顾，
　　　　　　　　每日有靓汤。
白宛兰　（接唱）
　　　　　　　　夫妻恩爱，互敬相亲，好风尚。
万小丰　（接唱）
　　　　　　　　育养子女，奉养双亲，记心上。

白宛兰　（接唱）

　　　　今日——

　　　　春报洪福至。

万小丰　（接唱）

　　　　听日（明天）——

　　　　新春来临共祝太平年。

两　人　（合唱）

　　　　愿人世繁华幸福岁月长！

　　　［这时，白宛兰的手机急促响起。

白宛兰　（接电话）喂……主任，我是宛兰……啊？！什么……好，我马上回来！（收电话，对万小丰）小丰，我们主任来电话，说医院突然收了20多个重症患者——（唱【快滚花】）

　　　　急诊科取消轮休，

　　　　全部要回岗位上。

万小丰　（接唱）

　　　　我们休的是婚假，

　　　　应该可以有商量。

　　　　况且今晚是年卅晚（除夕夜），爸妈都等我们回去吃年夜饭。

白宛兰　主任催得急，一定要马上回去！（把鲜花往万小丰怀里一送）我走了！（急下）

万小丰　（欲叫住白宛兰）喂——（手机也响起，接电话）关叔叔你好……我正在行花街……什么？你要向我报料？好的……我马上就到你们岭南医院！

　　　［万小丰急下。切光。

第二场　风骤起

　　　［紧接上场，岭南医院呼吸疾病研究所实验室。窗外隐约传来救护车鸣叫声。
　　　［关山离开实验台，用消毒剂洗手，摘下口罩。

关　山　（神色凝重，唱【寒关月】）

　　　　辞旧岁，贺新年，

关山（岭南医院教授，医院呼吸疾病研究所所长），丁凡饰

惊风急雨骤降。

汹涌浪，一似层层网，

难却心里彷徨。

不明瘟症来得猖狂，

全社会应要尽快提防，

莫叫瘟魔散布逞凶悍。（直转【二簧慢板】）

但专家会诊，

也难看个周详！（转【爽二簧】）

难道是，

人类正面临，

一种全新疫瘴？

我关山，

毕生研究呼吸疾病，

如今也费煞了主张？（转【二簧滚花】）

这疫病到底是什么根源，

能有这般险象？

[实验室窗帘被拉开，万小丰"咚"地跳下，没站稳而摔在地上。

关　山　（一惊）谁？

万小丰　（爬起）关叔叔，是我！

关　山　小丰？（扶起万小丰，关切地）摔伤了没有？

万小丰　（活动了一下身子骨）没事。

[内喊"抓小偷——"两名保安举着警棍冲上，与万小丰一阵开打。保安保护关山。

保安甲　（呵斥万小丰）说——你从窗口爬进来干什么？

万小丰　我……（找到借口）我给关教授送音乐会戏票！

保安甲　送戏票？有大门你为什么不走？

万小丰　大门你们站了十几个人，还用警戒线封了起来，我怎么走？

保安甲　（有点不知所措，望着关山）关教授……

关　山　是我叫他来的，你们下去吧。

[两保安将信将疑地退下。

关　山　小丰，你应该打电话给我，我让他们堂堂正正地放你进来！

万小丰 他们说没有院长的命令，谁都不许进来！

关　山 （有点愤怒）都到这个时候了，他们还在封堵！

万小丰 （不以为然）关叔叔，我是《岭南日报》的"战地记者"，你这才三层楼，对于我来说，不在话下！

关　山 你那个当院长的阿爸，知不知道你来了我这里？

万小丰 他知道就什么也干不成了。

关　山 宛兰呢？

万小丰 她也是刚刚接到电话，说要回医院加班。（回到正题）关叔叔，你那么急把我叫来，是不是有"劲料"（重大新闻线索）报给我？

关　山 几天前，医院收治了一名奇怪的病人，患者持续高烧、白肺，呼吸困难，剧烈咳嗽。

万小丰 （不以为然）医院不是每天都会有不同病人的吗？

关　山 但令人忧虑的是，常规的治疗办法放在这个病人身上，收效甚微。

万小丰 是不是禽流感？前两年香港禽流感就死了不少人。

关　山 我已经排除了。

万小丰 （有点惊恐）不会是极端分子搞生化袭击吧？

关　山 （摇头）也不是。可以肯定是一种肺炎，但又与传统的、典型的肺炎有很大区别，姑且可以称之为"非典型肺炎"。

万小丰 "非典型肺炎"？

关　山 这可能是一种全新的疫症。第一个从下面县市送上来的病例，一路上已经感染了50多名亲属和医护人员。

万小丰 （吃惊）啊？那他岂不就是一个"毒王"？这到底又是一种什么病呢？

关　山 （沉重地）我也在无数次地问自己。在大自然面前，人类永远有未知领域。

万小丰 （想了想）关叔叔，我要走了，回去赶稿。

关　山 你打算怎么写？

万小丰 题目就叫《广州发现"非典型肺炎"，专家教授束手无策》。（拿起采访包欲走）

关　山 （叫住）回来！（缓了缓气）我把你叫来，不是要制造社会恐慌，你不能这样写！

万小丰 那怎么写？

关　山 我通过你向社会公开疫情，目的是要让大家掌握基本的防护方法，发现病例，及早送院，从而阻断它的传播路径。（不无忧虑地）现在有人还想捂盖子，美其名曰"内紧外松"。继续这样下去的话——（唱【滚花】）

   疫症随时大暴发，

   到时就难防难控难周全！

万小丰 有人还想捂盖子？你是说我阿爸？

关　山 没错，就是他。

万小丰 关叔叔——（接唱）

   不信他只手可遮天，

   能把世人瞒骗。

   我系报社记者，

   这个盖子由我来掀！

〔切光。

第三场　敢担当

〔次日，广州街头，市民有的在阅读报纸，有的在交头接耳。突然有个市民咳嗽几声，众人急忙避开，随之戴上口罩。

〔暗转，呼研所。

〔万川拿着一张《岭南日报》气呼呼地上。

万　川 （唱【追信头】）

   要追究——

   边个咁大个胆（哪个这么大的胆子）！

〔万川进呼研所，看见叶永源正在做实验。

万　川 （把手中的报纸往叶永源面前一摔）叶医生，你同我解释清楚！

叶永源 （拿起报纸，读）《广州发现非典疫情，岭南医院提醒市民加强防护》。院长，这个……

万　川 读下去！里边"表扬"你们呼研所了。你们谁那么大的胆子，擅自向社会公布消息？

叶永源 不是我……

万　川 （想了想）你去把白宛兰找来！我倒要问问，是不是她把消息透露给她那

万川（岭南医院院长），林家宝饰

　　　　　　个混账老公！

叶永源　好的院长。（欲下）

　　　　　　[关山上。

关　山　不用问了！老万，是我向你的宝贝儿子透露的消息。

叶永源　（在门口，小声地提醒）老师，注意，十二级台风！

　　　　　　[关山摆摆手，示意叶永源下去。

万　川　（气恼）没想到会是你！

关　山　（平静地）老同学，你早该想到是我。

万　川　（苦口婆心地）老关，这回你闯大祸了！

关　山　没你想得那么严重！

万　川　（拿起报纸，拍了拍）你看看今天的报纸！（唱【追信】）

　　　　　　似飞机往下投重磅炸弹，

　　　　　　民众惊慌，

　　　　　　恶雨风翻。

　　　　　　情况公开去，

　　　　　　回旋就艰难。

　　　　　　在今日，

　　　　　　道听途说催波澜。

　　　　　　弄得我，

　　　　　　似身居冰炭。

　　　　　　群情已汹涌问真相，

　　　　　　多方责难，

　　　　　　我听见就烦。

　　　　　　如何去应对，

　　　　　　实教（叫）我犯难。

　　　　　医务科的电话几乎被市民打爆，他们问死去的病人是不是摆满了医院太平间？

关　山　既然如此，更加要将疫情公开。

万　川　老关——（唱【滚花】）

　　　　　　如何公布疫情，

　　　　　　一级有一级权限！

关　山　（接唱）

　　　　　疫情已经开始扩散，

　　　　　无法再按部就班！

　　　　　社会上已经出现流言，

　　　　　恐慌情绪开始延蔓。

　　　　现在人人有手机，一条信息可以转发几十万次，你想捂是捂不住的！

万　川　社会上传播流言，那是社会上的事，但消息绝对不能从我们岭南医院漏出去！

关　山　从专业机构发出的准确消息，难道不比社会上流言四起好？

万　川　（越来越急躁）老关！我们只是家医院。我们能够做的，就是执行现行的规章和制度。至于公不公布疫情、如何公布疫情，那是上头的事！这就是政治，难道你不懂？

关　山　（针锋相对）我不懂！在我眼里，人民群众的生命安全是最大的政治！以科学精神开展工作，找到非典的病因，就是最大的政治！（唱【爽慢板】）

　　　　　我只知，肩头责任，

　　　　　不懂你这阔论高谈。

万　川　（接唱）

　　　　　倘若上头，追究下来，

　　　　　你后悔就为时已晚！

关　山　（并不退让，唱【快慢板】）

　　　　　上头若然来追究，

　　　　　就找我关山！

万　川　（气结，接唱）

　　　　　就怕你收不了场，

　　　　　到头来牵连我老万！

关　山　（冷笑，接唱）

　　　　　我更不会连累你，

　　　　　有事就由我去坐监！

万　川　（知道说错了话，欲弥补，唱【滚花】）

　　　　　我怕到时唔得闲，

　　　　　　无人帮你送监饭!

　　　　[两人正吵得不可开交,护士朱静芸带着于力上。

　　　　[于力示意致谢,朱静芸下。

　　　　[关山和万川见于力来到,也不招呼,两人脸面相背而坐,互生闷气。

于　力　(打趣)怎么了?又贴错了门神?老同学来了,也没人招呼一下?

　　　　[关山、万川两人转过身,不约而同地又望了对方一眼。

万　川　(起身)老于,走,去我办公室。

于　力　不必了!我过来就是想问一下,你们岭南医院是谁向社会发布了消息?

万　川　(忐忑)你看到报纸了?

于　力　都上了头版头条,我这个当卫生厅厅长的还看不到?

关　山　老于,这事……

万　川　(抢过话)老于,这事……主要责任在院领导。下来我们要做深刻反思,形成书面材料报厅里。

关　山　(见万川主动承担责任,有点感动)老于,这事不能怪老万,是我向媒体透露的信息。所有责任,由我一人承担!

万　川　是我的责任!

关　山　是我!

于　力　(笑了笑)你们两个呀,还是当年的老样子!告诉你们,在公不公开疫情这个重大问题上,有关部门一直有两种不同意见。现在看来,你们是对的。(唱【长句二簧】)

　　　　　　这是一场天灾,
　　　　　　并非人为灾难。
　　　　　　若然一味捂盖子,
　　　　　　只会越捂越麻烦。
　　　　　　群众有知情权,
　　　　　　公开信息避免疫情扩散。
　　　　　　你们这一"擅自行动",
　　　　　　让应急机制由此催生。
　　　　　　疫情已向国内外蔓延,
　　　　　　要各地共同防范。
　　　　　　除了科学应对,

　　　　　再无余地转圜。（句）

关　山　（背唱【二簧滚花】）

　　　　　危急关头，

　　　　　更应风雨同担！

万　川　（背接唱前腔）

　　　　　不追究责任，

　　　　　终于过了这一关！（拭汗）

于　力　既然疫情已经通过媒体公开，我们要拿出一个可行的防治方案。老关，你是这方面的专家，你认为……

关　山　我认为对疑似病人要早发现，早隔离；适当加大药物剂量，合理使用呼吸机。（坦诚地）在没找到病因之前，我们必须先做好这些！

于　力　（关切地）医护人员被感染的情况严重吗？

关　山　非常严重！被那个"毒王"直接感染的，目前已经达到89人！

万　川　其中大部分都是医护人员。

于　力　（神情严峻）形势太严峻了！

关　山　老于，疫情发展的态势，远比我们的预期严重。我建议把全省疑似和确诊病例，集中到几个条件较好的定点医院，建立隔离病区，这样就有利于治疗和防止疫情扩散。

万　川　（主动请缨）我们岭南医院算一个。

于　力　好，我这就回去布置。

关　山　老于，请卫生厅做个安排，把最严重的病例都送到我这里来。

于　力　都送你这里来？

关　山　是的。

于　力　（忧虑）老关，我们能守得住吗？

关　山　必须守住！这是一场保卫全人类的战争！

　　　　［切光。

第四场　单程票

[夜，窗外一轮满月。舞台正中是白宛兰与万小丰的新房，色调暖和。墙上挂着白宛兰与万小丰的婚纱照，一张双人大床整理得温馨、浪漫，床上放了个洁白的、大大的毛娃娃。门边放了个拉杆行李箱。

[白宛兰穿粉红色睡衣，从卫生间出来，把毛巾、衣服放进行李箱，然后把一套出门穿的衣服挂在衣帽架，拿起床头柜上的手机看了看时间，十分焦急的样子。

白宛兰　（略带忧伤地唱【明月千里寄相思】）

　　　　春宵夜难静，
　　　　盼月照归人，
　　　　情共爱缱绻。
　　　　内心怕在今宵分别，
　　　　只会剩了心头凄酸。

明月对我，说归期，

梦里相思爱恋。

怕今后难共佢再相见，

今宵云梦再圆。

万小丰 （进门）老婆，我回来了！

白宛兰 （嗔）你再不回来，我就要走了。

万小丰 走？今天是元宵，中国情人节，你走去哪儿？

白宛兰 就准你加班，不准我上夜班？十点我就要回到医院接班。

万小丰 （调皮地指着自己的脸）"洗了白白"（洗了澡）等我回来——吻别？

〔白宛兰含情脉脉地点了点头，万小丰搂过白宛兰。

白宛兰 （推开万小丰）你先冲个凉……

万小丰 来不及了！

〔万小丰一时激动，抱起白宛兰，旋了一个大圈。

〔正在这时，"叮咚——"，门铃响。

万小丰 （恼）谁呀？

〔万小丰悻悻地放下白宛兰，出去开门。

〔梁姨拎着大包小包站在了门口。

万小丰 梁姨，是你？

梁　姨 （快人快语）是我啊，小丰。今晚不用加班吗？

万小丰 刚回来。

梁　姨 我今日下午到商场排队买板蓝根，好在见到你妈妈，两个老友一起说说话，不然的话，闷都闷死啦！现在几点啦？

万小丰 （看了看表，不耐烦）都快十点了。

梁　姨 （依然快人快语）你看看——我们从下午四点开始排队，足足排了五个钟，才买回这些东西！（边说从购物袋掏出东西）板蓝根、白醋，还有抗病毒口服液，你妈妈说你们平时上班忙，叫我顺便带上来给你们。抗非典的家居常备药，她都帮你们买齐了！

万小丰 （接过药品，哭笑不得）梁姨，白醋又怎么抗非典呀？

梁　姨 哎呀！报纸都讲啦，煲醋可以消毒空气。现在买支醋都要抢嗍头（抢破脑袋）！（念【白榄】）

白醋平时卖两文（元，阴平），

>我们买时就二十文，
>
>现在已经涨到五十文！
>
>口罩、凉茶统统货源紧，
>
>仲有抗病毒口服液同板蓝根！

万小丰 多谢梁姨！（边说边把梁姨往外让）

梁　姨 （千叮万嘱）要记得煲醋！煲多点醋！

万小丰 记得记得……

　　　　［梁姨下，万小丰把那些物品放好。

万小丰 （进房）这个梁姨，口水多过茶！老婆……

　　　　［一段柔情小夜曲响起，万小丰揽过白宛兰，起舞，开始接吻。

　　　　［这时，"叮咚——"，门铃又响。

万小丰 （骂）又谁呀？

白宛兰 （兴致索然，叹了口气）怕又是梁姨。

万小丰 （痛苦地一拍脑门）过完年借钱都要买新房子，搬家！

　　　　［万小丰出去开门。门外站着两名送货工，一个肩上扛着两包大米，另一个扛着三箱食盐。

货工甲 （说的是普通话，但又极力模仿广州话）大哥，送货的！

万小丰 （广州话）送货？（似乎明白）哦，好好！放这儿。（说完就把送货工往外请）

　　　　［两名憨厚的送货工把货物放门边，眼巴巴地望着万小丰，没有要走的意思。

货工甲 （伸出手，谄笑地）大哥，运费……

万小丰 （愕然）运费？平时你们不是免费送货上门的吗？

货工甲 大哥，现在又不是平时嘛。

万小丰 那现在是什么"时"？

货工甲 （挠头）现在是……

货工乙 （接过茬）是……是"非典时"！

货工甲 哦，对，是"非典时"！

万小丰 "非典时"？

货工甲 现在我们加班送货，按规定，一包大米加收20文（元）。

货工乙 （帮腔）20文！

货工甲 一箱盐加收10文。

货工乙　　10文！

万小丰　　（骂）边个衰人（哪个王八蛋）的规定？

货工乙　　是我们"衰人"老板的规定。

万小丰　　（愤怒，吼）我退货！

货工甲　　（不依不饶）大哥，现在退货，也要给运费的嘛……

万小丰　　（吼）运费运费，小心我到物价局告你！滚——

　　　　　［梁姨从对面门出来，看见两个送货工，用广式普通话数落起来。

梁　姨　　哎呀呀！我都跟你们老板讲得很清楚的啦，是送到402，不是401！

　　　　　［梁姨的广式普通话"2""1"难分。

货工甲　　（委屈地指门牌）这不就是401吗？

梁　姨　　（右手伸出两个手指比画）看清楚了，是这个"2"，（左手伸出一个手指）不是这个"1"！（语重心长的样子）你们呀，应该学好普通话，别1、2、1、2都分不清！电视上不都说啦，"学好普通话，走遍全国都不怕"！快点把这些东西搬到我家去，运费不会少你们一分钱。

　　　　　［两名送货工赶紧把米盐搬到隔壁梁姨家。

万小丰　　（好奇地）梁姨，你买这么多米和盐干什么？

梁　姨　　（神神秘秘地）小丰，你有所不知了，我听别人说，外地米商现在都不敢到广东，马上就没货了。盐就更加重要了，非典、非典，非常缺碘，盐里正好有碘！（问）你们家还没买？

万小丰　　没买。

梁　姨　　趁早买啦！再过两天，贵都没货啦。（进自己家）

　　　　　［万小丰回到房间。

万小丰　　（愤愤然）这次摁烂门铃我都不开！（见宛兰已换了出门衣服，一愣）宛兰，你……你怎么换了衣服呀？

白宛兰　　（把万小丰拉到床边，坐下）小丰，我有话要同你讲。

万小丰　　你有话要同我讲？

白宛兰　　是呀——（唱【三脚凳】）

　　　　　　　现在是非常时期，

　　　　　　　没事你少跑医院。

万小丰　　（接唱）

　　　　　　　我是个"战地记者"，

怎能够不上前沿?

白宛兰 （接唱）

那就少些入病房，

减少传染的风险。

万小丰 （不耐烦）知道了老婆！你怎么越来越像我妈？

白宛兰 （接唱）

还要记得戴口罩，

别往人多的地方钻（阴平，读"捐"）。

万小丰 我不怕！我去过几次关叔叔的实验室，连"毒王"都采访过，早就有抗体了！

白宛兰 抗体？（苦笑）现在全世界的医学专家都在找这种抗体，你这么容易就有了？

万小丰 （辩解）我这种是"精神抗体"！

白宛兰 （郑重地）小丰，我们医院已经建立起非典病人隔离病区，为了防止疫情通过医护人员向外扩散，医院决定医护人员都要隔离。

万小丰 （惊愕）啊？连医护人员都要隔离？

白宛兰 （点头）我是护士长，带头报名了。

万小丰 你带头报了名？

白宛兰 是的。疫情来得实在凶猛，已经有患者离世，不少医护人员被感染倒下。

万小丰 （想了想，解下脖子上的一个小挂件，深情地）宛兰，这个是我戴了十多年的玉观音，有她保佑你，你不会有事的。

白宛兰 （把玉观音紧紧地拽在手里）小丰，多谢你……

万小丰 （把玉观音挂在白宛兰脖子）宛兰，我等你回来，我们还要去马尔代夫度假，把婚假休完，好吗？

白宛兰 （心酸，欲言又止）小丰，我……我答应你。我不在家的时候，你要学会照顾自己，少挨夜，多休息。知道吗？

万小丰 （点头）知道……

白宛兰 还要记得吃早餐，不要吃生冷的东西。知道吗？

万小丰 （点头）知道……

白宛兰 出去采访一定要记得带雨衣，现在疫情凶猛，如果淋湿了身，得了感冒，就麻烦了。知道吗？

万小丰　（哽咽）宛兰，我都知道……

白宛兰　小丰……

　　　　〔万小丰一把抱过白宛兰，两人紧紧拥抱。

　　　　〔床头柜上的手机突然响起，打破了两人正在沉浸的世界。

白宛兰　（征询地）接吗？

万小丰　（宽容地）接吧！

白宛兰　（小心地拿起手机，接听）喂，主任……我知道……我已经准备好了，十点准时到岗……（收起电话，饮泣）小丰，对不起，没时间了……

万小丰　（安抚）宛兰，不要紧，来日方长，我等你回来。

白宛兰　（不忍，终于说出）小丰，这次我买的，可能是张单程票……

万小丰　（大惊）你说什么？单程票？

　　　　〔白宛兰含泪点头。

万小丰　你不再回来了？

白宛兰　（哭）小丰——

万小丰　（唱【千般恨】）

　　　　　　话语一声似旱雷天，

　　　　　　似又见天际乌云乍现。

　　　　　　怕此分开，难再见我妻面，

　　　　　　梦里相思最熬煎。

白宛兰　（接唱）

　　　　　　梦里相思最熬煎，

　　　　　　盼望有一天共你还见面。

　　　　　　雪雨不见，雾散青峰现，

　　　　　　共唱心曲有情天。

万小丰　（接唱）

　　　　　　单程的票，天涯望断，

　　　　　　对你说声心里更怀念。

白宛兰　（接唱）

　　　　　　真情不变，亲情永在，

　　　　　　你我心中永存誓愿。

万小丰 （接唱）

　　　　月到中天照婵娟，

　　　　愿你安康人壮健。

白宛兰 （接唱）

　　　　再相见，

万小丰 （接唱）

　　　　说思念，

两　人 （合唱）

　　　　共你一生再写爱情篇。

万小丰 （再次抱紧白宛兰，声嘶力竭）宛兰，你是会回来的，你一定要回来！我等你……

白宛兰 小丰……

　　　　［急收光。

第五场　不言惧

　　［屋外，不时传来隐隐的雷鸣和救护车的鸣叫。

　　［医护人员全副装备，在急诊室主任的指挥下，把一批批非典重症患者用担架抬进岭南医院（过场）。紧张激昂的背景音乐。

　　［突然有抬担架的医护人员倒下，主任二话没说，接过担架。

　　［倒下的医护人员被同事扶起，送往诊室。

　　［关山从急救室出来，解下口罩和眼罩。

关　山 （十分疲惫，感慨地唱【滚花】）

　　　　我们的医护人员，

　　　　如此无畏英勇。

　　　　人人在冲锋陷阵，

　　　　个个是战斗英雄！

叶永源 （从急救室出来，急）老师——（接唱）

　　　　危重病例太多，

　　　　病床已经不够用。

关　　山　（接唱）

　　　　　　　　你去向院长报告，

　　　　　　　　病房要马上扩容。

叶永源　是！（欲下，回头）老师，你已经连续工作了20多个小时，要抓紧时间休息。

关　　山　我知道。

　　　　［叶永源急下。

　　　　［朱静芸和一名护士拖着行李箱，从临时休息室匆匆出来，见到关山，想躲。

关　　山　（纳闷，拦住她们）你们这是……

朱静芸　（嗫嚅）关教授，我想……请假……

关　　山　（严肃地）请假？现在这个时候，你想请假？

　　　　［朱静芸点头。

关　　山　（问另一名护士）那你呢？

　　　　［那名护士不敢言语。

关　　山　（严厉地）现在是非常时期，全院人手紧缺，省里都要从各地医院调人，你们这样做，是逃兵！知道吗？

朱静芸　（哭）关教授……我好怕……

关　　山　怕？

朱静芸　怕！在我们班组里，已经有五个同事被感染了……我妈只有我一个孩子……

关　　山　（心一软，叹气）唉！你们还年轻，如果实在坚持不住，我不拦你们，走吧……

　　　　［朱静芸和那名护士低着头，刚走了几步，天上又响起了几声惊雷，两人不由自主地停下了脚步。

关　　山　（背对着两人，不无关切地）等雨停了再走吧，别把身子给淋湿了，容易感冒……

　　　　［朱静芸和那名护士被感动，突然抱头大哭。

两　　人　关教授，我们错了，错了……

朱静芸　（唱【乙反流水南音】）

　　　　　　　　面对疫情太惶恐，

　　　　　　　　面对生死想避凶。

　　　　　　　　忘记了肩头千斤责任重，

剧　作　133

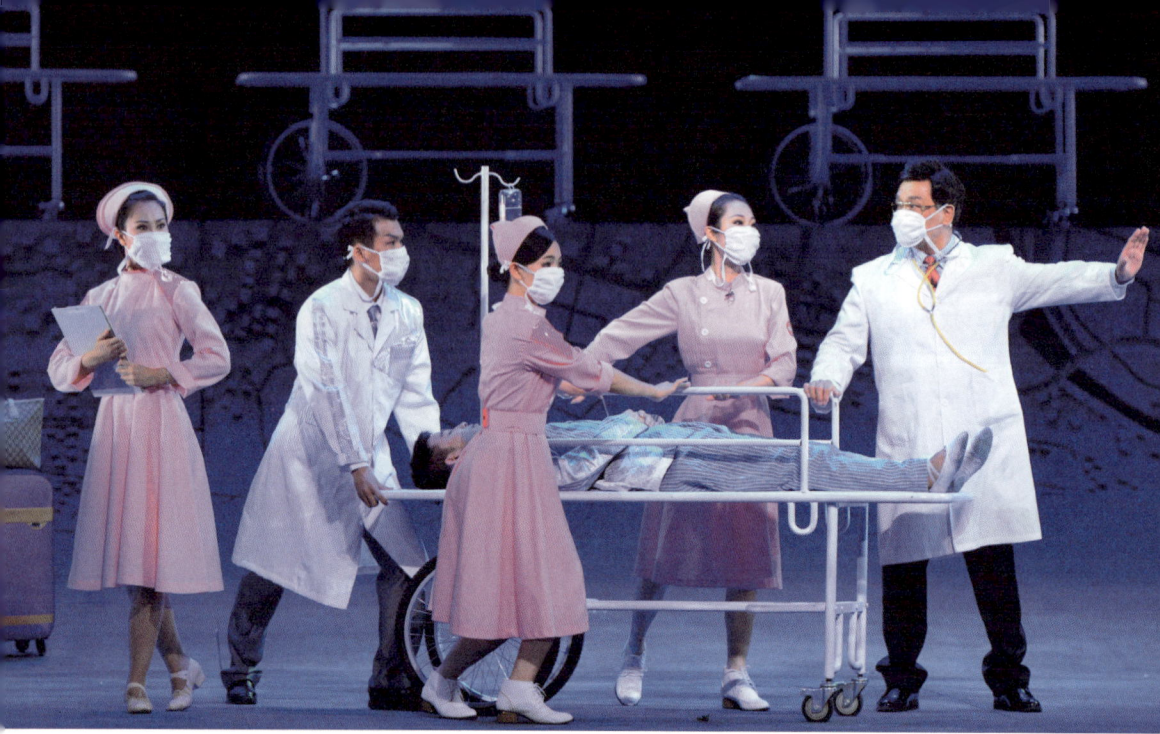

　　　　　看不见个个勇士英雄。
　　　　[关山为两人擦去脸上的泪水。
关　　山　（鼓励）小朱、小吴，不用怕！你们是新战士，第一次上战场，难免会有点怕，关叔叔当年也曾经怕过。但不要紧，只要留下来，坚持下来，你们就是英雄！
朱静芸　（有点不相信地）我们就是英雄？
关　　山　（点头）是的。无论什么时候，关叔叔都会和你们在一起，好吗？
　　　　[两人含泪点头。
　　　　[白宛兰和叶永源用病床推着一名病人上。
叶永源　（急）老师——
白宛兰　关教授——
关　　山　（稍做诊视）小朱、小吴，赶快工作！
朱静芸　（应）哎！
　　　　[众人紧急戴上口罩，造型，切光。

第六场　四不停

［上场次日凌晨，呼研所临时休息室外。

［于力一脸疲惫，和两名随员上。

于　力　（把手中的雨伞递给随员，唱【南音】）
　　　　寒风猛，夜三更，
　　　　心潮起伏似波澜。
　　　　非典势态汹汹，
　　　　仍未见减。
　　　　眼下疫情严峻，
　　　　举步维艰。
　　　　省里高层，
　　　　连日通宵达旦。
　　　　风险决策——（转【二簧慢板】）
　　　　这是关键一环。
　　　　四停、四不停，（合字长腔）
　　　　一进一退间，
　　　　不只关系广州一城，
　　　　亦不只广东一省。（转【弹词】，清唱）
　　　　影响全国几十省区，
　　　　面对全球亿万双眼。
　　　　展现中国人的才情，
　　　　彰显中国人的肝胆——
　　　　（入乐）中国社会的力量不平凡！
　　　　（爽唱）相信科学，相信群众，
　　　　是我们的优良作风，
　　　　已有不少成功典范。
　　　　到如今，
　　　　关系经济兴衰，人民生命，
　　　　必须无私无畏，勇闯这一关。（断收。转【二簧滚花】）

剧　作

于力(省卫生厅厅长),蒋文端饰

　　　　　　　省领导嘱我，连夜登门，（合）

　　　　　　　来把关教授访探。（上）

　　　　　　　群策群力，（二）

　　　　　　（吊慢）闯过急流险滩。

　　　　［叶永源正在值班。门虚掩，于力推门进去，

于　力　（轻声）叶医生……

叶永源　（迎上）于厅长，这么晚了，你们……

于　力　我过来跟关教授商量个事。

叶永源　老师刚刚休息。

于　力　事情紧迫，你去叫一叫他。

叶永源　（摇头）他连续工作了一日一夜，实在是……

于　力　（一时气恼）那你知不知道，省委领导已经三日两夜没合过眼？！

叶永源　这……

于　力　（歉意）对不起，叶医生，我不该向你发脾气。

随　员　（按捺不住）都火烧眉头了，他还睡？我去叫醒他！（径直要去敲休息室的门）

叶永源　（拦阻）不行！

随　员　误了大事，责任你承担得起吗？（又要往里冲）

　　　　［叶永源拦阻，两人几乎冲突起来。

　　　　［正在这时，关山披着衣服，从休息间出来。

关　山　又发生什么事呀，这么吵？

于　力　（歉意）对不起，老关，打扰你休息了！

关　山　（意外）哦？厅长大人连夜来访，是不是又有什么过不了夜的事呀？

于　力　（掩饰不住内心的焦急）老关，非典病因明确了吗？

关　山　（慎重地）我们认为——（唱【减字芙蓉】）

　　　　　　　这是冠状病毒，

　　　　　　　一个全新的变种。

于　力　（接唱）

　　　　　　　亦有专家认为，

　　　　　　　衣原体才是元凶。

关　山　（摇头）我的研究数据不支持这种观点。

剧作　137

于　力　（接唱前腔）

　　　　　既然已找到病因，

　　　　　有无治疗方案可用？

关　山　（接唱）

　　　　　省中医院中西医结合，

　　　　　病人体温回落常态中。

于　力　能够退烧就好办！我明天就要中医院把方案报上来，在全省推广。

关　山　三更半夜跑来医院，你不会只和我谈这个吧？

于　力　（沉重）老关，我们最担心的事情还是发生了。就在今天……哦不，应该是昨天下午，世界卫生组织、国际旅游协会已经把广东列为疫区，发出了黑色旅游警告。

关　山　恐怕不只是旅游这么简单吧？

于　力　你说得对！广东是外向型经济，对外依存度高。如此一来，人员、货物出不去，进不来，全省就会变成一座孤岛！还有，下个月广州就要举办第93届广交会，到底能不能如期举办，全世界的目光都在看着我们。

关　山　我的外国同行断言，中国要战胜这场非典，最少还要两到三年。

于　力　中央十分关心广东的疫情，希望我们以科学的精神来应对这场疫症。省委领导正在研究"四停""四不停"的问题，为了保证决策的科学性和可行性，决定由我们几个有关厅局负责人，连夜分头去咨询有关专家的意见。

关　山　（疑惑）什么是"四停"？什么是"四不停"？

于　力　"四停"就是停课、停工、停市和停办公，反之就是"四不停"。（唱【反线中板】）

　　　　　信息虽然如实公开，

　　　　　市面重新平静。

　　　　　奈何病毒仍然肆虐，

　　　　　新增病例触目心惊。

　　　　　如今省领导两难之中，

　　　　　正在小心求证。

　　　　　若然"四停"，

　　　　　全省一片颓败，

　　　　　　　将是座座"死城"。
　　　　　　　若然不停，
　　　　　　　一旦疫症大流行，（转【正线滚花】）
　　　　　　　这局面怎样收场？
　　　　　　　又该如何对应？
　　　　　　　领导想听专家的意见，
　　　　　　　到底该停还是不该停？（断收）
关　山　领导要征求我们的意见？
于　力　是的。我们必须在明天……哦不，应该是今天上午向全省公布，到底是停还是不停。如今确诊病例每天都在增加，不断有患者离世，省里面临的压力很大。
关　山　（推心置腹地）老于呀老于，你今晚带来的命题，已经远远超出一个医学工作者的专业范畴。
于　力　（歉意）对不起，老关，作为老同学，我又来难为你了。（关切）有压力吗？
关　山　有。
于　力　（语重心长地）到了这个时候，我们已经无路可退。
关　山　（想了想）可以给我一点时间吗？
于　力　（看了看手表）可以。你拿出了论证意见，就叫我。我在外面等你。
　　　　〔于力和其他人全退下。
关　山　（思绪万千，心潮澎湃，唱【二泉映月】）
　　　　　　　今夜将入梦难，
　　　　　　　思忆乱纷纷。
　　　　　　　看温暖珠江水，
　　　　　　　似诉尽无边最深情感，
　　　　　　　来育养出辛勤的人。
　　　　　　　最恨那灾星天降，
　　　　　　　疫症踪迹所到又再见新坟。（音乐过门，楔【韵白】）
　　　　　　　一场世纪灾难，
　　　　　　　几多家庭离散，
　　　　　　　几多生命罹难，
　　　　　　　又几多工作举步维艰呀！（打开电脑浏览，又翻阅手中的资料。续

唱前曲）

不管灾情多凶猛，

你我齐力协心驱除这瘟神。

盼望天空晴朗，

玉洁冰清镶满了耀眼的星辰。

国泰民安，春风和畅送佳信。

无时不谨记两肩责任，

沐雨栉风一起前进。（转【反线二簧】）

这种新型病毒，

挑起一场无烟兵刃。

全省科研团队强攻关，

终于找到了病因。

省委高层问计科学家，

情真意恳。

这种重托与信任，

是新时代的科学求真精神。（转【顺流逆流】）

非典似暴雨朔风不经意来临，

今天我未怕艰辛风雨继续行。

用每一个诚意，

待每一个患者，

医者一颗父母心。

不惊怕疫症恶魔施虐频频，

今天我迎雪顶风真相再寻。

我心无惧畏，

敢将任责担，

风送珠江潮汛。（转【反线中板】）

一不能停课休息，

学生从城市返乡村，

形势将更加严峻。

二不能停工闭厂门，

失业的外来工把疫情带到全国，

　　　　　这如何面对13亿人民？

　　　　　三不能停市，

　　　　　一旦疫情随外国商人扩散到全球，

　　　　　这岂是大国的担当和责任？

　　　　　四不能停止办公，

　　　　　当前疫情肆虐，

　　　　　各界更应协力同心！

　　　［在做出"四不停"的决定后，关山伏案疾书。

关　山　（书成，唱【快打慢二流】）

　　　　　但得珠江海晏河清，

　　　　　两岸木棉红浸。

　　　　　再看岭南岭北，

　　　　　频传捷报佳音！

　　　　（叫）小叶，请于厅长进来吧！

　　　［于力、叶永源等人上。

于　力　（急切地）怎么样？老关——

关　山　（肯定地）四个都不能停！

于　力　理由呢？

关　山　非典的传播途径我们已经查明，它不是空气间传播。

于　力　不是空气间传播？

关　山　对！

于　力　那它是通过什么途径进行传播呢？

关　山　主要是通过患者的飞沫，以及没有防护的肢体接触进行传播的。

于　力　（点头）哦。

关　山　只要对疑似和确诊病例做到早发现、早隔离，医护人员加强防护，我们就可以把疫情控制在最小的范围。

于　力　换言之，就可以"四不停"？

关　山　对！从流行病学的角度来看，只要隔断了传播途径，就可以"四不停"。

　　　［于力一边听，一边不停地点头。

关　山　（把意见书交给于力）四个不能停的意见，我都写清楚了，上面还有我关山的签名。

于　力　（迅速浏览）好！（想了想，还是有点担心）老关，你这个意见，会影响到省委的决策，关系着亿万人民的生命安全，一旦出错，后果恐怕……

关　山　自从出现了非典疫情，我与国内外、军内外，以及中西医专家的研究探讨一直都在进行。大家普遍认为，虽然非典是种全新疫症，但还是可防可控的。老同学，请相信我的科学判断。

于　力　（点头）老关，我相信你。同时也请你放心，我们的背后，有省委、省政府的坚强领导，以及全省人民的支持，这些，都是我们战胜这场疫症的根本保证！

关　山　你说得对！全省人民可以见证：在这场灾难中，我们的省委、省政府，发挥了中流砥柱的作用。

于　力　最后的胜利，一定是属于我们！

关　山　非典的第一个病例是在广东被发现的，我们有责任和义务要它结束于广东，消失于广东！

于　力　（赞叹地）好一个"结束于广东，消失于广东"！

叶永源　（急上）老师，小丰他……

关　山　小丰怎么啦？

白宛兰　小丰也被感染，送进了我们的隔离病房了……

关、于　（大惊）啊？！

　　　　〔急收光。

第七场　病房会

　　　　〔深夜，舞台一角，隔离病房。

　　　　〔万小丰躺在病床上，面部罩着氧气罩，沉睡。白宛兰穿着厚厚的防护服，趴在床边一个柜子上打盹。

　　　　〔朱静芸端着药盆上。

朱静芸　（轻声）护士长——护士长——宛兰姐——

　　　　〔白宛兰没有醒。朱静芸放下药物，检查了一下输液瓶，轻手轻脚地准备下。

　　　　〔万川上。

朱静芸　（轻声）院长——

万　川　（示意朱静芸下。走到万小丰病床前探视，轻声呼唤）小丰……小丰……

　　　　〔万小丰、白宛兰都没有醒。

万　川　（动情地）小丰，阿爸来看你了。小丰，阿爸看着你……从一个小娃娃，长成一个小男孩……一个男子汉……（心酸）今日……今日却看到你倒下……你可要挺住……要重新站起来啊，小丰！

　　　　〔万小丰、白宛兰没醒。万川为万小丰披了披被子，拭泪，下。

　　　　〔隔离病房灯暗，白宛兰出现在另一舞台空间。

白宛兰　（寻找）小丰……小丰……

万小丰　（上。如梦初醒的样子）这是什么地方呀？

白宛兰　小丰，这是医院，你现在在病房。

万小丰　医院？我到了医院？（唱【楼台会】）

　　　　　　原来到病房，

　　　　　　又见面思忆奔涌。

　　　　　万般情爱，

　　　　　在心里仍旧痛，

　　　　　为何在这相逢？

白宛兰　小丰，你已经睡了三天三夜……

万小丰　三天三夜？

白宛兰　（接唱前曲）

　　　　　又再相逢，

　　　　　恨脚步匆匆。

　　　　　热爱长在，

　　　　　存心里仍未冻，

　　　　　为情越过山万重。

万小丰　（接唱）

　　　　　当初见面欢笑中。

白宛兰　（接唱）

　　　　　又再见面风雨中。

　　　　　忍泪含笑迎风，

　　　　　转面心隐隐痛！

万小丰　（有点调皮地）老婆，我这个"战地记者"，终于又来到了前沿阵地。

白宛兰　（责怪）你不该选择这种方式。

万小丰　（自嘲）看来，我还是没有"抗体"。

白宛兰　（安慰）小丰你不用怕！关叔叔的治疗方案，已经让很多非典患者康复出院。

万小丰　可我也目睹很多重症患者悄然离世。（动情地）如果我也有这么一天，宛兰，你不要难过，就当是你的单程票，被我先拿去用了！

白宛兰　（极痛苦）不不不！我们的蜜月还没度完，我们买的，都是双程票，双程票！（唱【乙反中板】）

　　　　　你说过要带我去旅行，

　　　　　去欣赏旅途风光种种。

　　　　　我也曾答应你，

　　　　　今年要为你们万家接代传宗！（取下脖子上的玉观音，为万小丰戴上，动情地楔白）

　　　　　小丰，你不会有事的——（接唱前腔）

　　　　　如今科学昌明，
　　　　　你定会平平安安，
　　　　　无危无难，
　　　　　无灾又无痛。
　　　　　我还要享用你煲的靓汤，
　　　　　品尝你烹调的美味，
　　　　　夫妻恩爱乐融融。（转【滚花】）
　　　　　你还要去伊拉克、去中东，
　　　　　实现战地记者的人生梦。

万小丰　是的。我还要用我的镜头，去记录战场上的生和死。

白宛兰　（深情地）小丰，这里已经是战场！

万小丰　（叹了一口气）但阿爸这个指挥官，指挥得……有点乱……

白宛兰　原谅阿爸吧！疫情来得太猛烈了，谁也没准备好。

万小丰　（语气开始疲乏，愧疚地）宛兰，你不在家的时候，为了赶稿，我还是经常挨夜……

白宛兰　我不怪你……

万小丰　每天早上我都来不及做早餐……

白宛兰　我知道……

万小丰　但每次出去采访，我都带了雨衣，真的！（无奈地笑了笑）可我，还是被感染了……

白宛兰　（哽咽）小丰……

万小丰　玉观音还是留给你吧，只要你平平安安，就好！

白宛兰　（恸哭）不不不——

　　　　〔两人的手握着玉观音，紧紧地扣在了一起。

万小丰　（越来越虚弱，开始喘大气）宛兰，我觉得有点累……好像……好像有一块大石头压在我的胸口，我都喘……喘不过气来……

　　　　〔舞台上的万小丰和白宛兰隐去，隔离病房的灯光起。病床上的万小丰剧烈喘气，白宛兰惊醒。

白宛兰　（惊呼）小丰，小丰！（大叫）关叔叔，关叔叔——小丰他——

　　　　〔关山、叶永源、朱静芸等急上。

关　山　（稍作检视）不好！病人呼吸衰竭，马上要插气管。

叶永源　（挺身而出）老师，这里危险，我来操作！

朱静芸　（勇敢地上前）我来帮手！

　　　　〔叶永源为万小丰插气管，朱静芸等人配合，救治工作紧张有序进行。

　　　　〔突然，万小丰一阵更猛烈的喘气，一口鲜血喷涌而出……

　　　　〔舞台上一片红光……

白宛兰　（惨叫）小丰——

　　　　〔切光。

第八场　决战时

　　　　〔院长办公室。叶永源急上。

叶永源　（有点急）院长……院长……

万　川　（缓缓地）有事吗？

叶永源　（小心地汇报）重症患者万小丰，已于今天凌晨4点32分，抢救无效去世。

万　川　（看似平静地）我知道了。

叶永源　（关切地）院长……

万　川　（打断）还有别的事吗？

叶永源　前几天在救治病人过程中倒下的韩医生、宋医生，于昨天晚上抢救无效，先后牺牲。

万　川　（沉重地）善后工作安排了吗？

叶永源　院办正在安排。

万　川　凡牺牲者，都要为他们申报革命烈士！

叶永源　（记录）是。（继续汇报）呼研所的朱静芸护士，在为病人插气管时，感染了病毒，正在ICU隔离……

万　川　（关切地）关教授没事吧？

叶永源　还好，关教授没有受到感染。

万　川　（松了口气）哦……

叶永源　到目前为止，全院一共有95名医护人员先后被感染，好几个科室已经不成建制。

万　川　（痛心地）太惨烈了！

［万川疲惫地摆摆手，叶永源下。

［痛失爱子，医院又损兵折将，万川把痛苦深深埋在心底。

［于力和白宛兰上。

白宛兰　阿爸……（泣不成声）

万　川　宛兰，不要哭。阿爸知道你是个坚强的孩子，不要哭……

白宛兰　（大哭）阿爸——

于　力　（流着泪，心疼地搂着白宛兰）宛兰不要害怕，于阿姨会照顾你的。（对万川）老万，我刚刚接到小丰去世的消息，你要节哀……

万　川　谢谢你，老于，我没事。

于　力　（流着泪）老万，我知道你心里难受，你哭出来，会好一些……

万　川　我们都不要哭，不要哭。（内疚地）我万川，工作了几十年，都算是个专业人士——（唱【中板】）

　　　　　　却为何不像老关那般，
　　　　　　对疫情做个科学判断？
　　　　　　又不能像小丰那样，
　　　　　　无畏无惧秉笔直言？
　　　　　　难道是——
　　　　　　多年行走仕途，
　　　　　　心肠变得不再柔软？
　　　　　　难道是——
　　　　　　已经不会思考，
　　　　　　只习惯于上达下传？

于　力　（安慰）老万哪——（唱【滚花】）

　　　　　　天灾突如其来，
　　　　　　如残云风卷。
　　　　　　你无须自艾自怨，
　　　　　　责备求全。

万　川　（深思）虽说是天灾，但值得我们去学习和反思的东西很多。

　　　　［叶永源急上。

叶永源　院长——关教授要往自己身上注射非典病毒血清！

万　川　（大惊）你说什么？

剧作　147

叶永源		关教授从那个"毒王"身上采集了血清,要在自己身上做试验。他说只有这样,才能在治疗上取得突破!
万　川		(着急)这个老关!找他去——

　　[众人急下。

　　[暗转。

　　[实验室里,关山已经挽起袖子,几名医护人员正在劝阻。

　　[万川、于力和白宛兰等人赶到。

万　川　(拉着关山)老关,你是科研攻关的主将,不能这样做!

于　力　(劝阻)老关,现在每天新增病例已经在减少,你这样做,太冒险了!

关　山　冒险?(平静地问万川)韩医生、宋医生是不是已经在昨天晚上殉职?

万　川　(沉重地)是的。

关　山　朱静芸是不是还在ICU抢救?

万　川　是的。

关　山　(开始趋急)重症病房里,是不是还有50多名患者在靠呼吸机维持生命?

万　川　是的。

关　山　(痛彻)小丰他……他是不是已经在今天凌晨4点32分罹难?

万　川　(情感终于迸发,大哭)你不要再说了老关——

关　山　(大哭)我对不起你呀,老万——

万　川　老关——

　　[关山和万川抱头痛哭。

　　[众人掩泪。

关　山　(痛心地)我对不起你呀老万!小丰走的时候,我就在他身边……(唱【新曲】)

　　　　有多少重症病人,
　　　　忍受病痛煎熬,
　　　　徘徊在生死线?
　　　　又有多少鲜活的生命,
　　　　等不来命运眷顾,
　　　　从此地下长眠?
　　　　小丰他痛苦的神情,
　　　　总是浮现眼前,

　　　　　似穿心万箭。

　　　　　非典会否卷土重来，

　　　　　横行肆虐，又再烽火连年？（坚定地，转【散板】）

　　　　　我关山必须交一份合格答卷，

　　　　　更要为救治工作闯一片新天。

　　　　（对身边的一名护士）小张，准备！（挽袖）

于　力　（欲拦）老关……

关　山　（坚定地）到了这一步，血清试验必须做！

万　川　如果这一步必须做，就在我身上试吧！（挽起胳膊，命令式地对白宛兰）宛兰，你把病毒血清给我打进去！

　　　　［白宛兰拿起病毒血清针具，有点不知所措地望着关山。

关　山　（阻止）没时间反复做试验了，我更了解血清在身体上的反应，因为我是个医生！

万　川　（愤怒）关山你别忘记，我万川也是个医生！

于　力　（伸出胳膊）我于力也曾经是个医生！

众　人　（纷纷伸出胳膊）我们也是医生！

　　　　［众人齐刷刷地伸出胳膊，举起了一片臂膀的"森林"……

　　　　［一段众志成城、共同战斗的群体舞蹈。

　　　　［光渐暗。

　　　　［低回的音乐奏《安魂曲》。

　　　　［光渐起，木棉花怒放，医护人员和各界人士向抗非典纪念园的英烈献花。

　　　　［伴随着敲打键盘的声音，天幕上出字幕：

　　　　　　2002年11月，广东发现第一个非典病例，到2003年5月23日，世界卫生组织宣布解除对广东的旅游警告。至此，抗非典战斗取得了决定性的胜利。非典期间，全球感染人数8422例，死亡919人，涉及32个国家和地区。其中我国感染7751人，死亡829人。（键盘音停，字幕继续）

　　　　　　在抗击非典的过程中，我国30多名医护人员因公殉职，他们是：

　　　　　　范信德，男，中山大学附属第二医院救护车司机，2月23日殉职，终年57岁。

　　　　　　叶欣，女，广东省中医院护士长，3月24日殉职，终年46岁。

　　　　　　李晓红，女，武警北京总队医院主治医师，4月16日殉职，终年29岁。

　　　　　　邓练贤，男，中山大学附属第三医院主任医师，4月21日殉职，终年53岁。

　　　　　　梁世奎，男，山西省人民医院急诊科副主任，4月24日殉职，终年57岁。

　　　　　　刘永佳，男，香港屯门医院护士，4月26日殉职，终年38岁。

　　　　　　陈静秋，女，台湾和平医院急诊室护理长，5月1日殉职，终年48岁。

　　　　　　陈洪光，男，广州市胸科医院重症监护室主任，5月7日殉职，终年39岁。

　　　　　　胡贵芳，女，台湾仁济医院护士，5月8日殉职，时已有身孕，终年27岁。

　　　　　　丁秀兰，女，北京大学人民医院主任医师，5月13日殉职，终年49岁。

　　　　　　……

〔长长的英烈名单,在缓缓上升。
〔光渐收。剧终。

(本剧与邵忠合作,广东粤剧院2013年首演,2013年发表于《剧本》月刊第12期,获第九届广东省"五个一工程奖"、第十二届广东省艺术节剧目二等奖和编剧奖。丁凡饰演关山,蒋文端饰演于力,林家宝饰演万川)

粤剧

凉茶王传奇

人物表

王老吉 男，民间草医，原名王泽邦，人称阿吉，广州城阿吉凉茶铺老板。
蕙　兰 女，广州城中洗衣女。
林则徐 男，钦差大臣。
何永昌 男，永昌药材行老板。
颜如玉 女，何永昌的姨太太。
龙　彪 男，水匪头领。
赖道长 男，飞霞山道长。
罗先生 男，林则徐的幕僚。
蕙兰母（即二婶），阿炳，衙差，水匪阿七、阿八，男女茶客，书吏，中军，兵丁，太监等人。

第一场　疫起

［幕后起银铃般清脆的童谣：

　　吉叔凉茶数第一，

　　感冒发烧最使得。

　　清肝热，祛暑湿，

　　吉叔凉茶最止咳！（渐弱）

［光全起。

［清道光年间，广州城靖远街。阿吉凉茶铺外，两张小茶几，几条板凳。

［王老吉上，只见他一身跑堂不像跑堂、老板不似老板的装扮。

王老吉（念【白榄】）

　　我就系阿吉，

　　吉祥那个吉，

　　　　大名王泽邦

　　　　人称王老吉。

　　　　今年三十七，

　　　　仲未有妻室。

　　　　命虽贫贱，

　　　　但总还算有身硬骨。

　　　　开铺卖凉茶，

　　　　为人清热、解毒、祛湿、止咳。（唱【梳妆台】）

　　　　这个凉茶铺，

　　　　开咗六七年，

　　　　一碗清汤，

　　　　卖它两文钱。

　　　　邻里街坊钟意帮衬，

　　　　我煲得够火，

　　　　味足料落全。（叹气）唉——（转【滚花】）

　　　　今年瘟神又来，

　　　　四围兴风作乱。

　　　　我连夜浸好药料，

　　　　一早猛火熬煎。

　　［蕙兰挽扶着病重的母亲上。王老吉见状，急上前。

王老吉　蕙兰，你娘亲好点了没有？

蕙　兰　她还是在咳嗽，又发烧。

王老吉　（倒一碗凉茶）二婶，你再饮了这碗凉茶，就会好的了。

蕙兰母　多谢阿吉……

　　［王老吉和蕙兰小心地要喂蕙兰母喝凉茶。

　　［何永昌、颜如玉和几个打手上。

颜如玉　（与何宝昌会意一笑）我都说她们来了这里。（说完，拿过何永昌的手杖，啪的一下，打翻了王老吉手中的茶碗。）

王老吉　（抬头一看，愕然）颜小姐，你——

颜如玉　王老吉，你又来抢我永昌号的生意！

王老吉　颜小姐，我卖凉茶你卖药，怎抢你们的生意呀？

颜如玉 还说不抢?（指着那一排凉茶煲）你看你的凉茶铺,什么润肺化痰茶、健脾消滞茶、解暑生津茶、清肝明目茶,还有牙痛茶、败毒茶、益气茶、养阴茶、清热茶、祛湿茶、止咳茶……（叫苦）你干脆改名药茶铺好了!

何永昌 （挺委屈的样子）如果人人得了病,都来你这里花两文钱买凉茶饮,那我的永昌号,还怎么做生意啊?

王老吉 何老板呀颜小姐——（唱【滚花】）

　　　　卖药治病为救人,

　　　　生意论之何太忍?

颜如玉 （冷笑）哼!说得比唱还好听。（接唱）

　　　　今年又再起瘟疫,

　　　　看你救得几个人?!

王老吉 （有点自得）对面街七叔公,还有码头的阿海哥,饮了我的凉茶,日日照常开工。

颜如玉　　哼！还有这个洗衫婆。（对蕙兰母女）你们还欠我的药钱，快快还来！

蕙　兰　　老板娘——（唱【乙反滚花】）

　　　　　　　　我家无隔夜粮，

　　　　　　　　手头实在紧。

　　　　　　　　求你宽容几日，

　　　　　　　　到时再还你钱银。

颜如玉　　没钱是吧？那就签了这张契。（掏出一张字契）

蕙兰母　　（恐惧）这张是卖身契，我们……不签……（母女哭成一团）

王老吉　　（看不下去）何老板，她们差你多少钱呀？

何永昌　　（轻描淡写地）多就不多，诊金加药金，本金加红利，二两银子而已。

　　　　　[一听到二两，王老吉噤声。

蕙　兰　　（急辩）我们只是欠永昌号二钱银子……

颜如玉　　（抢白）不要红利吗？

何永昌　　（和眉善目的样子）蕙兰姑娘，你签了这张契，到我们永昌号做个丫鬟也好，到珠江河花艇做个姬娘也行。

王老吉　　（惊讶）不是吧，何老板？欠你二钱银子，就要卖她落珠江河做姬娘？你是不是狠了点呀？

颜如玉　　（嘲笑）不服气呀？那你帮她还钱吧。

王老吉　　（气得不行）好好好！你们等着。（入里屋）

颜如玉　　（心里没底，小声地对何永昌）昌哥，他不是真的进去拿钱吧？

何永昌　　（胸有成竹）放心。拿得出二两银子，他就不是卖凉茶的王老吉！

　　　　　[果然，王老吉从里屋拿出纸笔墨。

颜如玉　　（窃喜）王老吉，钱呢？

王老吉　　我立张字据，三个月后一定还给你。

颜如玉　　没钱，你充什么"大头鬼"？（拉着蕙兰要走的样子）走走走——

蕙兰母　　兰儿——

蕙　兰　　阿妈……

王老吉　　（急）我……我……到时还你们十两。

颜如玉　　（一停）十两？（又拉起蕙兰要走的样子）走……走……

王老吉　　（倔劲起）再加……十两！行了吧？

　　　　　[颜如玉和何永昌见王老吉一步步上当，四眼对望，暗喜。

何永昌　既然如此，我就再做一回好人。你写上："王老吉欠何永昌白银二十两，三月为期。到期不还，铺头（店铺）抵押！"

王老吉　（一惊）铺头抵押？

何永昌　没有物品做抵押，我如何相信你？（故意地）不同意？不同意就算了，我们带人走！

王老吉　（一咬牙）好！我写！（写字据，签押）

［颜如玉拿过字据，仔细看了看，收好。

何永昌　（微微笑）爽快！阿玉，我们走——（与颜如玉等人下）

蕙　兰　（感激）阿吉哥，多谢你！我会去做工赚钱来还你。

王老吉　邻里相帮，是应该的。（倒茶给蕙兰母）二婶，饮了这碗凉茶，你就会好的了。

蕙兰母　（十分虚弱）阿吉，我又咳又发烧，怕是染了瘟疫，治不好了……

王老吉　不会的。对面街七叔公，还有码头的阿海哥，也是又咳又发烧，饮几碗凉茶就好了。

蕙兰母　（气息越来越弱）阿吉，你的心地真好……

蕙　兰　（不忍，悄声地）阿吉哥，七叔公和阿海哥，昨天晚上，已经走了……

王老吉　（惊愕）啊？走了？（唱【杨翠喜】中段）

　　　　　　一语惊人如碎梦，

　　　　　　一句轻言人震动。

　　　　　　心似浮萍被那雪霜冻，

　　　　　　不觉痛伤两眼泪蒙，

　　　　　　原来配方平庸！

　　　　　　良心惴惴愧疚再难诉哀衷，

　　　　　　新方再造来作大用。

　　　　　　敢向密林觅千重，

　　　　　　万山来踏遍，数青峰。

　　　　我一定要去找新的配方！

　　　　[蕙兰母蹒跚走过，把王老吉、蕙兰的手拉在一起。蕙兰羞赧地望了王老吉一眼，又把手抽回。

蕙兰母　（断断续续地）阿吉，帮二婶……好好照顾蕙兰……（含笑而终）

王老吉　（悲泣）二婶……

蕙　兰　（痛彻地）阿妈——

　　　　[王老吉端详手中的凉茶有顷，猛地泼到地上。

　　　　[切光。

第二场　问道

[三天后。一大早，王老吉背个药篓和简单行囊，手里拿把小药锄，一副要远行的样子。幕后又起清脆的童谣：

　　　　吉叔凉茶数第一，

　　　　感冒发烧最使得……

王老吉　（痛苦地）你们不要再唱了——（唱【追信头】）

　　　　　　向深山——

　　　　　　孤身把路闯！（转【七字清】）

　　　　　　脚踏晨星出街巷，

王老吉，欧凯明饰

　　　　　漫漫前路通远方。

　　［蕙兰追上，她头上戴了个斗笠，身上披了件小蓑衣。

蕙　兰　阿吉哥——阿吉哥——

王老吉　（有点意外）蕙兰，你……

蕙　兰　我与你一同去寻药。

王老吉　你娘亲昨天才入土，还没"满七"，你理应守孝，又怎能走开呢？

蕙　兰　（语结）我……

王老吉　我这次出去，怕要——（唱【滚花】）

　　　　　踏过东江北江层层浪，

　　　　　行遍南岭座座高岗。

蕙　兰　座座高岗？

王老吉　罗浮山、飞霞山、九连山，座座高山都是药草宝库。找到新方新药，我就会回来了。

蕙　兰　既然如此，阿吉哥路上小心……

　　［蕙兰把自己的斗笠、蓑衣取下，深情地为王老吉穿戴。
　　［两人惜别。王老吉上路，圆场做涉水状，幕后女声和唱【新曲】：

　　　　　早春江河浪涛涌，

　　　　　津梁几度达道通。

　　　　　云水尽处，只见风雨相送。

　　　　　云水尽处，又见峻岭高崇。

王老吉　啊！好一座巍峨峻峭的罗浮山哪——

　　［王老吉顶风冒雨爬山挖药，幕后女声和唱【新曲】：

　　　　　山中采得新药三种，

　　　　　辞别药师，

　　　　　再访北江仙山名洞。

王老吉　（接唱新曲）

　　　　　问道艰难，

　　　　　踏过座座高峰。

　　　　　初心未改，

　　　　　不怕水复山重。

　　　　　啊！前面就是北江飞霞山。

剧 作 159

[王老吉继续圆场,却越走越慢,步履不稳,最后晕倒在地。
[幕后女声和唱【新曲】:

  啊——

  巍巍青山,

  要做埋骨新冢?

  啊——

  片片白云,

  来把孤魂相送?

蕙　兰　(寻找而上)阿吉哥——阿吉哥——(发现王老吉,哭喊)阿吉哥,你怎么了?

王老吉　(醒来,虚弱地)蕙兰,你怎么来到这里?

蕙　兰　(唱【血泪花】中段)

  路遥欲断魂,

  路遥欲断魂,

  我每天每夜站高桥望君。

  望穿了秋水,

  望穿了双眼,

  朝暮相思寒露染鬓。

  不见君身影教我心伤感。

(楔白)吉哥你离家个多月,蕙兰担心——(唱【二簧滚花】)

  一路找寻一路问。

王老吉　蕙兰哪——(唱【乙反二簧】)

  难为你跋山涉水,

  一路风尘。

  难为你露宿风餐,

  无人怜悯。

蕙　兰　蕙兰有阿吉哥怜悯。

王老吉　(唱【二簧滚花】)

  我……我……我……

  我只见天在转,头在晕。(晕倒)

蕙　兰　(大叫)阿吉哥,你怎么了?阿吉哥哪——(唱【快中板】)

　　　　　南望乡关路已近，

　　　　　却见七尺渐离魂。

　　　　　骂句天公何太忍？

　　　　　地母你亦非好人！

　　　〔赖道长身着道袍，手持拂尘，带着两个小道士上。

赖道长　谁人在此骂天骂地？

蕙　兰　（求救）老神仙，救救我……我的大哥！

赖道长　贫道并非神仙，飞霞山道长而已。

蕙　兰　道长，求求你，救救我大哥吧！

赖道长　（为王老吉把脉、摸额头）姑娘，你大哥怕是染瘴疠了。

蕙　兰　瘴疠？莫不就是那种瘟疫？

赖道长　原来姑娘也知道，瘴疠是种瘟疫。

蕙　兰　正因为广州城流行瘟疫，我大哥才出来寻方问药的。

赖道长　寻方问药？（拿起王老吉药篓的药材看了看，点头）嗯，岗梅根、木蝴蝶，还有金沙藤。（感动）难得你大哥一副医者情怀。

蕙　兰　道长错了，我大哥不过是个开铺卖凉茶的。

赖道长　（惊讶）哦？如此，就更为难得了！贫道也曾得师传几帖良方。徒儿，快快扶他进去，待为师施药救治。

　　　〔两个小道士抬起王老吉，四人入飞霞山山门。

　　　〔灯光转换，蕙兰复上，唱【四季歌】：

　　　　　风送百花舞缤纷，

　　　　　雨后个天散愁云。

　　　　　就盼浪拍归舟风暖帆顺，

　　　　　又怕依依惜别隆情谢恩人。

　　　　　相照寸心两不分，

　　　　　要问阿哥爱谁人？

　　　　　莫再负了相思千载遗恨，

　　　　　用我心中说话如何订芳盟？

　　　〔赖道长送王老吉出山门。

王老吉　师父留步，徒儿就此告别了。

赖道长　虽然半月调理，你的身子尚弱，路上小心。

蕙　兰　多谢师父救了我大哥。

王老吉　多谢师父救命之恩，更谢师父赠药赐方之德！

赖道长　哈哈！救了你的人，偏偏就是你自己。

王老吉　（不解）我救了我自己？

赖道长　我将你带来的岗梅根、木蝴蝶、金沙藤等药材，加入为师的药方中，竟然收到奇效。

王老吉　我路上采挖的，也不过是几味寻常草药。

赖道长　天下药，无所谓贵贱。加一味，减一味，就成良方验方。为师的三帖良方，你可记住了？

王老吉　记住了。

赖道长　汤头歌诀，唱来听听。

王老吉　（吟唱汤头歌诀）布渣岗梅金银花，通塞利喉内火泻。甘草野菊木蝴蝶，消滞利积除肺热。仙草茅根鸡蛋花，疏肝明目清口舌。祛湿最是板蓝根，淡竹桑叶可凉血……

赖道长　（赞赏）好啊！半月之间，你已得为师真传，下山去吧——

王老吉　（伤感）一日为师，终身为父。驱除了城中瘟疫，徒儿再来飞霞山，奉养师父……

赖道长　（感叹）难得你一片心意。为师四海为家，云游天下……（与小道士飘然而下）

王、蕙　（同拜）师父——

［光渐暗。

第三场　施药

［幕后起清脆的童谣：

　　王老吉，王老吉，
　　煲滚凉茶捞壳滗。
　　我问茶煲有啲乜（有些啥）？
　　佢话茶煲有万物……

［光渐起。阿炳等一班茶客坐在凉茶铺外，水匪龙彪和阿七坐在角落，冷眼旁观。

阿　炳　（等得不耐烦）阿吉哥，新茶煲好未呀？

王老吉　（内应）煲好了——（与蕙兰各拿个大茶壶出来，欢快地唱【龙飞凤舞】）

　　　　　　云彩天际万里飘，
　　　　　　来宾纷至像春潮。

蕙　兰　（来回给众人倒茶，接唱）

　　　　　　晨光将满天照耀，
　　　　　　难得街坊唱又笑！

阿　炳　（用碗接茶）饮了阿吉哥新配制的凉茶，疫病没了，精神好了，肯定开心啦！（接唱）

　　　　　　你嘅配制能将热气消！

茶客甲　（接唱）

　　　　　　你嘅配制送走了瘟妖！

茶客乙　（接唱）

　　　　　　你嘅配制可将气血调！

剧作　163

茶客丙　（接唱）

　　　　　你嘅配制最通两鼻窍呀！

众茶客　（合唱）

　　　　　热气消——

　　　　　送瘟妖——

　　　　　气血调——

　　　　　通鼻窍呀——

　　　[众茶客端着新茶，载歌载舞，十分热闹。

王老吉　（接唱）

　　　　　茶汤升暖烟云雾绕，

　　　　　良方出远山落足料。

众茶客　（合唱）

　　　　　落呀落足料——

蕙　兰　（接唱）

　　　　　茶香飘老街过石桥，

　　　　　甜清清最啱（适合）老少。

众茶客　（合唱）

　　　　　最啱老老少少——

王老吉　（接唱）

　　　　　堂前待客莫怕铺面小，

蕙　兰　（接唱）

　　　　　勤劳诚信奉做信条。

王老吉　（接唱）

　　　　　从来疫症来去也难料，

蕙　兰　（接唱）

　　　　　凉茶伴你少不了！

众茶客　（合唱）

　　　　　少不了呀少不了！

　　　　　说说笑笑，开开心心，

　　　　　安安康康，拒绝疫病，

　　　　　如此这般，如此这般，

　　　　大家唱又跳——

王老吉　各位街坊，这些是防治瘟疫的药茶，免费赠饮。

阿　炳　阿吉哥，你这么辛苦找回来的药方，怎可以不收钱呀？

王老吉　瘟疫一日不退，我就一日不收钱。当然了，那些达官贵人，富商大户，就原价销售。

阿　炳　我们饮完茶，自己把钱放入柜台那个钱罂，大家说好不好？

众茶客　好！（有人开始放钱）

　　　　[何永昌与颜如玉又带着四个打手上。

何永昌　（满脸堆笑）呵呵！王老吉，好久没见，生意越做越大了。

王老吉　何老板见笑！凉茶生意，大又大到哪儿去？

颜如玉　（挖苦）还不大吗？整个天字码头的工人都来帮衬你。还有这个洗衫妹，都来给你打工了。

王老吉　又怎比得上你们的永昌号呢？名为药材行，实则卖大烟，分店都快开遍广州城了。

颜如玉　（恼）喂——你不要含血喷人！

何永昌　（冷笑）王老吉，我的药材行卖些什么东西，还轮不到你来管。我今日过来，是为三个月前你签的那张契……

颜如玉　（把字据掏出来一抖）还钱！

王老吉　（暗惊）啊？（唱【沉腔滚花】）

　　　　　　哎呀呀——

　　　　　　我怎么就忘了这笔催命钱？（上上声）

　　　　（哀求）何老板，我这几个月没做到生意，可否再宽限些时候……

何永昌　（正中下怀）没钱是吧？

王老吉　没钱……

何永昌　好！（慢条斯理地唱【三脚凳】）

　　　　　　那就蕙兰跟我走。（半句）

蕙　兰　（惊恐）我不跟你走！

何永昌　（续唱）

　　　　　　那就用铺头把债填！

王老吉　用铺头把债填？（摇头）不行不行！

何永昌　王老吉，这又不行，那又不行，那究竟怎样才行？

王老吉　（低声下气地）只要你不带走蕙兰,不要我的铺头,我什么都答应你。

何永昌　一定答应?

王老吉　一定……答应……

何永昌　好!那就将你在飞霞山找来的那张秘方交给我!

王老吉　（惊愕）啊?连这个你们都知道了?

何永昌　（冷笑）全广州城都知道了。（恨恨地）个个都说,王老吉找到帖可治瘟疫的秘方!

阿　炳　（着急）阿吉哥——（念【韵白】）
　　　　　　这个何永昌,
　　　　　　虽然近年卖鸦片,
　　　　　　但毕竟世代开药店。
　　　　　　正所谓一条秘方养三代,
　　　　　　秘方到手他定要独享独占。
　　　　　　到时我们想饮碗好凉茶,
　　　　　　就要出多十倍价钱!

蕙　兰　（垂泪，接念）

　　　　　　事情由我起，

　　　　　　让我去还他的亏欠……

王老吉　蕙兰哪，你拿什么去还他？（对何永昌）何老板——（唱【减字芙蓉】）

　　　　　　我王老吉荡产倾家，

　　　　　　也要还这笔催命钱。（上上声）

　　　　　　蕙兰不会交你手，

　　　　　　铺头秘方也要保全。

　　　　［王老吉拿起柜台上的钱罂，把里面的铜钱哗地倒在桌子上。

何永昌　（看了一眼钱，讥讽）王老吉，你欠我二十两，不是二十文！

阿　炳　（气恼）各位兄弟，大家今天刚出粮（发薪水），我们帮一帮阿吉哥！

　　　　（说完，掏出两吊铜钱放桌子上）

码头工　（齐声）好！（纷纷解囊）

颜如玉　（嘲笑）哎哟！好多钱啊！（数了数）全部加起来，足足有五两！

何永昌　（笑）嘿嘿——这间铺头，从此就要姓何了。伙计们，换招牌！

众打手　（齐声）是，换招牌！

　　　　［众打手欲将"永昌分号"招牌覆盖"阿吉凉茶"。

王老吉　（阻拦）你们敢？

　　　　［众码头工协助王老吉阻拦，双方剑拔弩张。

何永昌　（威胁）你们是不是想惊动官府，等官兵来封这间铺头？

颜如玉　告诉你们，府台金棠大人是我的契爷（干爹）！

阿　炳　你契爷又如何啊？难道不许人卖凉茶吗？

颜如玉　不是不准他卖凉茶，而是不准他赖账！（扬了扬手中的字据）

何永昌　伙计们，动手！

　　　　［众打手又欲动手，码头工又阻拦。双方开打。

　　　　［几个码头工被打伤在地，王老吉不忍。

王老吉　多谢了——各位街坊！（唱【乙反减字芙蓉】）

　　　　　　地阔天也高，

　　　　　　处处开得凉茶店。

　　　　　　就算剩下担茶桶，

　　　　　　也可卖茶在街边。

剧　作

　　　　　（凄然）何老板，我知道，你一直想抢我间铺头开分号，如今……拿去好了。（转【滚花】）
　　　　　　　你我从今无亏欠！
　　　［众人黯然。

何永昌　早知如此，何必又伤了和气呢？（与众打手准备入店）
　　　［龙彪一声不哼，走到何永昌面前，啪地在桌子上放下一锭银子。

龙　彪　二十两！够没？
颜如玉　（气结，骂）你！（仔细一望龙彪，怵）你……（退到何永昌身后）
何永昌　（略作礼）敢问这位仁兄，是何方人士？
龙　彪　（怒目圆瞪）江湖仔女，莫问出处！这个面子，到底给还是不给？！
何永昌　（知道这种人不好惹）好好！今日何某给这位仁兄一个面子。阿玉，我们走！（抄手拿起银子）
龙　彪　（呵斥）放下那张字契再走！
　　　［颜如玉有点小心地放下字据，在众人的哄笑中，与何永昌、打手急下。

王老吉　（向龙彪致谢）多谢这位大哥出手相助，请教尊姓大名，日后也好还钱。
龙　彪　日后再说！（并不多话，回位喝茶）
阿　炳　（招呼众人）各位兄弟，又有大船靠岸，开工——
　　　［众码头工拿回桌子上自己的钱，随阿炳下。蕙兰收拾茶碗进里屋。
　　　［林则徐和幕僚罗先生着微服、带着简单行李及一个颇大的水葫芦上，刚从码头上岸的样子。

林则徐　（唱【七字清】）
　　　　　　　三千里路云迢迢，
　　　　　　　夜宿晓行星月耀。
　　　　　　　珠江两岸花如潮，
　　　　　　　难平心头纷纷扰。（转【滚花】）
　　　　　　　前边有个茶馆，
　　　　　　　好解我舌燥唇焦。

王老吉　（笑迎）客官，刚下船？
林则徐　刚下船。好茶给我来两碗。
王老吉　好咧——（吆喝）凉茶两碗——
蕙　兰　来啦——（上茶）客官请用茶。（下）

王老吉　听口音，客官是外江人？

林则徐　算是吧。

王老吉　客官贵姓？

林则徐　免贵，姓林。双木林。

王老吉　林老板到广州做生意？

林则徐　做点……茶叶买卖。

王老吉　哦，是做大生意的。

　　　　〔这时罗先生已经凉茶入口，一脸苦相，吞也不得，吐也不是。

　　　　〔林则徐也端起茶碗喝茶，才一入口，噗地把茶喷出。

林则徐　（连连叫苦）好苦，好苦呀——

　　　　〔罗先生也随之噗的一声把茶喷出。

罗先生　（警惕地）难道有毒？

王老吉　（哭笑不得）咳！两个外江佬，未饮过凉茶。

　　　　〔林则徐在罗先生的敦促下，一声不哼，转眼就跑没了影。

王老吉　（叫喊）喂——凉茶肯定苦的啦，不苦还叫凉茶吗？（摇头苦笑。突然想起两人还没给钱，骂）喂——你两个外江佬，还没给钱哪！做那么大的生意，还走我王老吉的单？回来——给我回来——（追下）

　　　　〔茶铺外只剩下龙彪和阿七。

阿　七　（有点着急）大哥……

　　　　〔龙彪一摆手，阿七会意，不作声。

　　　　〔切光。

第四场　落难

〔黑暗中，两条蒙面黑影扛着一个人状的大麻袋匆匆过场。麻袋里的人还在挣扎。

〔追光中，打扮得花枝招展的颜如玉带着礼物，和何永昌上。

何永昌　（还是不放心）阿玉，你确定那个人就是水匪龙彪？

颜如玉　（不耐烦）错不了！我……我在怡红院做的时候，还上过他的猪笼岛。

何永昌　王老吉穷到裤穿窿，龙彪绑他作甚？

颜如玉　不管他龙彪是何居心，只要告了王老吉通匪，他那间铺头官府就要充公，我们就可以出价赎买。

何永昌　对，整死王老吉，那间铺头就是我们的了。走，去找府台大人——

颜如玉　（狠狠地）哼，我看以后谁还敢说我们永昌号卖大烟？！走——（两人下）

〔暗转。伶仃洋猪笼岛水寨，不远处旗幡上"猪笼岛"三个大字赫然醒目。

〔王老吉正在厨房用大锅煲凉茶。厨房里烟雾缭绕。他一脸锅灰，狼狈不堪。

王老吉　（一脸苦相，唱【和尚思妻】）

　　　　　　我仲以为遇到贵人，

　　　　　　转眼就被囚禁。

　　　　　　心中悲怆，

　　　　　　念想远方嘅人。

　　　　　　盼归家，想甩身（脱身），

　　　　　　谁将我渡引？（转【反线中板】）

　　　　　　我上得岛来六七天，

　　　　　　日日煲茶畀（给）人饮。

　　　　　　晨早起床见北斗，

　　　　　　夜晚挨枕月西沉。

　　　　　　正所谓救人一命胜浮屠，

　　　　　　是贼是兵我何须问？

（叹气）唉，不知我王老吉哪世修来的福，被贼人捉上岛，不是绑票勒索和敲诈，而是来帮他们煲——凉——茶——啊嚏（打喷嚏）——

〔水匪阿七、阿八挑着茶桶上。

阿　七　（大声地）王老吉，凉茶煲好没呀？

王老吉　别急别急，水刚刚滚，再等半个时辰吧。

阿　八　（火了）有冇（有没有）搞错，还要等半个时辰？

王老吉　（认真地）凉茶没煲够时间，等于无效。你们再耐心等等吧。

阿　七　王老吉，我们等一等无所谓，就看你识唔识做（懂不懂规矩）了。（伸手，要钱）

王老吉　（叫苦）阿七哥，我被你们捉来……

阿　七　（打断）捉？谁捉你了？

王老吉　（连忙改口）是请！我被你们请……请来这里，连件厚一点的衣服都没带，又怎会有钱呀？

阿　七　衣服？（打起歪主意）哎，阿八，你说他这件衣服，我穿上会不会好看呢？

阿　八　（打量了一下，点头）啱身！（很合身）。

阿　七　（命令）脱下！

王老吉　（拿起烧火棍，骂）我只有这件衣服，你们都抢？你们这班土匪！

阿　七　（恼）呵呵！阿八，有人敢骂我们是土匪？

阿　八　郁佢（揍他）！

　　　　〔双方开打，王老吉被追打得躲在桌子底下。这时，龙彪拿着一件藏青色的大袍上。

龙　彪　（见状大怒）你两个衰仔，造反呀？（把两个水匪踢翻在地，豪气万丈地）王老吉，不用怕！（唱【霸腔滚花】）

　　　　　　我龙彪猪笼岛上插龙旗，

　　　　　　没人敢打你来敢杀你！

王老吉　（爬出来）他们没杀我，只是……想要抢我件衫……

龙　彪　（更来气，给两水匪每人一记耳光）你两个衰仔，连人家件衫都抢？（续唱）

　　　　　　他是我请回的省城名医。

　　　　　　没他煲的凉茶，

　　　　　　你两个早去喂鲨鱼！（上上声）

　　　　（把大袍披在王老吉身上）王老吉，这件是我们水寨的大袍——（续唱）

　　　　　　后天猪笼七岛聚义时，

　　　　　　我推举你坐那张三交椅！

　　　　（对两水匪）还不叫三哥？

两水匪　（赶紧对王老吉行跪礼）参见三哥！

龙　彪　还不帮你们三哥穿好大袍？

　　　　〔两水匪赶紧为王老吉系好大袍。

龙　彪　（呵斥）滚到外边去！

　　　　〔两水匪下。

王老吉　多谢龙大哥抬举。（唱【芙蓉中板】）

　　　　　　但这把三交椅，

　　　　　　王某受之不宜。（欲脱大袍）

剧作　171

龙　彪　（制止）唉！王老吉，你不用跟我客气。今年流行瘟疫，没你煲的凉茶，岛上的弟兄，早就死光光。凭这一点，你就可以坐三交椅！

王老吉　（接唱）
　　　　　　到如今，瘟疫消，
　　　　　　你送我回家开档做生意。

龙　彪　明年瘟疫又来怎办？

王老吉　（接唱）
　　　　　　你再入城来找我，
　　　　　　也不为迟。

龙　彪　麻烦，麻烦，太麻烦！这两年那些番鬼（洋人）船和内鬼船来回贩运鸦片，我们猪笼岛的兄弟忙得不亦乐乎，哪有时间去来回请你？

王老吉　龙大哥专抢鸦片船？

龙　彪　你只讲对一半！我们是将鸦片掷落海，金银装入袋。兄弟们都是贫苦渔民出身，对鸦片早就恨之入骨。

王老吉　哦，原来如此。

龙　彪　（大笑）哈哈——你终于想通了！

王老吉　（急辩）不是，不是。

龙　彪　（一想）哦？莫非你是……牵挂那个蕙兰姑娘？

王老吉　是……不是……

龙　彪　哈哈！王老吉，你放心，明天我就准备九条大红船，堂堂正正地将她接上岛来。从今以后，你与她——（唱【二簧滚花】）
　　　　　　双宿双飞，
　　　　　　同衾共枕。
　　　　你我兄弟——（接唱）
　　　　　　大碗吃肉，
　　　　　　大秤分金！
　　　　　　身着绫罗，
　　　　　　肩披美锦！

王老吉　（眼看情况越来越糟，一筹莫展，唱【沉腔滚花】）
　　　　　　哎呀呀——
　　　　　　王家世代安分守己，

这叫我情何以堪?

［正在这时，阿七、阿八连爬带滚地上。

阿　七　（哀叫）大哥——大哥——不好了！官兵打上岛来了！

龙　彪　（大惊）啊?！官兵?

［说话间，一队官兵把水匪逼进来。龙彪率众与官兵开打。王老吉钻到柴堆躲避。

［水匪不敌官兵，龙彪等人悉数被拿下。

王老吉　（从柴堆爬出，喜滋滋地跑到领队面前抱拳作揖）多谢军爷前来搭救……

领　队　（断喝）拿下！

［王老吉的两个拳头还未及松开，就被两兵丁用绳绑住。

王老吉　（挣扎）放开我——放开我——我不是土匪！

领　队　（骂）没人说你是土匪，我们捉的是水匪！

王老吉　（叫）我也不是水匪，我是王老吉……

［官兵不理会，拖着王老吉、龙彪等人下。

领　队　（自语）哼！捉的就是你这个王老吉。（下）

［收光。

第五场　诉情

　　[狱卒把王老吉关入牢房。
　　[追光中，书吏在宣读告示："广州府台告示：经查，伶仃洋猪笼岛龙彪、牛贞贵、王老吉等匪首，长年盘踞水道，大肆偷运鸦片。今值朝廷严禁烟毒之际，钦差林大人奉旨南牧之时，本府以雷霆万钧之势，直捣匪寨，擒获匪首。钦差林大人明示：匪首必当严惩，三日后辰时押赴刑场，午时问斩，以儆效尤！"
　　[书吏读完，把告示贴在城墙上，下。
　　[追光收。略显哀伤的童谣又起：

　　　　老老实实嘅王老吉，
　　　　卖碗凉茶卖出虱（惹出麻烦）。
　　　　唔知将边个来得失（得罪），
　　　　锁入大牢好冤，好屈……

　　[大牢光起。远处传来三声梆子声，夜已三更。

王老吉　（戴着镣铐，叫喊）放我出去，放我出去——我不是水匪！
　　[老衙差打着灯笼上。
老衙差　王老吉，你都已经叫了两天两夜，没用的，神仙都救不了你。天一亮就要上刑场。唉！
王老吉　老差哥，我不是水匪。
老衙差　我饮了你这么多年的凉茶，不知道你是什么人吗？但事到如今，有些话不妨就说与你听。
王老吉　老差哥请讲。
老衙差　朝廷的钦差林则徐林大人，前几日来到广州，听人说，他是要来禁烟的。
王老吉　禁烟？早就该禁了！
老衙差　府台大人向林大人呈报，说猪笼岛的水匪偷运鸦片。林大人一听，雷霆震怒，于是就派官兵前去清剿。
王老吉　城里城外烟馆遍地，从来无人过问，钦差一来，府台他倒变得雷厉风行了？
老衙差　这叫此一时彼一时。偏偏这个时候你又在岛上，听说你还是水寨的三交椅……

王老吉　（急辩）我上岛去才六七天，又怎么会是他们的三交椅呀？

老衙差　你看你，还穿着这件水匪头领的大袍，钦差大人不斩你，斩谁呀？

王老吉　（脱掉大袍，扔地下）老天爷哪！难道你都要我死吗……

老衙差　你自求多福吧，唉——（摇头叹息，下）

王老吉　（悲叹）天哪！我老老实实的王老吉，只知道卖凉茶、解民疾。想不到，今日竟然也落得这如此局面，王法何在，天理何存呀？（唱【反线二簧尺字序】）

　　　　阴森监牢吹来夜半冷风，

　　　　寒灯半点，

　　　　泪影蒙蒙。

　　　　这一生，

　　　　叹孤单，

　　　　恨满心胸。

　　　　到今宵，

　　　　形单影只对愁容。

　　　　找不到药方，

　　　　来治我心中痛。（转【反线二簧】）

　　　　我本是，

　　　　鹤山田边村人，

　　　　见惯了冬藏春种。

　　　　今年初，

　　　　起瘟疫，

　　　　我遍寻百草效神农。（转【反线中板】）

　　　　终觅得良方一帖救街邻，

　　　　由此名声八方颂。

　　　　靖远街头赠汤药，

　　　　挡煞疫症势汹汹。（转【雨打芭蕉】中段）

　　　　我谨小慎微地做人，

　　　　也要入监牢，

　　　　就成了罪囚，

　　　　无厘头公案将我诉控。

堂前问罪过，

仲要斩头枭众。

良民亦变作了贼人，

今天惨将小命送。（转【乙反中板】）

可叹我，做蚁民，枉加罪名锁链重。

可怜我，无儿女，披麻戴孝来送终。

可惜我，有秘方，也终将归于无用。

可笑我，开茶铺，却成了水匪枭雄。（转【木鱼】）

我王老吉时运乖被人播弄，

他府台枉王法敢逞威风。

朗朗乾坤又见黑云涌动，

皎皎日月——（转【乙反二簧】）

也似尘掩垢蒙。

明日午时抛头颅，

了结今生残梦。（转正线）

寄望来生太平世，

少些虎豹蛇虫。

还在街市卖凉茶，

好把街邻迎来往送。（转【二簧滚花】）

心中仍有牵挂，

来世可与她相逢？

［经此一变，王老吉似乎比此前更硬朗，由谨小慎微变得磊落大气。

［老衙差带着蕙兰上。蕙兰挽了个小竹篮。

老衙差 （悄声地）王老吉，你看谁来探你？

蕙　兰 （哀叫）阿吉哥——

王老吉 （意外、惊喜）蕙兰？蕙兰你怎么来到这里呀？（两人双手相握）

蕙　兰 我今日才知道你被他们捉了回来，就求老差哥带我进来探你。

王老吉 多谢你，老差哥。

老衙差 街坊邻里，能帮就帮吧。你们长话短说，我先出去。（下）

蕙　兰 （发现王老吉手上、脸上的伤痕，悲泣）你的手……你的脸……怎么这么多伤呀？

王老吉　（安慰）没事，一点皮外伤而已。

蕙　兰　你被贼人绑去的这些天，蕙兰日日烧香，夜夜求神。如今好了，你终于平安回来了。

王老吉　（不忍说穿）平安……回来了……

蕙　兰　（从篮子拿出物品）你看，我煲了汤，还煮了云吞面，拿来给你吃……

王老吉　（感动）多谢你，蕙兰。

蕙　兰　阿吉哥，府台大人知道你是清白的，过几天，等他将案情问清楚，就会放你了。

王老吉　（不解）府台大人？你说府台大人他知道我是清白的？

蕙　兰　是呀。那天晚上你被贼人绑去，第二天一大早，我就到府台衙门报了官。

王老吉　你是说，你已经向府衙报过官？

蕙　兰　是呀，府台大人还叫我回去静候佳音。

王老吉　（思索）你这边已经报官，他那边却又把我当匪首定罪？这究竟……

蕙　兰　（吃惊）啊？是府台大人他把你当匪首定罪？怎么会这样？（想了想）哦，我想起了，那天颜如玉在凉茶铺讲过，府台金棠大人是她的契爷！

王老吉　我也想起了！（痛苦地摇头）唉！我明白了，九成九是何永昌串通府台，来"挖阱"害我，好抢走我的铺头，开他的永昌分号。

蕙　兰　阿吉哥，我明天就上府台衙门，为你争来这个清白。

王老吉　蕙兰哪，你再去找那个府台，岂不就是与虎谋皮、以卵击石吗？

蕙　兰　纵然是谋虎皮、卵击石，我都要去为你证这个清白！

王老吉　多谢你，蕙兰。当日，你娘亲将你托付于我，本来打算年底明媒正娶，迎你入门。然后夫唱妇随，再卖它几年凉茶，攒点钱回乡下买地皮、起大屋，生他一班"马骝仔"（小孩儿）。想不到我王老吉竟会如此收场，我对不起你娘亲，对不住你呀蕙兰……

蕙　兰　（感动）阿吉哥……（两人抱头相拥）

［外面传来四声梆子声，夜过四更。老衙差提着一个蒙着白布的篮子上。

老衙差　王老吉，就快天亮了，这里有一碗上路饭，半壶断头酒……

蕙　兰　（惊惶）啊？！老差哥，怎会有上路饭、断头酒呀？

老衙差　你没看到城门头的告示吗？钦差林大人已经明示：猪笼岛的匪首当斩。

蕙　兰　钦差明示？

老衙差　蕙兰姑娘，你就多陪他一阵子。唉，辰时出门，午时问斩……（摇头而下）

剧作　177

蕙　兰　（几近绝望）辰时出门，午时问斩？（急）阿吉哥……天一亮，蕙兰就上……就上钦差衙门投告！

王老吉　上钦差衙门？你要投告哪个呀？

蕙　兰　（激愤地）第一个当告者，就是府台！

王老吉　（大惊）啊？告府台？

蕙　兰　告府台！但未知……未知能否得告。倘若不能得告，我怕阿吉哥……泉下孤单……（哽咽，说不下去）

王老吉　从来黄泉路上多孤魂……

蕙　兰　（决意）今晚，我就与阿吉哥在这里拜堂成亲！

王老吉　（惊愕）在这里，拜堂成亲？

蕙　兰　拜堂——成亲——（斟两杯酒，举头递与王老吉，唱【乙反南音】）

　　　　　半壶断头酒，

　　　　　斟满杯一双，

　　　　　同君交杯饮，

　　　　　冷暖与君尝。

　　　　　且把牢灯当红烛挑亮，

　　　　　再把枷锁做连理衣装。

　　　　　不见高堂来把礼仪享，

　　　　　只剩下夫妻对拜恩义长。（饮泣）

王老吉　（拿起两酒杯，唱【乙反流水南音】）

　　　　　断头酒交杯，

　　　　　苦水成佳酿，

　　　　　怎忍她望门寡、成孤孀？

　　　　　我且干干净净赴泉壤，

　　　　　不忍拖累了好姑娘。（唱完，把两杯酒一饮而光）

蕙　兰　（吃惊）阿吉哥，你……

王老吉　蕙兰姑娘，王老吉不忍拖累你啊！

蕙　兰　（垂泪）拖累我？阿吉哥，是蕙兰我拖累你！为救蕙兰——（唱【乙反芙蓉中板】）

　　　　　你帮我，顶销那笔，食人阎王账。

　　　　　你为我，得罪永昌号，惹出官非一场。

　　　　　蕙兰敬你，磊落光明，得人景仰。
　　　　　蕙兰爱你，真情儿女，铁汉柔肠。
王老吉 我王老吉不过是个街边卖凉茶的，除了有副硬骨头，无声无名，无家无业。（有点言不由衷地）你敬我、爱我何用？

蕙　兰 吉哥你还有一颗良心！

王老吉 （触动）良心？对啊，做人总要有颗良心！蕙兰，我有一事相托，不知你能否帮我……

蕙　兰 蕙兰万死不辞……

王老吉 我王老吉上罗浮山、入飞霞洞觅来的新药新方，半个多月来已经救人无数。失传就可惜了！（唱【乙反二簧】），
　　　　　你且记下那支汤头歌，
　　　　　将来开铺卖茶也可把命养。
　　　　　一旦瘟疫再临，
　　　　　城中百姓可免遭殃。
　　　　　我王老吉死不足惜，
　　　　　但求秘方能留世上。
　　　　　不枉你我风雨同路，
　　　　　辛苦一场。

蕙　兰 （哭喊）我……我不去记，我不去记——

王老吉 你要记！

蕙　兰 你不与我拜堂，我就不记！

王老吉 （感动，沉思有倾）你记下汤头歌……我就与你……拜堂……

蕙　兰 （悲泣）我……记……
　　　　　〔蕙兰颤动着手，又斟两杯酒，递一杯给王老吉，两人对敬。

王老吉 （吟唱）布渣岗梅金银花……

蕙　兰 （学唱）布渣岗梅金银花……

王老吉 通塞利喉内火泻……

蕙　兰 通塞利喉内火泻……
　　　　　〔王老吉把杯中酒一饮而尽，蕙兰也举杯尽饮。

两　人 （齐诵。王老吉激昂地吟唱，蕙兰哀伤地跟唱）
　　　　　甘草野菊木蝴蝶，

剧 作　179

    消滞利积除肺热。
    仙草茅根鸡蛋花,
    疏肝明目清口舌。
    祛湿最是板蓝根,
    淡竹桑叶可凉血……

王老吉 (大笑)哈哈——我王老吉死而无憾矣!(朗声吟唱)
    布渣岗梅金银花,
    通塞利喉内火泻……
    哈哈哈……
  [幕后起女声和唱:
    一曲断肠谁在唱?
    又闻悲歌尽凄凉……
  [渐收光。

第六场　鸣冤

［上场早上，钦差行辕，两边站列中军，林则徐扶病上。

林则徐　（念【诗白】）

　　一别京师已月余，
　　岭南岭北风物殊。
　　当日庙堂慷且慨，
　　今朝为何意难抒？

　　咳咳咳——（剧烈咳嗽）

罗先生　（上）大人——
林则徐　罗先生。
罗先生　大人病重，今日可否不再升堂办事？
林则徐　钦差行辕水牌才挂了出去，怎能不升堂办事？
罗先生　恳请大人准许在下外出延请名医。
林则徐　万万不可！
罗先生　大人病情日重，加之岭南湿热有瘴，拖下去的话，恐怕……
林则徐　我的病情，倒不要紧。最要紧的，是禁烟大任呀！（唱【慢板】）

　　想当日庙堂上，
　　我林则徐力排众议。
　　向明君进忠言，
　　查禁烟毒莫迟疑。
　　英人鸦片入我国门，
　　肆无惮忌。
　　长久以往，
　　国无御敌之兵，
　　民无赋税之资。（转【十字清】）
　　前一年，牧湖广，林某禁烟，牛刀小试。
　　在今日，镇广州，敢斗红毛西夷。（转【滚花】）
　　谁料一落客船，

剧作

便是沉疴不起。

却又不敢，

延请圣手名医。（唱着，又咳嗽）

[外间传来三通击鼓。

林则徐 外间何人击鼓？

中　军 （报上）报大人，外间有个女子击鼓鸣冤。

林则徐 钦差行辕，不问民案，叫她上府台衙门去。

中　军 是！

[中军欲下之时，蕙兰已经冲了进来，两个兵丁追上。

蕙　兰 大人，民女有冤情待诉——

林则徐 本官不问民案，你上府衙去吧。左右，带她下去！

[兵丁把蕙兰拖下去，蕙兰挣扎又冲了进来，如是三次。

蕙　兰 （哭诉）大人，民女告的不是民案。

林则徐 那又是什么案？

蕙　兰 是……是官案！

林则徐 （一愕）哦？你敢民告官？你可知道，民告官，依例先要重责四十！

蕙　兰 即使重责八十，民女也要告。

林则徐 （面露愠色）那好！左右，拖下去！打——

蕙　兰 大人且慢。

林则徐 怕了？

蕙　兰 重责四十大棒，民女恐已没命。且待民女把冤情讲完，再打不迟。

林则徐 也罢！下面女子听着，你姓甚名谁？所告何人？

蕙　兰 民女名叫蕙兰，要告府台枉法！

林则徐 （一愕）哦？告府台？说来——

蕙　兰 大人听哪——（唱【朦胧】）

我郎君开铺卖凉茶，

夜半劫匪爬窗来将佢擒拿。

我一早报官求助到官衙，

终于得见官兵前去擒匪霸。

林则徐 （唱【滚花】）

官兵为保平安，

　　　　　　围剿水上响马。
　　　　　　难道这也有错么？！
蕙　兰　（唱【滚花】）
　　　　　　错在府台枉法，
　　　　　　将王老吉当匪首捉拿！
林则徐　（愠怒）呵呵！有人证物证，证明他王老吉就是匪首！（唱【霸腔滚花】）
　　　　　　本官还要将他收监问斩上刑架！
蕙　兰　如此，大人一定是受人蒙蔽了！
林则徐　本官受人蒙蔽？何以证明？
蕙　兰　三件事，可以证明大人受人蒙蔽。
林则徐　说来——
蕙　兰　（念白榄）其一，王老吉被贼人掳去，民女已向府衙报官投书，但官兵反将王老吉作匪首捉起；其二，王老吉开的凉茶铺就在城里，多年来几乎无人不知，十天半月间怎成了水匪？其三，有人告知大人水匪偷运鸦片

剧作　183

谋利，却未有人告知大人城里城外烟馆遍地！如此三项，足以证明大人经已受人蒙蔽！

林则徐 （一拍堂木）呵呵呵！你说城里城外烟馆遍地，有何例证？

蕙　兰 有！大人可派人去查永昌号药材行的阁楼，看是不是有八张烟床？

林则徐 啊？！药材行也有烟床？！

蕙　兰 再去查永昌号在浆栏街的仓库，看是不是还有未来得及运出去的大烟？

林则徐 哦？！如此翔尽具体，莫非你是在挟私报复？

蕙　兰 （垂泪）大人，挟私报复的是何永昌。他一抢蕙兰不成，二抢凉茶铺未果，三抢凉茶秘方不得，就借王老吉被贼人掳去之机，诬告他是匪首。

林则徐 （沉吟有顷）嗯！但永昌号的那些经营秘密，你又从何得知？

蕙　兰 大人以为这些是秘密，但在广州城，这早已是公开的秘密，人尽皆知！

林则徐 （旁唱【沉腔滚花】）

哎呀呀——
我一步行错，
几乎步步踏差！

左右——

兵　丁 （上前）在——

林则徐 你们带两路人马，分头去查永昌号药行，务必捉贼拿赃！

兵　丁 得令！（下）

林则徐 中军——

中　军 （上前）有——

林则徐 你们去将王老吉带来，本官要亲自重审。

蕙　兰 此时此刻，王老吉怕已经押赴刑场。

林则徐 （一惊）啊？火速去办！

中　军 得令！（急下）

［林则徐布置完这些事项，已显疲态。

林则徐 蕙兰姑娘，你敢告府台大人，又捅穿了商绅的钱袋子，纵然本官不追究你，却难保他人不为难你，你怕是没有活路了。

蕙　兰 多谢大人关心——（唱【三字清】）

为救我夫郎，
愿挨一身剐。

　　　　　敢去斗恶霸，

　　　　　不怕刀斧加。

林则徐 （竖起大拇指，由衷赞叹。接唱）

　　　　　她一身硬骨头，

　　　　　句句铿锵话！

　　　［这时，兵丁甲带着烟具、押着颜如玉上。

兵丁甲 报大人：永昌号老板娘颜如玉带到。我等在永昌号阁楼查获八张烟床，以及一批烟枪烟具。

兵丁乙 （带鸦片、大麻报上）报大人：我等在浆栏街永昌号的仓库查获四十九箱鸦片，以及三十二袋大麻。

林则徐 颜如玉，你可知罪？

颜如玉 大人冤枉哪，何永昌才是老板。

林则徐 （怒喝）何永昌何在？咳咳——

兵丁甲 回大人，何永昌听闻风声不对，已经跑入英人洋行，寻求庇护去了！

林则徐 （怒不可遏）好呀！你去寻求洋人庇护，本官偏要一查到底！（唱【霸腔滚花】）

　　　　　人赃并获还押监号，

　　　　　容后再细审慢查！

颜如玉 （急）大人，府台金棠大人是我契爷……

林则徐 （威严地）广州城烟毒泛滥，你的契爷难辞其咎！他还涉嫌蒙蔽本官，徇私枉法。本官下来会一一成全你们！带下去——

　　　［众兵丁把颜如玉押下。

　　　［两中军带王老吉上。

中　军 大人，王老吉带到。

王老吉 （混混沌沌，唱【滚花】）

　　　　　说好午时斩头，

　　　　　难道阎王变卦？

　　　　　不去地府报到，

　　　　　却又入了官衙！

蕙　兰 （望见王老吉，心酸，轻声）阿吉哥……

林则徐 下站者，可是王泽邦？咳咳咳——

剧作　185

王老吉 正是草民王泽邦，人称王老吉。见过大人——（仔细一瞧，愕然）咦？熟口！熟面！

林则徐 王泽邦，本官问你，你为何要上猪笼岛当水匪？

王老吉 大人明察，草民是半夜被贼人捉上岛去的。半个月前，草民还在靖远街卖凉茶。

林则徐 谁人可以为你做证？

王老吉 谁人为我做证？（想了想，不急不慢地）公堂上，就有人可为草民做证。

林则徐 公堂上？！

王老吉 敢问大人——（唱【滚花】）
　　　　半个月前在靖远街，
　　　　大人是否光顾过凉茶店？

林则徐 凉茶店？

王老吉 还饮过两碗凉茶。

林则徐 凉茶？两碗？（终于想起）哦……是，是饮过，两碗。

王老吉 大人走了单，还欠草民四文茶钱。

林则徐 （大笑）哈哈哈！那茶苦到极，我们以为是毒药，哪还会想到买单？

王老吉 苦口之良药嘛！

林则徐 罗先生——（唱【秃头滚花】）
　　　　连本带利，
　　　　还他八文钱。

〔罗先生给钱，王老吉把其中四文钱退回。

王老吉 四文足矣。（举起钱，朗声）大人已经证明，半个月前草民还在靖远街卖凉茶。

林则徐 （大笑）哈哈哈——王老吉，你好聪明！你可以回家了。咳咳——
〔中军为王老吉卸去牢具。

王老吉 多谢大人！草民还有一事相求。

林则徐 说来。

王老吉 猪笼岛上的水匪，都是贫苦渔民出身，他们所劫掠的，不过是贩运鸦片的烟船。大人如能将他们编为水勇，为国出力，也算是将功赎罪。

林则徐 （点头）嗯！如果所言属实，本官定会酌情处置。

王老吉 他们当中的几个，已经押赴刑场。

林则徐　中军，速去把他们带回，容后再审。咳咳咳——（又咳）

中　军　得令——（下）

王老吉　（仔细地瞅着林则徐）看来大人是病了。

林则徐　（不安）病了？

王老吉　还病得不轻！

林则徐　（不动声色）左右，把这个王泽邦还押监房，严加看管！

　　　　［兵丁上前就要绑王老吉。蕙兰大惊。

蕙　兰　大人方才不是说，王老吉可以回家了吗？

林则徐　（不容置疑）锁起来，拉下去！

罗先生　（上前制止）且慢且慢！

　　　　［说完，罗先生连忙摆手，堂上的兵丁以及蕙兰全下。

罗先生　（诚恳地问）王先生，依你看，大人得的什么病？

王老吉　（还在生气）讳疾忌医之病！

罗先生　（赔着小心）还请先生如实说来。

王老吉　那我就如实说出：大人哮喘连连，暴躁易怒，面色赤红，眼布血丝。分明是风邪入里、外染瘴疠之症。

林则徐　（怒）放肆！（【霸腔快慢板】）

　　　　　　本官行如风，坐如钟，何曾病染？

　　　　　　你休要，乱揣度，信口胡言！

王老吉　（犟劲又来，接唱）

　　　　　　大人你，讳疾忌医，横遮竖掩。

　　　　　　枉费我，王老吉，一席忠言。

　　　　　　罢了罢了——（伸出双手待绑，转【滚花】）

　　　　　　就把我还押刑场，

　　　　　　午时三刻把头断！

林则徐　（被触动）王先生，非是本官讳疾忌医，而是本官不敢病、不能病、不可病也！

王老吉　人非神仙，怎么就不敢病、不能病、不可病呢？

林则徐　本官一病——（唱【十字清】）

　　　　　　朝廷会，派继任者，接替本官。

　　　　　　朝中那班，奸佞人，再无羁绊。

王老吉　哦！大人一病——（接唱）

　　　　　水陆各路，烟贩子，财路更宽。

林则徐　王先生说得对。如此一来，禁烟一事，难免就半途而废。

王老吉　哦！所以就——（唱【滚花】）

　　　　　把草民还押监房严加看管，

　　　　　好把大人的病况继续隐瞒！

林则徐　纵然本官病入膏肓，只要一息尚存，就不可告知左右，不能告知府台，更不敢告知天下。王先生，你明白本官的苦衷吗？

王老吉　（感慨地）草民如今明白了。

林则徐　既然王先生明白，那你说，本官还敢病、还能病、还可病吗？！

王老吉　（想了想）在草民看来，大人不过是外感风寒，再加水土不服，小病拖成重病，饮我三剂凉茶就好。

林则徐　就三剂？

王老吉　就三剂，一定好！

林则徐　那就再饮你三剂凉茶！

罗先生　还苦吗？

王老吉　苦！

林则徐　拿最苦的来！

　　　　　［切光。

第七场　惜别

　　　　　［追光中，中军甲在宣告。

中军甲　钦差行辕告示：广州府台金棠，徇私枉法，充当黑恶势力保护伞，导致广州城内外烟毒泛滥，即日解职，押送刑部发落！（略停顿）广州城永昌药行老板何永昌、颜如玉，勾结外国洋行，公然贩卖鸦片，败坏社会良俗，非法所得予以充官，人犯予以收监！（念毕，收光）

　　　　　［追光中，中军乙在宣告。

中军乙　钦差行辕告示：本钦差奉旨督粤、查办鸦片以来，士民拥戴，迄今已

收缴鸦片19187箱又2119袋。经奏请朝廷批准，所收鸦片于虎门就地销毁！（念毕，收光）

[追光中，一老太监在颤巍巍地宣旨。

老太监 奉天承运皇帝，诏曰：林则徐广东查办鸦片以来，处事不慎，导致英军攻浙江、陷定海、侵大沽，动摇天朝根基。为息朝野众议，革去林则徐四品卿衔、两广总督之职，充军伊犁。钦此！（宣毕，收光）

[光全起，天字码头。已经站了阿炳等街坊。王老吉带着已有身孕的蕙兰上。

王老吉 老婆，你小心是好！

蕙　兰 （摸了摸肚子）仔仔又在踢我。

王老吉 我都叫你别来了。

蕙　兰 这么多街坊都来送林大人，我怎能不来？

王老吉 （唱【乙反滚花】）

　　　　林大人离任广州，

　　　　众街坊沿河列送。

蕙　兰 （接唱）

　　　　只盼老天有眼，

　　　　他路上顺水又顺风。

[天边传来一阵哀笛。林则徐身着布衣与罗先生上。老衙差和一个年轻衙差跟在后面，一副要押解犯人的样子。

王老吉 （上前，含泪）林大人，你这就要走了？

林则徐 走了……

王老吉 （递上三包凉茶）王老吉无以为赠，唯有三包凉茶……

林则徐 三包凉茶？（郑重地接过凉茶，无限感慨）林某治岭南，不过两年，竟也赢得父老三包凉茶相赠。（把凉茶递给老衙差，解下腰间葫芦）罗先生，拿笔墨来。

[罗先生从包袱取出笔，蘸墨递上。林则徐在葫芦上写上"王老吉凉茶"几个大字。

林则徐 林某无以回赠，这个水葫芦，跟我多年，就送给先生，以为留念。

王老吉 （郑重地接过）多谢林大人！从此"阿吉凉茶"，就改称"王老吉凉茶"！

林则徐 当日的三剂凉茶，保住了林某这条老命，先生堪比精诚之大医！

王老吉　　王老吉凉茶，不过是医治人之小恙。林大人广东禁烟，才是医治国之大患哪！

林则徐　　宋范文正公有云："不为良相，便为良医。"先生是良医，而林某只怕成不了良相，也难成良医。

王老吉　　（动情地）大人便是良医，治国之良臣良医——

林则徐　　惭愧！林某广东禁烟，内罪权臣，外起兵衅，落得个革职查办、充军伊犁之结局。

王老吉　　大人保重身体，以图他日东山再起，解民于倒悬。

林则徐　　当初踌躇南下，今天铩羽北去。如今烟毒未绝，林某心存愧疚。唯有三包凉茶，聊解心头之念。

王老吉　　唯有三包凉茶，回报大人为国为民之心！

林则徐　　（对蕙兰）蕙兰姑娘，将来告诉你们的孩儿：卖凉茶，解民疾，也是一番事业！

蕙　兰　　蕙兰谨记林大人叮嘱：卖凉茶，解民疾……

林则徐　　（唱【新曲】）

　　　　　　渺渺珠江水，

　　　　　　仿如昨日梦。

　　　　　　悠悠南国情，

　　　　　　思忆存心中。

王老吉　　（接唱）

　　　　　　两载牧民德望重，

　　　　　　云山珠水记林公！

林则徐　　（接唱）

　　　　　　此去关山万千重，

　　　　　　今朝一别何日逢？

王老吉　　（接唱）

　　　　　　盼相逢，盼相逢，

　　　　　　关山万里君保重。

林则徐　　（接唱）

　　　　　　何处黄土不成冢？

　　　　　　飘然白发老衰翁。

王老吉　（酸楚地接唱）
　　　　　千里归鸿佳音送，
　　　　　有缘也会梦中逢。

林则徐　梦中逢？梦中逢！

王老吉　（转而叮嘱老衙差）老差哥，路上林大人一旦外感风寒、头晕身热，可煎服凉茶。记住了，三碗水，煎成一碗汤。

老衙差　（含泪点头）放心吧阿吉，一路上我们会照顾好林大人的。

　　　　［龙彪带着几个着水勇号衣的兄弟急上。

龙　彪　（半跪礼）林大人——

林则徐　（扶起）龙彪？

龙　彪　龙彪愿率水勇营兄弟，护送林大人出广东地界！

林则徐　多谢，多谢了！王先生，众街坊，请留步，林某就此话别！

众街坊　大人保重——

　　　　［风萧萧，雨飘飘，王老吉与林则徐依依惜别……
　　　　［幕后唱【新曲】：

治国良臣遭播弄,
　　治病良医留芳踪。
　　盼归鸿,佳音送,
　　再相逢,望长空……
〔渐收光。
〔剧终。

　（本剧与邵忠合作,2014年广州粤剧院首演,欧凯明饰演王老吉,崔玉梅饰演蕙兰。剧本于2016年获第三届广东省戏剧文学奖·剧本奖二等奖）

粤剧

包公打井

时　间：北宋仁宗年间，1040年—1042年。

地　点：端州。

人　物：包　拯　41岁，端州知州。

　　　　董夫人　38岁，包拯夫人。

　　　　金文举　年过五十，端州通判。

　　　　牛　二　30多岁，端州城中以挑水为生的担水佬。

　　　　柳　萍　十七八岁，卖豆腐为生。

　　　　柳妈妈　年近六旬，柳萍母。

　　　　包　兴　十六七岁，包拯随从。

　　　　赖师爷　金文举的师爷。

　　　　王　五　端州捕头。

　　　　王　六　端州衙差。

　　　　秋儿、吴商坤、担水佬、衙差、街坊、工匠等若干人。

序　幕

　　　　［前演区光起，衙差王五、王六上。

王　五　（拍拍胖肚子，念【口鼓】）

　　　　　　人家做官好潇洒，

　　　　　　我俩当差满地爬。

王　六　（摸摸瘦下巴，接念）

　　　　　　前任知州人去也，

　　　　　　又来新官坐官衙！

王　五　我，王五，端州府衙捕头是也！

王　六　我，王六，端州府衙跑差是也！

王　五　昨日送前任知州孙大人，十八箱家财，（做苦状）抬得我腰酸、背痛、脚麻……

王　六　今日接新任知州包大人，怕又是十八箱家财，（叫苦状）我头晕、耳鸣、眼花……

王　五　新官上任，"两袖清风"。六弟呀，今天你就放心吧。

王　六　三年后，他就满载而返。不信？咱打个赌。

王　五　赌什么？

王　六　就赌……你下巴底下——三根须！

王　五　好，就赌下巴底下——三根须！（唱【七字清】）
　　　　　假作真时真亦假，

王　六　（接唱）
　　　　　是清是浊且看他。
　　　　　五哥，那边官船来了——

王　五　走，接新大人，去也——（两人下）
　　　　［切光。

第一场　到任

［端州码头，和风荡漾。
［官船靠岸。包拯微服，带着夫人董氏及丫鬟秋儿准备登岸，包兴挑着两个简单的行李箱随上。除包拯外，每人都挽个小包袱。

包　拯　（春风得意，唱【蕉石鸣琴】）
　　　　　天遂人愿将我造就，
　　　　　夫妻结伴上任到了端州风光锦绣。

董夫人　（接唱）
　　　　　夫妻俩牵手登岸，
　　　　　喜看百花放，
　　　　　满眼绿田畴，
　　　　　青山绿水沿途看不够。

包　拯　（接唱）

　　　　妻你伴我踏遍万里南岭过府州。

董夫人　（接唱）

　　　　君你为国为邦热诚不怕宦海沉浮，

　　　　不去媚世逐波随流。

包　拯　夫人哪——（接唱）

　　　　谢你陪我一同天涯远游，

　　　　两相看，长伴左右。

董夫人　夫唱妇随，总是应该的。

包　拯　端州虽属岭南远郡，却是一块丰腴之地。夫人你看——（踌躇满志，唱【芙蓉中板】）

　　　　七星伴城花锦绣，

　　　　鼎湖山下尽风流。

　　　　正是——

　　　　一路春风随我走，

　　　　一州郡事由我谋！

秋　儿　（唱【滚花】）

　　　　老爷三年知县在天长，（半句）

包　兴　（接唱）

　　　　今日高升作郡守！

董夫人　（接唱）

　　　　淮扬端州隔千里，（半句）

包　拯　（接唱）

　　　　一样情怀在心头！

　　　　夫人小心，上岸了——（众人上岸）

　　［柳萍和几个大姑娘、小媳妇用小巧的水桶挑水上，起舞。包拯等人避让一边。

众姑娘　（合唱【叮咛】）

　　　　年年江水东流，

　　　　又带走多少归舟？

柳　萍　（接唱）

　　　　　　纵使青丝变白头——

众姑娘　（接唱）

　　　　　　变白头——

柳　萍　（接唱）

　　　　　　个中有乐，乐中有愁。

众姑娘　（接唱）

　　　　　　年复岁担水过码头，

　　　　　　河岸芳草依然似旧。

柳　萍　（接唱）

　　　　　　人尽说端州风情美，

　　　　　　谁又见城中邑人瘦？

众姑娘　（合唱）

　　　　　　人尽说端州风情美，

　　　　　　谁又见城中邑人瘦？

　　　　［众姑娘将下之际，牛二带着几个担水佬挑着空水桶迎上。

担水甲　（对牛二）牛二哥，你看——又是柳萍姑娘她们！

牛　二　兄弟们，跟我上——

　　　　［牛二带着众担水佬上前拦在众姑娘前，挑逗。

牛　二　柳萍姑娘，怎么要你到江边担水呀？只要你开句声，我牛二就会把水送到你的豆腐档了。

柳　萍　（急）我家中还蒸着豆腐，你们……闪开！

　　　　［柳萍与众姑娘屡屡欲前行，牛二等人屡屡阻拦挑逗。

　　　　［柳萍一急，与牛二撞了一下，摔倒在地。众人怔住，董夫人上前，扶起柳萍。

董夫人　（关切地）姑娘，你没摔着吧？

包　拯　（走过来）这位牛二哥——（唱【滚花】）

　　　　　　你们已经把人冲撞，

　　　　　　还不赔礼认错在当堂？

牛　二　（恼羞成怒）哼！哪儿来的黑面汉，敢在我牛二面前多嘴？

包　拯　（转【七字清】）

　　　　　　白日青天乾坤朗，

　　　　　　你敢调戏民女耍流氓？

　　　　王法何在？

牛　二　呵呵！同我讲王法？兄弟们，今天我们就收拾这个——（唱【霸腔滚花】）

　　　　　　这个不知地厚天高的黑脸汉，

　　　　　　打他个头崩额裂胆战心寒！（抄起扁担，率众上前要打包拯）

包　兴　（抽出扁担）那要问问我答不答应？

　　　〔包兴挡在前边，双方对峙起来。

　　　〔情急之时，王五、王六跑上。

王　五　包大人——包大人——（见到牛二，问）牛二，有没有见到包大人？

牛　二　（见衙差，停了下来）哼，王捕头你来得正好！（唱【快滚花】）

　　　　　　今日我牛二就是"包打人"，

　　　　　　看谁个还敢将我路挡？

　　　　　　端州城中官爷认第一，

　　　　　　担水巷里牛二称霸王！（举起扁担又做打状）

王　五　（把牛二扁担抢下）去去去！本捕头面前，也敢打人？（着急）我说的不是"包打人"，是新来的州官，姓包的大人。

牛　二　姓包的大人？

王　六　通判金大人还在怡香楼饮酒，叫我们来码头接新州官包大人。

牛　二　我怎知那个包大人长什么样子？

王　五　听金大人说，新来的州官，是个黑脸有须的高大汉。

　　　〔众人不约而同地把目光投向包拯。

牛　二　（感觉不妙，但还嘴硬）哼！（唱【滚花】）

　　　　　　新来州官又怎样？

　　　　　　我懒得与佢计短长！

　　　　怡香楼还等着我去送水，兄弟们，走——（率众担水佬欲下）

　　　〔在众人的哄笑中，牛二等狼狈而下，众姑娘亦下。

王　五　（上前问包拯）这位先生，莫非你就是新任州官包大人？

包　拯　正是包拯。请问你们是——

五、六 （齐作礼）州衙捕头王五/王六，见过包大人——

　　　　［这时，金文举带着赖师爷上。

金文举 （微醺，唱【海南曲】）

　　　　　　歌舞伴美酒，

　　　　　　香芹炒野味。

　　　　　　三巡酒过后，

　　　　　　文举人未醉。

赖师爷 （急上前，叫）王捕头，接到包大人没？

王　五 赖师爷，包大人已到。（迎上金文举，示意）通判大人，包大人……

金文举 （见包拯，连忙作礼）端州通判金……金文举，前来……接驾……

包　拯 （见状，厌恶）你就是通判金文举？

金文举 正是。下官已在怡香楼备下筵席，为大人接风洗尘……

包　拯 不必了，还是回府衙吧。带路——

金文举 回府？哦……恭请包……包大人……回府……

众　人 恭请包大人回府——（簇拥着包拯下）

赖师爷 （搬弄，唱【滚花】）

　　　　　　强龙不压地头蛇，

　　　　　　这个新来州官不识抬举！

金文举 哼！（接唱）

　　　　　　敬酒给你你不吃，

　　　　　　州官通判谁怕谁？

　　　　师爷，我们走——（下）

　　　　［渐收光。

第二场　夜访

［夜，月初上。

［月光中，"柳"字幌子下就是豆腐坊，院子里可见一盘石磨，里屋窗户透着烛光。

包　　拯　（上，唱【慢板】）

　　　　　　　　星月朗夜风清寻寻访访，

　　　　　　　　到端州已多日连走四方。

　　　　　　　　山水好民风淳良田好壤，

　　　　　　　　却为何人饥瘦粮未入仓？

　　　　　　　　州衙破学宫残蓬门嘎嘎响，

　　　　　　　　西江上无堤坝不见一尺汛防……

　　　　［包兴内喊："老爷，等等我——等等我——"

包　　兴　（气喘跑上）老爷走得好快。

包　　拯　包兴呀，不是老爷走得快，是你走得慢。

包　　兴　能不慢吗？都跑了大半天。（唱【滚花】）

　　　　　　　　那边已传来初更鼓响。

包　　拯　（接唱）

　　　　　　　　还要再去跑完下半场。

包　　兴　（叫苦）啊？！还有下半场？人家都睡了。

包　　拯　去找个没睡的人家。

包　　兴　找谁？

包　　拯　那天在码头上，不是见到卖豆腐的柳萍姑娘吗？

包　　兴　老爷要去买豆腐？

包　　拯　非也非也！（唱【中板】）

　　　　　　　　我包拯从天长到端州迢迢路往，

　　　　　　　　人道是升了官好发财一盘好账。

　　　　　　　　我只把生民念时时记心上，

　　　　　　　　到新任每夜里难入梦乡。

　　　　　　　　当州官腿要勤脑瓜更要想，

　　　　　　　　岂能够坐衙门整日看文章？

　　　　　　　　那一日在码头我费煞思量，

　　　　　　　　老百姓怎么到江边挑黄澜浊浆？

包　　兴　（唱【滚花】）

　　　　　　　　所以老爷要查个明白，

　　　　　　　　找人问个端详？

包　拯　正是！你要是走得累，先回去吧。

包　兴　我回去了，你一个人三更半夜去找人家小姑娘……

包　拯　（有点抓狂）哎呀呀，你这个小包兴，以小人之心，度老爷之腹！赶紧抬脚，跟着我走——（两人下）

　　　　［光全起，柳妈妈端着一盆黄豆从里屋出来，准备磨浆。

柳妈妈　（唱【南音短板面】）

　　　　　　孤儿寡母最堪怜——（转【南音】）

　　　　　　一天天苦日子，

　　　　　　几时挨到边？

　　　　　　一碗碗黄浆水，

　　　　　　何时会变甜？

　　　　　　祖辈留下间豆腐店，

　　　　　　总算有饭食有衣穿。

　　　　　　不求发财，

　　　　　　但求饱暖。

　　　　　　但求一家三口，

　　　　　　团团圆圆。（转【二簧滚花】）

　　　　　　谁料我家夫郎福薄命短，

　　　　　　丢下孤儿寡母自奔黄泉。（垂泪）

　　　　［柳妈妈开始推磨，十分吃力。
　　　　［包拯、包兴上。

包　拯　包兴，叫门。

包　兴　有人在家吗？开门——

柳妈妈　谁呀？（开院门）你们找谁呀？

包　拯　（作礼）老人家有礼！我们找柳萍姑娘。

柳妈妈　萍儿去了江边担水，你们找她……

包　兴　我们是来……

包　拯　（抢过话头）是来买豆腐的。

柳妈妈　两位客官，今日的豆腐已卖完，明天的豆浆又未磨好。你们还是明早再来吧。

　　　　［柳妈妈说完，又吃力地推磨。

包　拯　（见状上前）柳妈妈，你来放豆，我来帮你推磨。（动手推磨）

包　兴　（叹气）唉——（旁唱【滚花】）

　　　　　　堂堂一个新州官，

　　　　　　帮人来推石磨转。

包　拯　（边推边问）柳妈妈，柳萍为何要到江边担水呀？

柳妈妈　只因城中无井。

包　拯　一口都无？

柳妈妈　半口都无！

包　拯　啊？这里离江边那么远，来回一趟得多久呀？

柳妈妈　一炷香工夫。（唱【乙反中板】）

　　　　　　端州父老，苦盼水井，

　　　　　　不知盼了多少年。

　　　　　　个个当州官，年年收井捐，

　　　　　　半个井台未见。

包　拯　年年收井捐，半个井台未见？

柳妈妈　半个未见！（唱【二簧滚花】）

　　　　　　可恼州官任期满，

　　　　　　井捐用完再升迁。

包　拯　真个可恼，可恼也！

柳妈妈　这位客官，你说这样的州官，要来有什么用呀？

包　拯　对对对！这样的州官，要来没用！

包　兴　（岔开话题）柳妈妈，端州南边有大江，北面有大湖，城里城外还有池塘沟渠，不缺水呀。

柳妈妈　池塘沟渠湖泊之水，饮了会得"大肚子"病。

包　拯　"大肚子"病？

柳妈妈　得了这种病，面黄肌瘦，腹胀如鼓。不出半年，就没命了。唉——

包　拯　哦？！明白了。

包　兴　老爷，这又是一种什么病呀？

包　拯　隋人巢元方在《诸病源候论》中有云："此由水毒结聚于内，令腹渐大……名曰水蛊也！"喝了这些不洁之水，就会得腹胀之病。尤其是洪水过后，这种疫病最易流行。

剧　作

〔柳萍挑水上。

柳妈妈 （迎上）萍儿，家里来客人了。

柳　萍 客人？（仔细一看）啊？你不就是新来的州官包大人？

柳妈妈 （惊愕）州官？包大人？

包　拯 柳萍姑娘，都初更时分了，你还要去江边担水？

柳　萍 要赶明天的早市豆腐，就要连夜磨浆、煮浆。水用完了，就要到江边去担。

包　拯 （感叹）唉，生民不易呀！

包　兴 柳萍姐姐，这样看来，你家的生意还算可以嘛。

柳　萍 还算可以？（唱【乙反南音】）

　　　　西江水，水连天，

　　　　江畔岁月苦堪言。

　　　　三年一小灾，

　　　　五年一大淹。

　　　　洪水得退，

　　　　疫病又起祸端。

　　　　虽不是十室九空，

　　　　家家病染。

　　　　却也是四野添坟冢——（转【二簧】）

　　　　哀哀年复年。

　　　　去年大水过，

　　　　我家爹爹归西路远。

　　　　留下孤儿寡母，

　　　　半饥半饱、半寒半暖，自哀自怜。（垂泪）

包　拯 （唱【二簧滚花】）

　　　　字字听来似穿心利箭，

　　　　身为官吏我如釜自煎。

　　（自忖）那江边之水，却也是泥沙俱下，又怎能叫百姓放心饮用呢？

柳妈妈 （惶恐地把柳萍拉到一边）萍儿，他真是新来的州官？

柳　萍 是的。那天他新官刚刚到任，我在码头见到他们。

柳妈妈 坏了坏了，怕又是收井捐来了。我刚刚还骂了他们呢！

柳　萍 啊？妈妈你骂人家了？

柳妈妈　（跪在包拯面前）大人恕罪！

包　拯　柳妈妈何罪之有？快快起来——（欲扶）

柳妈妈　（不起）大人哪——（唱【乙反七字清】）

　　　　　　　老身生来命贫贱，

　　　　　　　冒犯尊驾在眼前。（从怀里摸出两枚铜板）

　　　　　　这两文钱——（接唱）

　　　　　　　且作井捐来奉献！（递上铜板）

柳　萍　（跪，接唱）

　　　　　　　市井老妇不择言，

　　　　　　　不知深来不知浅。

　　　　（哀求）求大人原谅我妈妈。

包　拯　（唱【沉腔滚花】）

　　　　　　　哎呀呀——

　　　　　　　这叫我如何作答，怎么开言？

　　　　［思虑有顷，包拯单膝下跪，郑重地接过柳妈妈手中的两枚铜板。

包　拯　（动情地）柳妈妈，这两文钱井捐，包某收下……

柳妈妈　收下了？

包　拯　收下了……

柳妈妈　（恳求地）可不要学前任州官，光收钱，不打井。

包　拯　包某不敢！

柳妈妈　拜托了——

包　拯　（郑重地）柳妈妈放心，这井，包某一定要打！

柳妈妈　（惊喜地拉柳萍手）萍儿，大人答应打井，以后在家门口，我们就有干净水用了！

柳　萍　（心酸，不忍）妈妈，才两文钱……

包　拯　（扶起母女）柳萍姑娘放心，半年之内，水井必定要打成！包某打扰，告辞了——

　　　　［包拯和包兴走出院子。前演区光起，后演区光暗。

包　拯　（心情沉重，唱【霸腔十字芙蓉】）

　　　　　　　筑堤坝修学宫桩桩件件，

　　　　　　　却还有饮水事急在眼前。

剧　作

　　　　　眼看那龙舟汛为期不远，
　　　　　民生事无大小不可拖延！
　　　　　包兴呀，看来这打井才是当务之急！
包　兴　（叫苦）老爷，才收了两文钱井捐，这井怎么打呀？
包　拯　昨天收到朝廷的公文，说要征集今年的贡砚。
包　兴　这不又要花钱吗？
包　拯　包某连夜查阅司库的账册，往年贡砚以朝廷三十倍之数征集，州府使费巨大。今年嘛，不多征一块，不少征一块。
　　　　［舞台一角，另一演区光起。赖师爷在对金通判一阵耳语。两个演区同时表演。
金文举　（听罢，大怒）什么？不多征一块，也不少征一块？
包　拯　（唱【三脚凳】）
　　　　　省下一笔库房钱，
　　　　　可将井台来兴建。
金文举　（接唱）
　　　　　你一来就坏规矩，
　　　　　出口就一派胡言！
包　兴　这怕是要坏了人家的规矩。
包　拯　（接唱）
　　　　　包某在正本清源，
　　　　　依规章朝纳贡献。
金文举　（狠狠地，接唱）
　　　　　本通判绝不答应你，
　　　　　可知你将我的米袋穿（财路断）？
包　兴　就怕通判大人他不答应。
包　拯　不答应？（唱【霸腔滚花】）
　　　　　本官承皇恩在金殿，
　　　　　为民做事不敢误延。
金文举　好！（唱【滚花】）
　　　　　你即管把井台来兴建，
　　　　　我这边找人把井口填！
　　　　［两边光同收。

第三场　打井

［龙顶岗打井工地，一群工匠正在热火朝天地打井。
［幕后唱【新曲】
　　　　　西江渺渺天际连，
　　　　　世代担水苦堪言。
　　　　　如今新官初上任，
　　　　　清水从此到门前。
［牛二带着吴商坤和一班持扁担棍棒的壮汉上。

牛　二　（横蛮地）不要再挖了。

工匠甲　（上前）包大人打井，是为防治"大肚子"疫病，造福百姓，怎么就不准挖了？

牛　二　（气呼呼地）哼！打井打井，打成水井，我们这班担水佬吃西北风去呀？

吴商坤　（唱【滚花】）
　　　　　这里系龙顶岗，
　　　　　端州龙脉所在！

众　人　（愕然）龙顶岗？龙脉？

吴商坤　龙顶龙顶，乃龙之冠顶。（接唱）
　　　　　你们敢在这打井，
　　　　　端州迟早有祸灾！

牛　二　（大声地）吴老先生的话，你们听见没？

工匠甲　喊！你牛二是担水巷的老大，租用两条大船出江心打水，还有衙门赖师爷撑腰，独占了全城茶楼酒肆、大户人家的用水生意。你是怕水井打成，抢了你的生意吧？

工匠乙　就是！可怜我们这些贫苦人家，就只能天天跑到江边担那些浊水。辛苦不说，一不留神，还会得"大肚子"病。

牛　二　你们嫌江边的水浊，可以向我买呀！

工匠甲　你一担水卖十文钱，就算我们买得起，但用得起么？
　　　　［众人纷纷附和。

牛　二　我懒得同你们费口舌。伙计们，我们动手把井填平！
　　　　［牛二等人动手填井，工匠们不让填，双方眼看就要打起来。

剧　作

［正在这时，王五、王六带着包拯急上。

包　拯　住手！谁人在此闹事？

［双方停了手。

包　拯　怎么又是你？牛先生。

吴商坤　（站出来）包大人，不关牛二的事，是我吴某人自己要来的。

包　拯　吴老先生所为何来？

吴商坤　（略作礼）包大人哪——（唱【快慢板】）

　　　　此处是，龙顶岗，

　　　　造井台会破坏风水。

包　拯　（还礼）吴老先生有礼！（接唱）

　　　　包某人，为百姓，

　　　　才会凿井开渠。

吴商坤　（接唱）

　　　　大人你，初到临，

　　　　不懂端州民俗规矩！

包　拯　包某请教——

吴商坤　相传端州水域，是悦城龙母三龙公子镇守之地——（唱【滚花】）

　　　　龙顶岗是龙之冠顶，

　　　　怎能任人凿井开渠？

牛　二　（帮腔）对！龙脉所在，不能打井！

包　拯　如此看来，吴老先生只知端州民俗，而不知天下民俗。

吴商坤　何谓天下民俗？

包　拯　（唱【芙蓉中板】）

　　　　华夏大地，

　　　　立镇建城，

　　　　向来注重风水。

　　　　官衙所设，

　　　　当选风水宝地，

　　　　此乃首推。

　　　　端州龙脉，

　　　　不在州衙，

吴商坤　（一时无言）这个……

包　拯　龙者，治水也。既然三龙子镇守端州，它又何忍城中百姓，终日担水劳累身躯？

吴商坤　这个……

包　拯　一为疏解民生困苦，二为防止疫病流行。（唱【二簧滚花】）

包某定要打成新井引清渠。

不但龙顶岗这个井要打，城里城外，还要打它六七个。

牛　二　（大惊）啊？还要打六七个？

包　拯　（致歉）包某知道，牛先生担水卖水为生，打井影响了你的生计，实在抱歉！但不打井嘛，则影响全城百姓的生计。（反问）牛先生，你看这井该打，还是不该打？

牛　二　（无言以对）我……

包　拯　（对吴商坤）你认为呢？吴老先生。

吴商坤　依老夫之见，这井嘛……

包　拯　包某还请吴老先生转告城中父老：与龙顶岗同时开工的，还有州衙里面的一口井。

牛、吴　（惊讶）啊？

包　拯　官衙所在，向来被视为"凤栖龙蟠"之所。若然三龙公子要报应，就叫它来报应我包某人！

吴商坤　（心悦诚服）包大人，老夫受人蛊惑，冒犯了。（瞪了牛二一眼，与那几个壮汉下）

包　拯　牛先生，这井，你还要填么？

牛　二　（一脸窘态）我……

包　拯　（对众人）各位师傅，井打得可还顺利？

工匠甲　依照大人送来的图册，依葫芦画瓢，还算顺利。

包　拯　走，看看去。

　　　　〔包拯与众工匠下。金文举与赖师爷上，两人四下望了望，只见牛二在场。

赖师爷　（悄声问）牛二哥，井填得如何？

牛　二　（从怀里掏出一包银子，扔回赖身上）你们另请高明吧！（气呼呼地下）

赖师爷　你——

金文举　（不满地）师爷，你找来的这个牛二，看来是中看不中用！

赖师爷　大人莫急，我们还有下一步。

金文举　对，下一步！（狠狠地，唱【滚花】）

　　　　　　我要他并未打成一身罪。

赖师爷　（接唱）

　　　　　　一锤打他唔死，

　　　　　　我哋再打下一锤！

　　　　［切光。

第四场　捉贼

　　　　［伸手不见五指的黑夜。王五、王六摸黑上。

王　五　（念【白榄】）

　　　　　　为民打井来造福，

　　　　　　居然有人敢投毒！

王　六　（接念）

　　　　　　夜上井台做埋伏，

　　　　　　敢将贼人来拿捉！

两　差　（拍胸脯，合念）

　　　　　　端州神探——王五、王六！

　　　　［两人圆场，树丛藏身。赖师爷背着个布囊，小心翼翼地摸黑上。

赖师爷　（念【白榄】）

　　　　　　大人叫我去投毒，

　　　　　　今夜再去把料加足。

　　　　　　你要打井我搅局，

　　　　　　将你赶跑我再享福！

　　　　咦？有人……

　　　　［牛二摸黑上。赖师爷赶紧藏到另一边。

牛　二　（提着个酒壶和一块烧肉，喜滋滋地上。念【白榄】）

　　　　　　牛二我近来有艳福，

　　　　　　一似逢春的枯木。

　　　　　　一斤烧酒八两肉，

　　　　　　偷偷去见心上人，

　　　　　　还须避人耳目！

　　　　［牛二左右望了望，欲下，不料被躲在一旁的赖师爷绊倒。

　　　　［两人均大惊，"呀——"地叫了半声又急掩嘴。黑暗中相互摸索，对打。

　　　　［两人闷声打了几个回合。赖师爷落败，布囊落地上，不及拾起，逃遁。

牛　二　（嘀咕）哼！哪来的小无赖，下次再让我见着，打断你条狗腿！（在地上找酒壶，却摸起那个布囊，纳闷）

　　　　［这时，王五、王六从背后偷偷摸上来。王六手中拿着一条绳索，从后面套牛二。牛二大吃一惊，用力一甩，把王六甩掉。

　　　　［三人又闷声开打。牛二最终不敌，被两衙差揿倒在地。

牛　二　（终于大叫）放开我，放开我！你们是什么人？

王　五　（狠狠地）来抓你的人！

王　六　（拾起地上的布囊）走！回衙门——

牛　二　（惊讶）啊——衙门？！

　　　　［光全起时，王五、王六已把牛二押在州衙公堂。两边有衙差列班。

牛　二　（哀求）五哥、六哥，冤枉呀，我没做贼。

王　五　跟我们说没用，等会你向包大人说。

众衙差　（呼）威——武——

　　　　［包拯内唱【霸腔首板】："闻通报急升堂查问真相——"

包　拯　（上。唱【霸腔中板】）

　　　　　　为打井两月里艰苦备尝。

　　　　　　辛苦了端州城一班能工巧匠，

　　　　　　更难得众父老共襄义举。

　　　　　　本以为井挖成能得千秋赞赏，

　　　　　　却不料新井水败坏肝肠。

　　　　　　果然有投毒人来将毒物投放！（转【滚花】）

剧　作

本官定要审个清楚，问个当堂。

王　五　大人，昨夜三更，卑职二人在龙顶岗井台连夜蹲守，抓到牛二，现场起获装有断肠草的布囊一个。

〔王六把布囊呈上。包拯看了看。

包　拯　王捕头，你们两个连夜蹲守，辛苦了，回家歇息去吧。

五、六　（合）多谢大人！（两人打着呵欠，下）

包　拯　（威严地）牛二，你知罪么？

牛　二　小人不知。

包　拯　（拿起布囊）这又是什么东西？

牛　二　这不是我的……

包　拯　你干了伤天害理之事，还不从实招来？

牛　二　大人哪，我牛二生在端州城，长在担水巷，自小随父兄担水卖水为生，都算是凭力气吃饭。没错，那天我是带人阻挠打井，但伤天害理之事，却是从没做过！

包　拯　休得拈轻避重！本官问你，昨夜三更，你去龙顶岗做什么？

牛　二　我是去……去……

包　拯　（一拍惊堂木）讲——

牛　二　是去徐记酒铺，买烧酒、斩烧肉……

包　拯　你讲大话！

牛　二　句句真话！大人你看，酒壶我还带在身上。（找酒壶，不见）啊，我的酒壶呢？

包　拯　哼！你住的担水巷在城南，徐记酒铺在城东，何至走到城西龙顶岗？

牛　二　这……

包　拯　还不从实招来？

众衙差　（呼）威——武——

牛　二　我……

包　拯　你是去龙顶岗投毒落井！是不是？

牛　二　（惊恐）没有呀大人！（咬牙）我……我是去……去找裁缝张寡妇……

包　拯　找张寡妇做什么？

牛　二　去……去补条裤……

〔公堂上的众人掩嘴，想笑又不敢笑。

包　拯　半夜三更，你去找张寡妇补裤？

牛　二　（低着脑袋）是的。她就住龙顶岗旁边。

包　拯　（想了想）既然如此，把张寡妇带来问话。

一衙差　领命！（欲下）

牛　二　（惊慌）不要，千万不要呀大人！

包　拯　怎么？你怕了么？

牛　二　大人哪，张寡妇带着个两岁的孩子，日子本来就过得艰难，把她带上公堂——（哭着腔，唱【滚花】）
　　　　　　若然有个两短三长，
　　　　　　孩子今后谁来养？

包　拯　也罢！（唱【快滚花】）
　　　　　　本官不能因你信口雌黄，
　　　　　　将寡妇清名来毁谤。
　　　　人来——
　　　　　　把牛二锁起，
　　　　　　还押监房！

牛　二　（大惊）冤枉啊！我没有投毒下井……

包　拯　（念【杀嫂白榄】）
　　　　　　你收声（闭嘴）——
　　　　　　端州城中要打井，
　　　　　　坏了你一盘生意经。
　　　　　　于是带了班人来抗命，
　　　　　　继而又投毒落井。
　　　　　　岂能因你私家经营，
　　　　　　累及全城百姓？！

牛　二　（哀告）大人，我的确是去找张寡妇……

包　拯　补裤？

牛　二　是……不是……

包　拯　（一拍惊堂木）是还是不是？

牛　二　不是……

包　　拯　一说去买酒，二说去补裤。公堂之上，没句真话。（唱【快滚花】）

　　　　　　　人赃俱全你休再顽抗，

　　　　　　　包拯今日要严振法纲！

　　　　　　将人犯还押监房，等候发落——

　　　　　　〔众衙差把牛二锁上枷锁。

牛　　二　大人，冤枉，冤枉哪……

　　　　　　〔衙差七手八脚把牛二拖下。

包　　拯　退——堂——

　　　　　　〔正在这时，王五、王六急上。王五拿着个小酒壶，王六提着块烧肉。

王　　五　大人——卑职方才路过龙顶岗，在井台边拾到酒壶一个。

王　　六　还有一块烧肉。

　　　　　　〔二人递上酒壶、烧肉。

包　　拯　（仔细看了看，暗惊）酒壶、烧肉？

王　　五　卑职怕这又是有毒之物，所以特来禀报大人。

包　　拯　（思忖）哎呀——（唱【滚花】）

　　　　　　　莫非错将牛二来冤枉？

　　　　　　　莫非凶手在背后躲藏？

　　　　　　　我且把线放长铺开网，

　　　　　　　将错就错，不声不张。

　　　　　　王捕头，你等拾来的酒肉，不过是百姓祭祀之物，不足为奇。退堂——

　　　　　　〔切光。

第五场　设局

　　　　　　〔夜已三更，隐约传来"关灯熄火，平安无事"的打更声。

　　　　　　〔追光中，赖师爷打着灯笼，送金文举上。

金文举　（念【口鼓】）路转峰回天保佑，

赖师爷　（接念）只等今日来报仇！

金文举　（接念）黑面老包同我斗？

赖师爷　（接念）叫他命绝在端州！

金文举　师爷，你帮了我一个大忙。

赖师爷　这下，就可以把他赶跑了！

金文举　想跑？如今就没那么容易了！（念【韵白】）

　　　　　他再不乖乖听我摆布，
　　　　　我就一纸奏章把御状告！
　　　　　告他在端州草菅人命，
　　　　　制造冤狱黑牢。
　　　　　到时候——
　　　　　他就乌纱落地、人头难保！

赖师爷　（接念）

　　　　　可惜了那个牛二，
　　　　　挨了老包鬼头一刀。
　　　　　阴差阳错，黄泉上路。

金文举　哼！没他来做这个替死鬼，我又怎能一招拿下这个黑老包？真乃天助我也！师爷，我们走——

赖师父　走——

　　　　　〔两人下。光全起，州衙后庭。

包　拯　（焦灼不安，唱【七字中板】）

　　　　　为把真凶来拿扣，
　　　　　一张告示贴城头。
　　　　　难道风声有走漏？
　　　　　至今未见贼浮头。（转【滚花】）
　　　　　我剑走偏锋奇招出手，
　　　　　又怕竹篮打水付东流。

包　兴　（报上）老爷，通判金大人求见。

包　拯　都三更时分了，他还来做甚？

包　兴　他说有要事禀报。

包　拯　（沉吟有顷）莫非，大鱼要来咬钩？有请——

包　兴　（传唤）有请通判金大人！（下）

金文举　（上，作礼）包大人有礼——

包　拯　金通判连夜来访，不知有何指教？

剧 作　213

金文举　（放肆地）哈哈，指教不敢！下官今夜前来，是来救你性命！

包　拯　啊？！（唱【三脚凳】）

　　　　　　照你如此说来，

　　　　　　本官老命垂矣？

金文举　大人你——（接唱）

　　　　　　已是盲人瞎马，

　　　　　　有如夜半临池！

包　拯　愿闻其详——

金文举　今日午时——（接唱）

　　　　　　不是已在东校场，

　　　　　　把牛二依法惩治？

包　拯　（不动声色，接唱）

　　　　　　牛二投毒落井，

　　　　　　证据确凿无疑。

金文举　如果下官告诉大人：你判错了案、杀错了人呢？

包　拯　（故作惊愕）啊？金通判何以证明，本官判错案、杀错人呢？

金　举　（掏出两张字据，唱【滚花】）

　　　　　　酒铺徐记已证明，

　　　　　　那晚牛二去了他处。

　　　　　　张寡妇也画了押，

　　　　　　这是她的申诉文书。

包　拯　张寡妇也画押申诉？

金文举　包大人斩了她的情郎，她当然会申诉了。徐记还说，那晚三更天，牛二从他处出来，手上拿的只是一斤烧酒，八两烧肉。

包　拯　即便如此，又怎能证明本官杀错了牛二？

金文举　包大人是不见棺材不落泪，不到黄河心不死！实话告诉你吧，真正投毒者，我家师爷也！

包　拯　你家师爷？

金文举　对，我家师爷！

包　拯　你家师爷去投毒落井，意欲何为？

金文举　以前是想赶走包大人，如今下官又不想大人走了。

包　拯　何解？

金文举　（胸有成竹地）因为牛二一死，大人你就不得不、不敢不听从我金某人的差遣。

包　拯　金通判，你就不怕本官把你家师爷捉拿归案？

金文举　（大笑）哈哈——如此两败俱伤的事，谅你也不会做、不敢做！

包　拯　（害怕的样子）哦……那……那赖师爷是受你的指使？

金文举　这已经无关紧要，因为你错杀牛二，已成事实。

包　拯　（一时手足无措的样子，唱【沉腔滚花】）

　　　　　　哎呀呀——

　　　　　　这叫我如何，如何去处置？

金文举　（反客为主，施然落座）大宋律例，地方官员判错案、杀错人，将受何种惩罚呀？

包　拯　这个嘛……判错案，降职减禄；杀错人，革职查办……（拭汗）

金文举　大人莫急，金某正是前来搭救于你。

包　拯　还望金通判指点。

金文举　（意味深长地）如果大人愿意，这些证词嘛，就是一张废纸！

包　拯　一张废纸？

金文举　废纸一张！前提就是：按上任孙大人的惯例，以三十倍之数，征集今年的贡砚！

包　拯　金通判一直为此事耿耿于怀？

金文举　你断了金某人的财路，当然耿耿于怀了。

包　拯　前任州官，以三十倍之数征集端州贡砚。端州砚工，苦不堪言；端州百姓，怨声载道。包某到任，正本清源，把省下来的库银用于打井，要为端州百姓留一池清水。

金文举　（恶狠狠地）三年任期一满，你我都要走人，管他清水不清水？

包　拯　金通判赚来那么多的贡砚，难道是留作收藏把玩？

金文举　哼！把玩？（唱【十字清】）

　　　　　　上品者，赠权贵，国戚皇亲。

　　　　　　中品者，送府州，同僚藩镇。

　　　　　　下品者，暗地里，卖与商人。

包　拯　卖与商人？

| 金文举 | 虽说是下品，但一块仍可卖得百两纹银。这其中的学问，包大人明白么？ |

包　拯　如今算是明白了！朝贡之余，还是依往年惯例：州官、通判七三分成？

金文举　（大笑）哈哈哈！大人好聪明！但今年的规矩要改一改。

包　拯　如何改？

金文举　改成我七，你三！

包　拯　原来金通判处心积虑，就为这个"我七你三"。

金文举　你明白就好！

包　拯　（为难状）今年只按朝廷的贡纳数征集贡砚，告示已经贴上城门头，这叫本官实如何答应你？

金文举　不答应？

包　拯　难以答应！

金文举　（步步紧逼，唱【快滚花】）

　　　　你就莫怪金某人手辣心狠，

　　　　一纸罪证可令你人头两分。

包　拯　（凛然，接唱）

　　　　金通判你来公报私恨？

　　　　要挟州官威胁包某人？

金文举　（冷笑）岂敢！金某只是想搭救大人。

包　拯　本官判了牛二，杀了龙震天，虽有过失，朝廷总不至于拿我去偿命吧？

金文举　（闻言大惊，几乎从椅子上摔下来）你……你说什么？你杀了谁？

包　拯　（朗声）那个身负八条人命的北山匪首龙震天！

金文举　但我……我分明看到城门头的告示——午时三刻，东校场斩牛二……

包　拯　所以，你就连夜上门要挟本官？来人——

　　　　〔王五、王六上。

两　人　大人有何吩咐？

包　拯　（威严地）把犯官金文举拿下！

五、六　（合）领命！

　　　　〔王五、王六合力把金文举捉住。

金文举　（下跪）大人饶命、饶命！下官知错了——

包　拯　你这是不见棺材不落泪，不到黄河心不死！（吩咐）还押监房，等候发落。再带人连夜把赖师爷捉拿归案。

五、六 （合）明白！

金文举　大人饶命——

　　　　［王五、王六把金文举拖下。

包　拯　（愁眉紧锁，坐立难安。唱【江河水】）

　　　　　　这事到今天，

　　　　　　一朝错判谁原谅？

　　　　　　真相渐明白，终于确信，

　　　　　　他不曾放毒落井，

　　　　　　弄出灾殃将人害伤。

　　　　　　我是否去做，

　　　　　　将他免罪还他清白放出监狱？

　　　　　　我惧我恐、揭开伤疤，

　　　　　　带恨带悔、怎生相对？

　　　　　　我心愧疚，妄称男儿样！

　　　　［董夫人急上。

董夫人　老爷，半夜三更，为何要叫人带走金通判？

包　拯　（沉重地）夫人哪，他就是投毒落井的幕后主谋。

董夫人　啊？主谋？既然抓到了幕后主谋，老爷为何还这般心事重重？

包　拯　主谋虽抓，冤狱未平啊！

董夫人　冤狱？谁人的冤狱？

包　拯　是牛二的冤狱。

董夫人　牛二？冤狱？（接唱【江河水】）

　　　　　　最令我心伤，

　　　　　　夫君满面愧色如傻样，

　　　　　　声声慨叹愁怀样。（转【二簧滚花】）

　　　　　　既然真凶已归案，

　　　　　　你去认错又何妨？

包　拯　想不到我包拯为民打井，竟然也酿成如此错失。

董夫人　试问谁又能无错失？犯了错，赔个情、认个错就好。

包　拯　夫人哪，我何尝不想去赔情认错，但这一认错——（唱【反线中板】）

　　　　　　廿载寒窗，半世功名，一朝尽丧。

　　　　　　一着棋差，一身清誉，毁于当堂。

董夫人　（唱【快打慢二流】）

　　　　　　你只怕功名一朝尽丧？

　　　　　　你只怕清誉毁于当堂？

　　　　　　你不怕无辜蒙冤受枉？

　　　　　　你不怕百姓家破人亡？

包　　拯　（愧疚地）夫人，你骂得好，骂得好呀……

董夫人　（唱【秋江别中板】）

　　　　　　夫君你患得怕失，

　　　　　　今天我尽把理讲：

　　　　　　名也似烟轻，

　　　　　　做官切莫狂；

　　　　　　民似水载舟，

　　　　　　莫将本忘！

　　　　　（念【白榄】）你不去认错，就会一错再错，小错成大错，无意之错变有心之错，一时之错铸成千古之错。（转唱【乙反木鱼】）

　　　　　　万世戏文把你唱，

　　　　　　千秋史册记文章：

　　　　　　某年昏官黑模样，

　　　　　　大名包拯——（入乐，转【乙反二簧】）

　　　　　　秉性不良！

　　　　　　有生之年你不敢还乡，

　　　　　　百年之后你不能归葬。

　　　　　　无颜子孙后代在家庙，

　　　　　　愧对列宗列祖于上苍！

包　　拯　无颜子孙后代？愧对列宗列祖？（唱【爽二簧】）

　　　　　　听我妻，说诤言，耳边如雷乍响。

　　　　　　为官者，毋忘本，百姓才是爹娘。

　　　　　　别皇城，到端州，感怀圣德宏量。

　　　　　　我包拯，为生民，何惧认错一场？（掏出那两枚铜板，转【反线二簧】）

两文钱，重万钧，如山压在肩上。

怎能把，众父老，殷殷重托相忘？

董夫人　（唱【乙反中板】）

纵然夫君你获刑，

妻我悉心把儿女教养。

暑天为你送茶水，

寒天为你缝衣裳。（垂泪）

包　拯　（感动地唱【二簧滚花】）

点滴温情记心头上，

不敢负你一片柔肠！

夫人，我们这就去吧——

董夫人　都四更天了，这就去么？

包　拯　连夜就去。

董夫人　（接唱）

愿陪夫君去夜访，

赔礼认错在当堂。

包　拯　多谢夫人！

〔两人下。收光。

第六场　放人

〔紧接上场，夜，大牢。

牛　二　（唱【花鼓芙蓉】）

我我我怎么开口，

声名早已臭。

平时不积德，

迟早祸临头。

身已入大牢，

谁人将我救？

〔王五打着灯笼引路，包拯和董夫人上。

王　　五　牛二，包大人来看你了。

牛　　二　（一惊）包大人？

包　　拯　王捕头，把牛先生的枷锁除去。

王　　五　是，大人。（为牛二卸下牢具）

　　　　　〔牛二见到包拯半夜来访，不明就里，惊恐不已。

牛　　二　（连连求饶）大人饶命！小人知罪！

包　　拯　（不解地）你知什么罪？

牛　　二　小人不该听信赖师爷的怂恿，带人上龙顶岗阻挠打井。

包　　拯　牛先生，雀鸟被人捅了窝巢，还会在枝头凄叫几声。打井断了你的生计，发发脾气，也算是情有可原，只不过你不该听了坏人的怂恿。投毒落井之事，本官已查明了。

牛　　二　（唱【滚花】）

　　　　　　　大人已经查清查明，

　　　　　　　牛二没投毒落井口？

包　　拯　已经查清查明了。

牛　　二　（接唱）

　　　　　　　所以就连夜到此，

　　　　　　　赔礼认错加恳求？

包　　拯　（诚恳地）是的。（接唱）

　　　　　　　包某有案必查，

　　　　　　　更是有错必纠。

　　　　　只有牛先生清白回家，包某才算是向端州百姓有个交代。

　　　　　〔牛二终于弄明白了包拯的来意，于是，开始变得嘚瑟起来。

牛　　二　呵呵，原来如此。

王　　五　牛二，你可以回去了。

牛　　二　（抢白）回去？回哪去？你们在端州城打了那么多井，我担水佬一个，回家喝西北风呀？

包　　拯　包某为你们想过了：牛先生不妨带班弟兄转行，在城里收集街坊的"夜壶之水"（粪便），运出城外，卖给农夫肥田，一举多得。

牛　　二　（气不打一处来）我牛二祖祖辈辈担水送水卖水，如今你叫我转行去收夜壶水？

包　拯　也算是一门生意，有何不可？

牛　二　（脑瓜子一转）包大人答应三个条件，小人就出去。否则，小人把这碗"监饭"（牢饭）继续吃下去。（在凳子上大模大样地坐下）

包　拯　哦？哪三个条件？

牛　二　第一，（唱【霸腔减字芙蓉】）

　　　　　　八人大轿来抬我，

　　　　　　出了大牢绕城三周！

包　拯　这个嘛，可以。

牛　二　第二，（接唱）

　　　　　　一张告示贴城头，

　　　　　　还我清白除污垢！

包　拯　这个嘛，也不难。

牛　二　第三，（接唱）

　　　　　　端州城中七口井，

　　　　　　今后由我做运筹！

包　拯　由你做运筹？

牛　二　也就是由我来打理。我牛二保证——（谄笑着讨好，唱【滚花】）

　　　　　　每月奉上金和银，

　　　　　　孝敬大人买烧酒。

包　拯　牛先生，这第三个条件嘛，包某万万不能答应。

牛　二　不答应？

包　拯　不能答应！

牛　二　你不答应，牛二从此长住大牢，不走了！

董夫人　（上前）牛二哥，你真个不走？

牛　二　不走了！

董夫人　（对包拯）恭喜老爷，贺喜老爷。

包　拯　（不解）喜从何来？

董夫人　牛二哥愿意在大牢住下去，老爷的清誉、前途就得以保存了。

牛　二　（一愕）为何？

董夫人　这就证明我家老爷没有判错案，也没有抓错人。

牛　二　（听着觉得不对劲）那，那我怎么办？

董夫人　牛先生你不是想把"监饭"继续吃下去吗？（对包拯）老爷呀，你就成全牛先生吧。

牛　二　（自打嘴巴）我……

包　拯　（会意）夫人哪，牛先生的这碗"监饭"，怕也吃不了多久——（唱【爽中板】）

　　　　　刑部批件就快送回端州，

　　　　　狱中犯人就可问斩秋后。

牛　二　（两脚哆嗦）啊？刑部批件、问斩秋后？包大人，我现在就出去，马上就出去——

包　拯　牛先生提的三个条件，包某还须——（唱【三字清】）

　　　　　再作考虑，

　　　　　慎作筹谋。

　　　　　但求周全，

　　　　　无错无漏！

牛　二　大人无须再作考虑，小人告辞，告辞——

　　　　〔话音未落，牛二脚底抹油，逃之夭夭。

包　拯　夫人，你真聪明！

董夫人　（嗔怪）你呀，书生气十足！（唱【滚花】）

　　　　　该放之时懂得放，

　　　　　该收时候学会收！

包　拯　好一个懂得放，学会收！

　　　　〔渐收光。

尾　声

　　　　〔景同第一场，端州码头。

　　　　〔欢快的乐曲中，一群青年男女挑着水桶起一段《担水舞》。

众　人　（合唱【新曲】）

　　　　　星湖风光明如画，

　　　　　江南江北有繁花。

　　　　端州满城传佳话，

　　　　包公井水好煮茶！

　　［众人下。

　　［王五、王六上。王六挑着第一场包兴挑的那担行李箱。

王　五　（停下）六弟，到码头了。

王　六　到了。（放下挑子）

王　五　重吗？

王　六　挑子两头满满的都是书，你说重吗？

王　五　过来过来。

王　六　（不明就里，放下挑子，凑过来）有好事？

　　［出其不意地，王五猛地在王六下巴拔下三根须。

王　六　（痛得大叫）哎呀！你拔我的胡须干吗？

王　五　三年前就在这，你我打了一个赌。你输啦——

王　六　输啦？

王　五　输啦！

王　六　输得口服心服——（唱【七字清】）

　　　　往年送官抬到怕，

王　五　（袖起两手，接唱）

　　　　今年吉手（空手）来送他！

　　　　走——（下）

王　六　（气恼）你就两手空空好潇洒，我这两箱书好重的！喂，等等我——

　　［王六挑起行李箱，摇摇晃晃地追下。

　　［包拯与夫人、包兴、秋儿等上。除包拯外，每人都挽个小包袱。

包　拯　（反复交代夫人）夫人，行李包裹可查过了？

董夫人　都翻查过了，谨记老爷的吩咐，不带走端州的一沙一石、一草一木。

包　拯　（唱【反线归时】）

　　　　到今朝——别故地——

　　　　端州一晃已三年，

　　　　像落了家。

　　　　一朝远去，

　　　　难舍心牵挂。

董夫人 （接唱）

   不忍望，

   眼泪盈。

   临辞意不舍，

   心中有泪飘洒。

  ［包拯与夫人欲上码头。

  ［柳妈妈、柳萍、吴商坤等街坊上。柳萍捧个托盘，盘中放了三碗清水。

众　人　包大人——包大人——

包　拯　各位父老乡亲请留步……

柳妈妈　包大人三年任满离任，不惊动百姓，但我们大家都来了……

包　拯　（致礼）当日柳妈妈两枚铜板相托，包某谨记于心，今日终于可以奉还了！（从怀里掏出两枚铜板，还给柳妈妈）

柳妈妈　（感慨地）当日老身拿出两枚铜板，今日大人还给端州七口甜井，端州人民有福了！

  ［牛二急上。

牛　二　（有点不好意思地作礼）包大人……

包　拯　哦？牛先生，你收"夜壶之水"的生意，做得如何呀？

牛　二　多谢大人当日提点，如今是慢慢做开了。在大人离任之际，前来禀报一二。

包　拯　好呀！以前是送，如今是收。做好了，也算是利国利民。

吴商坤　（动情地）众街坊，包大人三年治端州，不但打了七口水井，还建粮仓、修学宫、筑堤坝、设驿站，让端州百姓千年永享。大人离任，不带走端州一沙一石、一草一木。草民受城中父老之托，谨以三碗清水相赠……

  ［柳萍端着清水上前致敬。

包　拯　三碗清水？

柳妈妈　三碗来自包公井的清水……（递水）

包　拯　（深情地接过第一碗清水，唱【大喉十字清】）

   第一碗，祭上苍，以清水当酒。

  ［包拯把清水酹向天地。

包　拯　（接过第二碗清水，接唱）

   第二碗，敬父老，用真情相酬。

　　　　　[包拯把清水敬向吴商坤。

包　拯　（拿过第三碗清水，接唱）

　　　　　　第三碗，谢夫人，做良师诤友。（转【二簧滚花】）
　　　　　　令我心怀生民念，
　　　　　　两眼家国忧。

　　　　（深情地）端州三年，包某学会了谨小慎微，学会了明辨是非，学会了有错必纠，也学会了自赎自救！多谢，多谢了——

　　　　　[包拯与夫人共尝一碗清水。吴商坤手中的那碗清水，在众街坊手中轮转、共尝……

王　五　（上）大人，官船码头停好了……

包　拯　包某就此告辞了。上——船——（向父老深深致礼道别）

　　　　　[众街坊父老还礼。幕后合唱【古腔中板】：
　　　　　　大江东去浪淘沙，
　　　　　　万里江山如锦绣。
　　　　　　戏文千载唱旧事，
　　　　　　半个包公在端州……

　　　　　[渐收光。剧终。

2015年9月28日第八稿

粤剧

一桩轰动朝野的清末公案

一个荡气回肠的爱情故事

一支流传最广的粤乐名曲

杨翠喜

时　间：清末至民初。

人　物：杨翠喜　17岁，天津大观园戏院红伶。

　　　　　刘明德　23岁，杨翠喜的恋人，天津华鑫票号少东主。

　　　　　段芝贵　36岁，天津巡警局总办。

　　　　　载　振　30岁，贝勒，庆王奕劻之子。

　　　　　瞿鸿禨　年过花甲，军机大臣，内阁协办大学士。

　　　　　赵启霖　40多岁，字芷荪，监察御史。

　　　　　吴捕头　三十来岁，天津巡警局捕头。

　　　　　翠　萍　14岁，杨翠喜义妹。

　　　　　方　元　年近七旬，刘明德的老家人。

　　　　　老太监、瞿府罗管家、众衙差、黄马褂、婢女等若干人。

序　幕

〔光绪三十二年（1906）末。

〔女声唱幕前曲：

　　世间事，也荒唐，

　　戏子可换巡抚郎。

　　算尽机关空欢喜，

　　一场辛苦一场忙。

[光渐起。紫禁城养心殿东暖阁，中间垂着一挂帘子，帘子外面站着个老太监。

老太监 （传唤）太后懿旨：传军机大臣、内阁协办大学士瞿鸿禨瞿中堂，都察院监察御史赵启霖赵大人，庆王府振贝勒——

[瞿鸿禨、赵启霖、载振上。

瞿、赵 （对着帘子跪拜）臣瞿鸿禨/赵启霖祝太后万寿无疆——

载　振 （跪拜）奴才载振祝老佛爷万寿无疆——

[慈禧幕后音："都起来吧。"

三　人 （合）谢太后/老佛爷！（起身）

[慈禧："东北设省，昨天都已经议过了，明日就让载振出关，着办设省事务吧。"

瞿鸿禨 （一惊）太后，东北设省，乃国家大事，臣以为应当由军机处会同吏部办理……

赵启霖 太后，瞿中堂言之有理！奉天、吉林、黑龙江设省，朝中还有诸多争议……

[慈禧："（语态疲惫）争来争去，不就是在争一个总督、三个巡抚吗？载振呀，你都快三十了吧？也该放你出去历练历练了。"

载　振 （抑制内心的狂喜，跪拜）多谢老佛爷栽培——多谢老佛爷栽培——

赵启霖 （还想谏言）太后……

[慈禧："（威严地）这事就这么定了！"

载　振 （得意地旁唱【七字清】）

　　　　养心殿老佛爷亲把差派，
　　　　三大省四肥缺由我安排。
　　　　圣旨纶音听得心潮澎湃，
　　　　莫不是大阿哥宝座向我送来？！

哈哈——

[切光。

第一场　拒聘

［光渐起。

［三个月后，已是1907年初。天津大观园戏院后台，放有二胡、琵琶等乐器。杨翠喜正在对镜卸妆。

［婢女甲捧托盘急上。

婢女甲　翠喜姑娘，苏老板留下西域奇香。

杨翠喜　（唱【四季歌】）

　　　　　郊野百花最清香。

［婢女乙拿请柬急上。

婢女乙　翠喜姑娘，雷员外送来请柬，说要接你去他的万亩庄园。

杨翠喜　（接唱）

　　　　　这是套圈要提防。

　　　　　　［婢女丙急上。
婢女丙　翠喜姑娘，万总兵的人已经在门外等候。
杨翠喜　（接唱）
　　　　　　　　从未听闻万总兵征战敌营上。
　　　　　　［翠萍拿珍珠项链急上。
翠　萍　姐姐，钱掌柜送来南海珍珠。
杨翠喜　（接唱）
　　　　　　　　又见几多花信逐尘红颜亦珠黄！
翠　萍　（急）姐姐，听完戏，那些达官贵人想见你，你却一概不见，都把他们得罪完了。
杨翠喜　翠萍妹妹不用怕，等把孙老板的钱还清，我们就可赎回自由身了。
翠　萍　姐姐又是在想那个撰曲的刘公子了吧？
杨翠喜　（不以为然地一笑）一个不务正业的富家公子，想他作甚？
　　　　　　［段芝贵带着吴捕头和四个衙差，抬着两箱聘礼上。
段芝贵　（念【白榄】）
　　　　　　　　贝勒爷出关地动天震，
　　　　　　　　沿途官吏送金又奉银。
　　　　　　　　昨日他来听戏被勾掉了魂，
　　　　　　　　今日我抬聘礼来帮他定亲。
　　　　　　　　办成事贝勒爷赏我个巡抚升二品，
　　　　　　　　办不成事袁大帅拿我是问。
　　　　　　　　但听闻杨翠喜卖艺不卖身，
　　　　　　　　你叫我如何不着急又着紧？！（挠头，唱【滚花】）
　　　　　　　　嫁得贝勒爷，
　　　　　　　　是她前世修来的福分。
　　　　　　　　她应该斟茶递酒，
　　　　　　　　来谢我这个大媒人！
吴捕头　大人，大观园到了。
段芝贵　进去——
　　　　　　［众人进门。
段芝贵　（傲慢地）谁是杨翠喜？

杨翠喜　　我就是杨翠喜。你们是……

吴捕头　　呔！有眼不识泰山！看清楚了：这位是北洋袁大帅的螟蛉子、天津巡警局段总办段大人！

杨翠喜　　段大人有礼——

段芝贵　　（抱拳作礼）恭喜杨姑娘，贺喜杨姑娘！

杨翠喜　　喜从何来？

段芝贵　　喜从天上而来！京城庆王府的载振贝勒爷，昨天从关外公干回来，在大观园听了你的戏，看上你了，叫我过来提亲，要娶你去当第九房姨太太。

杨翠喜　　哦？！第九房姨太太？

段芝贵　　对，是第九房！你看，聘礼我都抬来了。吴捕头——

吴捕头　　都给我听好了！（唱礼单）杭州丝绸三匹，金华火腿两条，西湖龙井三包，绍兴黄酒四瓶，新娘子用的金银手镯各两副，九两重的黄金项链共两条，还有和田美玉雕的如意、缅甸翡翠做的坠子，又加礼金银子九百九十九两！（把礼单递向杨翠喜）杨姑娘，请过目。

段芝贵　　怎么样？都算对得起你这个天津卫第一名伶了吧？

杨翠喜　　多谢了段大人——（唱【反线中板】）

　　　　　　绸缎绫罗只怕把我身心困，
　　　　　　佳肴美酒不养我这卑微人。
　　　　　　心有芳香，何用涂浓妆抹厚粉？
　　　　　　命如草芥，怎值九百九十九两银？（转【滚花】）
　　　　　　多谢段大人来把前路指引，
　　　　　　小女子福薄做不了贵妇人。

　　　　　段大人，请回吧——
　　　　　［杨翠喜说完，把礼单递还段芝贵。

段芝贵　　（并不恼）嘿嘿！早听闻大观园的杨翠喜不附权贵，不食人间烟火。（唱【滚花】）

　　　　　　看来此名不虚，
　　　　　　倒也恰如其分！

杨翠喜　　段大人，你错了——（接唱）

　　　　　　翠喜一样收客人赏钱（上上声），
　　　　　　照样会拿老板工银。

段芝贵　唯独不收本总办抬来的彩礼？

杨翠喜　这份彩礼，翠喜不能收、不敢收！

段芝贵　却是为何？讲——

杨翠喜　因为……因为翠喜已经心有所属！

段芝贵　那人是谁？（不无调侃地）你把他叫出来，我立马走人。叫不出来嘛，（狠狠地）你今天必须跟我走人！

杨翠喜　（坚决地）我不去！

段芝贵　不去？那你把那人叫出来！

杨翠喜　那人……那人……（焦急，旁唱【滚花】）
　　　　　今天谁个来为我解困？

段芝贵　（得意地）哈哈——没有是吧？（接唱）
　　　　　各位兄弟准备拉人——

众衙差　（呼喝）是，拉人——

　　　　〔众衙差要拉杨翠喜，翠萍和众婢女保护杨翠喜，双方一触即发。

　　　　〔刘明德内叫："翠喜姑娘——翠喜姑娘——"，随后与老家人方元上。

杨翠喜　（冲口而出）那人来了——

刘明德　（手中拿着曲本上，唱【首板】）
　　　　　拿新曲，取新词，穿行花径——

段芝贵　（上前）你是什么人？

方　元　我家公子是……

刘明德　是翠喜姑娘的知音！

段芝贵　知音？

刘明德　（一副天真纯情的样子）对！知琴之音，知曲之音，知人之音也！（唱【十字清】）
　　　　　我见她，红牙拍板说光明。
　　　　　我见她，口吐珠玑唱繁盛。
　　　　　我见她，梨花带雨鸣不平。
　　　　　我见她，含怒春山骂奸佞。（转【滚花】）
　　　　　半年来暮想朝思无安定，（顿）
　　　　　今日编就新词新曲表衷情。（句）
　　　　翠喜姑娘，昨日撰的新曲，今日填的新词，我都拿来了。（递过曲本）

　　　　你看——

杨翠喜　（接过，含情脉脉的样子）多谢刘公子。可以唱么？

刘明德　当然可以唱了。我来司琴。

　　　　［刘明德拉起二胡，乐曲《杨翠喜》奏起。

杨翠喜　（依曲本唱【杨翠喜】）

　　　　　　一曲奉献吐心声，

　　　　　　弦上放歌盼望情能同永，

　　　　　　相知相爱长吟咏。

刘明德　（接唱）

　　　　　　今生今世谁同咏？

杨翠喜　（接唱）

　　　　　　众地里寻她千千转，爱慕卿卿，

　　　　　　相思相望成患病。

今日又填艳词丽句，

心曲君请听。（过序）

今世姻缘前世定，

转世飘零何处认？

只盼白头共你今生聘，

真爱两心最用情。

刘明德　（接唱）

莫再难为情！

杨翠喜　（接唱）

情根一朝种下，种下了芳馨，

芳馨岁月云淡静。

举案齐眉共百年，

共君成属眷，两照影。

〔一曲终了，杨翠喜意犹未尽。

翠　萍　（拍掌）太好了，太好了！姐姐，这支曲子写得太好了。

杨翠喜　刘郎，这支新曲叫什么名字呢？

刘明德　既然是写给你的新曲，就叫《杨翠喜》吧！

翠　萍　（拍手）好呀好呀，就叫《杨翠喜》！

杨翠喜　（对段芝贵）段大人，你都看见了吧？

段芝贵　（装蒙）我看到什么？

杨翠喜　（施然递过曲本）新曲——《杨翠喜》！

〔段芝贵拿过曲本，看也不看，就要撕。

刘明德　（大惊，奋力抢过曲本）你把曲本还给我——

〔抢夺间，段芝贵推倒了刘明德。

杨翠喜　（急上前，扶起刘明德）刘公子，你没事吧？

刘明德　（喘了一口气）没事……

杨翠喜　（正式地）段大人，刚才你说过话，还算数吗？

段芝贵　（拍胸脯）段某身为天津巡警局总办，牙齿当金使（说话算话）！

杨翠喜　（呵斥）那你——还不走人？

段芝贵　走人？（反应过来）哼！我们……走——（带人欲下）

杨翠喜　段大人，请把这两箱聘礼抬回去！

刘明德　聘礼？谁人的聘礼？

段芝贵　你别管是谁人的聘礼，总办我把将它抬来了，就没打算抬回去！

刘明德　（气恼）不抬？不抬就把它扔了！（要扔东西）

方　元　（劝）公子，俗语有话："斗鬼穷，斗官绝，斗得屠夫一颈血。"他们都是官府的人，我们又怎惹得起呀？

刘明德　官府的人，就能欺负一个弱女子吗？

　　　　〔刘明德动手就要扔东西，吴捕头和几个衙差连忙制止。

段芝贵　（忍声吞气）好！杨翠喜，你敬酒不吃吃罚酒，走着瞧！（对左右）弟兄们，把东西抬回去！

　　　　〔众衙差抬着聘礼，狼狈而下。

杨翠喜　多谢刘公子！

刘明德　（不解）谢我何来？

杨翠喜　（转换话题，拿过曲本）哦……是……是多谢你——（唱【滚花】）

　　　　　　为我写了这支，

　　　　　　这支新词新曲新句子。

刘明德　（念【韵白】）

　　　　　　翠喜姑娘不必多礼！

　　　　　　明德祖居广东番禺，

　　　　　　家父爱好粤乐，

　　　　　　家中常有一班同乡唱粤曲演粤戏。

　　　　　　自小耳濡目染，

　　　　　　也就学会了度曲填词。

杨翠喜　（吩咐）翠萍，你拿五两碎银子给刘公子，买下。

翠　萍　买下？

刘明德　买下？

杨翠喜　买下！

刘明德　（顿感受辱）我不卖！（抢过曲本，欲撕）

杨翠喜　（眼明手快，抢了过来）你……

刘明德　（大叫）不卖！我不卖！（痛心地唱【三字经】）

　　　　　　三天来度曲，

　　　　　　两天去填词。

　　　　　　终于换得来，

　　　　　　五两碎银子。

　　　　　　文章虽有价，

　　　　　　秉性我不移！（拿过曲本，愤然而下）

方　元　（叹气）生意不好好做，日日过来听戏听曲，唉——（随下）

翠　萍　（不忍）姐姐，你过完"桥"就把人家赶走，刘公子他是真心的。

杨翠喜　你是说，他是真心的？

翠　萍　是真心的。

杨翠喜　（唱【滚花】）

　　　　　　如此说来，

　　　　　　我负了他一番情意？

翠　萍　（接唱）

　　　　　　你更辜负了，

　　　　　　那一阕新曲新词。

　　　　〔渐收光。

第二场　构陷

〔紧接上场，巡警局衙门。

〔段芝贵与吴捕头上，两人刚从大观园戏院铩羽而归。

段芝贵　（气呼呼地）可恼，可恼也！（唱【板眼】）：

　　　　　　我段芝贵，戴乌纱，

　　　　　　官居五品，坐官衙。

　　　　　　从来无人，敢不听我话。

　　　　　　却有那个杨翠喜，敢将我来虾（欺负）。

　　　　　　不怕我有刀有枪，有兵有马？！

　　　　　　不怕我契爷袁大帅，老虎有牙？！（转【滚花】）

　　　　　　难道叫我从今收手作罢？

　　　　　　这巡抚二品留给别人家？

　　　　（着急）哎呀呀，这叫我如何是好？！

吴捕头　　大人，这杨翠喜，不过是个小戏子，我带人去把她捆起来，送入庆王府，万事大吉！

段芝贵　　（骂）蠢材！她是个一般的戏子吗？

吴捕头　　不就长点水灵点儿、会唱几支小曲罢了。

段芝贵　　长的人头，装的猪脑！你想呀：万一她日后得了贝勒爷的宠，心里还记着咱的仇，弄死你还不跟踩个蚂蚁似的？！

吴捕头　　（吃惊）啊？！

段芝贵　　又万一到了哪一天，这振贝勒登上了大统……

吴捕头　　（更惊）啊？！这杨翠喜，岂不就成了贵妃娘娘？

段芝贵　　（吓唬）到那时，把你满门抄斩！

吴捕头　　（哆嗦）还是……还是大人想得周全！

段芝贵　　（唱【减字芙蓉】）

　　　　　　不敢将她打来，

　　　　　　也不敢开声骂。

　　　　　　不看在贝勒爷分上，

　　　　　　我一把火烧了她！

吴捕头　　是呀——（接唱）

　　　　　　她敢来嘲弄大人，

　　　　　　敢把官差来戏耍。

　　　　　　真该拆了她棚骨，

　　　　　　剥光口中两排牙！

段芝贵　　还有那个写曲的小子——（唱【滚花】）

　　　　　　两个眼去眉来，

　　　　　　真个急煞我也！

吴捕头　　大人——（接唱）

　　　　　　那个写曲的小子，

　　　　　　我就认识他。

段芝贵　　你认识他？

吴捕头　　他是南门华鑫票号的少东主刘明德，去年底死了老爹，才从上海的洋学堂回来。

段芝贵　　哦，他就是华鑫票号老刘家的小子？

吴捕头　　大人还记得刘老板？

段芝贵　　当然记得。前年收到线报，说华鑫票号暗地里替南方孙文的革命党走款，还查了他一通。这杨翠喜，八成是看上刘家的钱财了。

吴捕头　　刘家的钱财，还比得上庆王府么？

段芝贵　　（沮丧）完了，这小女子既不爱钱财，又不攀权贵，这可怎么办呀？

吴捕头　　卑职看来，这也不难办。

段芝贵　　不难办？说——

吴捕头　　（故意指着自己的脑袋）大人，我这里面装的是猪脑……

段芝贵　　（着急）少废话！

吴捕头　　大人哪……（贴着段芝贵的耳边）如此如此……这般这般……

段芝贵　　（一拍大腿）妙呀！

吴捕头　　大人，此事宜早不宜晚，宜快不宜慢。

段芝贵　　对！今晚就去封屋、拉人！

吴捕头　　（奉承）大人英明，人财两收！

段芝贵　　（奸笑）嘿嘿——（唱【滚花】）

　　　　　　　任你是齐天大圣孙猴王，
　　　　　　　难逃我如来神掌手指罅。
　　　　　　　就怕你嫁入王府做贵妇，
　　　　　　　记不得谢我一杯媒人茶。

吴捕头　　嘿嘿——

段芝贵　　哈哈——

两　人　　（合）嘿嘿嘿——哈哈哈——

　　　　　　　［切光。

第三场 定情

〔上场当日晚,月初上。刘明德家。

刘明德 (拿着曲本上,唱【长句二簧】)

冷月一弯,广寒舞袖。

严冬虽过,剩有片片寒流。

雁儿南归,未带来春天音候。

可怜我一番心血,明珠暗投。

我且收拾心情,专以经营,

也博得个财源丰茂。(拿起曲本欲撕,又不忍。转【二簧滚花】)

这留声的文字,

却叫我难舍又难留。(叹气)

〔杨翠喜和翠萍上。两人身挂披风、头戴风帽,杨翠喜手中还拿着一管洞箫。

翠　萍　姐姐，这就是刘公子家了。

杨翠喜　刘公子家？（唱【中板】）

　　　　　他新曲寄情文章锦绣，

　　　　　他谦谦君子倜傥风流。

　　　　　雪月风花终不久，

　　　　　红颜命薄几春秋？

　　　　　唯望刘郎把我宽宥。（转【十字中板】）

　　　　　莫教春风桃李，

　　　　　尽付了一江东水，枉自漂流。

　　　　　但愿得花常开，月常圆，人长久。

　　　　　翠萍，叫门。

翠　萍　（敲院门）开门，刘公子请开门——

刘明德　门外谁人？（开门）

翠　萍　我家少东主受翠喜姑娘所托……

刘明德　受翠喜姑娘所托？（"砰——"的一声，把门重新关上）

翠　萍　来向你赔礼道歉。（唱【二簧滚花】）

　　　　　还望你宽宏大量，

　　　　　男儿勿记女儿仇。

刘明德　（在内，接唱）

　　　　　她是天津梨园一魁首，

　　　　　我又怎敢对她生怨尤？

　　　　　你们走吧……

杨翠喜　翠喜姑娘她是想……是想向你，取回那支新曲。

　　　　［刘明德一听，情不自禁地要去开门。到了门边，又停下。

刘明德　既然她想取回新曲，那她怎么不自己来？

杨翠喜　她……

翠　萍　（抢白）翠喜姑娘她被你……被你气病了！

刘明德　（吃惊）啊？！气病了？（唱【快中板】）

　　　　　我几句冷言把她来伤透，

　　　　　我一时气盛让她气冲头。（拿起曲本，开门冲出）

翠　萍　刘公子，你要去哪？

刘明德　　我要把新曲，送去给翠喜姑娘。

杨翠喜　　（"扑哧——"一笑）刘公子你看——（摘下头上的风帽，一头秀发披垂而下）

刘明德　　（气结）你们……哼！（返身入内，"砰——"的一声，又把门关上）

杨翠喜　　（真诚地）刘公子呀——（唱【慢板】）

　　　　　　　我不该——
　　　　　　　将你的新曲新词算成银两。
　　　　　　　更不该——
　　　　　　　借你过"桥"去抗拒虎狼。（转【滚花】）
　　　　　　　如今登门来夜访，
　　　　　　　吹弹一曲谢君郎。

　　　　　［杨翠喜用手中的洞箫，吹奏起《杨翠喜》乐曲。
　　　　　［随着悠扬的箫声响起，刘明德门里用心倾听。
　　　　　［有意无意间，杨翠喜把其中一段旋律吹错了。

刘明德　　（急，开门出来）哎呀！错了错了，你吹错了——

翠　萍　　你这支曲子是写给我姐姐的，她吹错了又如何？

刘明德　　（固执地）一音一符皆有情，岂容吹错？

杨翠喜　　（递过洞箫）如此，便请教刘公子——

　　　　　［刘明德接过洞箫，吹奏。优美的旋律又再响起。
　　　　　［杨翠喜悄悄顾盼刘明德。翠萍见到二人情意渐浓，掩嘴笑着下。
　　　　　［《杨翠喜》旋律渐弱去，刘明德依旧陶醉其中。

刘明德　　（发现杨翠喜在看他，不吹了）翠喜姑娘，你记住了么？

杨翠喜　　哦……都记住了。

刘明德　　记住就好。（递还洞箫）

杨翠喜　　（接过，旁唱【清歌】）

　　　　　　　眼见他临风玉树，
　　　　　　　碧玉成妆。

刘明德　　（旁接唱）

　　　　　　　眼见她青莲濯水，
　　　　　　　出于荷塘。

杨翠喜 （旁接唱）

　　　　眉宇含情，

　　　　风流倜傥。

刘明德 （旁接唱）

　　　　春山浅黛，

　　　　盈袖暗香。

杨翠喜 （旁接唱）

　　　　薄命最是伶人，

　　　　良缘作奢想？

刘明德 （旁接唱）

　　　　何日高堂红烛，

　　　　簪花对娇娘？

　　　［杨、刘四目相碰，竟有了几分羞涩、黏稠。

杨翠喜　刘郎……那支新曲新词，可以交还给我了吗？

刘明德　（递过曲本）那就交还翠喜姑娘——

杨翠喜　（接过）多谢刘郎。洞箫一支，权作回赠。（唱【花好月圆】）
　　　　　　　寸心真意送君郎，
　　　　　　　春意满心回荡。

刘明德　（接过洞箫，欣喜地接唱）
　　　　　　　新曲寄情来伴你，
　　　　　　　真心相爱勿相忘。

杨翠喜　（接唱）
　　　　　　　莫相忘，两守望。

杨、刘　（共拜，合唱）
　　　　　　　祷告慈航，
　　　　　　　但愿恩爱万年，
　　　　　　　与君/卿结伴情心永向。

　　　　［两人相依偎。翠萍急上。

翠　萍　姐姐，吴捕头带人追来了……

刘明德　（吃惊）翠喜姑娘，你快走——

杨翠喜　刘郎……

刘明德　翠萍，带你姐姐快些走！

翠　萍　姐姐，我们走！（与杨翠喜急下）

　　　　［吴捕头带着几个衙差上凶神恶煞地上。

刘明德　吴捕头，这里没有你要找的人。

吴捕头　我要找的人，就在这里！

刘明德　谁？

吴捕头　就是你！（宣读告示）天津巡警局总办衙门告示：华鑫票号，罔顾国法，暗助南方革命党筹款走款，依律予以彻查。东主刘明德，勾结逆党，图谋叛乱，予以收监！带走——

众衙差　（齐声）带走——

刘明德　你们冤枉好人！

　　　　［众衙差不由分说，把刘明德捆起带下。

刘明德　冤枉啊——

　　　　［切光。

第四场　救郎

［前演区光起，北风凛冽。杨翠喜上。

杨翠喜　（唱【乙反中板】）

　　　　北风紧，西风狂，祸从天降。

　　　　世道险，人心恶，丧尽天良！

　　　　可恨我，一念之间，令他蒙冤受枉。

　　　　可怜他，一片情意，换来铁锁银铛。（转【二簧滚花】）

　　　　今夜我虎穴龙潭也敢闯！（圆场）

［光全起，杨翠喜已来到衙门后庭，门口站了个衙差。

衙　差　呔！来者何人？

杨翠喜　我是大观园的杨翠喜，要见总办大人，劳烦差哥通报一下。

衙　差　总办大人已睡下，不见客。

［段芝贵上。

段芝贵　（笑）呵呵！杨姑娘，你来了？

［段芝贵挥挥手，衙差退一旁。

段芝贵　杨姑娘连夜来访，有何贵干？

杨翠喜　翠喜来求段大人，放了刘明德。

段芝贵　昨天，段某抬金抬银，有人都不给面子。今日杨姑娘吉手（空手）而来……

杨翠喜　大人请看——（递上张银票）

段芝贵　（拿过，瞄了一眼）喊！二百两银子，打发叫花子呀？

杨翠喜　虽说不多，却是翠喜积攒多年的赎身钱。

段芝贵　这么说来，杨姑娘不打算赎身了？

杨翠喜　只要明德能够平安出来，哪怕——（唱【七字清】）

　　　　寄身戏院廿年长，

　　　　且作欢颜日日唱。

段芝贵　杨姑娘，刘家的票号，替革命党从海外走款回来，这可是死罪的哦！

杨翠喜　客户的款项从何而来，又流向何方，钱庄票号如何过问？

段芝贵　那就递解上京，让朝廷来过问吧！

杨翠喜　段大人，你这是在挟私报复！

段芝贵　哈哈！杨姑娘明白就好。只要你嫁给贝勒爷，那个姓刘的小子，就可以出来。钱，没用！（递还银票）

杨翠喜　（想了想）要我嫁给入王府，可以！但你必须先放人。

段芝贵　（指着自己的脑袋）你以为我段某人这里边，装的是猪脑子么？我这边放了人，你那边跑了人。（唱【二流】）
　　　　　　天大的罪责，
　　　　　　我怎来担当？

杨翠喜　在天津地界——（接唱）
　　　　　　谁逃得出段大人，
　　　　　　你的如来神掌？

段芝贵　（冷笑）嘿嘿，就怕你——（接唱）
　　　　　　横梁来吊死，
　　　　　　撞死在南墙！

杨翠喜　（唱【新腔二簧】）
　　　　　　死了我——
　　　　　　你把我人头递京领赏。

　　　　　死了我——

　　　　　你把我骸骨送府报丧。

　　　　　死了我——

　　　　　一片孤魂八方游荡。

　　　　　去做他庆王府夜半的吊影、把门的厉鬼、阴司的偏房！

段芝贵　（晦气）我呸呸呸！

杨翠喜　堂堂的天津卫巡警局，原来连一个小女子也看不住！

段芝贵　少来这一套！（想了想）要不这样，你什么时候住进我的总办衙门，我就什么时候放人。

杨翠喜　我为什么要住进你的衙门？

段芝贵　等王府送来的吉日。

杨翠喜　在你的衙门里，谁来陪我唱曲？

段芝贵　（一脸坏笑）段哥哥来陪你嘛……

杨翠喜　你懂么？

段芝贵　段哥哥不但懂唱曲，还在租界跟洋人学过跳舞。（扭起腰身）"嘣喳喳——嘣喳喳——"

　　　　[段芝贵淫笑着，两手搭在杨翠喜的腰间。

杨翠喜　（冷静地）我住了进来，你就放人？

段芝贵　（得寸进尺，伸手摸杨翠喜的脸蛋）就看今天晚上，你让段哥哥舒不舒服……

　　　　[猛然间，杨翠喜"啪——"的一个大耳光，抽在段芝贵的脸上。

段芝贵　（猝不及防，被打得晕头转向）你……你……你……

杨翠喜　（怒斥）这样，你就舒服了吧？（唱【快慢板】）

　　　　　在戏楼，玉洁冰清，凭心浅唱。

　　　　　出淤泥，迎风顶雨，见惯炎凉。（转【七字清】）

　　　　　素心报刘郎求见谅。

　　　　　浊身卖权贵自哀伤。（转【滚花】）

　　　　　荆棘一身敢去刺魔掌！

段芝贵　（恼羞成怒）来人——来人哪——

　　　　[吴捕头和衙差上前。

吴捕头　大人，有何吩咐？

段芝贵　把这个贱人关进大牢！

吴捕头　关进大牢？

段芝贵　关！关！关！

杨翠喜　（凛然。唱【王姑娘算命】）

　　　　　　我来将真情赎罪状，

　　　　　　生死相见最心伤。

　　　　　　来将心曲向君诉，

　　　　　　去共拒虎狼。

　　　　　　今宵月冷，

　　　　　　我敢入大牢见刘郎！

吴捕头　（悄声）大人，这杨翠喜还送京城吗？

段芝贵　送又如何？不送又如何？

吴捕头　如果还送的话，这大牢一关，就不妥了。

段芝贵　怎么就不妥了？

吴捕头　将来贝勒爷要是知道他的老婆在天津大牢里关过，到时大人你说得清楚吗？

段芝贵　（一拍脑门）哎呀——你看我这猪脑子，差点就坏了大事！（故意大声地）吴捕头呀，杨姑娘眼看就要成为振贝勒的第九房夫人，这也算是皇亲了吧？

吴捕头　算！当然算！

段芝贵　你把杨姑娘送回去，再派几个弟兄——（唱【滚花】）

　　　　　　给我守着护着杨姑娘！

吴捕头　嗻！

　　［吴捕头和衙差把杨翠喜带下。

段芝贵　哼！（接唱）

　　　　　　我且布下天罗与地网，

　　　　　　不让你走佬（跑路）与撞墙！

　　［切光。

第五场　起解

[天津巡警局衙门前，停着一驾马车。

[杨翠喜内唱【二簧首板】

　　　悲欲绝，恨难填，离家远嫁——

[杨翠喜着粉红嫁衣上，只见悲切，不见喜庆。翠萍随上。

杨翠喜　（唱【老鼠尾】）

　　　不信命是天注定，

　　　不信命运被人去随意无情踏脚下，

　　　偏偏教我看尽尘世狂风落繁花。

　　　真爱付东流，

　　　嗟叹逝水年华。

　　　相爱亦艰难，

　　　心语难诉琵琶。

　　　此番使到刘郎入牢受凶灾，

　　　唯望佢把凶化。（转【反线二簧】）

　　　今日我一身绫罗绸缎，

　　　自簪钿花。

　　　不见姐妹送嫁，

　　　不见迎新夫家，

　　　一驾官车，两匹瘦马。（转【秋江别中段】）

　　　最心酸，最心酸，

　　　又让我心似乱麻。

　　　曾换上戏装得声价，

　　　今朝我洗去了铅华。

　　　曾弹唱笙曲斥奸霸，

　　　罡风最怕横吹，

　　　更那堪去将春意化。

　　　空嗟望，

　　　刘郎伴我为爱抗争困身在府衙。（转【反线中板】）

　　　说什么迎风顶雨出污泥，

剧 作　247

>却原来日月天地无光华。
>
>说什么虎穴龙潭我敢闯，
>
>却原来自醉痴人说梦话。（转【魂断蓝桥】）
>
>人去杳杳关山路远，
>
>千里难望见家。
>
>心里相牵阿妹，
>
>夜半风冷谁来缝褂？
>
>心里相思着他，
>
>醒了泪落似花。
>
>低诉心曲数声，
>
>调韵不变，情义无价。
>
>妹妹，姐姐这就要去了，你一个人在家，要……（哽咽）

翠　萍　（悲戚，唱【二簧滚花】）

>姐姐不在，
>
>翠萍已无家……

［衙门里，段芝贵、吴捕头和两个衙差押着形容憔悴的刘明德出来。

翠　萍　（悄声地）姐姐，他们出来了——

刘明德　（唱【七字清】）

>一陷樊笼遭鞭打，
>
>身披锁链颈戴枷。
>
>糊里糊涂被弄耍，
>
>不明不白放回家。

杨翠喜　（愠怒）段大人，把他身上那副东西下了！

段芝贵　（对左右）下了下了——

［衙差将刘明德身上的枷锁解下。

杨翠喜　（呼叫）刘郎——

刘明德　翠喜——

［两人泪眼相拥。

［方元衣衫褴褛地上，站在一边。

段芝贵　杨姑娘，我段某人说话算数，你这边进京，我这边放人！

刘明德　（不解）她进京，你放人？

段芝贵 （作态）哦,是这样的刘先生:你犯的事嘛,灭族不足,砍头有余!杨姑娘为救你,答应嫁给庆王府的振贝勒。今日是庆王府迎亲的大喜日子,杨姑娘进京,你自然就出来了。

刘明德 （惊愕）翠喜,这是真的么?

杨翠喜 （痛苦地）就算是吧……

刘明德 你救明德出牢笼,谁人又能救你出火坑呢……

杨翠喜 刘郎呀——（唱【十字中板】）

　　从今后,你不要,将翠喜姑娘牵挂。

　　从今后,我入王府,去享富贵荣华。

刘明德 （伤心欲绝,唱【乙反中板】）

　　从此遥望天京,

　　如血残阳,

　　无言西下。

剧作　249

> 深苑重门,
>
> 生离死别,
>
> 魂断京华。
>
> 说什么无牵挂,
>
> 说什么享荣华,
>
> 句句听来是违心说话。
>
> 侯门纵使有富贵,
>
> 怎比得夫妻恩爱饮粗茶。

方　元　（上前）公子——

刘明德　（惊讶）方元叔，你怎成了这般模样？

方　元　（拭泪）公子呀———（唱【二流】）

> 无端飞来祸一场,
>
> 官府衙门来压榨。
>
> 你入大牢半个月,
>
> 来回七次被抄家。
>
> 如今，只剩下这支洞箫……

刘明德　（接过）洞箫……

杨翠喜　（含泪）刘郎呀，我还有一事相托。

刘明德　你说吧。

杨翠喜　翠萍妹妹三岁没了爹娘，与我相依为命，如今……

刘明德　我会照顾好她，你就放心吧。

翠　萍　（拭泪）姐姐……

段芝贵　（催促）杨姑娘，上车吧，王府里已经摆好了筵席，请好了宾客，急着呢。

杨翠喜　（从怀里掏出一张银票）刘郎，这二百两银子，是我这几年攒下的赎身钱，（凄然一笑）如今看来已经用不上了。你拿着它，回老家南方去吧。

刘明德　（接过银票）回老家南方？

杨翠喜　（唱【快中板】）

> 北洋地盘多恶霸,
>
> 南方或可立身家。
>
> 小鬼阎王我不怕,
>
> 奈何桥上笑拈花。

刘明德　（昂然）翠喜休怕，纵然粉身碎骨，明德也要救你出火坑！

段芝贵　（不以为然）喊！北京城里头，连瞿鸿禨瞿老头那么大的官，都不敢公然与贝勒爷作对。就你？！（冷笑）

刘明德　（一怔）瞿鸿禨？

段芝贵　对！堂堂的军机大臣、协办大学士瞿鸿禨，都怕我们的振贝勒。鸡蛋碰石头，有胆你就去碰吧！

刘明德　（想了想）我、我就要去碰！

杨翠喜　刘郎，不要……

刘明德　翠喜……

杨翠喜　翠喜要听你再吹弹一曲《杨翠喜》……

〔刘明德拿出洞箫，吹奏起《杨翠喜》，箫声凄怨……

段芝贵　（一挥手）走——

〔杨翠喜一低首，掩泪上官车。众衙差簇拥着官车，下。

翠　萍　姐姐——

〔箫声变得激越……

〔渐收光。

第六场　求救

〔北京，瞿府。二更时分，方元背着简单的行装上。

方　元　（念诗）
　　　　　　风尘一路过府州，
　　　　　　两眼望尽几多楼。
　　　　　　当日喧声入华宅，
　　　　　　今夜二更敲门头。
　　　（敲门，轻唤）罗先生——罗先生——
　　　〔瞿府罗管家开院门。

罗管家　（作礼）哟！方兄，昨天才收到你托人捎来的信，今天你可就来了？

方　元　事情紧急，就赶着来了。

罗管家　方兄，中堂大人轻易不见生人，我说府中账务，多年来都是由你们华鑫

	票号刘老板从中协助处理,他才答应见你们少东主一面。
方　元	如此,多谢罗先生。
罗管家	你家少东主呢?
方　元	(向里叫)明德,上来见过罗世伯。

　　［刘明德上。

刘明德	(作礼)见过罗世伯——
罗管家	免礼免礼!快些进来。(把二人请入院门)
刘明德	小侄家遭厄运,还望罗世伯帮忙伸张。
罗管家	中堂大人重情念旧,但你家的事情,他能帮到什么份上,这我可就说不准了。
刘明德	(递过银票,歉意地)家宅被查抄多次,实在拿不出像样的礼物。这二百两银子,权作见面之礼,请罗世伯笑纳。
罗管家	(并不推辞)这么说,就显得生分了。
方　元	少东主说一定要进京城,面见瞿中堂瞿大人,去搭救那个杨姑娘。唉!这又谈何容易?小弟想起,老东家当年与罗先生也曾有过来往,所以进京而来,求罗先生帮忙引见。
罗管家	刘老板与我也算多年交情,能帮得上忙,自然会帮。(收起银票)我们走吧——

　　［到了瞿鸿禨的书房,罗管家门外传话。

罗管家	老爷,天津的刘先生来了。

　　［里面瞿鸿禨的声音:"叫他进来吧。"

罗管家	是,老爷!(对刘明德)刘先生,请吧——
刘明德	多谢罗世伯。

　　［方元、罗管家退下。刘明德进屋。
　　［一间摆设考究的书房,瞿鸿禨身着在家常服,正在读书。

刘明德	(上前,作礼)草民刘明德,拜见中堂大人!
瞿鸿禨	(放下书)刘先生不必多礼!坐吧。
刘明德	谢大人!
瞿鸿禨	刘先生到京城来,所为何事?
刘明德	回大人:草民刘明德,与天津大观园红伶杨翠喜相亲相爱。月前庆王府贝勒爷载振路过天津,看上了翠喜姑娘,要纳作第九房侧室,翠喜姑娘

宁死不从。巡警局就诬陷我一个"暗通南方革命党"的罪名，把我锁进大牢，以此胁逼翠喜姑娘。

瞿鸿禨 （暗惊）这个载振，在天津还闹出这般欺男霸女的事来？那你又是如何脱的身？

刘明德 翠喜姑娘为救我，只有屈从，嫁入了王府。

瞿鸿禨 她杨翠喜为救你，屈从了载振。而你为救她杨翠喜，千里迢迢入京来求老夫？

刘明德 是的，大人。

瞿鸿禨 （不无感慨）世间男女——（唱【滚花】）

　　　似这般意厚情深，

　　　也算是难得少有。

刘明德 天津巡警局总办段芝贵，是袁世凯的干儿子，在天津可谓是一手遮天。（接唱）

　　　我们无门投告，

　　　才到京城向大人禀明因由。

瞿鸿禨 （一惊，追问）总办段芝贵？

刘明德 对，就是那个巡警局总办段芝贵。

瞿鸿禨 你又怎知他是袁世凯的干儿子？

刘明德 在天津卫，路人皆知。

瞿鸿禨 哦……（不动声色）刘先生，这事牵涉甚广，袁世凯这个北洋魁首，有刀又有枪，又是庆王府背后国戚王侯，有权又有势，恐怕不好办呀。

刘明德 大人哪——（唱【十字中板】）

　　　说什么，有刀有枪，北洋魁首。

　　　说什么，有权有势，国戚王侯。

　　　我坚信，有朗朗乾坤，澄明宇宙。

　　　我坚信，有昭昭日月，风正九州！

明德求中堂大人主持正义，救救翠喜姑娘吧——

瞿鸿禨 既然如此，那我就试试看吧。（端起茶杯要送客的样子）

刘明德 谢大人！草民告辞了——（下）

〔刘明德一退，瞿鸿禨激动得在书房中转来转去。

瞿鸿禨 （叫）来人——

罗管家　（急上）老爷。

瞿鸿禨　快快给我去请赵御史赵启霖大人！

罗管家　是，老爷！（下）

瞿鸿禨　（自语）载振呀载振，没想到你也会栽在我手里！（唱【中板】）

　　　　正想畅怀有人举美酒，

　　　　正想睡觉他又送枕头。

　　　　不怕你爹是王亲贵胄，

　　　　我也要你变作阶下囚！

　　　　哈哈——

　　　　[赵启霖急上。

赵启霖　（作礼）卑职参见中堂大人！

瞿鸿禨　芷荪呀，事关重大，我们就开门见山吧。

赵启霖　大人明示。

瞿鸿禨　前些日子，太后派载振出关考察——（唱【滚花】）

　　　　你不是耿耿于怀，

　　　　想要参他一本？

赵启霖　学生近日收到各地密报——（唱【十字清】）

　　　　载振他出东北一路卖官，

　　　　将银票一摞摞揣回驿馆。

　　　　乱政纲枉王法将朝廷欺瞒，

　　　　恨只恨无真凭参他一本！

瞿鸿禨　（唱【滚花】）

　　　　他还欺男霸女，

　　　　强夺红颜为贪欢。

赵启霖　（一惊）可有证据？

瞿鸿禨　（并不正面回答）载振从关外回来，东北三省四缺的拟任名单，已经报到军机处。

赵启霖　（急问）都是些什么人？

瞿鸿禨　总督徐世昌，奉天巡抚唐绍仪，吉林巡抚朱家宝，黑龙江巡抚段芝贵。

赵启霖　这前边三个，都是北洋的人，至于这个段芝贵嘛……

瞿鸿禨　我也是直到今日才知道，此人是袁世凯的干儿子。

赵启霖 （气愤）如此一来，东北三省岂不成了袁氏天下？太后知道，还不给气炸？

瞿鸿禨 从表册上看，这个段芝贵，前些年捐了个候补道员，以五品衔署天津卫巡警局总办。

赵启霖 （怒骂）岂有此理！一个五品候补道员，却要出任二品巡抚？

瞿鸿禨 载振从关外回来，在天津看上了个叫杨翠喜的名伶。正是这个段芝贵，把人抢来送入庆王府，换来了这个黑龙江巡抚。

赵启霖 啊……戏子居然可以换巡抚？！学生这就回去写奏章，明天早朝参他！（欲下）

瞿鸿禨 且慢！我们再等几天。

赵启霖 （不解）还等？

瞿鸿禨 （深思熟虑）等这三省四缺的诏书颁布天下，我们再给他来个致命一击。

赵启霖 （点头）对！太后已年过七旬，百年之后，若然这载振继承了大统——（唱【滚花】）

　　你我二人，

　　恐怕要三司受判！

瞿鸿禨 （接唱）

　　恐怕还要株连九族，

　　抄斩满门。

赵启霖 于公于私，都必须扳倒这个载振！（接唱）

　　趁他羽翼未丰，

　　打散他的猪朋狗伴！

瞿鸿禨 （有点不忍，接唱）

　　恐怕苦了那个杨翠喜，

　　令她命丧豪门。

赵启霖 这，就看她自己的造化了。

　　［切光。

第七场　杀埠

[上场几天后，庆王府。载振在客厅，急得像个热锅上的蚂蚁。

段芝贵　（急上，有点喜不自禁的样子，唱【四不正】）

忽闻传声天开眼，

急急脚入府过玉栏。

内心苦相盼，

听了谕旨笑着还。

（入客厅，见到载振，作礼）卑职叩见贝勒爷！

载　振　（明知故问）你小子还没回天津？

段芝贵　贝勒爷您曾吩咐，叫卑职在京城待几天，接了朝廷的圣谕再回去。是不是……

载　振　朝廷圣谕已经下来了。

段芝贵　（大喜）啊？！（要跪）谢贝勒爷……

载　振　（气急败坏）谢个屁！有人把杨翠喜的事捅给了老佛爷。

段芝贵　（一时大惊，没收住身体，趴在了地上）啊？

载　振　老佛爷震怒，派出钦差，正在彻查！（骂）看你小子给我弄的烂事！

段芝贵　（爬起）那我的二品巡抚……

载　振　我的"大阿哥"都给查没了，你还巡抚？能保你条小命就不错了！

段芝贵　（惊慌失措）那……那我们现在该怎么办？

载　振　马上把杨翠喜送回天津。（懊恼）他奶奶的，进了王府七天，不吃不喝，要死要活。

段芝贵　喳——

载　振　（狠狠地）送回了天津，再设个局，让她死得不明不白，无从查起！

段芝贵　喳——

载　振　要快，把事情办在钦差的前头！

段芝贵　喳——

[暗转。

[月夜。刘明德挽着杨翠喜急上，圆场。

杨翠喜　（唱【快二流】）

一步一险一艰难，

> 走过急流与深涧。

刘明德 （接唱）

> 月冷风清乌云过，
> 虎穴龙潭信手攀。

杨翠喜 （接唱）

> 终得又见心上人，
> 仿如隔世泪盈眼。

刘明德 （接唱）

> 终得又执玉人手，
> 且把苦泪笑抛弹。
>
> 翠喜，天快亮了，我们走快些——（转【流水南音】）
> 该已是逃出生天，
> 河中冰凌已消散。

杨翠喜 （接唱）

> 明日桃花人面，
> 倒映绿水山间。

刘明德 （接唱）

> 人说二月早春，
> 粉蝶蜂儿还懒。

杨翠喜 （接唱）

> 鱼儿跳出水面，
> 自由穿梭波澜。

[两人继续圆场。到了天津码头。

刘明德 翠喜，我们就在这码头等去南方的船。等上了船，我们就自由了。

杨翠喜 （无限憧憬）啊?！自由——

刘明德 对，自由！（唱【天上人间】）

> 鹏鹰高飞，
> 云中翻飞，
> 蓝天多宽广。
> 鱼虾嬉戏，
> 澜波穿梭，

　　　　　　　河中多欢畅。

杨翠喜　（接唱）

　　　　　　　又值春暖花开，
　　　　　　　再见收成在望，
　　　　　　　自由是天性，
　　　　　　　万里好风光。

刘明德　（接唱）

　　　　　　　我最爱风儿飘洒——

杨翠喜　（接唱）

　　　　　　　我更爱波涛荡漾——

两　人　（合唱）

　　　　　　　自由最珍贵，
　　　　　　　人人向往。

杨翠喜　（接唱）

　　　　　　　我爱花儿锦绣——

刘明德　（接唱）

　　　　　　　我更爱春情万象——

两　人　（合唱）

　　　　　　　樊笼会冲破，
　　　　　　　争看春花放。

　　　　　〔码头有两个人快步走来，近了一看，是方元和翠萍。

方　元　（迎上，急切地）杨姑娘，公子——
翠　萍　（扑到杨翠喜怀里，哭泣）姐姐，你终于回来了……
杨翠喜　（落泪）妹妹——
刘明德　方元叔，船来了。
　　　　　〔有船家把船摇了过来。
方　元　公子陪杨姑娘快快上船！
　　　　　〔船舱里突然冒出几个头戴艄公帽、手拿朴刀的人，领头的正是吴捕头。
杨翠喜　（一惊，转而镇定地）你们是什么人？
吴捕头　（冷冷地）送你们去喂鱼的人！（对左右）把她扔下河去！
　　　　　〔话音未落，吴捕头一扬手，一把生石灰掷向杨翠喜，刘明德挺身相挡，

　　　　　两人"啊——"的一声惨叫，都捂住了自己受伤的眼睛。

　　　　[众衙差正要捉拿杨翠喜，几个身穿黄马褂、手里也提着朴刀的人追了上来。

方　元　（不明就里，以为遇到救星，大叫）壮士，救人——

　　　　[两边的人略一迟疑，然后一声不吭就举刀砍向对方。

　　　　[双方打得难分难解，方元拖着刘明德，翠萍拉着杨翠喜，两边分头逃脱。

　　　　[衙差毕竟不敌黄马褂，几个回合就被打得七零八落。

　　　　[领头的黄马褂一脚踢翻吴捕头，刀架在吴捕头的脖子上。

黄马褂　（骂）大爷我好不容易才追到这，我叫你救？！

吴捕头　（不解）救？（醒悟，大叫）我没救！

黄马褂　没救？你说你没救？

吴捕头　没救！

黄马褂　（也醒悟）那你们是什么人？

吴捕头　（嘴硬）你又是什么人？

黄马褂　（骂）瞎了你的狗眼！看清楚了，爷是宫里的黄马褂！

吴捕头　在下斗胆问一句，大爷为何追来？

黄马褂　彻查东北卖官案，缉拿人证杨翠喜！说，你们是什么人？

吴捕头　说不得！

黄马褂　不说杀了你！（说完，用力一压大刀片）

吴捕头　（吓坏）大爷饶命！我们是天津巡警局的。

黄马褂　巡警局的？来此做什么？

吴捕头　奉命在此捕杀杨翠喜。

黄马褂　（明白过来，气炸）呀呀呸——

　　　　[黄马褂用力一抽大刀片，吴捕头命绝。

黄马褂　给我追——

　　　　[众黄马褂追下。

　　　　[切光。

尾　声

　　［若干年后，已改朝换代。天津街头。

　　［一个戴小墨镜、挂着"盲公竹"的女瞎子上，只见她挂起了个"赛翠喜"的幌子，摆开了摊子，拉起胡琴，准备卖唱。

　　［没人知道，这女瞎子就是当年红遍天津卫的杨翠喜。

杨翠喜　（唱《杨翠喜》）

　　　　　缤纷蝶舞化春冰，

　　　　　弦上有声低唱亡和兴，

　　　　　春花怎说前朝盛？

　　　　　东风怎扫前尘净？

　　　　　莫再埋怨匆匆岁月脚步轻轻，

　　　　　风花雪月来赋咏。

　　　　　今日又临贵埠地界，

　　　　　新曲君请听。

　　［不远处蹒跚走来一个也戴着墨镜、挂着"盲公竹"的瞎眼男乞丐，当他听到这优美、忧伤的旋律，有如触电，循着歌声疾步走过来。这个瞎眼乞丐，就是刘明德。

　　［正在这时，一队官兵鸣锣开道走过来，刘明德无奈避让。官兵打头的正是段芝贵，他与其他官兵一样，戴西式大盖帽，穿北洋军服，后脑勺已经没了长辫子。

段芝贵　（叫嚷）"中华帝国洪宪皇帝"明天巡幸天津，各家商号，照常开铺！闲杂人等，无事回避——

　　［段芝贵看到街边"赛翠喜"的幌子，扯了下来。

段芝贵　（骂）杨翠喜早死了！一个瞎眼婆娘，还"赛翠喜"？给我滚——（把幌子扔地上）

　　［官兵行过，杨翠喜摸索着捡起幌子，默默地又挂了起来，继续拉奏《杨翠喜》过序。

　　［刘明德摸索着，一步一颤地走近，用挂在脖子上的那支洞箫吹奏，与杨翠喜一起合奏《杨翠喜》乐曲的过序。

　　［听到这魂牵梦绕的箫声，杨翠喜浑身为之颤抖。

杨翠喜　刘郎？（哭叫）刘郎——

刘明德　（歇斯底里地大叫）翠——喜——

杨翠喜　刘郎呀——

　　　　　〔两人同时甩掉手中的乐器，火星撞地球般冲向对方，拥抱在一起。

杨翠喜　（撕心裂肺）刘郎……是你吗？刘郎……是你吗？！

刘明德　（声嘶力竭）是我呀……翠喜，是我呀！

杨翠喜　（两手在摸刘明德的脸）刘郎……你看见我了吗？你看见我了吗？！

刘明德　我看见你了！我看见你了！我看见了你呀翠喜……

杨翠喜　我也看见你了……我也看见你了……

　　　　　〔两人如石雕般紧紧拥抱在一起，不分不离。

　　　　　〔幕后响起男女声大和唱《杨翠喜》第二段：

　　　　　　　今世姻缘前世定，

　　　　　　　转世相逢还再认，

剧作　261

天性自由任我去驱骋——
　　黑眼看天亦光明,
　　个天朗朗晴!
　　无须怨天怨地怨命不应,
　　天高海阔明月净。
　　生死伴随度百年,
　　落花随浪去,远山青……(歌声渐弱)
[渐收光。剧终。

(本剧2016年7月21日由广东粤剧院首演,李钰淇饰演杨翠喜,苏临轩饰演刘明德)

粤剧

初 心

主要人物

叶　挺　30岁，字希夷，广东惠阳人，北伐时任国民革命军第四军独立团团长，后任南昌起义前敌总指挥、广州起义军事总指挥兼工农红军总司令。

张发奎　30岁，字向华，广东始兴人，北伐时任国民革命军第四军第十二师师长，后任第四军军长兼第二方面军总指挥，返粤后任国民党广州政治分会主席。

薛　岳　30岁，字伯陵，广东乐昌人，北伐时任国民革命军第一军第三团团长，后任国民党新编第二师师长。

李秀文　19岁，叶挺夫人。

赵汉明　25岁，独立团警卫连连长。

九　妹　17岁，独立团卫生兵，赵汉明的恋人，牺牲于粤东战场。

老　杨　年近五十，中共广东区委特别联络员。

德　叔　50多岁，独立团辎重队马夫，九妹的父亲。

钊　仔　16岁，独立团辎重队战士，当兵前是德叔的徒弟。

北伐军、南昌起义和广州起义部队将士、工人赤卫队员等。

序　幕

［1922年6月16日，广州城观音山下。

［枪声大作，炮火轰鸣，硝烟弥漫，喊杀声一片。

［叶挺带着两名战士冲上。

叶　挺　（唱【首板】）

　　　　枪声起，炮声隆，敌兵重重围困！

［张发奎、薛岳各带两个士兵冲上。

叶　挺　（急念【口鼓】）
　　　　　　　　向华兄，陈炯明叛变，
　　　　　　　　两万叛军围攻总统府，
　　　　　　　　声称要捉拿中山先生和夫人！

张发奎　（接念）
　　　　　　　　我们誓死保护先生和夫人，
　　　　　　　　不惧生死、冲破敌阵！

薛　岳　（接念）
　　　　　　　　警卫部队不过千余人马，
　　　　　　　　怎破他两万叛军？！
　　　　　〔三人走到一起。

叶　挺　（接念）
　　　　　　　　顶住枪林弹雨往前冲，
　　　　　　　　是生是死无须问！

张发奎　对！我的三营为前锋——

叶　挺　我的二营负责殿后——

薛　岳　（着急）向华兄，那我的一营呢？

张发奎　一营保护夫人，跟在我的后面，冲出去！

薛　岳　明白！

三　人　（合唱【快滚花】）
　　　　　　　　兄弟三人齐勠力，
　　　　　　　　同心保护先生和夫人——
　　　　　〔敌兵拥上来，叶挺迎敌，张、薛二人急下。
　　　　　〔叶挺率部与敌人展开厮杀。在搏斗中，几个敌兵举枪瞄准叶挺，被复上的张、薛发现，张发奎挺身而出掩住叶挺，腿部中枪倒地。

叶　挺　大哥！

薛　岳　大哥！
　　　　　〔张发奎欲起却没力起来。

张发奎　两位兄弟，看来我是走不动了，夫人虽然已突围，但仍须保护，你们快去——

叶　挺　大哥，我背你走！

张发奎　不行，这样咱们谁也走不了啊！

　　　　［薛岳果断一掌将张发奎击晕。

薛　岳　希夷，你来背大哥，我来掩护！

叶　挺　好！

　　　　［叶挺背起张发奎，薛岳掩护，三人杀出重围。

　　　　［幕后唱【新曲】

　　　　　　叫一声大哥——

　　　　　　披上战袍我们去把楼兰破！

　　　　　　叫一声大哥——

　　　　　　记住我们的誓盟，

　　　　　　还有曾经的当初……

　　　　［渐收光。

第一场　花烛夜

　　　　［1926年春，广东肇庆，西江边。

　　　　［迎亲路上，远处传来唢呐声声，马夫德叔上。

德　叔　（向内大声喊叫）兄弟们——

众　人　德叔。

德　叔　接新娘子咯——

众　人　欸！

　　　　［在一片喜庆热闹气氛之中，钊仔等几个官兵抬着大红花轿上。

　　　　［花轿里坐着穿了大红嫁衣的李秀文。

钊　仔　（气喘吁吁）德叔，你走慢点……

德　叔　慢？人家新郎官在等着拜堂呢！

钊　仔　你拿着支嘀嗒（唢呐）当然轻松啦，我们兄弟还抬着个新娘子呢……

众　人　对啊！

德　叔　新娘子有多重？重得过枪支弹药吗？

众　人　（唱【板眼】）

　　　　　　西江水，水行舟，

　　　　　　　行到肇庆上码头。
　　　　　　　抬着个新娘往谁家走？
德　叔（接唱）
　　　　　　　谁个派来兵仔接娇羞？
众　人（接唱）
　　　　　　　谁个请来马夫做吹打手？
德　叔（接唱）
　　　　　　　谁家的公子今晚鸳鸯并头？
众　人（接唱）
　　　　　　　杀猪宰羊摆喜酒，
　　　　　　　痛痛快快醉未休。
　　　　　　　大碗肉来大碗酒，
　　　　　　　我们的团长今晚结鸾俦。
　　〔德叔把唢呐吹得震天响，众人圆场。轿子里的李秀文随着轿子的节奏快步圆场。
钊　仔（向轿内）新娘子坐好，我们就要入营门了。
　　〔新娘子李秀文掀起半边红盖头向外望。
众　人　哇，好漂亮啊！
李秀文（唱【阳关三叠】）
　　　　　　　怎么是兵哥为我抬花轿？
　　　　　　　怎么是来到营中对春宵？
　　　　　　　只因为相知相爱人年少，
　　　　　　　两情感召，
　　　　　　　只听得江涛奔涌，
　　　　　　　思念如潮。
　　　　　　　爱他情怀家国，
　　　　　　　凌云志高冲汉霄。
　　　　　　　情托伟男儿，
　　　　　　　曾经几多欢笑！
　　　　　　　雁鸿寄调，
　　　　　　　只听得江涛奔涌，

思念如潮。

德　叔　（大声地）兄弟们——

众　人　德叔——

德　叔　我们就到营门了，大家跑起来。

众　人　跑起来。

　　　　　［唢呐声声，众人快步圆场，下。

　　　　　［景暗转，独立团团部，墙上挂着作战地图等物，一边是原叶挺卧房改成的新房，贴了个大红"囍"字。叶挺内唱【首板】："军营作新房，红烛高照——"

叶　挺　（上。唱【春风得意】）

　　　　　　与秀文她今晚渡鹊桥。

　　　　　　共她情爱，

　　　　　　走过雨打风飘。

　　　　　　人年少不怕路遥，

　　　　　　红烛映照明娆。（转【七字清】）

　　　　　　此时此刻我半是心焦，

　　　　　　只因为军情渐趋紧要，

　　　　　　良辰日早择定难取消。

　　　　　　幸亏秀文与我同声同调，

　　　　　　在军营办婚礼也算新式风潮。

　　　　　［赵汉明带着教书先生模样的老杨急上。

赵汉明　报告团长，老杨说他还有话要同你讲。

老　杨　（有点焦急）叶挺同志……

叶　挺　老杨同志，你还有话要和我讲？

老　杨　今天我和恩来同志专程赶来肇庆，并不仅仅是参加你的婚礼，还有更为重要的任务。

叶　挺　哦，那我还是出去当面向恩来同志请示。（欲出去）

老　杨　（阻拦）恩来同志被那几个军官拦着喝酒，外面人多口杂，他要我进来单独向你宣布任务。

　　　　　［叶挺示意汉明下去。

赵汉明　明白。（下）

叶　挺　组织上有什么重要任务？

老　杨　（念【口鼓】）
　　　　　　在我党的支持下，
　　　　　　广州国民政府决定北伐出征，
　　　　　　并由你部为先遣。

叶　挺　（激动地）太好了！（接念）
　　　　　　独立团已做好准备，
　　　　　　终于等来这一天！

老　杨　（接念）
　　　　　　你部和党的联络已经搭建，
　　　　　　中央任命我为特别联络员！

叶　挺　好！

　　　　［正在这时，幕后传来一阵嘈杂之声。赵汉明："张长官、薛团长，我们叶团长有客人，容我通报一下……"薛岳："通什么报？进去——"
　　　　［说话间，张发奎、薛岳带着个卫兵进来，赵汉明跟在后面，一副焦急无奈的样子。

薛　岳　（远远地，笑骂）好你个叶挺！结婚如此大事，连周主任都来喝喜酒了，都不请弟兄们来喝一杯？

张发奎　就是！

叶　挺　（笑着迎上）不请，你们不也来了吗？

张发奎　我们不请自来！

　　　　［三人拳头扣在一起，来一个三人之间独有的"见面礼"。

张发奎　希夷老弟，那么久不见，越来越有精神哦。

叶　挺　（打量张发奎）你当了师长，不也发福了吗？如果陈炯明叛变那晚，你是现在这个样子，我就背不动你了。

张发奎　你别忘记，当时是谁帮你挡了子弹。

　　　　［三人哈哈大笑。

张发奎　（发现老杨）这位是……

叶　挺　（机智地）是我夫人娘家送嫁的大表哥。赵汉明，带大表哥去伙房吃饭。

赵汉明　是！（带着老杨急下）

叶　挺　来，（玩笑地）我们喝茶。

薛　岳　饮茶？周主任、大表哥都去吃饭喝酒了，我们喝茶？

叶　挺　（反问）两位今天两手空空，是来喝喜酒的吗？

张发奎　（正式地）我们虽然两手空空，但我们给你带来一份大礼。

叶　挺　大礼？

张发奎　（肃立，宣告）国民政府北伐出征命令——

〔众人肃立，张发奎从卫兵手里拿过命令。

张发奎　（唱【十字清】）

　　　　　我专程，带了来，最新命令：
　　　　　独立团，三天后，北伐出征。
　　　　　你部为，先遣团，先离粤境。
　　　　　入湖南，去解唐生智，岌岌危情。

薛　岳　（唱【滚花】）

　　　　　随后三路大军翻越南岭，
　　　　　誓将北洋军阀廓清荡平！

〔张发奎把命令交给叶挺。

叶　挺　（向张发奎敬礼，郑重地接过命令，念【口鼓】）

　　　　　国民革命军第四军独立团，
　　　　　接受出征命令！

张发奎　好！（接念）

　　　　　命令宣布完毕，
　　　　　我们还要赶去梧州协调桂系出兵。
　　　　　告辞了——

叶　挺　慢！（接念）

　　　　　且饮一碗西江醇醪，
　　　　　祝我们兄弟旗开得胜！

　　　　（向外）汉明，拿酒来——

〔赵汉明用托盘端着三碗酒上。

薛　岳　（笑）哈哈——（接念）

　　　　　终于肯把美酒犒劳弟兄！

叶　挺　（端起一碗酒，接念）

　　　　　此去征途漫漫、千里关山，

　　　　　　　饮过这碗酒兄弟战场用命！

　　　　　　[张、薛二人也端起酒碗。

张发奎　好——（唱【爽慢板】）

　　　　　　这碗酒——

　　　　　　是兄弟三人，

　　　　　　情谊见证。

薛　岳　（接唱）

　　　　　　这碗酒——

　　　　　　是十年袍泽，

　　　　　　真实证明。

叶　挺　（接唱）

　　　　　　这碗酒——

　　　　　　是壮行醇醪，

　　　　　　中原问鼎！

张发奎　（转唱【中板】）

　　　　　　想当年，

　　　　　　刘关张桃园结义，

　　　　　　一片真挚赤诚。

薛　岳　（接唱）

　　　　　　在今日，

　　　　　　张叶薛聚义西江，

　　　　　　为谋国家安定。

叶　挺　（接唱）

　　　　　　待明朝，

　　　　　　扫除了北洋军阀，

　　　　　　尽开万世太平。

三　人　（合唱）

　　　　　　哪怕明天生死未定，

　　　　　　最是铭记这份兄弟之情！

叶　挺　只要我们兄弟同心，就一定能够打倒军阀，统一中国，兴我中华！

张发奎　讲得好！今日我们兄弟三人在此盟誓，天地可鉴——

　　　　　［三人又来一个"见面礼"。

三　人　（合）打倒军阀，统一中国，兴我中华！兴我——中华——

　　　　　［三人一仰脖子把酒喝完。

张发奎　好了，我和伯陵要去梧州了。希夷弟，你部作为先遣团，一定要多加小心。

薛　岳　希夷兄，三天后部队就要出发，好好陪陪新嫂嫂吧。告辞——

叶　挺　多谢大哥、三弟！我们战场上见——

张、薛　（合）战场上见——

　　　　　［三人庄重地互敬军礼，张、薛二人同卫兵下。
　　　　　［老杨复上。

老　杨　叶挺同志，他们走了？

叶　挺　走了，他们送来了广州国民政府的北伐出征命令。（欲把命令递给老杨看）

老　杨　我刚才都听到了，独立团是我党建立的第一支革命武装，而这次北伐，又是独立团第一次出征，任重而道远啊！

叶　挺　请组织放心，独立团一定不会辜负党的信任。

老　杨　好，我们一定发动好群众，组织好工农，在后方支援你们。

叶　挺　多谢！独立团一定会打出我们的军威。

老　杨　好了，我和恩来同志要回广州城了。

叶　挺　那我出去送送恩来同志。

老　杨　走。（两人同下）

　　　　　［新房光起，李秀文内场散唱："嫁得个如意郎君——"

李秀文　（上。入【南音】）
　　　　　　　　与他共婵娟，
　　　　　　　　我在新房独坐，
　　　　　　　　大红花烛伴妆奁。
　　　　　［叶挺复上。

叶　挺　（接唱）
　　　　　　　　手拿出征令一张，
　　　　　　　　如何去见新人面？

李秀文　（接唱）
　　　　　　　　怎不见他的身影，

　　　　　　来对花烛与月圆？

叶　挺　（接唱）

　　　　　　红盖头重千钧，

　　　　　　只怕终成伯劳燕。

李秀文　（接唱）

　　　　　　但愿与君长厮守，

　　　　　　爱意更比蜜糖甜。

　　　　［思忖再三，叶挺推门进房。

叶　挺　秀文，对不起，让你等这么久。

李秀文　希夷，你……喝醉了？

叶　挺　没有。刚刚接到上头命令……

李秀文　（略意外）啊？！又要去打仗吗？

叶　挺　是的。我怕……

李秀文　（执住叶挺的手）你怕？

叶　挺　我是怕这红盖头一掀，万一回不来……

李秀文　不准你讲不吉利的话！（用叶挺的手掀开红盖头）我永远是你叶挺的妻子。

　　　　［两人拥抱，秀文看见叶挺手上的出征令。

李秀文　希夷，这是……（看到内容）啊？三天后就出发？

叶　挺　对不起，秀文，你怨我吗？

李秀文　我在怨我自己——（唱【新曲】）

　　　　　　只怨我当初不听爹娘劝，

　　　　　　只怨我为何对你情独专？

叶　挺　（愧疚）打倒了北洋军阀，我就脱下这身军装，回来好好陪你。

李秀文　脱下这身军装，你还是叶挺吗？（接唱）

　　　　　　你是七尺男儿佩刀剑，

　　　　　　谁人又能把你绑身边？

　　　　［这时，营外军号响起，红盖头掉地，二人拥抱。

　　　　［两个士兵端着折叠整齐的军装军帽，递给叶挺。

　　　　［叶挺拿着军装下，新房里只剩下李秀文。

李秀文 （接唱【新曲】）

　　　　　高飞雄鹰你在迎风展，
　　　　　万里鲲鹏你要冲云天。
　　　　　你莫负我痴心一片，
　　　　　我不忘记今日诺言。
　　　　　为你相守我无嗟无怨，
　　　　　与你相望我虽苦犹甜……

〔渐收光。

第二场　向北伐

〔静静黎明，突然响起一阵嘹亮的、激动人心的军号。
〔叶挺内唱【首板】："所向披靡过南岭——"

剧作

叶　挺　（带着个卫兵上，唱【新腔十字清】）

　　　　　　入湖广，向北伐，战鼓齐鸣。

　　　　　　独立团，作先锋，旗开得胜。

　　　　　　迎枪林，顶弹雨，终于攻下武昌城！

　　　［赵汉明带着一队士兵扛着缴获的枪支弹药等战利品过场。

　　　［李秀文风尘仆仆地上。

李秀文　（唱【七字清】）

　　　　　　一朝别离相思病，

　　　　　　两地牵挂最用情。

　　　　　　不识沿途好风景，

　　　　　　只为赶去武昌城！

　　　（见到叶挺）希夷——

叶　挺　（惊喜）秀文？终于把你等来了。（两人的手热烈地牵在一起）

李秀文　（怜惜地）希夷，你瘦了……

叶　挺　这大半年来每天都在打仗，能不瘦吗？来，让我来看看你，（叶挺打量秀文）不错，还是这么漂亮。

士　兵　师长好。

叶　挺　（见到两士兵担药）秀文，这些是……

李秀文　你在信中要我购买的急需药品，我已经在香港、澳门采办齐全。

叶　挺　多谢你，秀文！

李秀文　（嗔）那你拿什么谢我？

叶　挺　那我……（想了想）奖你一枚勋章。

李秀文　我不要什么勋章，（摇头）我只要你平安、健康就够了。

　　　［九妹带着德叔、钉仔等几个辎重队士兵挑着成箱的药品上。

九　妹　师长，这些秀文姐姐从广州带上来的药品，我们从车站接到了。

叶　挺　好！赶紧送去你们卫生队。

九　妹　秀文姐姐，我们师长昨天就已经把你安排到卫生队，同我们一起工作。

李秀文　那我们赶紧把药品送到卫生队去吧——

九　妹　秀文姐姐你跟我来。

　　　［众人挑起担子下，李秀文和跟九妹下，德叔挑着担子一起身，"哎呀——"地叫了一声，不由自主地扶着腰部。

叶　挺　（关切地）你怎么啦，德叔？

德　叔　没事没事，老毛病了，歇歇就好。

叶　挺　（对身边的卫兵）你帮德叔挑下去。

卫　兵　是。（挑起担子下）

叶　挺　这几天战事紧张，辛苦你了德叔！

德　叔　（拍了拍腰眼，念【白榄】）

　　　　　　　唔辛苦，唔辛苦！
　　　　　　　我十五岁出广州城做车夫，
　　　　　　　还跟人学会吹嘀嗒（唢呐），
　　　　　　　婚丧嫁娶都应付。
　　　　　　　那年死了老婆做鳏夫，
　　　　　　　我既当娘来又当父，
　　　　　　　养大个女儿好艰苦！
　　　　　　　参加北伐军，做了个马夫，
　　　　　　　有马赶马行，无马当挑夫，

　　　　命苦——

叶　挺　（笑了）德叔你真风趣！等将来北伐胜利，我派你去当运输大队长。

德　叔　（不以为然）到那时候，我都走不动咯！等劝回了我的女儿，我们就一起回广州。

叶　挺　你的女儿？她怎么了？

德　叔　唉，别提了！辛辛苦苦供她读了两年医科学校，还指望她将来养老送终，到头来却被人拐跑了。

叶　挺　被什么人拐跑的？

德　叔　赵汉明！

叶　挺　你是说警卫连的赵汉明？

德　叔　除了他，还有谁？

叶　挺　（恼怒）人来——

　　　　〔跑上一个士兵。

士　兵　（敬礼）师长——

叶　挺　叫你们连长赵汉明，跑步来见我！

士　兵　是——（跑下）

叶　挺　（安慰）德叔你放心，我一定为你做主。
　　　　〔赵汉明和九妹上。
赵汉明　（敬礼）报告师长！你找我？
叶　挺　（指着德叔）这位认识吗？
　　　　〔赵汉明犹豫，不应。
叶　挺　问你话呢！
赵汉明　是、是辎重队的罗绍德。
叶　挺　（严肃地）赵汉明，罗绍德现在状告你拐带他的女儿！
九　妹　（急）阿爹，你……
德　叔　阿女（女儿），听阿爹的话，跟我回家吧！
叶　挺　（错愕）阿爹？德叔，罗九妹就是你女儿？
德　叔　是啊。为了她，去年我和钊仔就追到了肇庆。但找到了也没用，她死活不愿意回家。所以，我就留在辎重队看着她。
　　　　〔叶挺终于明白了怎么回事，不觉又好气又好笑。
叶　挺　德叔，自古以来，谁会把女子拐到军队来当兵呀？可见九妹是向往革命的。
德　叔　（不以为然）叶师长，那些大道理你不用同我讲，我只是想要女儿跟我回家。
叶　挺　（想了想）哦，那好吧，我替你做主。
德　叔　（喜上眉梢）真的？
叶　挺　赵汉明，你违反军规，拐带民女，我现在革除你的军职，你们都给我回家去吧！
赵汉明　（急）师长，我……德叔，我……
九　妹　阿爹，我不会跟你回的。
德　叔　（恼火）师长都同意了！（对赵）就是你赵汉明，如果不是你，我和女儿早就回家了。（越说越恼火，脱下鞋子对着赵汉明就打）我打死你！打死你！
　　　　〔赵汉明白挨了两下鞋板，情急之下把枪拔了出来。
九　妹　（对赵汉明生气）你……
叶　挺　（喝止）赵汉明，你要干吗？把你的枪给我！
　　　　〔赵汉明被骂醒，把枪递给叶挺。

九　妹　阿爹！我和汉明哥是真心相爱的。况且，我已经是一名革命战士，我是不会跟你回去的！（抹眼泪赌气而下）

德　叔　阿女——你听阿爹说——（追下）

赵汉明　（一时不知所措）师长，我……

叶　挺　抢了人家的女儿，还拿着枪指着人家，你还有理了你？！回去——

赵汉明　（急得要哭）师长，我赵汉明生是叶挺独立团的战士，死是叶挺独立团的烈士，我是不会回家去的！

叶　挺　仗还没打完，你就想跑？滚回你的连队去——

赵汉明　（转悲为喜）是！师长——（敬礼，跑下）

　　　　〔钊仔跑上。

钊　仔　（敬礼）报告师长：张长官、薛长官已经到了。

叶　挺　回师部！

　　　　〔叶挺和钊仔下。

　　　　〔景转二十四师师部，一个破庙里。张发奎和薛岳上。

薛　岳　（心有疑虑）向华兄，你说叶挺他会退出共产党吗？

张发奎　（不容置疑）他必须退！无论如何他要脱离共产党，否则我就实施第二个主张。

　　　　〔叶挺上。

叶　挺　两位兄弟，无事不登三宝殿——

　　　　〔三人来一个"见面礼"。

张发奎　今日到来，首先是要多谢你。

叶　挺　谢我何来？

张发奎　正因为你独立团在前边冲锋陷阵，才为我第四军赢得"北伐铁军"的美誉！

叶　挺　（谦虚地）是向华兄你指挥得当嘛！

张发奎　同时，我还要祝贺你部扩编为国民革命军第二十四师，你叶挺荣升少将师长！

叶　挺　向华兄不也荣升第四军军长，兼第二方面军总指挥了吗？

　　　　〔三人哈哈大笑。

张发奎　（转入正题，念【口鼓】）

　　　　　　北伐大局已定，

　　　　　　　国民政府已经从广州迁到武昌。

薛　岳　（接念）

　　　　　　　蒋介石却在南京另立中央，

　　　　　　　与汪主席擂台对唱！

叶　挺　（苦笑，接念）

　　　　　　　两位大佬唱起了对台戏，

　　　　　　　到底谁个才是中央？

薛　岳　（接念）

　　　　　　　我只看是谁人给我军饷，

　　　　　　　又是谁个在给我军粮！

张发奎　（接念）

　　　　　　　对台戏迟早唱完，

　　　　　　　更大的麻烦却是共产党！

叶　挺　（警觉）共产党？

张发奎　从今年七月我们在广州誓师出征，到如今攻占武昌城这半年时间里，共产党通过组织农会、发动工农，已经占据了小半个中国的农村。

薛　岳　这，才是心腹大患。

叶　挺　伯陵弟此言差矣！

张、薛　（合）此话怎讲？

叶　挺　（唱【滚花】）

　　　　　　　如果没有工农在后方支援，

　　　　　　　北伐大军能有充足粮饷？

　　　　　　　如果没有共产党员在冲锋陷阵，

　　　　　　　半年里我们能够打到武昌？

　　　　　　　况且，眼前汪主席不是还在执行国共合作政策吗？

张发奎　话虽如此，但你还是要听大哥一句劝：千万不要和共产党搞得太深。

薛　岳　最好现在就宣布退出。

叶　挺　（语不重但坚定）对不起，要我叶挺离开共产党，我办不到。

薛　岳　（旁唱【减字芙蓉】）

　　　　　　　看他叶挺这神情，

　　　　　　　已经跟定共产党。

张发奎　（旁接唱）

　　　　　既然他死牛一便颈（固执，脾气犟），

　　　　　我就实施第二个主张。

叶　挺　（旁接唱）

　　　　　他们到底搞什么名堂，

　　　　　这个时候要我退出共产党？

张发奎　既然如此，这事以后再说吧。武汉政府命令：叶挺部及第二十五师马上东下"讨蒋"。

叶　挺　东下"讨蒋"？

薛　岳　"讨蒋"成功之日，便是你叶挺……

张、薛　（合）再次荣升之时！

　　　　［张、薛二人隐去。

叶　挺　再次荣升？（唱【反线中板】）

　　　　　难道我入死出生，

　　　　　只为这个"荣升"？

　　　　　向北征伐变东下"讨蒋"，

　　　　　又几多刀光剑影？

　　　　　这局势真叫我，

　　　　　看不透辨不明。

　　　　（传令）传我命令——

　　　　［赵汉明上。

赵汉明　师长——

叶　挺　部队即日备船，目标：南京！

赵汉明　是！（下）

　　　　［远远传来阵阵江轮的马达声，渐收光。

　　　　［追光中，老杨急上。

老　杨　（唱【快中板】）

　　　　　急往武昌见叶挺，

　　　　　他率所部已离城。

　　　　　传达中央绝密令，

　　　　　水路陆路我不敢停！（急下）

　　　　［切光。

第三场　第一枪

〔傍晚，残霞满天。

〔江西九江，长江边。九妹和几个女兵正在洗绷带。

众女兵　（唱【仙女牧羊】）

　　　　　逐星星送云霞堤绿花嫩，

　　　　　浣纱江边残阳在眼前。

九　妹　（接唱）

　　　　　天涯烟波，江堤花开，

　　　　　心中说话为谁言？

　　　　　爱意似山比山高，

　　　　　心中永伴情和恋。

〔赵汉明手里拿着一束橘黄的野花，偷偷地上。

赵汉明　（唱【七字清】）

　　　　　东下南京水路远，

　　　　　九江半站等换船。

　　　　　营外黄花遍地暖，

　　　　　芳香一缕赠婵娟。

〔有个女兵发现了赵汉明。

女兵甲　九妹，你看谁来了？

九　妹　（望了一眼赵汉明，余怒未消）你来干什么？（欲下）

赵汉明　我是来道歉。

〔赵汉明拦着九妹，并抢过她的竹篮。

〔众女兵笑作一团，提着装了绷带的竹篮下。

九　妹　还给我、还给我。

〔赵汉明依然不还。

〔说着，赵汉明把军帽一脱，单膝跪在了九妹的面前献花。

赵汉明　九妹，我错了，你原谅我吧——

九　妹　（拉赵汉明）你快起来！

赵汉明　你不原谅我，我就不起来……

九　妹　你快起来——

赵汉明　你要我起来,除非你原谅我!

九　妹　(向赵汉明的身后望了望)我爹他来了——

　　　　〔赵汉明吓得把手一收,转头望去,却什么都没看到。

　　　　〔九妹想笑,跪下接过赵汉明手中的野花。

九　妹　汉明哥——(唱【和尚思妻】)

　　　　其实我心里头,

　　　　怨气已全没有。

　　　　当初见你神采风流,

　　　　我已将心托付你,情深义厚!(转【滚花】)

　　　　只是苦了老爹爹,

　　　　跟着我来把罪受。

赵汉明　(接唱)

　　　　将来好生奉养,

　　　　令他晚景无忧。

九　妹　(感动)汉明哥,多谢你!

　　　　〔两人激动地拥抱在一起。德叔上。

德　叔　(尴尬,用力拍了一下赵汉明肩膀)喂——

　　　　〔赵汉明回头一看,吓得魂飞魄散,手中的鲜花掉地上了。

赵汉明　(语无伦次)德叔,我……你、你来了?

九　妹　(赶紧挡在汉明面前)阿爹你来了啊?

德　叔　(把鲜花捡起,叹气)唉——(唱【滚花】)

　　　　正所谓嫁鸡随鸡,

　　　　嫁狗随狗。

　　　　仔大仔世界,

　　　　女大不中留!

　　　　〔说完,德叔把鲜花递给九妹,摇摇头,下。

赵汉明　(惊魂未定)德叔……德叔……

九　妹　我阿爹他、他没骂你!(羞涩地跑下)

赵汉明　啊?!德叔没骂我了?(醒悟,大喜过望)哈哈!德叔他没骂我!九妹——(追着九妹下)

　　　　〔这时叶挺上,望着赵汉明和九妹远去的身影,不免感慨。

剧　作　281

叶　挺　（唱【长句二簧】）

　　　　　　看见他们笑语欢声，

　　　　　　看见江上风起云涌。

　　　　　　再见了我的伴侣，

　　　　　　何时何地再相逢？

李秀文　（出现在另一演区中，接唱）

　　　　　　再见了我的爱人，

　　　　　　漫漫征途君保重。

　　　　　　我不能再追随你，

　　　　　　追随你关山万重。

叶　挺　（接唱）

　　　　　　且放下儿女私情，

　　　　　　去担承家国任重。（上句）

李秀文　（转【二流】）

　　　　　　那个全新小生命，

　　　　　　已经萌动在腹中。

叶　挺　（接唱）

　　　　　　他来得不是时候，

　　　　　　他来得懵懵懂懂。

李秀文　（唱【滚花】）

　　　　　　盼鸿雁归来平安送……

叶　挺　（接唱）

　　　　　　归来之时笑相逢……

　　　［李秀文渐隐去。老杨从舞台深处走来，与叶挺在两个舞台空间展开对话。

老　杨　叶挺同志，中央命令你们马上停止东下！

叶　挺　停止东下？

老　杨　（念【口鼓】）

　　　　　　汪精卫已撕下"革命左派"的伪装，

　　　　　　血腥"分共"！

叶　挺　（接念）

　　　　　　汪、蒋两派明争暗斗，

是时候亮出我的旗帜去领导工农。

老 杨 你讲得对！中央决定在南昌举行起义，任命周恩来为起义前敌书记，贺龙为起义总指挥，叶挺为前敌总指挥！

叶 挺 坚决执行中央的命令！

　　　　［老杨渐去，叶挺依然站立在高处，一柱追光打在叶挺身上。

叶 挺 （系上红领带）1927年8月1日凌晨，我们在南昌城，打响了反对国民党反动派的第一枪！（拔出配枪，向天开了一枪）

　　　　［枪声划破寂静的夜空，继而枪炮齐鸣，火光冲天。
　　　　［赵汉明带着系着红领带的起义官兵前赴后继地冲锋，与敌人展开厮杀。
　　　　［叶挺从硝烟走过来。

叶 挺 （唱【回龙腔】）

　　　　红旗挥动在南昌城头，
　　　　从此人民军队，
　　　　屹立于天地之中。
　　　　历史将铭记这一刻，

　　　　　我们永远属于工农大众。
　　　　　历史将铭记这一刻，
　　　　　我们的旗帜更加鲜红！（转【二簧滚花】）
　　　　　革命征途道远任重，
　　　　　执行中央命令回师广东！
赵汉明　（跑上）报告总指挥，部队已经集结完毕。
叶　挺　传我命令：出发！目标：广东——
　　　　〔渐收光。

第四场　哭兄弟

〔紧接上场，山野路上，急促的音乐起。
〔张发奎带着一队追兵上。

张发奎　（唱【快中板】）
　　　　　借我大军造我反，
　　　　　叶挺此举太强蛮，
　　　　　三万大军少两万！
〔另一舞台空间，薛岳带着一队士兵急上。

薛　岳　（接唱【快中板】）
　　　　　来得容易你出去难，
　　　　　东江地盘我行走惯！
〔另一舞台空间，叶挺带着赵汉明急上，只见两人征尘未洗，脖子上的红领带已成深红色。

叶　挺　（接唱【快中板】）
　　　　　险境绝境一环环，
　　　　　南下征途不平坦！

张发奎　（接唱【快中板】）
　　　　　一路烽火过关山，
　　　　　追到东江到潮汕！

薛　岳　（接唱【快中板】）

　　　　　　已经设下鬼门关，

　　　　　　包抄合围将你斩！

叶　挺　（接唱【快中板】）

　　　　　　前有强敌当头拦，

　　　　　　后有追兵凶且猛！

　　　　［景转小酒馆，"聚义酒馆"幌子高挂，舞台中间摆了张巨大的八仙桌，桌子边围着一圈巨大的酒坛子，每一个酒坛子上扣着一个大海碗。

叶　挺　（掏出一张请柬，唱【滚花】）

　　　　　　抬眼望已看见酒馆旗幡，

　　　　　　张发奎叫人送来这请柬，

　　　　　　纵然是鸿门宴也闯一番！

　　　　［叶挺来到酒馆门首，抬眼望去。

叶　挺　聚义酒馆！好地方。赵连长，多加小心，随我进馆！

　　　　［叶挺与赵汉明进酒馆，看见等待已久的张发奎和薛岳。

　　　　［张、薛、叶三人对视，卫兵们拔枪，气氛紧张。

张发奎　（打破气氛）希夷老弟，我以为你不会来。

叶　挺　（轻轻一笑，一字一顿）弟兄聚义，怎能不来？

薛　岳　来人！给我把这个叛军之将拿下——

　　　　［薛岳的卫兵应声上前。

赵汉明　（急上前掩护叶挺）谁敢？

　　　　［张发奎的卫兵举枪瞄准叶挺和赵汉明。

　　　　［赵汉明哗地一下拉开自己的上衣，只见他胸前绑了四枚开了盖的手榴弹。

　　　　［在场所有人惊呆，僵持。

张发奎　（一笑）哈哈！今天是兄弟聚会，怎弄得如此剑拔弩张？

　　　　［叶挺淡然一笑挥挥手，示意赵汉明下。

　　　　［赵汉明收起，立于一旁。

张发奎　把枪收起来吧！

　　　　［张发奎的卫兵收起枪，而薛岳的卫兵依然不动。

张发奎　（大声呵斥拍桌子）收起来！

　　　　［薛岳挥挥手，他的卫兵才收起枪。

张发奎　今天这里只有兄弟，没有官长！大家都把军装脱下吧。（开始脱军上衣。）

　　　　［叶挺、薛岳也把自己的武装皮带、手枪套及上衣军装脱下扔给士兵。赵汉明和士兵们下。

　　　　［舞台上只留下弟兄三人。

　　　　［三人举手碰拳，无声的"见面礼"，有着不同层次含义。

　　　　［三人不约而同相视，淡笑……

张发奎　今日兄弟难得一聚。

薛　岳　一醉方休，饮！（拿起桌子上的大海碗）

　　　　［张发奎欲拿酒埕倒酒，叶挺阻止。

叶　挺　慢！此番聚会，是何名义？

薛　岳　饮了这碗酒我告诉你！

叶　挺　（冷笑）醉翁之意，不在酒……

薛　岳　弟兄聚会，难道还要有什么名义吗？

叶　挺　言不正者，名不顺！

张发奎　那好！让我来正告你——

　　　　［三人紧紧地围着八仙桌调度造型，突出张发奎。

张发奎　（念【课子】）

　　　　　叶希夷，你忘了，

　　　　　兄弟之间情义厚。

　　　　　为共党，负兄弟，

　　　　　调转枪口结下仇！

　　　　［张发奎说完，仰脖子喝干。三人换了一组造型，突出叶挺。

叶　挺　向华兄，此言差矣——（接念【课子】）

　　　　　我叶挺，未忘记，

　　　　　当年沙场共奔走。

　　　　　同生死，共患难，

　　　　　一腔热血为国流！

　　　　［叶挺唱完将碗中酒一饮而尽，三人换了另一组造型，突出薛岳。

薛　岳　难得你还记得——（接念【课子】）

　　　　　在今日，却为何，

　　　　　　不顾情谊下黑手？
　　　　　　拉走了，两万兵，
　　　　　　投靠共党立山头！
　　　[薛岳将碗中酒一饮而尽。
　　　[三人换造型，突出叶挺。

叶　挺　（接念【课子】）
　　　　　　这兵马，绝不是，
　　　　　　叶挺一人能拉走。
　　　　　　革命军，已觉醒，
　　　　　　不与汪蒋同浊流！
　　　[三人举起酒碗，对望了一眼，碰碗，然后一饮而尽。

张发奎　二弟，你的回答，我不满意！
　　　[三人把手中碗扔掉。

张发奎　（唱【快慢板】）
　　　　　　你可知，现如今，
　　　　　　兵马谁多谁为首。
　　　　　　没料到，到头来，
　　　　　　我的老本被你偷！

薛　岳　（接唱）
　　　　　　若不念，兄弟情，
　　　　　　将你打成落水狗！
　　　　　　何必在，这酒馆，
　　　　　　摆下筵席来聚头？

叶　挺　（接唱）
　　　　　　你"分共"，他"清共"，
　　　　　　两边杀人施毒手。
　　　　　　又派我，去"讨蒋"，
　　　　　　坐山观虎渔利收。（转【滚花】）
　　　　　　可惜你们未曾够火候，
　　　　　　被人识破这惊天阴谋！
　　　　　　向华兄，我讲的没错吧？！

张发奎　这个……

叶　挺　伯陵弟，你说呢？！

薛　岳　这个……

叶　挺　讲！你们与我讲——

薛　岳　希夷兄，你误解我和大哥了！

叶　挺　误解？你们在背后"分共""清共"，却又命令我去"讨蒋"，就是要借刀杀人，置我叶挺于死地，置共产党于死地！

薛　岳　希夷兄，如果你早听我们的劝告远离共产党，又何至于今日呢？

叶　挺　（冷笑）你们劝我远离共产党，那我就劝你们远离我叶挺！

张发奎　什么意思？

薛　岳　什么意思？

叶　挺　从我加入共产党的那一刻起，我就没有想过要离开。

张、薛　（怒，合）那、那你就愿意离开我们吗？

叶　挺　（痛心）如今，是你们在逼我叶挺离开！

　　　　［张发奎和薛岳上前紧逼叶挺，三人形成僵持阵势。

张发奎　叶希夷，我问你：你们是否还要继续回广州？

叶　挺　是的。

张发奎　（冷峻地）那我就一路相送——

薛　岳　（狠恶地）我会在前边恭迎——

叶　挺　（抱拳拱手）多谢两位的相送、相迎，我叶挺不惧！

薛　岳　（冷笑）不惧？哼——（念【口鼓】）

　　　　　　我薛岳三万大军，

　　　　　　已经拦在你前面！

　　　　　　向华兄的一万人马，

　　　　　　紧紧追在你后边！

　　　　　　而你从南昌带出来的二万叛军，

　　　　　　已经人疲马乏阵脚大乱！

　　　　　　伤员病员统统加在一起，

　　　　　　如今不会超过五千！

　　　　　　你们已经末路穷途，

　　　　　　难道还要拼死一战？

张发奎　（接念）

　　　　　　你们已经是走投无路，

　　　　　　孤军无援！

薛　岳　（唱【快滚花】）

　　　　　　我劝你悬崖勒马，

　　　　　　勿再铤而走险！

张发奎　（接唱）

　　　　　　否则你叶挺英名半世，

　　　　　　将会毁在这一天！

薛　岳　（告诫）东江，将是你叶挺的麦城！！

张发奎　（相逼）你叶挺将会死得很惨！

　　　　〔面对张、薛的步步相逼，叶挺不为所动。

叶　挺　（真诚地）多谢两位的真心奉劝！但我叶挺自己选择的道路，再苦再难，我也要走下去！（回忆往事，深情地）二位还记得当年在保定军校时的理想吗？一腔热血，投笔从戎，携手并肩，报效国家……

　　　　　［张、薛不语。

叶　挺　二位还记得北伐前夜我们在肇庆的盟誓吗？我们要打倒军阀，统一中国，兴我中华……

　　　　　［张、薛不语。

叶　挺　二位还记得我们当初许下的诺言吗？二位还记得陈炯明叛变的那个晚上吗？我们三个警卫营加起来不过千余人马，却突破了两万叛军的重重包围，保护中山先生和夫人杀出一条血路。我们是何等同心、何等豪气？！（泣不成声）时至今日，革命尚未成功，我们弟兄三人却刀兵相向、自相残杀……我们当初的誓盟何在？我们的兄弟情义又何在？！

张发奎　二弟！

薛　岳　二哥！

　　　　　［三人痛哭。

叶　挺　（唱【古腔慢板】）

　　　　　　　铁骨铮铮男儿汉，
　　　　　　　抱头痛哭眼泪涟，
　　　　　　　当年并肩去东征，
　　　　　　　北伐前夜誓盟愿。（上句）
　　　　　　　曾经慷慨大义赴国难，
　　　　　　　从不惧怕马革裹尸还，
　　　　　　　曾经手足情深共生死，
　　　　　　　同约忠骨英魂葬山川。（下句）
　　　　　　　我的薛老弟啊——
　　　　　　　犹记当年军校学堂同励勉。
　　　　　　　我的向华兄啊——
　　　　　　　当年你舍身救我我心仍暖。（上句。转【快二簧】）
　　　　　　　我捧起这酒跪地问句天——
　　　　　　　到底是谁人令我弟兄反面（反目成仇）？
　　　　　　　到底是谁个惹起这出祸端？（转【新曲】）
　　　　　　　烈酒似利剑，

张、薛　（和唱）

　　　　　　　烈酒似利剑——

叶　挺　（接唱）

　　　　　断肠把心穿。

张、薛　（和唱）

　　　　　断肠把心穿——

叶　挺　（接唱）

　　　　　兄弟成仇敌，

张、薛　（和唱）

　　　　　兄弟成仇敌——

叶　挺　（接唱）

　　　　　生死在眼前。

张、薛　（和唱）

　　　　　生死在眼前——

叶　挺　（接唱）

　　　　　叫一声好兄弟，

　　　　　非是我叶挺无情面，

　　　　　要改我初心难于登天！（把三碗酒重新倒满，拿起一碗，转【霸腔十字】）

　　　　　这碗酒，曾经让兄弟三人坦诚见。

　　　　　这碗酒，如今是刀兵相向起硝烟。

　　　　　这碗酒，抛却了个人情谊决一战！（转【霸腔滚花】）

　　　　　我叶挺初心不改志如磐石坚！

　　〔张、薛二人见叶挺心意已决，不再劝阻。

薛　岳　既然二哥心意已决，日后见面，可别怪兄弟我不客气了！

张发奎　人各有志，我们就在此分道扬镳，各奔前程吧——

叶　挺　（不尽歉意）二位兄弟，叶挺今日如有得罪，这一碗酒……权当赔罪！（举碗）

张发奎　（举碗）战场上见！

薛　岳　（举碗）战场上见！

三　人　（合）战场上见！！

　　〔三人举杯饮酒，一饮而尽！又不约而同地把酒碗一摔，啪的一声，碗全碎！

剧　作

［幕后唱【新曲】

　　叫一声大哥——

　　披上战袍我们去把楼兰破!

　　叫一声大哥——

　　记住我们的誓盟,

　　还有曾经的当初……

［渐收光。

第五场　困潮汕

［张发奎出现在追光中。

张发奎　（发号施令）传我命令：南路陈济棠部、薛岳部,在龙川、紫金、惠来一线布防,严防叛军进入海陆丰地区!

［薛岳出现在另一追光中。

薛　岳　我部所辖人马,已经严阵以待!

张发奎　北路钱大钧部、黄绍竑部,并入我第二方面军,在梅县、大埔一带追击,必须在三日内完成对叛军的合围!

薛　岳　叶挺啊叶挺,你那五千残兵败将,在四万大军的合围包抄之下,将无路可逃!

张发奎　北路：要将叛军消灭于大埔三河坝；南路：把叛军分割于普宁流沙和丰顺汤坑,各个歼灭!

［张发奎和薛岳隐去。大光起,枪炮声、喊杀声从四面八方传来。

［叶挺带两士兵上,战士甲跑上。

战士甲　报告总指挥,东面敌人太多,没有办法冲出重围。

叶　挺　随我西面杀出重围!（欲冲出去）

战士乙　（报上）报告总指挥,西面是悬崖,无路可走!

叶　挺　（果断地）西南面突出重围!（带着众人下）

［钊仔上,与追赶而来的敌兵搏斗。

［赵汉明、九妹和几名战士跑上。敌兵向赵汉明瞄准开枪,九妹上前扑倒赵汉明,九妹中枪。

［敌兵被钊仔等人打下。

赵汉明　（大喊）九妹——（欲从九妹身边的药箱找绷带，没找到）

九　妹　（断断续续地）绷带已、已经用完……

　　　　［叶挺带着四个士兵和钊仔急上。

叶　挺　（大喊）九妹，你怎么啦——

赵汉明　（欲哭）总指挥，九妹她中枪了……

　　　　［德叔上。

德　叔　（大喊）阿女——

叶　挺　人来，叫卫生员！

九　妹　总指挥，不用了……我、我就是卫生员，我知道自己受伤的情况……

　　　　［众人闻言，颓然。

九　妹　总指挥……对不起，我拖累大家了……

叶　挺　（痛心）九妹，是我对不起你，对不起大家，带着大家打败仗了……

九　妹　总指挥，你可不要这样说……（流泪）阿爹，我怕没机会为你养老送终了……（挣扎着欲下跪）

德　叔　（阻止）你别动、别动！阿女啊……（唱【连环扣】）

　　　　　　是我令你心悲伤，

　　　　　　拆断了姻缘真冤枉！

　　　　　　是我前生来赊阎王账，

　　　　　　让你去还偿……

　　　　　　是我令你遭灾殃，

　　　　　　没料你生来亲妈丧，

　　　　　　抱着你沿街求浆才得育养。（转【乙反清歌】）

　　　　　　未曾把六礼三书送赵府上，

　　　　　　未能为你置办半份嫁妆。

　　　　　　你生未入赵家门，

　　　　　　祠堂族谱写不上。

　　　　　　你死不算赵家鬼，

　　　　　　黄泉路上好凄凉……

　　　　（深深自责）九妹，是阿爹不好，累得你（连累你）今日变成孤魂野鬼……

九　　妹　（痛哭）阿爹……

叶　　挺　（想了想）德叔，我们现在就把九妹嫁出去，你说好吗？

德　　叔　现在还在打仗，怎么嫁呀？

叶　　挺　只要他们两个答应，可以的。

德　　叔　（问赵明汉和九妹）你们答应吗？

赵汉明　我答应！

九　　妹　（摇头）我不答应……

赵汉明　（急）九妹，你曾经讲过：生是我赵家的人，死是我赵家的鬼。

德　　叔　阿女，你就答应吧……（欲跪）

九　　妹　（阻止）阿爹，我不能答应啊！（对赵汉明）汉明哥，我不能够答应你，因为你、你将来还要为我娶回一个新嫂嫂……

赵汉明　（大哭）九妹，你今日不答应嫁给我，我将来就不会为你娶回新嫂嫂……

九　　妹　汉明哥呀——

　　　　　〔赵汉明与九妹抱头痛哭。

叶　　挺　（见时机成熟，庄严地）今日，就由我来当这个证婚人。汉明，你们赵家要有一份彩礼。

赵汉明　哦！（掏遍身上所有口袋，没找到一个铜板，窘）总指挥，我没钱……

叶　　挺　（解下赵汉明脖子上的红领带）就用这个吧。

赵汉明　（双手高举红领带，下跪）德叔，赵家的彩礼——

叶　　挺　（唱礼）赵家送来红绸彩礼一份！

德　　叔　（接过）好！

叶　　挺　德叔，罗家还要回一份嫁妆。

德　　叔　（从怀里摸出两块大洋）这两块大洋，我已经准备了好久。唉！少是少了点，但总还算是拿得出手……（递给赵汉明，赵汉明含泪接过）

叶　　挺　（含泪唱礼）罗家嫁妆……大洋两块！

德　　叔　阿女，赵家给我们送来了红绸彩礼，阿爹帮你穿戴起来，好吗？

九　　妹　多谢阿爹——

德　　叔　（颤抖着把红领带系在九妹的头发上）阿女，阿爹今日就把你风风光光地嫁出去……

九　　妹　（带泪笑）汉明哥，我靓不靓啊？

赵汉明　靓！我的新娘子今日最靓……

九　妹　（唱【楼台会】）

　　　　　面对新郎，

　　　　　万语不须讲。

　　　　　万般情意，

　　　　　带泪仍笑，

　　　　　红绸为聘心相向。

赵汉明　（接唱）

　　　　　面对新娘，

　　　　　万语怎么讲？

　　　　　万般情意，

　　　　　怕被阴阳隔，

　　　　　红绸为聘心悲怆……

九　妹　（接唱）

　　　　　我为你走远方——

赵汉明　（接唱）

　　　　　我为你结鸳鸯……

两　人　（合唱）

　　　　　把泪藏心头里，

　　　　　笑脸为兄（妹）把歌唱……

〔众人为之动容。

德　叔　（大声地）德叔我今日嫁女咯——

叶　挺　一拜天地——二拜高堂——夫妻对拜——送入……

　　　　〔夫妻对拜刚拜完，九妹双脚一软，倒在赵汉明怀抱中牺牲。

赵汉明　（大喊）九妹——（爬过去抱起九妹）

　　　　〔德叔吹起排场曲，曲调哀婉。

赵汉明　九妹，我们回家……

　　　　〔德叔的唢呐吹得更加撕裂。赵汉明抱着九妹走入山林，众人脱帽鞠躬。

　　　　〔众人随赵汉明下。追光中的叶挺目送众人下，慢慢地转过身来，一脸的疲惫。

叶　挺　（唱【江河水】）

　　　　　眼前这般困锁穷途上！

剧作

多少热血纷纷洒去，

不惧畏向前去复兴家邦，

与日月同光！

最令我愤怒，不可恕谅，

同室杀戮、拥兵割据，

引燃战火、大开刀兵，

遍地血迹、不惜苍生，

壮心未酬让我这般战败模样……

更令我心伤，

这般困锁穷途上，

几多战友临泉壤……（转【反线二簧】）

这是一场，前所未有，艰难恶仗。

十倍之敌，重重围困，铁壁铜墙。

为什么，这场仗，打成眼前这惨烈景象？

为什么，我叶挺，保护不了这个小姑娘？（转【秋江别中板】）

东边有刀和枪——

西边有炮声响——

强虏似疯又似狂，

无数战友血泪洒战场……（转【反线中板】）

难道要我，渡海南逃，撑槎逐浪？

难道要我，放下武器，举手投降？

（沉重地）两万人马离开南昌，五千余部走不出这东江……难道老天爷给了我一条绝路，要让我叶挺困死在这东江？我对不起那些牺牲在南下征途上的战友，我对不起刚刚牺牲的九妹……但我对得起天地良心，对得起那两个曾经的兄弟、如今的对手！（坚决地）我叶挺就算是死在这东江，也决不举手投降！（拔出手枪）

〔正在这时，钊仔带着两名负责警戒的战士跑上来。

钊　仔　（报上）报告总指挥，出海的小船准备好了。

叶　挺　恩来同志和聂荣臻同志呢？

钊　仔　已经在船上等你了。

叶　挺　（痛下决心）那我们走……

［叶挺和钊仔等战士跑上一个土台，驻足回望。
［幕后女声群唱【新曲】

  这一夜，黑云如铁天无光。

  这一夜，浊浪滔天似危墙。

  多少次回望——鲜血洒落这土地上。

  多少次回望——壮志未酬前路茫茫……

［天空中电闪雷鸣，风雨交加。

［渐收光。

第六场 别妻儿

［两个月后，1927年12月初。香港。

［傍晚，叶挺租住的家，一个小天井，一个里间，

［李秀文在摇篮前哄孩子。

李秀文 （唱童谣）

  落雨大，水浸街，

  阿哥担柴上街卖，

  阿姐出街着花鞋，

  阿弟在家好乖乖。

  乖乖嘅阿弟快高长大啰，

  爹爹同娘亲笑开怀。

［孩子安静下来，不哭了，李秀文重新把他放回摇篮里。

李秀文 （唱【梳妆台】）

  我与他分开了大半年，

  佢出生入死历险履危情。

  来到了香港与妻小团聚，

  终于等到浪息雨停。（转唱【反线二簧板面】）

  目送斜阳去，新月半边明。

  天河隔双星，千古别离情。

  夫妻终于能安定，却不见你高兴，

　　　　　能将心底话讲我听？（转【二簧】）

　　　　　五年前，初见他，在警卫营飒爽身影。

　　　　　心暗许，身相托，去年情定肇庆军营。

　　　　　今喜添，麒麟儿，人母初为我高兴。

　　　　　却见他，遭兵败，沦落市井困愁城。

　　　[叶挺住家打扮，拎着两条鱼、木瓜等菜蔬上。

叶　挺　（唱【倦寻芳】）

　　　　　我像只孤雁，离群哀鸣。

　　　　　如今孤单滞留这香港岛，

　　　　　谁能解我心情？

　　　　　最似风吹浮萍，

　　　　　凄清对月照孤影。

　　　　　幸得有妻儿来伴身边，

　　　　　陪着我走这一程。

　　　[叶挺悄悄进门。

叶　挺　秀文，我回来了。

李秀文　嘘，小声一点，仔仔（儿子）刚睡着。对了，你去哪里了？

叶　挺　我去买来两条鱼，给你煲个汤，补补身体。

李秀文　你还会煲汤？

叶　挺　不要小看我哦，我叶挺上得了战场，也下得了厨房。

　　　[叶挺悄悄走到摇篮旁。

叶　挺　秀文过来，你看仔仔醒着的时候特别像我，睡着的样子就像你。

　　　[秀文没有理他，准备去收拾那两条叶挺买回来的鱼。

叶　挺　秀文，你放下我来给你做。

李秀文　（伤感）我的丈夫是一名带兵打仗的将军，不是一个煲汤煮饭的厨师……

叶　挺　（触动）兵？我已经没兵了……（用力砰地拍了一下桌子）我已经没兵了！

　　　[孩子哇的一声大哭，李秀文赶紧跑过去抱起来哄。

李秀文　（责备）你看你，都吓着仔仔了。

　　　[孩子安静下来，李秀文把他抱进里屋。

　　　[老杨一身商人打扮上。

老　杨　叶挺同志——

叶　挺　老杨同志——

　　　　［两人握手。

老　杨　组织上派我来香港，有重要任务向你传达。

　　　　［叶挺会意向内叫：秀文——

李秀文　（上）希夷。

叶　挺　秀文，我和杨先生有重要事情要谈，你到外边去，别让生人进来。

李秀文　明白。

　　　　［李秀文与老杨点头示意后，走到外间拿起针线篮。叶挺和老杨在里间，两个空间同时进行表演。

　　　　［李秀文在外间，断断续续地听到里屋的声音。

叶　挺　（对老杨）你说什么？要我明天赶回广州？

老　杨　对，这是组织上的命令！

李秀文　（唱【二流】）

　　　　　　屋里仿似在争吵，

　　　　　　我在门外侧耳听。

　　　　　　老杨他行色机警，

　　　　　　一定有重要事情。

叶　挺　广州周围还盘踞着十多万军阀部队，我认为起义时机尚不成熟。

老　杨　难道要等到敌人束手就擒，时机才算成熟？

李秀文　（续唱【二流】）

　　　　　　屋里争吵听不清，

　　　　　　莫非是难做决定？

老　杨　中央任命你为这次起义军事总指挥，兼工农红军总司令。

叶　挺　（痛心）潮汕兵败不过两个月，两万人马被打散，你叫我这个总司令，拿什么去同敌人拼？

李秀文　（接唱）

　　　　　　连日来他心神难静，

　　　　　　睡梦里仍喊杀声声。

老　杨　（严肃地）叶挺同志！这是组织上对你的信任，也是党的命令！

叶　挺　我明白……

老　杨　起义已经迫在眉睫，这张是回广州的船票，希望到时候在码头能够见到你。

　　　　　[老杨拿着礼帽从里屋走了出来,向李秀文致意后急下。
　　　　　[叶挺情绪低落地走了出来。
李秀文　你同老杨吵架了?
叶　挺　不是吵架,只是有些观点不同。
李秀文　什么观点不同?
叶　挺　他要我回广州。
李秀文　啊?回广州?又要去打仗?
叶　挺　这是党的秘密,你不要问了。
李秀文　那好吧。我去做饭了。
　　　　　[李秀文说罢拎起鱼就要走,叶挺上前一把将李秀文抱住。
　　　　　[秀文将叶挺拥在怀里,叶挺流下了眼泪。
叶　挺　秀文,我累了,真的感到很累很累……
李秀文　(心疼地)我知道你很累,我也心疼你,我想你永远留在我身边。但你是一个军人,而不是一个懦夫,一个逃兵……
　　　　　[说完,李秀文为叶挺擦干眼泪,下。

叶　挺　　懦夫？逃兵？（望着李秀文的身影，唱【摇板】）

　　　　　　秀文她，这番话，真令我一言惊醒！（转【二簧慢板】）

　　　　　　想当初我叶挺，

　　　　　　追随先生西讨东征，

　　　　　　向北征伐做先遣，

　　　　　　湖广战场横扫北洋兵。（下句）

　　　　　　红旗漫卷南昌城，

　　　　　　回师广东一路奔命，

　　　　　　困锁港岛再无一卒一兵，

　　　　　　折戟沉沙孤身只影……（上句）

　　　　　　再忆当年青葱岁月，

　　　　　　与张薛二人军校同窗，

　　　　　　有如桃园刘关张，

　　　　　　出生入死同袍兼弟兄。（下句）

　　　　　　去年五月誓师北伐离肇庆，

　　　　　　今年八月南昌城头响枪声，

　　　　　　曾说过打倒军阀兴中华，

　　　　　　到头来却是刀兵相向泪交迸……（上句。转【十字清】）

　　　　　　秀文她，激起我，血性豪情！

　　　　　　我叶挺，怎能不，执行中央的命令？

　　　　　　云山下，似传来，号角声声。

　　　　　　又见那，珠江边，红旗照映。（转【快二流】）

　　　　　　工农大众受压迫，

　　　　　　血雨腥风从未停。

　　　　　　接受命令回广州，

　　　　　　从头再把河山整！（唱【霸腔滚花】）

　　　　　　无论前路几多险恶，

　　　　　　我叶挺初心不改、披荆斩棘、起步登程——

〔渐收光。

尾　声

　　　　［上场数日后，广州城。
　　　　［字幕：1927年12月11日凌晨，广州起义打响——
　　　　［一枚信号弹划破夜空，瞬间枪声大作。
　　　　［起义将士、工人赤卫奔涌而上。
　　　　［追光中，张发奎身披大氅、一脸阴郁地上。

张发奎　希夷老弟，你在香港好好的，为什么还要回来？
　　　　［另一演区的追光中，薛岳上。

薛　岳　他不回来，他就不是叶挺了！
　　　　［穿着灰布军装、腰里别着手枪、脖子上系着红领带的叶挺走上来。

叶　挺　我叶挺从来就没有离开过！

张发奎　一年半前，我们从广州去肇庆送你北伐先遣，没想到一年半后的今天，转了半个中国，我们三个又回到广州，却是以这样的方式见面。

叶　挺　我也没想到，是以这样的方式又见面！

张发奎　那你知不知道，我张发奎，如今是国民党广州政治分会的主席？

叶　挺　祝贺你又获荣升！

张发奎　我已命令周边所有部队连夜回城平叛。希夷老弟，又一场更大的失败，正等在你们的前头！（冷笑）哼！难道你们就不曾害怕？

叶　挺　害怕？我们有信仰，我们有信念！最后的胜利，一定是属于我们。

张、薛　（合）那我们战场上见——

叶　挺　战场上见——
　　　　［张发奎、薛岳隐去。
　　　　［随即，舞台深处传来枪炮轰鸣，并伴随着阵阵的厮杀之声。
　　　　［起义士兵、工人赤卫队上与敌军展开阵前厮杀，敌军被打败。

赵汉明　（报上）报告总司令：观音山高地已经被我们占领！

一战士　（报上）报告总司令：敌公安局已经被我们占领！

钊　仔　（报上）报告总司令：石围塘火车站已经是我们的啦！

叶　挺　好！
　　　　［起义士兵、工人赤卫队、青年学生奔涌而上。

叶　挺　（激昂地）同志们：广州全城已经被我们占领！我们成立了广州苏维埃政

府，这是我党建立的第一个城市工农民主政权！同志们，我们胜利了！

众　人　（欢呼）我们胜利了——我们胜利了——

　　　　［在众人身后的建筑物楼顶，冉冉升起一面铁锤、镰刀红旗，迎风猎猎作响。

　　　　［幕后群唱【新曲】

　　　　　　珠江水暖浪拍舟，

　　　　　　红棉竞放染层楼。

　　　　　　当年记忆今犹在，

　　　　　　岁岁花开写风流。

　　　　［渐收光。剧终。

2019年5月4日第十三稿

　　（本剧本先后获得文化和旅游部2017年度戏曲剧本孵化计划项目、国家艺术基金2019年度项目资助、第四届广东省戏剧文学奖·剧本奖三等奖。2018年11月30日由广州粤剧院首演，欧凯明饰演叶挺，李嘉宜饰演李秀文）

创作谈

莫雄的个人命运与中国革命进程
——从"白马会盟"到庐山会议上的"铁桶计划"情报

绪 论

在中国的史学研究上,通常会把1840年作为一个分水岭。因为在这一年,中国大地发生的第一次鸦片战争,西方列强用坚船利炮打开了中国的国门,以极其血腥与野蛮的方式把中国拽入了全球化的进程。从1840年到1949年这一百余年,中华民族饱受屈辱;也是在这一百余年,中华民族奋起抗争,苦苦找寻民族自强与发展的道路。

在这一百年中,中国经受了两次鸦片战争,世界经受两次世界大战。如果说鸦片战争是西方列强用坚船利炮向中国送来鸦片、试图用鸦片来平衡与中国的贸易逆差的话,那么,19世纪末20世纪初发生在中国大地上的种种改良与革命,则是中华儿女试图主动与外界对话、共通、融合的过程。虽然这个过程不乏痛苦,而且充满血腥。

南岭以南,自从西汉南越国以后,因为远离政治与权力的中心而人民得以生息,生产得以发展,文化得以传承。然而,随着虎门那一柱冲天霾雾的升起,这块本来平静的土地上有了太多的纷争,有了太多的熙攘,也有了太多的探索与梦想。

时势与英雄就是一对孪生兄弟,无论是时势造英雄,还是英雄造时势,岭南的英雄在1840年到1949年这一百余年中,犹如恒河沙数,影响并改变着中国,光照了一百年,而且还要继续光照千百年,比如康梁,比如孙文,以及曾经在这片土地上奋争过的各路英雄豪杰。

我们无意贬低伟大人物的伟大创举,但我们同样也不能抹杀平凡人物的非凡之举。在伟大人物推动历史前进的过程中,有时候平凡人物的一个非凡举动,也会直接影响历史的进程,也会让历史前进的步伐加快或停止,逆转或偏移。

而广东英德的莫雄,就是那种曾经让历史前进的步伐加快或停止,逆转或偏移的平凡之人。

在国民党的军队序列中,莫雄名气更多是来自他早年的资历。他16岁加入同盟会，毕生笃信三民主义，对孙中山先生所说的"民生主义就是苏俄的共产主义"服膺不渝。1922年6月间，孙中山被陈炯明的叛军赶下省河，莫雄在梧州主动运动滇、桂军，在广西藤县举行"白马会盟"兴兵"讨陈"，为孙中山先生第三次在广州建立革命政权立下了汗马功劳。1934年9月，他作为江西第四区行政督察专员兼"剿共"保安司令，参加了蒋介石在庐山召开的关于第五次"围剿"军事会议。会后，莫雄将那份关系到中央红军生死存亡的绝密情报——"铁桶计划"通过渠道及时送给我党，为红军实施战略转移提供了最为可靠的决策依据。

现在看来，莫雄所做的这两件事，都对中国革命的进程产生了巨大的、深远的影响。半个多世纪过去，我们已经有了足够的信心和勇气去面对这一段历史，面对莫雄这个人，以告慰那些曾经为中国革命付出鲜血以及生命的同志和朋友。

我并非历史研究专家，我只是一个以写戏为生的粤剧编剧。莫雄身上的历史和故事，以及这些故事所具备的戏剧性，足以让我去编演一部或几部大戏。然而，戏是戏，史是史，本文所言，俱是真实的历史，尽管是未被主流语境所认识和阐释的历史。

一、莫雄其人：三民主义的忠实信徒，孙中山的坚定追随者

在中国大地上，曾经莫名其妙地兴起一股争抱名人故里之风。历史上的名人就不说了，连历史上形象不是那么好的人，比如西门庆、潘金莲等，都有地方在争，甚至于神仙道化的人物，比如孙悟空、何仙姑等，也要拿出来争一争。各地都要发展经济、发展旅游，打一打名人效应，在自己的脸上贴贴金，这其实也没有什么不可以的，只要大家都开心就好。

若干年后，如果广东的韶关要跟英德来争莫雄这个名人，估计也会是一件难断的公案。

青年莫雄（摄于1934年，在江西德安专员任上）

1. 祖籍英德，韶关出生的粤北放牛娃

莫雄祖籍广东英德县蔴菇乡拱桥头莫屋村（今英德市望埠镇莫屋村），至今莫家的祖坟地还在望埠镇莫屋村的村头。但莫雄的祖辈在光绪初年就离开望埠，迁居英德浛洸。莫雄父亲叫莫献庭，母亲江氏是浛洸本地人。由于世道艰难，莫献庭早年曾拖家带口到粤北韶关谋生，1891年江氏在韶关南门外生下莫雄。莫雄6岁那年，母亲江氏去世，于是莫雄就被父亲寄养在无儿无女的伯父家，9岁回到浛洸父亲身边，并入私塾读书3年，此后就辍学在家，帮人放牛和做杂工。13岁那年，父亲的朋友刘富到莫家做客，见到莫雄虽然只有13岁，但人长得很结实，于是便带他到广州在石室神学院当了个小伙夫。

少年的磨砺，练就了莫雄坚忍顽强的性格。

2. 自古英雄出少年：16岁加入同盟会，19岁打入清廷新军

石室教堂今位于广州一德路，由法国人兴建，于1887年落成，当时是广州规模最大的天主教堂，居住着1名主教和4名神父以及300多名中国学生。然而，少年莫雄虽然天天与这些神父、神学生打交道，却对拜洋和尚、念洋经不感兴趣，他的兴趣更多是在《三国演义》《水浒传》《岳飞传》等中国传统侠义故事之中，那些忠肝义胆、义薄云天的铁血男儿形象深深地铭刻在他萌动的心灵上。

当时珠江北岸正在筑长堤，每天晚饭后，筑堤工人都会围着一个名为"李铁笔"的算命佬听"讲古"（说书）。李铁笔的真实身份是同盟会员，他在算命说书之余，更多的是在半公开宣传孙中山先生的革命，号召劳苦大众加入同盟会，推翻清朝统治。

少年莫雄被李铁笔的革命宣传深深地打动了，决定参加革命。但由于年龄太小，李铁笔开始并不愿意，小屁孩想参加革命，你以为好玩啊？但经不住莫雄的再三恳求、软硬兼施，李铁笔只好把莫雄向上头引荐。在秉政街拾桂坊十九号的秘密聚点，莫雄见到了同盟会负责人钟智仁。在钟智仁的监誓下，莫雄宣誓加入了中国同盟会。这年，他刚16岁，时1907年。

加入同盟会后，钟智仁向莫雄下达了一个任务：伺机打入新军，以待日后兵变之用。然而，莫雄打入新军颇费了一番周折。

广东新军始建于1903年。当时官府的军队有巡防营、水师、满汉八旗兵等各军兵种，但这些老式军队大都陈腐不堪，既不能御敌于国门外，也不能保地方一片

平安，于是清廷决定效仿西方，在各省组建新式军队。然而，让当局万万没有想到的是，当初为巩固政权而组建的新军，最后却在辛亥年间相继成为推翻封建政权的主要力量。费了那么多的心思，却培养了一群掘墓人，这是爱新觉罗家最大的败笔。

广东要建新军，但时任两广总督的张之洞认为珠江三角洲、韩江三角洲（潮汕）的子弟生活优游，嫖饮赌烟恶习甚多，不是优质兵源，因此只把广东新军招兵的地区集中在嘉属（兴梅地区）、下四府（高、雷、钦、廉）和连阳各属。莫雄想在广州打入新军，可谓难上加难，此事只好暂时放下。

1909年秋，神学院又一批学生毕业了，一个姓陈的神父要到粤西传教，他把莫雄带在身边做随员。这年12月，新军在吴川征兵，三丁抽一，当地一个姓莫的武秀才不想儿子去当兵，正为这事发愁。莫雄见机会来了，于是向莫秀才和陈神父左右说项，终于成功顶替了莫秀才的大公子加入了新军，执行了党人钟智仁交给的任务。

就这么一个偶然的机会，莫雄又回到了广州。入伍后莫雄被分在广东新军第一标（团）第一营左队当步兵。

3. 黄花岗起义：一次组织糟糕的起义

如果说1911辛亥年的黄花岗起义彪炳史册的话，那么，此前一年也同样在广州举行的庚戌新军起义却并不广为人知。而庚戌新军起义的失败，直接为黄花岗起义的失败埋下了伏笔。

1909年底，同盟会秘密定于1910年（庚戌年）农历新年正月初三发动新军起义。却不料在农历除夕夜，新军第二标的一名士兵因事与巡警发生冲突而被拘。到了大年初一，整个局面变得不可收拾，新军二标的成群士兵冲击警署，当局调来巡防营、满旗兵弹压。起义首领赵声、朱执信、倪映典等见到计划全被打乱，只好决定顺势而为之。倪映典在大年初三早上，策动了新军炮兵第一营攻占总督府，却不料被早已充分防备的巡防营的三个营兵力围剿，倪映典阵亡，新军伤亡三百余人后，起义宣告失败。

新军起义失败后，同盟会加快了在新军发展革命力量的步伐，在1910年这一年中，莫雄根据上头的指令，先后在新军中发展了近两百名同盟会员，他因此也从同盟会的排代表、连代表，提升为营代表。

1911年（辛亥年）正月，同盟会在香港跑马地设立革命军统筹部，由黄兴、赵声、胡汉民等担任领导，最后决定于农历三月二十九在广州举事。

这次起义的计划本来十分宏大，原定十路人马从各个方向同时向总督府进攻，成事后再打开城门，迎接新军入城，但后来觉得目标太大，难以把握，于是改成了四路。但后来陈炯明、胡毅生、姚雨平三路都没有及时响应，只有黄兴率领的"选锋队"（敢死队）一路按计划向总督府发动进攻，但总人数不过两百余人。三月二十九这天，黄兴率领的选锋队攻入总督府，总督张鸣岐已逃，黄兴即令点火将总督府焚毁。选锋队撤出总督府时，又与前来接应起义的巡防营发生误会，因为巡防营未按事前的约定在手臂上缠上白布，于是友军被误成敌军，双方隔着街开枪打了起来，黄兴被打断了右手两根手指，双方损失惨重。

现在看来，黄花岗起义是一次组织十分糟糕的起义，起义日期一改再改，枪械、弹药迟迟不到位。而最要命的是原本作为主力的新军，因为有了上一年庚戌新军起义的前史，已经不被当局信任，事前全被调到白云山龙眼洞一带，而且还被收缴了子弹、撞针，让莫雄他们这些已经接到响应起义密令的革命党人，在起义当日只能爱莫能助。

起义失败后，一共收集了72具烈士遗体（后经查实为86人），被党人潘达微以善堂的名义收敛在黄花岗，这就是今天的黄花岗七十二烈士墓。

黄花岗七十二烈士墓是中国国民党的祖坟。2005年3月，中国国民党在撤离大陆56年后，首次正式派出代表团回到大陆，当时的代表团团长、国民党副主席江丙坤首站就是到广州拜祭黄花岗烈士墓，然后他才到南京谒中山陵。

在这些已经查实身份的烈士中，一共有51名广东人，却没有一个广州人，这让人十分费解，在广州市发动的起义，怎么可能没有广州人呢？据我的研究和理解，其中的原因可能有两方面：一方面是当时参加起义的广州人因为熟悉地形，所以牺牲得少，而且在形势不利的时候能够迅速脱离险境；另一方面是即使有广州人在这场战斗中牺牲了，但遗体很快就会被家人收殓，而其他烈士的遗体是在起义失败几天后，才被潘达微以善堂的名义收殓。因此如今人们在黄花岗七十二烈士墓的墓铭上，见不到广州籍烈士名录。

4. 参加粤军：矢志追随孙中山先生革命

莫雄与庚戌新军起义、黄花岗起义都擦肩而过，但这并不妨碍他继续投身孙中山先生领导的民主革命。

1911年10月武昌起义成功后，中华民国成立，广东也宣布独立，并在新军的基础上组成了广东北伐军，由海路向南京进发。莫雄在广东北伐军中先后任排长、连长。北伐军到达南京后，迎候孙中山先生就任临时大总统。

袁世凯窃国，北方时局混乱，几经复辟，而所有掌权者都拒绝恢复孙中山制定的宪章《临时约法》。孙中山在南方发动护法运动，就任海陆军大元帅，组建了由他直接控制的第一支武装力量——援闽粤军，莫雄在粤军部队中先后任连长、营长，参加了援闽、驱桂以及兵援桂林北伐大本营等大小战斗。由于他出道早，资历老，且骁勇善战，战功赫赫，为人又豪放侠义，因此被人尊为"莫大哥"。在此后相当漫长的一个时期里，在国民党的党内、军内，只要一提起"莫大哥"，就是指广东的莫雄。

二、"白马会盟"之于孙中山民主革命的贡献

在近年面世与莫雄相关的文史资料、影视作品及网络文章中，大都只提到1934年10月莫雄为中共送出了"铁桶围剿"的绝密情报。但经过多年的研究，我发现了莫雄此前做了一件对孙中山、对国民党乃至于对整个中国革命都有着极其重大影响的事。而这件事对于中国历史的影响，甚至连莫雄本人也未必洞悉。

这件事发生在孙、陈分裂之后。

1. 孙、陈分裂的根本原因

在二十世纪二三十年代，陈炯明可算是一个实权派的人物，而他的"名气"，更多的是来自他对孙中山先生革命的"叛变"。在此后的岁月里，国共两党都将陈炯明列为不受欢迎之人物。在两党的主流语境下，陈炯明不断地被抹黑、被妖魔化，因此我们很难看到一个真实的陈炯明。

陈炯明是前清秀才，广东海丰人，当过省咨议局议员，1909年加入同盟会。辛亥年黄花岗起义时，陈炯明是进攻巡警教练所的第三路人马负责人，尽管最后由于总指挥部的原因，他未能及时响应行动。武昌起义成功后，广东各地民军纷纷起义响应，在同盟会及各方力量的共同作用下，兵不血刃就实现广东光复。在这个过程中，民军的力量起到决定性的作用，而当时民军势力最大的就是陈炯明所部"循军"，兵力超过万人。广东独立后，胡汉民任大都督，陈炯明任副都督。

1917年12月，孙中山直接领导的第一支革命武装——援闽粤军成立，孙中山委任陈炯明为援闽粤军总司令。此后，陈还被孙中山委任为陆军部长和广东省省

长,集军政、财政大权于一身,成为一个举足轻重的人物。

但随着革命形势的发展,陈炯明与孙中山的政治分歧越来越大。孙中山胸怀全国,主张北伐,以武力实现"统一中国"之目标。而陈炯明则主张"联省自治",建立类似于西方联邦制或邦联制的国家,因此反对北伐。据本人研究发现,陈炯明反对北伐还另有原因:广东连年征战,财政困顿,民生凋敝,但一打仗就问他这个省长要钱,在当时工商业极度不发达、"关余"又被外国控制的情况下,钱从哪里来?在陈炯明看来,如果中国能够实现"联省自治",未尝不也是一条出路,因为土地和民众太需要休养生息了。

1922年春,孙中山改道韶关北伐,电令陈炯明准备500万元军费,并嘱陈继续做好北伐军的后方补给。陈炯明接到这份电报,一筹莫展,回电说广东财政用度困难,后方补给之责难负,不如我也随先生北伐算了。言下之意是说:要钱没有,要命有一条。

至此,孙、陈冲突终于不可调和,孙中山下令免去陈炯明粤军总司令和广东省省长两职,只留陆军部长一职。被免职后,陈炯明退居惠州,不问政事。孙中山派廖仲恺到惠州劝陈炯明回来,不成。直到此时,孙中山还对陈炯明采取怀柔感化的政策,他曾经说过:"我与竞存(陈炯明别字)只有公仇,没有私恨。"

却不料,在这年的6月16日,陈炯明手下的师长叶举,悍然率两师的兵力攻打观音山(今越秀山)总统府,孙中山和夫人宋庆龄被迫先后出走。据后来许多当事者回忆,陈炯明当时并无加害孙中山之意,他的根本目的是要逼孙中山"下野"。当时叶举有两个师的兵力,而拱卫总统府的只有一个警卫团,团长是清远石潭人陈可钰。但警卫团实际只有两营兵力,分别为叶挺营和薛岳营,以及只有数十人的总统贴身卫队。如果叶举真要置孙中山于死地,陈可钰他们能把孙中山和宋庆龄毫发无损地护送出来吗?

孙、陈分裂,是孙中山革命生涯中的最大挫折,他没想到他向来最为倚重的人,到头来却和他兵戎相见。这次事变,让孙中山不得不重新考虑中国革命的道路与方向。

2. "白马会盟"的前后经过与"西路讨贼军"的形成

孙、陈分裂之时,莫雄所在的粤军第四师驻守梧州,莫雄当时是中校营长,兼梧州卫戍司令。当时的粤军部队大部分已被陈炯明控制,听命于孙中山的许崇智部已经北伐至江西一带,一时难以回粤。而原本计划参与北伐的滇军5个旅、桂军

4个旅，获悉孙、陈分裂后，举棋不定，在桂东一带滞留，静观其变。

粤军第四师师长是关国雄，韶关南雄人，他此时也是一个"骑墙派"，既不宣布"拥孙"，也不宣布"拥陈"，就等着谁最后掌权就跟谁。山头众多，这是国民党到今天为止也没有根治的顽疾，没事还好，一有什么风吹草动，装傻扮懵大有人在，骑墙观风的也不乏其人。

师长骑墙，但营长莫雄在这个问题上丝毫不含糊。他十五六岁就接受孙中山的三民主义思想，当年冒着杀头的危险加入同盟会，不就为了要在中国实现三民主义吗？在他的心目中，孙中山就是"老豆"（粤语，父亲之意），而陈炯明不过是"大佬"（大哥），现在"大佬"打"老豆"，你说他会帮谁？

莫雄与关国雄同是北江人，私人关系不错。于是他就利用这个关系，几次密电关国雄，力劝兴兵"讨陈"，却不料关国雄不为所动，滞留广州不归。此计不行，莫雄就秘密派人到广州，登上永丰舰面见孙中山，请孙中山派出知兵大员到梧州督促关国雄出兵。不久，孙中山先生派出了副官张猛、秘书林直勉、营长薛岳等人来到梧州，与关国雄商讨组建"西路讨贼军"事宜。而张猛等人到梧州的一应接待，以及与关国雄的联络，全部是莫雄从中作用，因为此时驻梧粤军的团营级军官，在没有师长的明确表态之前，除了莫雄，谁都不敢擅作主张。

几经周折后，关国雄终于同意起兵东下"讨陈"。正当密谋部署之时，忽报北伐回师的许崇智等部在粤北韶关被陈炯明部队全线击溃，败退江西、福建。而一直据守省河的孙中山也于日前避走香港。至此，原本计划西北两路夹攻、中部响应的战略格局完全被打破。

一场义举，只因关国雄左右骑墙，顷刻间烟消云散。

张猛他们无功而返，而梧州这边，莫雄却加紧了对滞留在桂东的滇军、桂军的策动，以期达到联合滇、桂军共同东下"讨陈"之目的。因为莫雄觉得，没有了许崇智的"东路讨贼军"的响应，只靠"西路讨贼军"的粤军一个师（而且还不知道能否调用整个师），无论如何都是难以对撼据守广州的陈炯明部队，而驻扎在桂东合共9个旅的滇、桂军，则不失为一支可以利用的力量。

此时的莫雄，官虽不大，却是个炙手可热的人物。当时驻扎在桂东的滇军、桂军，基本上没有得到政府的有效供给，全靠为川黔滇的烟土商押运烟土、收取保护费来维持。梧州是西江咽喉，押运烟土的滇、桂军官来到梧州，免不了要向地头蛇莫大哥"拜码头"，一来二往，大家就相熟了。

莫雄对那些滇、桂军官说："云南苦寒，广西贫瘠，军队将来的发展，当然是富庶的珠江口了,你们这样帮别人贩卖烟土,毕竟不是长远之计。现在参加'讨陈',正是为革命立功的绝好机会,只要孙先生回粤主持政局,你们还怕没饭吃吗?"

为了得到这些"叫花子"部队的信任和好感,莫雄还主动提出可以将司令部的仓库给他们停放烟土,不收租金!那些滇、桂军官一听,齐夸莫大哥讲义气,私人馈赠当然是少不了的,莫雄前后收到他们送来的感谢费10多万元(银元),这些钱后来全都用于联络滇、桂军,以及为"讨陈"而添置枪支弹药等的开支上。

期间,师长关国雄在广州参加陈炯明的酒会中风而死。莫雄利用这个机会,宣传师长是被陈炯明毒死的,陈炯明很快就要对粤军第四师动手了!于是把整个第四师搞得人心激愤,一些原本对"拥孙""拥陈"都无所谓的军官和士兵,开始对陈炯明产生了怀疑。

不久,陈炯明派出他的心腹熊略到梧州接任第四师师长,莫雄眼见"讨陈"形势越来越有利,于是加紧了左右联动的步伐。

这次,莫雄亲自秘密前往香港,却不料孙中山此时已经转到了上海。莫雄只好向孙中山先生派驻香港的古应芬、邹鲁报告广西各军的动态,说明联军东下的时机已经成熟,请孙中山再派知兵大员,并以大元帅名义,安抚驻桂东的滇、桂军将领,联合"讨陈",收复广东。

1922年12月25、26日两日,滇、粤、桂联军在广西藤县的大湟江白马庙举行"白马会盟",组成滇、粤、桂"西路讨贼军",誓师东下"讨陈"。而此时在梧州的莫雄成功控制了粤军第四师的第二团和一个补充团,师长熊略则带着其余三个团仓皇撤到肇庆。12月30日,滇、桂军的9个旅先后到达梧州,与莫雄的两个团会师。总指挥部任命莫雄为前敌指挥官,联军合共4万余人浩浩荡荡地沿西江东下向广州进发,一路上攻城略地,势如破竹,一举将陈炯明赶出广州城,通电邀请孙中山回粤。

1923年2月初,孙中山先生由上海回粤,重组大元帅府,这是他第三次在广州建立革命政权(也是孙最后一次建立革命政权),为"三大政策"的实施和黄埔军校的创立提供了必要的前提。由于拥立有功,莫雄被正式委任为粤军第二师第三独立旅少将旅长,时年31岁。

3. 孙、陈分裂后孙中山的艰难抉择

在被驱逐的这半年里,孙中山对中国革命的前途有了更加深刻的认识,他想

得最多的是"革命的依靠力量是什么""应该建立一支怎么样的军队""谁才是中国革命的朋友"等问题。他曾经对青年共产国际代表达林说过："在这些日子里，我对中国革命的命运想了很多，我对从前所信仰的一切几乎都失望了。而现在我深信，中国革命的唯一实际的真诚的朋友便是苏俄。"于是，他决定改组国民党，决定"以俄为师"，成立一支可信赖的"党军"。

其实在选择苏俄合作之前，孙中山都一直在寻求国际支持与援助，但英、美、日等国此时看重的是北方政府，几乎没人看好当时处于南方的孙中山弱势政权。十月革命后，苏俄急于争取国际承认，以及维护它在远东的利益，曾多次派出代表与北洋政府谈判，但一直没有取得实质性的进展。

1922年7月，苏俄派出副外交人民委员（相当于副外长）越飞作为驻华全权代表，继续与北洋政府进行接触。孙中山得知情况后，多次派出密使，带信给越飞，说明南方政府才是革命政权，而北洋政府只是帝国主义列强的代理人。当时，北洋政府在英美等国的左右下，对已实行社会主义制度的苏俄不冷不热。苏俄和越飞都知道，尽管孙中山的南方政府看起来更像是革命政府，北洋政府却是强势的一方，将来更有可能统一中国。基于这一考虑，越飞采取多方接触的办法，一方面继续与北洋政府进行谈判，另一方面也保持与孙中山的接触。为了更好地了解中国南方的革命，越飞向孙中山提出了诸如：总理阁下（孙）与陈炯明的分歧到底是什么、听命于您的军队还有多少、您到底还有没有重新掌握政权的可能等问题。越飞的意图十分明白：苏俄只会与一个有实力的政权合作，而不会与一个耍嘴皮子的政客周旋。

而此时，孙中山被陈炯明赶下省河，继而避走香港、上海（租界），与一个空头政客无异！谈判就这么拖着。

然而，让孙中山没想到的事情发生了：1923年1月初，驻扎在桂东的滇、粤、桂联军成功组成了"西路讨贼军"，誓师东下"讨陈"，将陈炯明一举逐出广州城，通电邀请孙中山回粤。中国南方政局发生了深刻的变化，孙、越会谈有了最基本的政治基础。

1923年1月26日，孙中山和越飞在上海迅速达成了中苏合作协议，发表了《孙中山与越飞联合宣言》，史称《孙越宣言》。这份宣言主要有四方面内容：一是中国实行三民主义，苏维埃制度不引用于中国；二是中国当前最急之问题，在于民国的统一，可以俄国援助为依赖；三是俄国愿意抛弃俄帝时代的中俄条约，另行开始中俄交涉；四是俄国无意使外蒙与中国分立，但俄国军队不必立时由外蒙撤出。

《孙越宣言》发表3天后，也即是1月29日，越飞要到日本治病，孙中山派廖仲恺全程陪同。在日本，越飞与廖仲恺就苏联向中国国民党提供军事援助、改组国民党、国共合作、设立军官学校等具体问题进行了详细的讨论，并达成了一系列的协议。

可以这么说，孙中山领导的国民革命，自《孙越宣言》发表后，翻开了一个全新的篇章。

4. "三大政策"的实施与黄埔军校的创立

1924年1月20日至30日，中国国民党第一次全国代表大会在广州举行。在这次会议上，孙中山先生改组了国民党，并提出了"联俄、联共、扶助农工"的三大政策，第一次国共合作正式开始。

国共合作的开始，同时也标志着中国国民党与苏联的合作也进向实质性阶段，越飞与廖仲恺在日本达成的协议，一一得到落实。

在中国国民党第一次全国代表大会上，孙中山任命了蒋介石为陆军军官学校校长，而苏联的第一个军事顾问小组也在1924年1月底应邀参加军校的筹备工作。军校校址选定在黄埔岛原广东陆军军官学校旧址，因此被称为黄埔军校。

黄埔军校于1924年5月5日正式开学，但开学之初资金困难、武器奇缺。当时孙中山要石井兵工厂给军校发300支新步枪，以作教学之用。但这些枪支被军阀层层截留，到军校时只剩下30支，仅够哨兵站岗之用。校长蒋介石对这个学校也不抱什么希望，于是向孙中山提交辞呈，孙不批，蒋不辞而别，跑到上海躲清静去了，后经廖仲恺苦口婆心地发电发函，蒋介石才从上海回到广州当这个校长。

然而，黄埔军校的境况在苏联的支持下得到根本性的改变。从1924年10月第一批苏联武器运到算起，在不到3年的时间里，苏联一共援助了俄式步枪8000支，日造来复枪23000支，机关枪90挺，子弹6100万发，大炮24门，炮弹1000发，刺刀军刀8000把，现金256.4万卢布，以及一些军官用的手枪。而这些援助，被全部用于黄埔军校，这对于前6期（至1927年7月止）共20000余名黄埔学生军来说，是形成战斗力的最根本的物质保障，从整体上提高了黄埔军校的装备水平。此外，苏联还派来了顾问团，协助黄埔军校教学和管理，中共方面也派出了大批政治、军事干部协助军校的工作。可以这么说，如果没有孙中山先生"联俄、联共、扶助农工"三大政策，没有苏联和中共的帮助，就没有黄埔军校，也就没有了蒋介石最初的起家资本，北伐之路也定将更加艰险。

三、为中共送出绝密情报：一个偶然的机会，一次必然的选择

从1923年至1933年这整整十年间，中国大地上征尘滚滚，厮杀连天，各路英雄纷纷登场。莫雄作为一名老粤军、国民党将领，或积极参与，或身不由己地卷入其中，几经沉浮起落，至1933年底，莫雄已成了个无兵无将无职无衔的"光杆司令"，到江西投靠当年的小兄弟薛岳。

薛岳原名薛仰岳，取景仰岳飞之意，韶关乐昌人，年纪较莫雄小5岁。因为彼此都是粤北人，因此薛岳一直对莫雄以"大哥"相称。薛岳身材并不高大，脸相尖削，典型的岭南人生相，但他打起仗来不要命，无论是当下级军官还是高级将领，素有"老虎仔"之称。他最大的战绩，是抗战时期指挥的3次长沙会战，以及武汉会战的万家岭大捷。其中长沙会战一共歼灭了日军近20万人，是整个抗日战争中歼灭日军最多的中国将领，堪称战神。当然，这些都是后话。

薛岳此时已经是江西"剿共"部队第二路军总指挥，是蒋介石江西"剿共"最得力干将。后来红军长征二万五，他老人家追了二万二，从江西一直追到甘南。长征途中的湘江之战，把红军从八万六打成了三万二，也是他薛岳干的。因此参加过长征的红军干部，提起薛岳，无不恨得咬牙切齿！

莫雄到江西投靠薛岳，薛岳正忙得四脚朝天，没时间陪莫大哥玩，只让莫大哥在第二路军南昌办事处挂个单，赋闲当食客。历史在这里开了一个不大不小的玩笑：薛岳、莫雄这对难兄难弟，一个誓死"剿共"，一个却在暗地里帮助中央红军逃出生天。

正是有了上天种种不经意的安排，让莫雄续写了他人生的第二个传奇。而这个传奇，又一次改写了中国的历史，影响了中国革命的进程。

1.莫雄上任德安的前因

薛岳没时间陪莫雄玩，莫雄只好一个人自己玩。这天他在南昌街头散步，路遇老朋友杨永泰。一番问候后，杨永泰得知莫大哥如今"无官一身轻"，于是把莫雄拉到自己的住所。

这个杨永泰是广东茂名人，早年留学日本，是国民党"政学系"的主要人物，1918年曾任广东省省长，与莫雄有过一段不错的交情。而此时的杨永泰，却已是南昌"剿共"行营秘书长，是蒋介石当时最为信赖的高级幕僚人物。

回到住所，杨永泰问莫雄最近可有与蒋先生联系？莫雄说自己虽然当年与蒋介石曾在粤军共过事，但自从自己的第十一师被蒋介石的黄埔军缴了械，就对他敬而远之了；况且，前些年自己还曾经跟张发奎、蔡廷锴等粤军将领举旗"反蒋"，躲还来不及，联系他作甚？

杨永泰哈哈一笑，说莫大哥多虑了，我知道你与蒋先生一向私人感情不差，当年蒋先生兵陷桂林时，还是你舍命驰援的，张向华（张发奎）、薛伯陵（薛岳）他们当年都举过旗反过蒋，如今蒋先生对他们也都是信任的嘛！只要我从中"驳驳线"，蒋先生那边你自然不用担心。"驳线"在粤语中就是牵线搭桥之意。

随后，杨永泰说出了他的想法。原来，蒋介石采纳了杨永泰的建议，准备在江西"匪区"实行专员制，也即是将江西全省划成若干个行政区，行政专员兼"剿共"保安司令，军政民政一手抓，目的就是要提高"剿共"效能。

杨永泰有点得意地说："莫大哥，我给你弄个专员干干，一手揸两印，又文又武，蛮好玩的！"

莫雄此时正在薛岳的后方办事处闲得发慌，老友送来个"一手揸两印"的官，岂有拒绝之理？不几天，杨永泰果然给莫雄弄来两张蒋介石签署的委任状，一张是委任莫雄为"江西德安赣北第四区行政督察专员"，另一张是委任莫雄为"江西赣北第四区剿共保安司令"，随同委任状送来的还有一张3000元大洋的支票和两张空白组织表。

看到那两张空白组织表，莫雄有点莫名其妙，问杨永泰怎么不给自己配几个人，难道又叫我当"光杆司令"不成？

杨永泰哈哈大笑，说："党国正是用人之际，我手中也没有多余的人，你当过师长，总不至于找不到几个旧部吧？"言下之意，是对莫雄极为信任的了。当时蒋介石急于扩充"剿共"力量，往往用一纸任命书就建立一个司令部，然后由被任命的司令自己去筹粮、筹饷和召集人马，继而为他的"剿共"大业卖命，于是就出现了"司令满地跑、将军满天飞"的局面。当然，莫雄的这个赣北第四区行政督察专员兼保安司令是个货真价实的职衔，专员公署和保安司令部驻江西德安县，辖德安、九江、星子、瑞昌、彭泽、湖口等县，统率两个保安团，可谓是有粮有兵有地盘。

这时，一个大胆的想法在莫雄的脑海里迅速形成，于是对杨永泰说："我在南昌一个人都没有，要找得到上海找。"

杨永泰同意："好呀，那你到上海找吧，这是你的开办费。"杨永泰把那张

3000元大洋的支票推给莫雄。

莫雄为什么要到上海找人？他又要找些什么人呢？

2. 莫雄与中共上海特科的密切关系

莫雄要到上海找中共特科，请他们派人协助自己组建"剿共"司令部！

要共产党的组织派人来组建"剿共"司令部，这听来似乎是一件不可思议的事。但这件不可思议的事，却真真实实发生在莫雄身上。莫雄与中共的渊源，可以追溯到大革命时期。

1925年8月中，莫雄被任命为国民革命军第四军第十一师中将师长（此前各省带有封建和地方色彩的军队番号被取消，统一整编为国民革命军），此时正值第一次国共合作时期，有人向莫雄介绍了刘哑佛。莫雄见到刘哑佛思想进步，头脑清醒，作风正派，于是就委任刘为师政治部主任。后来莫雄才知道，这个刘哑佛是中共党员，他还是鲁迅先生文章中提到的"刘和珍君"的胞兄。

但莫雄与刘哑佛的合作相当短暂，原因是他这个中将师长也没当多久，只当了一个多月就被蒋介石诬为"反革命"，被黄埔军缴了械，两人从此分开。直至1930年底，莫雄在宋子文的财政部挂了个"少将视察"的闲职，才又在上海重逢刘哑佛。而此时的刘哑佛，已是中共上海特科的特工。

在上海的时候，刘哑佛见到"老师长"莫大哥又被人闲置，于是经常到莫雄的住所做客，并有意识地介绍了一些新朋友给莫雄认识，陪莫雄谈谈天，说说地，议论一下时局，骂一骂老蒋，大家竟也十分投缘，这对于正处在人生低潮的莫雄来说是一份十分难得的温暖。

不久，莫雄就发现，刘哑佛以及他介绍来的朋友，比如严希纯（解放后任全国计量局局长）、项与年（解放后任辽宁省监察厅副厅长）、卢志英（解放前牺牲在南京雨花台）、华克之（解放后在"中调部"任职）等人都是中共上海特科的人，因为他们不时请托莫雄利用在国民党上层的关系，帮助解救一些狱中的共产党人。莫雄也热情相助，利用自己"莫大哥"的面子，解救了几批共产党人。

至此，莫雄与刘哑佛、严希纯他们建立了牢固的互信关系，刘、严他们不时向莫雄宣传中国共产党的革命纲领，介绍俄国的十月革命。由此，莫雄联想到当年东征时共产党人舍生忘死的身影，想起孙中山先生曾经说过的"民生主义就是苏俄的共产主义"，再加上这些年他看透了蒋介石的所作所为，因此在思想上十分认同中共。在经过一番深思熟虑，莫雄正式向严希纯提出加入中共的申请。

不久，严希纯向莫雄转达了中共上海特科负责人李克农的意见。李克农在回复意见中说道："你是革命的老前辈，是孙先生的忠实信徒，你参加共产党的请求党是欢迎的。组织上认为你在国民党中资历老、社交广，因此，为方便工作起见，以暂不参党为宜。要做一个共产党员并不困难，我们党更需要一个不是党员，但又一心为党工作的同志和朋友……"

后来的事实证明，上海特科的决定是正确的，一是在某种程度上保护了莫雄，让莫雄有更自由的生存空间；二是莫雄没有辜负中共的期望，以一个党外人士的身份，为中共做了大量工作，演绎了一个又一个惊心动魄的现实版"潜伏"故事。

20世纪30年代前期，是蒋政权最为鼎盛的时期，而这时的中共正处在白色恐怖的包围中，上海的地下党组织被破坏95%以上，红军只能据守瑞金等几个狭小的根据地。莫雄正是在这个时期开始亲近中共、帮助中共，并向中共提出入党申请的。莫雄不是圣明，在当时的形势下，他不可能预测到中国将来的发展和趋势，除了那份朴素的感情和信仰，没有什么可解释当时莫雄的政治取向。

还有一点应该说明，当时的中共中央就在上海，由周恩来创建的特科是中共的主要情报机关。特科在收集情报的同时，另一项重要工作就是要对国民党内部人员实施统战，尤其是对那些被蒋政权排斥的高官、将领，以及大革命时期的国民党左派人士。

3. 蒋介石在庐山箍了一个"铁桶"

1934年3月末，在中共上海特科的帮助下，莫雄在江西德安的行政督察专员公署和"剿共"保安司令部终于建立起来，特科一共给莫雄派来了几十名中共党员，除了先前认识的几个朋友，其他全是陌生的，但莫雄都一一安排在司令部的重要岗位。其中专员公署主任秘书由刘哑佛担任，司令部主任参谋由卢志英担任，情报参谋由项与年担任。而严希纯没有到莫雄的司令部任职，他负责上海与德安之间的联络。

既然成立了"剿共"司令部，仗总是要打的。莫雄率手下的保安团，煞有介事地与当地的红军游击队打了几仗，红军均被"击溃"，"消灭"了当地的苏维埃政权，不到半年，第四区的7个县"匪患"全部绝迹。杨永泰将"战报"呈送蒋介石，蒋介石十分开心，说："广东的莫志昂（莫雄表字）不减当年嘛，不愧是老粤军！"于是，还叫人给莫雄发来了个"传令嘉奖，考成第一"的通报表扬。

其实这一切都是刘哑佛他们运作的结果，他们与当地的地下组织取得联系，为了给莫雄一个表面的"政绩"，打几场假仗后全部转移。因为这时中共中央已经迁到赣南瑞金，蒋介石连续发动了四次"围剿"，中央面临的压力相当大，特科想从莫雄这里入手，搞到一些事关全局的核心情报。

特科的苦心经营没有白费，这样的机会还真的来了。

1934年9月底10月初，蒋介石在庐山召开了部署第五次"围剿"绝密军事会议。参加会议的都是江西、湖南、湖北、河南、山东五省的省主席、作战部队司令、军长师长以及高级参谋人员共200余人。本来这么高级别的会议莫雄是没资格参加的，他只是个统领杂牌部队保安团的保安司令，但庐山是第四专区的防区，庐山脚下就是德安县，况且莫雄刚刚拿了个全省"剿共""考成第一"的业绩，于是由杨永泰提议，蒋介石批准，莫雄被特邀参加这次绝密军事会议。

会议在庐山牯岭召开，由蒋介石亲自主持。会议开了整整一个星期，整个计划之严密、用兵规模之巨大、每一项部署之细微具体，都让莫雄大吃一惊。看着这份严密的用兵部署，听着台上蒋介石慷慨激昂的作战动员演说，莫雄心想：这回中共完了！

这份计划由蒋介石的德国军事顾问赛克特制订。赛克特是"一战"时德军总参谋长，德国陆军上将。计划名曰"铁桶计划"，因系蒋介石对中央苏区的第五次"围剿"，因此也叫"铁桶围剿"计划。整个计划是这样部署的：

计划动用150万大军，对以瑞金、于都、会昌、兴国为目标的约5万平方千米的中央苏区实施战略包围合拢，目标的中心是瑞金，包围圈的半径是150千米。赛克特将5万平方千米的地图画成一个个网状图，每一个小格子都注明是某个部队的到达方位。一旦战斗打响，各个部队必须不惜一切代价在指定时间到达指定位置，然后要像个钉子一样，钉在那不动，以此来达到条块分割、全盘落子的战略意图。如果这个计划得以实施，红军不论是游击战、运动战还是阵地战，都将统统失效。

除了作战计划，这次"围剿"的物资保障也是惊人的，用蒋介石的话来说，就是要"毕其功于一役"，把所有家底都用上了，各类的粮草站、弹药库、战地医院、通信站一应俱全，刚从美国买回的1000辆十轮大卡车已运抵南昌。待包围圈形成后，各参战部队每推进1华里（0.5公里）就要布上一重铁丝网，每5公里就要构筑一道碉堡线，计划每月推进25公里，6个月后，全部参战部队将在瑞金会师。而这时瑞金的周围，就有了300多重铁丝网、30重碉堡线，即使有红军部队被打散，也难以逃出这重重包围。

此外，在包围圈尚未形成之前，派出12个师的杂牌军与红军纠缠，迷惑红军，等到包围圈一形成，这12个师的杂牌军立即撤出，同时断绝中央苏区与外界的所有联系，让红军成为笼中困兽。

这份计划把莫雄看得背心发凉，这是他所见过规模最大、手段最狠的作战计划，他在心里想："东三省沦陷，淞沪战场上中国军队吞声忍气，如果蒋介石把这些心思、这些物资用于对付日本人，中华大地至于今日之境地吗？东三省的父老乡亲至于做亡国奴吗？国难当头，还在这里搞中国人打中国人，民族良心何存？罢了罢了，你蒋介石要'剿共'，我偏不让你'剿'！"

而此时的莫雄可能还不知道，远在瑞金的中央苏区恰巧也是一个德国人在指挥红军，这人就是中央"三人团"中的李德。当时中共中央的领导核心是博古、李德和周恩来的"三人团"。博古（秦邦宪）负全责，李德负责军事，周恩来负责执行。博古当时只是个27岁的小青年，因为他在莫斯科中山大学留过学，在政治上与王明同属"国际主义"路线，因此被共产国际指定为中共负责人。而李德却是个粗暴专横的家伙，他此时的战略方针是"分兵把守，全线防御，御敌于国门之外"，横下一条心要与敌人拼实力、拼消耗，把中央红军弄得疲惫不堪，连吃败仗。历史证明，当时共产国际派遣李德担任中共核心领导人是十分不负责任的。

分明是两个德国人在隔着空气打架，却要让数以百万计的中国人来卖命，历史又开了一个冷酷的玩笑。

不管是谁在斗法，莫雄已铁定了主意，要把这份计划交给中共。整份计划文件装了一个厚厚的卷宗，内有作战计划、图纸、兵力部署等内容，足有一两公斤重，每份文件都打上了蓝色的"极秘密"字样，并按领用者的名单编号存档。

4. 德安那个普通而又不平静的夜晚

一个星期的会议结束后，莫雄连夜下山。当他回到德安的司令部时，已是半夜时分，他顾不上吃饭，马上把刘哑佛、卢志英、项与年等几个核心的中共人员找来召开秘密会议。莫雄把从庐山上带回的文件全部一份不剩地交给他们细看，他们越看越激动：摆在面前的这份绝密情报，不就是特科做梦都想得到的核心情报吗？

末了，刘哑佛开口问："大哥，你说怎么办？"

莫雄说："事到如今，你说还能怎么办？马上把这份情报交给你们的党中央。天大的事情，由我一个人承担，大不了砍我的头。"

众人一听，觉得不能这样对待莫大哥，不能将危险留给莫大哥这个我党亲密

莫雄的亲密战友——项与年（中共上海特科行动队队长，代号"红狼"）

的朋友。卢志英说："大哥，情报我们不能带走，我们可以将情报的主要内容抄录报党中央。"

莫雄急了，指着那铺了一桌子的计划、图纸："时间这么急，你怎么抄？没了这份具体详尽的计划，贵党中央如何选择突围方向？"莫雄知道他们为自己担心，想了想笑着说："你们放心吧，我莫雄命硬着呢，当年孙中山先生要枪毙我的手令都发出去了，我不也没死吗？对付他蒋介石，我自有办法。"

三人听罢，激动地握住莫雄的手，异口同声地说："大哥，我们代表党感谢你！"

随后，四人继续开会，决定由项与年负责把这份情报送到瑞金中央。为什么选择项与年来送这份情报呢？一是因为项与年曾担任特科行动队队长（他的代号为"红狼"），对敌斗争经验丰富；二是因为项与年是福建连城人，连城与赣南带接近，都讲客家话，因此看起来更像是个本地人，容易混过敌人的关卡。

项与年拿到这份情报后，历尽千难万险，途中为躲避敌人的盘查，还把自己的4颗门牙敲掉扮乞丐，终于将这份关系中央红军生死存亡的绝密情报送到中央苏区，交到周恩来同志的手中。接到这份情报后，中央"三人团"迅速形成统一的意见，决定向西实施战略转移。1934年10月16日，中央红军开始撤离瑞金苏区，举世闻名的二万五千里长征拉开了序幕。

莫雄的这一举动，可以说是挽救了整个中央红军，乃至于改写了中国革命的整个进程。当年从苏区突围参加长征而又成为新中国领导人的，就有毛泽东、朱德、刘少奇、周恩来、邓小平等，以及十大元帅中的九人。那些没有突围出来参加长征的干部，绝大多数都牺牲了，包括瞿秋白、何叔衡、毛泽东的弟弟毛泽覃等。项英、陈毅等人当时留在苏区，他们经历九死一生后，在国共全面联合抗日后才走出南方山岳丛林，奔赴抗日战场的。

情报送出后，蒋介石没有发觉莫雄的行动，还把他调到贵州毕节地区当专员兼"剿共"司令，"清剿"散落在当地的六七千红军伤病员，拦截红二、六军团。莫雄把在德安的班底原封不动地移到毕节，继续上演他与蒋介石斗法的好戏，不但没有"清剿"一个红军伤员，当红二、六军团贺龙、萧克部通过毕节时，莫雄还主动让出毕节城，使红军得以在毕节休整半个月。

莫雄"不发一枪，弃守城池"终于惹怒蒋介石，被押到南京军法处候审。后幸得杨永泰、陈诚、张发奎等人说情，才得以摆脱牢笼。抗战爆发后，莫雄回到广

莫雄（前排右2）与叶剑英（前排左2）等合影（1978年，北京）

东，先后任南雄县县长、韶关行政专员等职，为稳定广东抗日大后方做出了贡献。期间，莫雄继续秘密为中共工作，原广东省委书记、红十一军军长古大存同志，就曾担任过莫雄的参谋长。

解放前夕，毛泽东主席对即将南下的叶剑英同志说："莫雄是我们党的老朋友、老同志，你一定要找到他，无论他过去做过什么事，一定要安排他的工作。"

"党的老朋友、老同志"，这就是毛泽东主席对莫雄的评价！解放后，莫雄先后担任北江治安委员会主任，广东省人民政府参事室参事、副主任，广东省政协副主席等职。

1980年2月，莫雄在省政协副主席任上去世，终年89岁。2月27日，广东省委、省政府为莫雄举行了隆重的追悼大会，党和国家领导人叶剑英、宋庆龄、朱蕴山等送了花圈，时任省委书记、省政协主席尹林平主持追悼会，省政协副主席黄康致悼词。悼词高度评价了莫雄在民主革命时期的贡献，以及在第五次反"围剿"期间为我党送出了重要情报等事迹。

如今，莫雄的骨灰安葬在英德市望埠镇莫家祖坟地，叶选平同志专门为其题写了"莫雄墓道"几个大字。一个从英德走出的放牛娃，经历了数十年沧桑风雨后，终于又回到了自己的家乡，日夜守望着生他养他的母亲河——北江。

四、莫雄"反蒋"的时代背景和思想根源

在危急关头，莫雄冒着毁家灭族的危险，将关系到中国革命前途命运的绝密情报送给我党，这绝对不是一件无意而为之的事。作为一个久经沙场的将领，他比任何人都清楚此举可能带来的严重后果。然而，他义无反顾，一而再、再而三地为我党工作。其思想根源，值得我们这些后来者探讨。

1. 蒋介石对粤军将领的背弃为日后的所有纷争埋下了伏笔

孙中山先生领导的民主革命，是以广东为根据地、以南粤子弟为最初依靠力量而发展起来的。一批批南粤子弟义无反顾地在孙先生领导的革命洪流中冲锋陷阵，成为革命的中坚力量。但是，由各地新军、民军发展起来的队伍，依然保留着浓烈的封建色彩，粤军自然也不能超然，时常以孙中山"嫡系"自居。

然而，孙中山的伟大就在于他胸怀中国，而不只是广东这西南一隅；他是一个民主革命领袖，不是一个只图封建割据的军阀。因此，不管粤军将领们多么不愿

意，孙中山还是将他寄予厚望的黄埔军校交给浙江人蒋介石去经营。接掌军校后，蒋介石清楚地看到，他登向权力高峰的最大障碍就是强大的粤军，以及那些从不将他放在眼里的粤军"大佬"。蒋介石要生存和发展，就必须搬掉粤军这座大山。蒋介石这样的企图，在孙中山逝世后变得更为迫切。

蒋介石真正向粤军开刀，是在1925年8月廖仲恺遇刺案后开始的。当时比较一致的说法是廖仲恺被国民党右派所害，粤军的一些中高级军官受到牵连。于是，在蒋介石的策划下，原粤军总司令许崇智被解职下野，军长梁鸿楷被捕，多位师长、旅长被捕被杀。

当时莫雄先被蒋以"革命的名义"委以重任，由少将旅长升任为中将师长，去缴两个被蒋视为异己的粤军旅的械。当莫雄千辛万苦解决了这两个粤军旅之后，过了仅一个来月，蒋又宣布莫雄的第十一师系"反革命"部队，派嫡系第一军（黄埔军）前去缴械，莫雄中将师长职务被免，被迫避走澳门。被蒋当作工具，玩弄于指掌间，令莫雄感到万分的懊恼。

由于有了这一段积怨，粤系人马的"反蒋"几乎成为传统，李济深、陈铭枢、张发奎、薛岳、蔡廷锴、蒋光鼐等粤军将领都先后举旗"反蒋"。南昌起义的核心力量叶挺独立团、广州起义的叶剑英教导团都是从国民革命军第四军（原粤军部队整编而成）战斗序列中脱离出来的，他们更是旗帜鲜明地"反蒋"，并最终走向了新民主主义革命的道路。

由此可见，蒋介石对粤军将领的背弃，使得包括莫雄在内的老粤军与蒋离心离德。对于莫雄个人而言，中将师长已经是他几十年戎马生涯中的最高职衔，但只当了一个多月，就被蒋介石以"反革命"的名义剥夺了，痛苦失落可想而知，"反蒋"的种子，其实在那时就已经埋下了。

2. 蒋介石背弃三大政策，使国民党内的派系色彩愈加浓烈

众所周知，蒋介石最初的起家资本就是黄埔军校，而黄埔军校是孙中山先生三大政策的产物，同时也是第一次国共合作的产物。然而，北伐还没有完全胜利，入主上海的蒋介石立即撕下"革命左派"的伪装，于1927年4月12日悍然发动反革命政变，对协助他创办黄埔军校、在北伐中冲锋陷阵的共产党人进行血腥"清党"。四一二反革命政变的爆发，宣布第一次国共合作破裂。

莫雄作为一个辛亥老人，一个受传统思想熏陶的旧式军人，他对孙中山先生的三民主义和三大政策有一种近乎愚忠的信仰，他对蒋介石背信弃义、过桥抽板的行径大为不齿,从此避而远之,还先后几次参与"反蒋"行动。在大革命时期,他从师政治部主任刘哑佛身上看到共产党人的特有的理想和信念,从而使他在思想上逐渐靠近中共,在感情上同情中共。

3. 莫雄长期受到蒋介石排挤,人生与仕途一直在走下坡路

1930年底,莫雄参与张发奎、薛岳等粤系将领的"反蒋"行动,最后又落得个孤身一人、无兵无将,只好到上海找老朋友宋子文,在财政部挂了个少将视察闲职。此时莫雄已人过中年,环视左右,不少旧日同事部下,只要靠上蒋介石这棵大树,大都已经飞黄腾达,成为党国要人,只因自己不肯同流合污,不肯向蒋介石低眉顺首,而落得今天连一个视察闲职都要靠宋子文恩赐的境地,几十年的"大哥"算是白当了,心情要多郁闷就有多郁闷!

1932年初,上海"一·二八"淞沪抗战打响,莫雄临危受命,被宋子文任命为财政部税警总团总团长。莫雄率领的税警总团以十九路军八十七师独立旅名义,在庙行镇一带抗击日军,以伤亡700余人的代价,坚守阵地达两个星期,为取得"庙行大捷"付出了血与火的代价。撤出淞沪战场后,莫雄率税警总团在江苏海州剿灭了为害一方的"盐枭"。但这一切并没有为莫雄的仕途带来什么改观,危机一过,宋子文就以出国考察为名免了莫雄总团长一职。

抗战时期,莫雄当过南雄县县长、韶关专员,解放前夕,他成了一名"退役军官"。由于此前他与粤北中共组织关系密切,被国民党当局怀疑通共。最后要对莫雄痛下杀手的,就包括了当年的小兄弟、其时已是广东省主席的薛岳。莫雄得知薛岳要对自己不利,于是只身连夜逃到香港躲避。

一个跟随孙中山先生多年,为国民革命立下汗马功劳的老同盟会会员、粤军将领,在蒋介石独裁统治期间,最后沦落到只身逃到香港避难的境地,走的是一条悲情的"末路",不禁令人唏嘘。

由此可以看出,莫雄"反蒋"与"亲共"是有着深厚思想根源的。曾经有人说,莫雄为中共所做的一切,只是想为自己留一条后路。坦率地说,如果莫雄真有这样的想法,我认为也属正常,因为在那个险恶的年代,保全自己,是每一个人的本能需求。但问题是,在当时莫雄怎么就知道将来共产党会胜利呢?这条"后路"会不会成为一条毁家灭族的"绝路"呢?当莫雄为中共做了这一切后,他的处境是更安全了还是更加危险呢?

结　语

　　莫雄的一生，是传奇的一生，今人用今天的语境去解读莫雄，总会有这样或那样的误读，毕竟莫雄是那个时代的莫雄，不是今天的莫雄。窃以为，莫雄作为一个辛亥老人，一个受传统思想熏陶的旧式军人，他对孙中山先生的三民主义和三大政策有一种近乎愚忠的信仰，他笃信孙中山先生说过的"民生主义就是苏俄的共产主义"，因此对蒋介石背弃"联俄、联共、扶助农工"的三大政策大为不齿，从而在思想上接近中共、亲近中共，在行动上帮助中共、支持中共，甚至于向中共提出过入党申请。而这些，都成为他在那个大变革年代所有行动的思想基础。我们知道，在当时并没有人要求莫雄必须这样做，但莫雄这样做了，这就印证了"得道多助，失道寡助"之千古真理。

　　莫雄是一个项羽式的"悲情"英雄，一个关羽式的"末路"英雄，他的"末路"在1949年底随着国民党退守台湾戛然而止，从此他伴同新中国走上一条全新

右起：余楚杏、李新华、莫栋梁（莫雄幼子）等

的道路。然而，多少年过去了，他那两次足以改写中国革命进程的壮举，已渐渐地、悄无声息地湮没于历史的长河中，直至没有人记起。但是总有那么一天，历史会被人编成故事，故事会演变成传奇，一如我今天把他的故事编演成粤剧《莫雄将军》。我相信会有那么一天，我们的后人，会在他们的历史中，述说着莫雄的传奇。

　　但所有的这些，对于莫雄来说，已经变得无关紧要。莫栋梁先生（莫雄幼子）曾经跟我说过，晚年的莫雄，回想得最多的，是少年时在广州石室教堂打工的日子。在历经了太多的生生死死、打打杀杀之后，他是否对天主有了某种皈依？他对生命的意义是否有了更深层的诠释？他在天堂的慧眼，笑看人世的浮华，生前身后事，一如那滔滔不绝的北江水，日夜南去，凭人评说。

2010年12月

　　（本文部分内容先后发表于2010年第4期《清远职业学院学报》，以及《广东政协》杂志总第67期）

宣传品与艺术品
—— 谈《风云 2003》的创作

合作剧本的创作谈通常都是由合作者共同署名而成，但我觉得这个创作谈由我个人来写，可能会谈得更细、更深入。征得邵忠先生的同意，就由我来执笔，写一写粤剧《风云2003》的余绪。

邵忠先生给我讲过一个"非典"小故事，让我一直难以释怀：2003年"非典"疫情流行期间，他还在广东省委办公厅工作，疫情结束没多久，他们办公室一个才走出校门不久的年轻干部就去世了，不是因为感染病毒，而是因为劳累过度。走的时候，人还不到三十岁。

"那时候跟打一场大战役没什么区别，当时的气氛用什么样的词语来形容都不过分！"邵忠先生说。领导干部和普通干部一样，几乎都是吃住在办公室，每天面对不停往上蹿的病例数字，承受着来自全国、全世界的压力。作为一个见证者、亲历者，邵忠先生一直想用戏剧的形式，表现广东各界抗击"非典"的故事。直到去年，他觉得这事不能再拖下去了，如果错过了"十周年"这个时点，不知又该等到何年何月。于是，他自己执笔，写了两稿戏曲本。到今年初我加盟的时候，已经是第三稿了。

在创作中，我和邵忠先生是有共识和默契的。我认同他剧本中的人物关系，接受剧本中的故事情节。我所做的，是把戏曲本更加粤剧化，把一些可以深化的东西进一步深化，把一些可以去掉的枝蔓去掉。

我们从来都不讳言，《风云2003》首先是个宣传品。在剧本中，我们宣传的、歌颂的就是广东各界在这场灾难中的担当精神、科学精神，以及坚守精神。当其他地区开始封社区、封学校、封医院的时候，广州市面以及省内各地已恢复平静；当学术界还在为"非典"病因是禽流感、衣原体、新型冠状病毒争论不休的时候，广东已经探索出一套有效可行的救治方案；当其他城市街面人迹渺无、风凉水冷的时候，广东人茶照喝、街照逛，广交会照开。而这一切，源自对医学工作者、对执政者的信任。当然，这种信任也不是凭空而来的。至今我还记得：头一天某官员对着电视镜头说："疫情已经控制。"第二天钟南山院士就在媒体上"辟谣"：

"现在连病因还没有搞清楚,谈何控制?!"

我个人认为,正是因为有一批像钟南山这样敢于坚持真理、敢讲真话的科学家,有一批敢于在媒体上秉笔直言的新闻工作者,处于"非典"风暴中心的广东,才能在最短的时间内站稳了脚跟、稳定了人心,"非典不可怕""非典可防可控"才能得到广大基层民众的认可。

在讲述重大社会话题过程中,相对于新闻和影视,戏剧可能会迟到,但我们不会缺席。这些年来从各个角度、各个层面讲述"非典"的文章以及文艺作品非常多,但似乎还没有哪部作品正面讲述广东高层在"四停四不停"决策过程中的纠结,以及这个重大决策背后可能面临的社会风险和政治风险,也不知道高层在做出这个决策背后的科学求真精神。我们认为,十年后再来写"非典",这个遗缺必须补上。

十年后再来写"非典",我们必须有十年来的沉思,以及十年来的反省。今年四、五月份,剧本创作正进入紧张阶段,H7N9禽流感不期而至,华东、华北各地都发现了疫情。H7N9病毒传播力虽然弱于"非典",但死亡率远远高于"非典"(至少从数据上看是这样的),但与十年前"非典"来袭时的大动荡形成鲜明

钟南山院士(中)观看《风云2003》后与主创座谈

对比的，是今天社会的从容和淡定，以及对政府和医院机构的信任与支持。

这种从容和淡定、信任与支持，可以说是十年前"非典"留给我们的宝贵财产，它给我们这个社会带来的改变极其深远，无论是信息公开、科学决策，也无论是社会应急机制的完善、公共卫生设施的建设等。"非典"五年后，汶川大地震骤临，这时的中国社会已经变得成熟，世人已经看到了中国的进步。

既然把抗"非典"故事写成一个戏，我们更希望《风云2003》是个艺术品。

在剧中，第一组人物是关山、于力、万川，他们当年是医科大学的同学。关山一直在搞专业，是国内呼吸疾病研究的权威。而于力则走了仕途，当了省卫生厅厅长。万川既想走仕途，又不想放弃专业，最后当了医院院长。在这三个人物中，于力无疑就是代表政府的，而关山则是代表科学家群体。万川作为院长，是现行制度的执行者，在疫情骤降之际，他的传统思维与关山的科学精神不可避免地产生冲突。有人认为，这个戏是在写人类与大自然（瘟疫）的冲突，其实我们更想讲述的，是传统思维与现代精神的冲突。在这个戏里，现代精神战胜了传统思维。作为传统思维的代表者，万川付出了血的代价，他是需要反省和忏悔的。

我们并不否认，关山在戏里的形象是那么的高大，那么的光辉。大家都能看出来，关山的原型来自钟南山院士。现实中的钟南山就是这么高大、这么光辉！他不但在专业领域独领风骚，在社会公共领域也体现了一个知识分子的良知和担当，在每年的全国、省市"两会"上，都能听到他在为民生疾呼。我们实在不愿意，也不能在戏里写他的一点点的、哪怕是一瞬间的怯懦或犹豫。或许写一写人物内心的另一面，形象就会更加真实，更加有血有肉。但我们不愿意这样做，因为那不是真实的钟南山，或者不是我们所见到的钟南山，也不是我们笔下创作出来的关山。抗击"非典"胜利十周年之际，有媒体采访钟南山，他说的一句话一直让我深思："灾难来临的时候，我们是天使。等灾难过去了，我们又成了魔鬼。"是谁让医护人员在天使与魔鬼之间瞬间转换的呢？显然，这已经是另一部戏的故事了。

另一组人物无疑就是万小丰和白宛兰这对小夫妻了。有的专家曾经问，为什么不在戏里正面描写医护人员的牺牲，而把笔墨放在了记者万小丰罹难的情节上？这里我主要有两点考虑：一是戏曲贵在曲，白宛兰奔赴抗"非典"第一线，而牺牲的却是她的丈夫万小丰，这样写才能"曲"；二是我仍旧没有忘却那个在抗"非典"期间劳累而死的青年干部，当年抗"非典"是全民的、全人类的抗"非典"，不仅仅是医护人员在单独战斗。

白宛兰这个人物也是有原型的。当年写下《护士长日记》的广州市第一人民医院护士长张积慧也到剧场观看了首演，她笔下的"单程票"不知感动了多少人，而当看到剧中"单程票"那场戏时，她泪流满面。场景、故事可能有所不同，但感情总是相似的，相通的。十年前《护士长日记》的"单程票"感动了国人，十年后舞台上的"单程票"感动了现实原型，一个戏能够做到这点，足矣！

剧本第二稿以后，我把大量的时间和精力放在本子的粤剧化上。粤剧的唱腔是板腔体和曲牌体的综合，板腔以梆子、二簧为主，曲牌则以广东小曲、专曲专腔和其他小曲为主。在创作中，最让人头疼的是填小曲。粤语九声，但曲牌（小曲）没有现成的平仄曲谱，只有音乐简谱，填曲者必须先哼熟了曲子，然后才能填写。哼不好，意味着填不好，演员就唱不了。像那种把"我是一个兵"唱成"我是一个饼"的曲子，是绝对不能出现在粤剧中的。

导演熊源伟先生在导演阐述中提到，要"把意识形态的诉求，表现为艺术形式的追求"，他把本剧的基调定为"温暖的英雄主义"。剧本交给了舞台，作者的任务也就完成了，就像一个孩子出生、长大，路只能让她自己去走。她长得好还是长得丑，到底是个宣传品，还是个艺术品，一切任由读者、观众去评判。

（原文发表于《剧本》月刊2013年第12期）

评论

曾小敏《青春作伴》风雨兼程

伍福生

"青春作伴好还乡",这正是时任广东粤剧院院长助理、广东粤剧青年团当家花旦曾小敏(现为广东粤剧院党委书记、院长)的真实写照。新编现代粤剧《青春作伴》在各地收获了不少鲜花和掌声,作为女主角"文青"的饰演者,曾小敏也和"文青"一起成长,一起进步。

由广东粤剧院出品、广东粤剧青年团演出的《青春作伴》自2011年首演以来,一路凯歌高奏。一部新编的现代戏《青春作伴》,令广东粤剧青年团在第十一届广东省艺术节夺得十四项大奖,成为粤剧组别名副其实的大赢家,跃上了一个全新的台阶。这部戏被广东省委宣传部、广东省文化和旅游厅列入重点扶持剧目之一,并获得第九届广东省鲁迅文学艺术奖(艺术类)、广东省戏剧协会"首届广东省戏剧优秀剧目奖"。获得广东艺术节优秀表演奖的曾小敏,也因为一部《青春作伴》而更上一层楼,她在获得"广东十大杰出青年"称号之后,又凭《青春作伴》剧中"文青"一角鲜明的舞台形象与出色表现,从全国19名优秀主演最后提名中脱颖而出,以第三高分的成绩,喜获"第23届上海白玉兰戏剧表演艺术奖主角奖"。

以清新示人

伍福生(以下简称"伍"):您是刀马旦出身的,在不经意间,已经在粤剧舞台度过十八个春秋。在传统粤剧中,您更多的是以古装形象出现在观众的面前,演过屡建战功的穆桂英、巾帼英雄刘金定,也演过修行千年的白素贞、光彩照人的李慧娘。扎实的基本功锻炼,再加上前辈们的指点和提携,让您在粤剧舞台上日趋成熟。艺海无涯,《青春作伴》的时代感与清新,让您有了不同的艺术创造。

曾小敏(以下简称"曾"):排演现代戏《青春作伴》是在广东粤剧青年团建团的前两三年。在这之前我们主要都是以《双枪陆文龙》《刘金定》《白蛇传》《女儿香》这类的武戏打市场。慢慢地市场的需求不同了,观众要求更加丰富的剧目。因此，我们逐渐转向排演一些文戏，例如一些苦情戏、喜剧等，剧目日趋丰富。然而我们一直都只是在排一些旧戏、传统戏，老实说是没有一个戏具备青年团的特色，但是我们要在最节省成本的基础上打造一些好的剧目。为此，我们又想出了两条路，一条是我们要把旧戏翻新，《花蕊夫人》虽然是一部十几年前的戏，但是我们把它重新包装，重新排练，重新从一个高的角度去演绎这部戏。新版的《花蕊夫人》出来以后，给观众的感觉很清新很优美，也给观众一个全新的感受，让大家知道原来青年团也能排文戏，这是一个突破。另一条路是，我们需要找一些别人不敢排，只有我们敢去演，同时又必须是节省成本的戏。因为青年团要自收自支，还要很努力去经营一个剧团，所以我们要在节省成本的前提下打造一个新剧目，刚好我们遇到一个好机会。在第十一届广东省艺术节前，我们接到了广东省繁荣粤剧基金会的剧本《青春作伴》。这是一部现代戏，又是大学生的题材，我当时看到这部戏的剧本时，真的觉得有点难度，因为我们完全没有这样的基础，而且我们现在这一代戏曲演员去演现代的同龄人，是有很大的困难。我们平常都是穿古装的，表演程式比较规范，比较容易驾驭，但如果是现代戏，演绎大学毕业生的故事，就感觉有点难度。我们请来王佳纳导演，跟她沟通了很多次，反复地讨论剧本，也经过很多次的修改。与秦中英老师以及余楚杏、李新华等几位作者一起讨论，修改的剧本整整是厚厚的一大沓，才出了后来的演出版。这部戏一上演大家都很惊讶，青年团排出了这么一个好戏，这部戏首先让观众感到很青春亮丽，很有时代气息，同时也是青年团一个新的台阶。

伍：把握住参加广东省艺术节的时机，选准了现代戏《青春作伴》，塑造了女大学生村干部的新形象，令您荣获"广东省十大杰出青年"的称号，捧回上海白玉兰戏剧表演艺术奖主角奖的奖杯，为广东戏剧界增光。

曾：佳绩的得来，虽然与我自身的不懈努力分不开，但更多的是集体的力量，靠的是发挥团队精神。办团办得很开心，愈演愈有信心，《青春作伴》是一个青年演青年的新戏，全靠全团鼎力合作，获奖正是对团队精神的肯定。《青春作伴》对我来说是一个很大的收获，对团体来说，在广东省艺术节上获得了十四个奖项，在整个艺术节的剧目中是获奖最多的。排演《青春作伴》对我的表演来说，又上了一个台阶，因为它是现代戏，需要很快地投入，很直接地把自己的情感流露出来，我觉得这是一个很好的锻炼。我排完这个戏后，我的表演有了很大的提高。从青年团来说，我觉得收获更大，除了获奖外，更难得的是我们青年团的整体力量增强了，大家的凝聚力也加强了。通过这部戏，我们大家更团结一致，大家有共同的目标,在这个目标实现的时候是最开心的。文青与我,一路风雨兼程。在旅途中,我们不断成长,不断进步。我喜欢文青,喜欢她的执着,她的热情,她的笑与泪。我更希望观众们能喜欢我演的文青,一同发掘我们心底的青春彩虹!

以情理感人

伍:您十分热爱文青这个角色,对文青的第一印象源自《青春作伴》剧本。开始的时候,您好像对剧本并无惊艳的感觉,更说不上震撼,只是文青"大学生村官"的身份和言行中隐含的一种坚韧,让您略感到她似乎有点特别。在排练中,剧本不断雕琢完善,文青的形象,亦渐趋丰满,您对文青的认识也从表面走向深入,到后来,就近乎融为一体了,当相知相识日渐加深,这份感情已是难以割舍了。

曾:在《青春作伴》中,我塑造了一个大学生村干部文青的形象,展现出浓烈的青春气息、炽热的时代意蕴,并让擅长才子佳人古装戏的粤剧艺术,在演绎当代青年风采的过程中透射出全新的活力与魅力。《青春作伴》让粤剧观众耳目一新,大家随情节之喜而喜,随人物之悲而悲。《青春作伴》是一部可以调动观众情绪的戏,我曾经上网查资料,借鉴了一些女大学生村干部的经历。她们曾经满怀激情,也曾饱受打击也曾想过放弃;她们虽然是村干部,但跟普通女孩子一样,也很爱美爱打扮。这些情节都在剧中有所表现。

伍:《青春作伴》是一出很励志的戏,贴近现实生活。

曾:《青春作伴》讲述的是这样的一出戏——南方某农业大学的女学生文青,正当毕业走向社会的关键时刻,遭遇了一系列的人生挫折,养父受经济案件牵连锒铛入狱，养母抛家弃业远走港澳。当她从养母的手中接过当年的童衣，才知自己原来是个被拐卖、被收养的女孩。原本富足安逸的家庭随即瓦解，已签订意向的工作聘约也因此被取消，男友移情别恋、闺蜜横刀夺爱。接二连三的打击，让文青的心境从高处坠入低谷，悲从中来而又欲哭无泪。面对打击，面对变故，她收起童衣，毅然选择远离这个城市，前往农村，却机缘巧合地被推上民选村主任的位置。处身于质朴清纯的山水人家，历经禽流感、强台风、滥征地等风波的考验，逐渐成长，最终成为自强坚毅、拼搏上进的年轻女村干部。文青找回了自我，重拾了希望，寻回了母爱，经受了考验，在村民们的信任、帮助、拥戴、支持下建立起"绿色农业发展基地"，向共同富裕之路前进。此时的我已经进入角色，以形写神地亮出人物在命运突变中的特殊心情和行为。《青春作伴》剧中选择以文青大学毕业，到农村工作后大约两年时间的生活段落进行聚焦。就是在这短短的人生片段里，这个在城市富裕家庭成长起来的、接受过良好教育的女孩却被命运推到了风口浪尖，家庭变故、爱情失意、事业受挫、失去亲情又寻回生母，这一系列大起大落、悲喜交加的复杂事件，让她备受煎熬和考验。在剧中，文青所在的水口村，正饱受农副产品滞销之苦。在选举新村主任的大会上，她在一旁，用手机与各地取得联系，觅得销路。订购的消息随即公布，顿时在村民中引发轰动，被大家当场推上村主任的位置，而村主任候选人林春华却成了村主任助理。在充满戏剧性的情节发展中，我在一片喧闹和抱怨声中表演发短信、听手机的动作，虽不露声色但意味深长，暗示出现代科技文明对农村生存和发展的意义，小中见大而又令观众信服。

伍：大学毕业生当村干部是新时期的新事物，看似光鲜亮丽，却是甘苦自知。您是如何通过对文青带领村民在致富路上的一波三折，将人物的内心世界充分表达出来？

曾：为兑现当初承诺，文青毅然向村民赔款；为筹款还债重返城市向恋人求助，却遇恋人另结新欢。这时候，我先以掩面夺门而出的大动作，表演人物遭受的强烈情感冲击；后以途中放缓脚步的沉思，表现人物很快从重创中清醒过来，意识到自己作为村主任的责任，要远大于失恋的痛苦。这也使村主任助理林春华从对她的不服，到刮目相看、肃然起敬，坚定了与她共同排危解难、同步前进的决心。而林春华的表现终于赢得文青的芳心。

伍：《青春作伴》全剧围绕着一个"情"字展开，并在"亲情"这一主题上进行了三次渲染。

曾：整部戏的第一次转折是文青的养父因受朋友牵连被检察院拘留，随后养母为自保远走他乡,接着文青发现自己叫了十多年的爸妈原来并非亲生父母,伴随着一曲《双星恨》,情之"冷"得以展现。故事将亲情从"冷"写到"暖",层层铺开,催人泪下。文青经历了两段感情,一段是大学时代与同学罗家伟(彭庆华饰)的三年恋情,在第一段感情中,文青感受到浪漫与背叛;另一段是在水口村,与村主任助理林春华(文汝清饰)经历风雨后萌生情愫。林春华的出现,为文青的生活带来了一抹曙光。我饰演的文青,既不是"强人",也不是"完人",更不是"神人"。她时常像一个无助的弱者,在现实生活的风浪中颠簸挣扎,哪怕是攀爬木梯头晕腿软的细节表现,或者是意外被推举为村主任时手足无措的神态反应,抑或是初恋男友背信离弃后撕心裂肺的失声恸哭,都是那样真实可信。

伍:您在剧中的三度洒泪,给观众留下深刻的印象:第一次是家庭破败,养母离去,得悉自己是个出身不明的孤儿;第二次是男友背叛,爱情挫折,又面临借款无着、两头夹击的困境;第三次是巧遇亲娘,重获母爱,悲喜交集的浓重亲情。您以三段不同层次却同样感人肺腑的演唱,赢得观众感动的泪水和热烈的掌声。

曾:当文青在访贫问苦中遭到四婶冷遇,及至台风袭击、救护四婶的紧急场面时,这里我能自如地驾驭戏曲程式,同时因人而变、为情而化,显得灵活而又新颖。尤其是文青为抢出四婶衣箱而重返摇摇欲坠的老房子,抱箱夺门、扑倒在地的动作,与第一场接过童衣、扑倒在地的动作极为相似,两者遥相呼应,却又物旧情新,一个现实中难以实现的幻想,蓦地变成近在眼前的惊喜——原来四婶就是自己的生母!清风拂面的舒爽,云破月来的亲情,我选用优美抒情的旦角唱腔,字重音轻、甘苦并济地唱了出来。随着最初的低回曲折向高音区的提升、飞越,文青的音乐形象如云蒸霞蔚般地升华,沁人心脾,引人入胜,从而将剧情推向高潮。

伍:《青春作伴》开场时,文青以一个刚毕业的大学生形象亮相。在这里,您能表现出她的纯真和对未来充满的憧憬;文青当选村干部后,却又遭遇天灾等,您则以刚步入社会的年轻人心态作为表演切入点,从最初的稚嫩,甚至有点不知天高地厚,到经历了失恋、禽流感、台风雨等变故,在表现出她内心倔强和坚忍的同时,也反映她内心柔弱的一面;到后来,经历磨难的文青,已让村民发自内心地产生敬意和尊重,村民自发地拥戴她再任村主任,此时她的人格才总算真正走向了成熟。

曾:文青在面对这些命运挑战时所反映出来的个性,正是我所喜爱的。文青并非一个成熟的女性,她并没有坚强的外表,遭遇变故时,她也会失措、沮丧、逃避、哭泣。但所有这些,并未磨灭她天性里的执着和坚韧。我以善良、率性、脆弱、坚韧的人物定位。塑造出一个真实、可爱而富有人情味的文青。基于文青个性的定位，在剧中每一个情节点上，我都努力调动各种表演手段，力求做到既高度一致，又有所变化和延伸。

以艺术动人

伍：您出色地担纲主演了《青春作伴》这出现代青春励志剧，成功塑造文青这一平凡而又坚强、充满活力而又微含悲情色彩的时代青年的角色，除了剧中人物固有的天赋之外，更因她付出了超乎常人的劳动。为了练好每一个动作，唱好每一个唱段，演好每一段戏，您曾苦练三伏，日夜不辍，实在很难得。

曾：从踏足粤剧舞台开始，我已经感觉自身的条件不够优越，能够做的就是将勤补拙。有很多前辈，很多演员，他们实在有太多的东西值得我去学习。粤剧是我的兴趣所在，也是我的生命所在，还有很多发展空间，需要我去努力填补。

伍：在舞台上，您成功地塑造了文青这个不同于一般知识青年的女村干部的全新形象，展现了您在表演方面的突出的才华和灵气悟性，对于所饰人物性格有着深刻理解。不落套，不随俗，有主见，有自己的人生观和价值观，远离以往"高大全"创作观念的影响，准确把握好角色的独特定位，这是您获取广泛好评的第一因素。您展现在观众面前的文青，从被遗弃拐卖的"丫妹"，到锤炼成众人拥戴的新型村干部，历经了一个曲折、艰难、合理渐进的过程。

曾：《青春作伴》中融入了大量青春元素，更糅合了舞台剧、歌舞剧、话剧的特点和手法，在传统和时尚之间巧妙游走，吸引年轻观众的眼球。

伍：您最初学戏时应工的行当是刀马旦。从小练功，刻苦勤奋，因而有着比较扎实的武功基础，形体身段绝不输于你的唱念功力。《青春作伴》开场时，您穿着学生的短裙校服，唱着憧憬未来的《毕业歌》，跳起节奏明快的现代街舞和"粤风恰恰"，充满了浓厚的校园青春气息。相信这些都是因为您在广东粤剧学校学习时打下的扎实基本功，才能在反差强烈的剧情环境中表现得如此酣畅淋漓。

曾：剧中人物的表现，在演唱上要具有相当强的表现力与抒情性。文青这一角色，不仅要充分发挥出甜美嗓音的长处，展示粤剧声腔柔婉优雅的特点，而且在咬字归韵上要清晰完整，气息吞吐要收放自如，紧扣人物此时此刻的感情和心理，极富感染力量，才能达到声情并茂的效果。戏曲的表演是以程式化为特征的，尤其适合于表现历史题材，到了现代戏，通常因此受到限制。但是《青春作伴》一剧，要表现当代的生活，就不免要拓展表现手法，用戏曲的东西描摹现当代的生活。

伍：在《青春作伴》剧中，文青的每个唱段，都是经过您自己一番思考；在唱腔处理、运腔技巧方面，又因应文青的个性给予一些细微的调整，手法与平时演古装戏时有明显的不同。在音色上，您适当采用了一些流行唱法的特色，让唱腔更接近当代生活味道，适应观众欣赏现代戏的习惯。在个性化处理上，着重透过演唱刻画人物身上的青春气息和知性韵味。

曾：在"抗台风"一场，其中表现文青和一众女村民抗洪救灾的"缆绳舞"，糅合了"串翻身""探海""前桥"等戏曲程式；文青与林春华的一段"书包舞"，也很自然地展示了戏曲之美。我在戏曲程式化的象征性表演与话剧写实性的表演之间努力寻找着平衡点，力求做到让表演既接近现实，又符合戏曲特点。

伍：您在《青春作伴》剧中饰演的文青，可谓粤剧舞台上一个全新的艺术形象，她不落套、不随俗，有自己的主见，也有自己的人生观和价值观。她是一个平凡而始终坚持自我，在失败和跌宕中逐渐得到认可的、微含悲情色彩的时代青年。从这个平凡而又不平凡的舞台人物身上，观众能清楚地看到一种微弱却敢于担起公道和责任的力量，看到一种顽强、率真的信念和希望。

曾：《青春作伴》作为"欢乐广东——全省优秀舞台艺术作品巡演"的入选作品，从2012年6月起在全省巡演了几十场，其间，《青春作伴》带着浓浓的青春气息走遍佛山、江门、高明、新会、三水、南海等地，为当地的观众送上欢乐。2012年12月在顺德大良镇政府礼堂做全省巡演的最后一站演出。

伍：白玉兰奖为您的艺术生涯增添了浓墨重彩的一笔，更让广东粤剧院在全国戏剧舞台上再次展现了南国红豆的风采。您既是广东粤剧院的院长助理，又是广东粤剧青年团的当家花旦，并担任一定的行政工作，演出任务繁重。2013年8月中下旬还参与本剧的录像拍摄，参加全国十大舞台精品工程的评比，这是广东唯一的入选代表剧目。预祝你们取得佳绩！

曾：谢谢！《青春作伴》先后应广东省政协、广东省直机关工委及广东省文化厅邀请，分别为出席广东省"两会"的代表献演以及在"迎接十八大专场粤剧演出"晚会上演出。此外，《青春作伴》带着蓬勃的朝气走出广东，先后到上海及广西等地献演，该剧在两地引起了强烈反响，众多专家、观众和媒体在观看后给予很高的评价。

（原文载《南国红豆》2013年第四期，并收入2017年羊城晚报出版社出版的伍福生专著《对话粤剧人》）

耐得住文学的寂寞　守得住身外的繁华
——记剧作家李新华及其剧本《青春作伴》

游志斌

"清远戏剧文学路上的独行者。"这是两年前李新华在一次接受南方日报记者的采访后,记者对他戏剧文学创作方面的评价。在笔者看来,他之所以被称为"独行者",是因为在清远,从事戏剧文学创作的李新华几乎找不到同路人。可就是这样一个"独行者",自2004年开始从事戏剧文学创作以来,已经获得了与此有关的无数荣誉:2007年现代大型粤剧《海心岗》获"第五届中国戏剧文学奖铜奖";2009年,大型话剧《穷孩子·富孩子》获得了重庆市征集舞台艺术剧本活动三等奖,同年粤剧《莫雄将军》在广东文化厅举办的全省专业剧本评选中获得三等奖;2012年,他的创作再上新台阶,参与执笔创作的大型现代粤剧《青春作伴》获第九届广东省鲁迅文学艺术奖……

作为清远市艺术研究室的专业编剧,李新华所取得的这些成绩,尤其这次获得第九届广东省鲁迅文学艺术奖省级奖项,跟他多年始终坚持"耐得住文学的寂寞,守得住身外的繁华"的创作理念有很大的关系。

找准定位,潜心创作

艺术是形象的,是理性思维与感性思维并存。李新华认为,要成为一名好的编剧,除了具有较高的思想理论素质和较强的专业知识外,还应该有丰富的生活体验,要学好专业知识和创作技巧这些基本功,还要学会解剖别人作品的精彩之处,发现自己的不足之处,"取人之长补己所短",知道什么东西适合写戏。只有找准作品的定位,才能创作出有观众有市场的作品。李新华创作《青春作伴》的初衷就是这样的。

谈起创作《青春作伴》这部粤剧的初衷,李新华说这部剧作本来是为广东省粤剧青年团的年轻演员们"量身"创作的,当时青年团正在为参加广东省第十一届艺术节准备剧目。就在这时，一位前辈提议创作一部关于"大学生村官"的粤剧。"大学生村官"政策的萌芽，可以追溯到1995年江苏省丰县的"雏鹰工程"。为解决"三农"问题，1995年江苏省率先开始招聘大学生担任农村基层干部。2010年4月29日，中央组织部下发通知，从5年内选聘10万"大学生村官"，增长为5年内选聘20万"大学生村官"。单在2010年一年，全国就选聘了3.6万名"大学生村官"到农村基层任职。近几年，广东的"大学生村官"工作也开展得如火如荼。在如此大环境、大背景之下，李新华在粤剧编剧老前辈的指导下，与自己进修研究生时的同学余楚杏分工合作，很快拿出了《青春作伴》为题的创作大纲和文学剧本。

粤剧是广东最大的剧种，是全国十大剧种之一，博大精深，源远流长，几百年积淀下来的东西太多，非朝夕之间就能学深学透。为了写好这部剧，李新华与他的同学分工合作，他主要负责文学剧本，同学主要负责唱腔唱段，两位老师"传帮带"作指导，形成了一个奇特的四人创作班子。在采访中，李新华坦言，他目前已经能够独立创作话剧、电影剧本，但还不能独立创作粤剧。可以看出，他对优秀民族文化、对传统艺术的那份敬畏之情。

李新华在剧本中加入大量的现代元素，并在大纲中就设置好复杂跌宕的人物关系，以"女大学生村官"文青的创业故事为线索，通过各种人物关系和故事情节来反映当代大学生的价值观、人生观和情感世界。尤其是该剧的结尾部分，当写到男女主人公在为实现各自人生目标而奋斗时，李新华没有陷入俗套，而是将这两者的目标组织成矛盾加以激化，女主人公文青作为"大学生村官"要保护农民耕地，与前男友作为土地开发商要开发土地之间存在着巨大的冲突，让人物在矛盾冲突中得到不断的升华，使得人物的性格和故事的情节显得十分饱满。

不断完善，精益求精

相对于其他形式的文学创作，粤剧的创作是一个极其痛苦的过程，个中辛劳，冷暖自知。一个剧本如果改五六遍就能够定稿，那可算是万幸。很多时候剧本永远没有定稿之时，演几场改几处，演几场改几处，能把作者烦死。剧本从初稿到演出稿，除了作者的名字没变，其他的都会在变。对于向来追求完美的李新华来说，要创作一部好的作品，就是需要经过不断打磨、完善其中人物性格、人物关系、故事情节以及唱腔曲牌等各方面的细节。在创作《青春作伴》这部剧时，李新华等人几易其稿，不断改进剧本。李新华创作故事大纲后，把大纲交给其他创作成员看，大家看了以后觉得人物性格、故事情节还可以再完美一些，于是提出了一些修改意见，李新华再执笔修改了后再交给大家讨论……于是这部剧的提纲在创作班子当中被反复修改了五稿后，才基本被定下来，形成可以在舞台上公演的、并正式定名为《青春作伴》的剧本。在后来的排练过程中，李新华与他的同学几乎是把排练场当成了自己的办公室，广东省粤剧青年团的演员在一边排练，他们在旁边修改相关情节、台词等。

在多年的戏剧文学创作当中，李新华认为，一个好的剧本要经过编剧、导演、演员等的多度创作后，才能跟观众见面。这其中，除了一度创作基本上是作者自己把握之外，二度、三度都会融入导演、演员的创作，这是一个从个体创作到集体创作的过程。在这个过程中，每个人的艺术审美、艺术观念和艺术思想肯定各有不同，要达成共识，往往会有一个极其痛苦的磨合过程，很多编剧就是不能承受这个过程而放弃了作品，甚至放弃了创作。所幸的是，在三度创作过程中，老师前辈都在不断地给予他们这部剧好的建议，与导演、主演的互动也是良性的，才使得这部剧随着公演的不断推进，所获得的荣誉也越来越多：2011年参加了广东省第十一届艺术节，取得了"优秀剧目一等奖""优秀编剧一等奖"等14个奖项，是该届艺术节的"大赢家"；2012年还作为"喜迎十八大优秀剧目"，由省文化厅组织到广东城乡巡演。此外，这部剧还应邀到上海、广西等地参加了各类艺术节演出。

观众叫好，群众喜欢

据不完全统计，《青春作伴》自2011年公演以来，至今已经演出了50多场。在喜迎党的十八大期间，广东省文化厅一下子就"采购"了35场，深入全省各地级市巡演；上海戏剧学院更是特地邀请《青春作伴》剧组去上海公演了几场；2012年初的广东省"两会"期间，《青春作伴》作为新创剧目，为所有的委员代表汇报演出了两场。在东莞举行首演时，演员们身着青春靓丽的服装出场，一下子就把全场的观众吸引住了。在随后的演出过程中，全剧高扬主旋律，故事感人，唱段动听，剧中跌宕的故事情节更是将观众的注意力吸引到舞台上。据东莞玉兰大剧院的一位工作人员介绍，当天首演从开始到结束，几乎没有观众提前离场，大家都是等到演出完全结束后才离开，这在东莞玉兰大剧院有演出以来是很少见的状况。有很多观众甚至意犹未尽，问工作人员这部剧什么时候还来东莞演出，到时候他再

红线女老师在剧场现场点评《青春作伴》

带家人来看一次。著名粤剧表演艺术家红线女在观看了这部剧后连连称赞,认为这部戏是她近年来看过的一部非常难得的粤剧现代剧。

在2012年为广东省"两会"汇报演出前,有关领导怕观众坐不住,再三强调全剧演出时长一定不能超过两个小时。但结果当天演出历时近两个半小时,远远超过了预期的时间设计,精彩的剧情让观众意犹未尽,忘记了时间,的确十分难得。

强化学习,再出力作

李新华平常不吸烟不喝酒、不打牌不摸麻将,最大的爱好就是看书、写作。他说,戏剧创作尤其是粤剧创作已经渗入了他的骨髓里面,他现在可以不写别的东西,但不能不写戏剧、粤剧。在获得了这么多的荣誉之后,他还是一如既往地坚持自己的粤剧创作。针对这次创作《青春作伴》,李新华自言收获很多,在他看来,要成为一个出色的编剧,一定要将创作融入生活当中,同时还要将剧本融入舞台当中,要坚持剧本与生活、与舞台相结合,创作出来的作品才会更立体化、形象化、生活化。

时至今日，《青春作伴》已经赴广西、到上海、贺"两会"、下基层，屡获大奖，可以说斩获颇丰，但又看不出李新华有什么特别的欣喜。他说："在戏剧文学创作的过程中，寂寞是永远的，繁华是暂时的，痛苦是透彻的，成功是别人的。编剧永远都站在导演、主演的背后，所有的掌声和鲜花都是为他们而设的，留给编剧的只有那个黯淡的背影。"

尽管"寂寞是永远的，繁华是暂时的，痛苦是透彻的，成功是别人的"，但李新华坚定地认为：文章是千古的！剧本是一剧之本，若干年后，没有人会知道这部戏的导演是谁，也没人会知道它的主演是谁，却依然能够从字里行间读到剧作家或激昂澎湃，或缠绵悱恻的文字，有如我们今天捧读《牡丹亭》《西厢记》，依然那么齿颊留香，余韵缭绕。

最后，笔者还问到李新华最近有什么新作，李新华说正在修改话剧《康梁》。《康梁》是广东省委宣传部抓的一个重点剧目，现在已经改到第六稿。"太苦了！每改一稿，等于让自己涅槃一次，重生一次。当然，每改一稿都是一次质的提升。我可以大胆地说，将来《康梁》上了舞台，一定会比《青春作伴》更好。"

我们不妨拭目以待。

（原文载2013年2月14日《清远日报》）

新编现代粤剧《风云 2003》观后研讨会纪要

为纪念广东省抗击"非典"胜利十周年，由广东省政协秘书长杨懂担任总策划，广东省繁荣粤剧基金会主办，广东粤剧院一团演出，上海戏剧学院博士生导师、著名导演熊源伟担任总导演，广东省政协副秘书长邵忠与青年编剧李新华根据2003年广东人民在广东省委、省政府正确领导下英勇抗击"非典"疫症的感人事迹创作的新编现代粤剧《风云2003》，经过一年时间的创作排演，于10月8日在广州友谊剧院首演。10月9日上午，《风云2003》观后研讨会在广州凯旋华美达酒店举行，中国剧协领导和专家、广东省政协办公厅领导与省内外艺术家、主创人员以及媒体记者共50多人出席会议。会议由广东省繁荣粤剧基金会秘书长苏政武主持，广东省政协杨懂秘书长致欢迎辞。中国剧协党组书记、专职副主席季国平因公务不能到会，由广东省繁荣粤剧基金会副秘书长苏小玲代宣读观后意见。

杨懂（广东省政协党组成员、秘书长、办公厅主任）：金秋十月，是个丰收的季节。为了打造粤剧《风云2003》，大家放下各自繁忙的工作，再次聚会广州。我谨代表广东省政协办公厅和广东省繁荣粤剧基金会向大家表示热烈的欢迎和衷心的感谢！

粤剧《风云2003》能够在纪念抗击"非典"十周年推出，有着重要的意义。它能够在舞台上立起来，离不开中国剧协、省委宣传部、省文化厅等单位的关心支持。广东省繁荣粤剧基金会自成立以来，省政协办公厅就大力支持它积极开展工作，特别是大力支持现代戏的创作。前两年，基金会组织创作排演的"大学生村官"题材粤剧《青春作伴》取得较好成绩。今年推出粤剧《风云2003》，又取得了一个重要成果。今天这个研讨会，请大家多提宝贵意见，同时希望职能部门一如既往地关心支持这个戏，希望媒体朋友多宣传粤剧，使"申遗"成功后的粤剧能得到人们的关注和喜爱。

季国平（中国剧协党组书记、专职副主席）：整个戏很震撼，很完整，有几个点很感动人，令人流泪；戏剧节奏张弛有度，舞台总体呈现很好，简洁大气；舞美很巧妙，有几个表演空间。两小时的戏很好，见好就收，让观众意犹未尽。一个政治题材能做成这样，非常难得。熊源伟导演非常厉害，太棒了！听说本来要用话剧来表现这个题材，现在看来，用粤剧表现更有价值。戏先别大改，就这么演，然后沉淀一下，让编剧和导演好好思考，再作进一步的修改。这个戏一定要多演，建议与群众路线教育结合起来演。要关注领导层的意见，从他们的角度看一看，哪怕是批评也不怕，择善而从。

罗怀臻（中国剧协副主席、上海艺术创作中心国家一级编剧）：看完戏有一个感觉，这个戏一步到位，一次成型，没用错主创队伍，没走弯路。一个当代题材，一个不善于演现代戏的剧种，能做成这样非常不容易。数十年以来，全国几百个戏曲现代戏创作都按照京剧的套路，总也逃不出所谓塑造英雄形象的固定范式。纵观广东的现代戏创作，从20世纪50年代的《山乡风云》，到前十年的《驼哥的旗》，再到前两年的《刑场上的婚礼》，都没有挣脱这样一个范式。改革开放以来，广东没有出现一部代表粤剧形象的作品，覆盖力日渐减弱。这次的起步非常漂亮，与《山乡风云》形成了两个时代的创作范式，完成了现代戏创作的时代转型。你们在不经意之间已经完成了一个剧种的时代转换，你们要有成就感。《风云2003》的诞生，将会对广东乃至全国的戏曲创作具有渗透性的影响。你们要争取尽快让各级领导看到这个戏，这是群众路线教育的绝佳内容，同时它已经具备了艺术精品的潜质，你们要好好把握。

崔伟（中国剧协党组成员、副秘书长）：抗"非典"这个题材很难写，一年时间从彷徨、疑虑中走过来，剧作呱呱坠地，我的感受是独特、强烈、感动、震撼和启发。艺术家要有神圣的使命感，用艺术去记录这一段刻骨铭心的历史，使人们不因灾难过去了、生活好过了就把它忘记了。这个戏再一次印证了艺术不仅具有审美功能，也具有教育功能，相信每一个观众都在审美过程接受了正能量。非常佩服广东省政协办公厅和广东省繁荣粤剧基金会，我知道没有杨懂秘书长他们的支持，这个戏根本就出不来。中国剧协从剧本阶段就注意到这个戏，今后也将继续深度关注。祝贺广东粤剧出了这个好作品，希望它成为现代戏觉醒和转型的标志。

黎继德（中国剧协《剧本》月刊主编、戏剧评论家）：之前读过一次剧本，昨晚看了戏，连夜又读了一次剧本，感受很深。这是一个极具现代品格的戏曲作品。好的戏曲剧本就同时是一个文学本、音乐本、演出本,此戏具备了以上特点。我向来比较强调戏曲剧本的文学性。文学精神就是人学精神,现在许多现代戏都不太关心人精神层面的东西,这个戏在这方面做得很好。音乐非常好,主题曲我在剧场就会哼了,现在还唱得出来。全剧用了32个曲子,有很好的音乐思维,这就是我要说的音乐本的意思,作者在写剧本时就要考虑到音乐的进入,这对戏的流传和传播可以起到很大的作用。我所说的演出本,就是编剧要给二度创作多留空间,舞台提示要简练。这点该剧又做到了,让熊源伟导演舒展了才华。

提几点意见:1.外部动作多了些,人物的内心揭示不够;2."四不停"是核心唱段,大部分唱词不是很到位;3.戏结束后,"非典"牺牲者的姓名打在字幕上不够完美,如果直接打在广州地图上,打在这块他们为之献身的土地上,则更摄人心魄。总的来说,我对这个戏总体评价非常高,非常有特点和现代品格,同时又是粤剧的。

范小宁(中国剧协《剧本》月刊副主编、戏剧评论家): 听说写"非典",就想到灾难片,人在灾难面前的表现,勇气、恐惧、爱等。发生在中国的灾难,写起来局限多,非常难。看了剧本又看了戏,非常感动、震撼,很有艺术享受。编和导都非常出彩,结构环环相扣,没有闲笔废笔。众人街头读报那一场应该是二度创作时加上去的,增加了剧本的厚度。抢救场面、病房相会非常好,非常感人。三位大人没有两个小青年鲜活,最好看是俩青年的戏。关山的主题唱段唱词不是很准确,没有从科学角度出发,倒是从国家形象方面考虑多了。不可回避的是,现在在戏里还看不到政府的力量、国家的支持,这不需要花很多笔墨就能处理好,像"街头读报"那样表现就行。人物性格塑造方面,前期还好,后期偏重于讲故事了。同意季书记所说,先不动,先演着,好好想一想。

刘琼(人民日报文艺部理论评论部主任): 看戏之前就充满了期待。题材抓得特别好,这是中国人近年亲历的、深刻难忘的、与生命有关的事件。"非典"使广东又一次站在了历史的前沿,用十年时间反思和沉淀,能否用戏曲去演好它,是一个很大的挑战。一个戏首演就能如此完整,很意外。现在很多舞台作品都不屑于讲故事,这个戏能通过形象思维来讲述那一段令人难忘的故事,流畅自然,生动简洁。艺术要表现当下的价值观,要以人为本,所有的艺术都是意识形态的,没有所谓纯粹的艺术。不足之处是,人物构造的丰满度不够。卫生厅厅长戏份不足,加上

红线女观看《风云 2003》后与主演丁凡见面

演员又漂亮，容易成为花瓶。她是个管理者，面对重大事件的表现，总觉得剧本没有赋予她力量。高潮部分有不足，华彩还不够，可能是受矛盾铺垫不够影响。

徐南铁（文艺评论家、报告文学《"非典"的典型报告》作者）：广东人写和演这个戏，是对广东人精神的肯定。"非典"使广东人交了一份很好的历史答卷，弘扬英雄主义和科学精神。英雄主义在广东人身上表现出来就是淡定，而不是北方人那种慷慨激昂。多种矛盾处理得很好，政府、媒体、人民群众的，现实与艺术的，主流与细节等。建议结尾可否是另一种方式，如广交会如期召开等，这样会有故事的完整性，符合中国人的审美习惯。

陈中秋（广东省文联原党组书记、戏剧家）：我曾参加了《风云2003》的剧本研讨会，戏今天演成这样，衷心祝贺。剧本改得更完善，导演是大手笔，整个戏格调很高，艺术与时代贴得很近。繁荣粤剧基金会大力推进这个戏搬上舞台，决心下对了。戏曲改革根本在内容，生活与艺术的真实是统一的。熊导演把戏导得很好看，沉重的题材有可看性，目的达到了。一个时代有一个时代的东西，死守程式做不出好东西。

两点小意见：1.要看到中央的部署和省委的形象。没此背景，立足点就不够高。2.人物塑造方面，要强调医德，强调关山的敢于坚持，坚持科学和坚持真理。

红线女（著名粤剧艺术家）：看了戏很高兴，很感动，流下了眼泪。感谢熊源伟导演对粤剧的支持；感谢编剧，邵忠同志对粤剧工作非常关心，做了很多实际工作。我们的宣传文化部门过去对创作现代戏没有这么重视和支持，这个戏鼓舞了我们。但我看了戏觉得不满足，生旦戏份不够。粤剧观众还是喜欢看生旦戏的。

康保成（中山大学中文系教授、戏曲研究专家）：进剧场之前没读过剧本，是抱着看一个政治戏的想法而来的。作品的呈现完全出乎我的意料，你们把一个并不适合戏曲表现的题材演得这么好，令人意外。作品遵循了中国戏曲特有的审美要求，又创造性地运用了很多现代元素，使之与现代社会生活相融合，十分难得。有点小瑕疵，剧中用"毒王"的称谓有点欠妥，因为他本身也是个受害者。还有就是那两个要"请假"的护士思想转变太突然，欠铺垫。总的看来，这已经是个相当不错的现代戏。

倪惠英（广东省剧协主席、广州市文联专职副主席、著名粤剧表演艺术家）：这是个重大题材作品，表现了广东人在这个大事件中从容淡定、迅速化解危机的整体风貌和能力。这个戏也是我们艺术工作者献给医务工作者的致敬之作。艺术家在时代面前不应缺位，要歌颂这个时代以及这个时代的英雄。人类社会发展需要科学精神，这个戏在这方面表现很真实，很好看，很有感染力，我十分感动。艺术表现手法很好，舞美和音乐很大气，将一段凝重的历史搬上舞台而又很诗化，尤其是年轻夫妇的处理，升华了作品的人文境界。不足的是：1.于力这个人物太单薄。作为政府的形象代表，没能显示更多的正能量，建议增加她的戏份，同时增加一两名医务人员，突出表现医务工作者群体。2.此外，服装需要做些改进。

梁郁南（广州文学艺术创作研究院国家一级编剧、《南国红豆》主编）：我说几点：1.观众喜欢，人们至今怀念我们的抗"非典"英雄，剧作表现了和平年代的壮怀激烈，柔情万丈；2.本人敬佩，敬佩主创人员特别是编剧，敢于碰重大题材，事实证明，粤剧可以表现重大现实题材；3.作者有生活，有激情，有技巧，剧中采用双线结构，两线互为映衬和补充；4.舞台呈现大气空灵，既虚又实；5.演员阵容强大。不足的是：没写足追求科学的艰辛和付出的代价。譬如说，把万川写好了，就能衬托起关山。万小丰进病房后，万川与关山的冲突就是追求科学和真理的冲突，正因为真理与谬误之间只差一线，这种抉择才尤为艰难，尤为难得。万川同样真诚地付出，他却失去了儿子，关山的安慰会让两个甚至三个老同学仰天痛哭。这就是追求真理付出的代价，要展现平常人看不到的科学家内心的痛苦与无畏。

杨树（广东省文化厅副厅长）：原来觉得《风云2003》只是一个艺术宣传品，看戏超出了预期。演现代戏很难，这个戏把艺术品位与艺术的教化功能结合得很好，是个意外之喜。中国剧协给予这个戏很大的支持，省政协、省繁荣粤剧基金会和省粤剧院在此基础上有一个这样好的合作。熊导接这个戏，我的心里就有了很高的期待。方健宏厅长昨晚看了演出后很激动，深夜来电让我转达他的意见，他说这个戏具备了精品的潜质，剧团要多听意见，抓紧修改提高，要多演出，厅里会把它作为重要项目去经营。方厅也提了一些意见，例如"四不停"一场，牵涉到高层决策，全寄托在关山一人身上，高层的作用湮没了。高层实际上会做许多方案，专家意见只是用来支撑、验证这些方案。还有小夫妻的戏、梁姨的戏很好，两名送货工的戏可否压减一些，恐有歧视外来工之嫌。方厅的意见请你们考虑一下。我本人看戏后也觉得有所不足，不够丰富不够饱满，戏剧化还不够"化"得开。把人物塑造出来了，价值观表现出来了，还不够，还希望有一些"言外之意"的东西，例如生命意识、人生况味等。关山的主题唱段有点像念文件了。两个护士要"请假"，代表了一种气氛，一个群体，现在感觉这个点还没找好，转变的说服力不够。当然不急着大改，看准再做调整。下一步厅里要与剧院好好合作，争取这个戏上台阶，往前走。

熊源伟（导演艺术家、戏剧教育家、上海戏剧学院教授、博士生导师、《风云2003》总导演）：感谢中国剧协推荐，又一次与粤剧的亲密接触。接本子时有点为难，主旋律的东西，要把意识形态的诉求转化为人文关怀，把宣传效应转化为审美品质，难度可想而知。这次创作，是要用艺术形式谱写一曲悲壮的颂歌，书写一首政治抒情诗，讴歌温暖的英雄主义，抒发理性的世纪情怀。从首演效果

粤剧《风云2003》编剧李新华（左）与导演熊源伟（右）

看，我们的创作初衷达到了。感谢毛庭齐导演、王向东导演，"读报"戏，几段舞蹈，就是他们的东西，没有他们，很多东西贯彻不下去。董为杰的音乐为英雄主义的展现做了很好的衬托，功不可没；崔德銮的唱腔设计悠长婉转，很好听；舞美设计和服装设计都是广东的，广东有人才。感谢省粤剧院，感谢丁凡、蒋文端两名"梅花奖"演员的合作。粤剧"大佬倌"们在排练中极其投入，非常"听话"，所以才有今天的舞台呈现。动用了整个一团和部分二团的艺术力量，场面如此之大，纪律却如此严明，在经济发达的广东有这样的文艺团体，可见他们有严谨的艺术追求。感谢陈志林团长，感谢严云涛副团长，他们的付出都包含在这个戏的成功之中。

李新华（清远市文艺创作中心副主任、《风云2003》编剧）：整个戏的跟排过程是我学习的过程，以熊导为首的这个主创队伍的二度创作是对剧本的大大提升，我亲历文本在舞台上立体呈现的过程，收获巨大。十年了，"非典"题材的粤剧作品迟到了，可幸没有缺失，深感欣慰。

邵忠（广东省政协副秘书长、《风云2003》编剧）： 创作团队每走一步都得到领导、专家的关心指导，衷心感谢。革命尚未成功，仍须各位支持。

（原文载《南国红豆》2013年第六期，记录整理：苏小玲）

简评新编粤剧《凉茶王传奇》

华永建

王老吉凉茶，清热、解毒、祛湿、止咳，对于生长在亚热带的广东人来说，这当然是生活中必不可少的一剂良药。然而，它的始祖是谁，它是怎样流传下来的，这些问题人们却所知不多。因而，当广州粤剧院演出的大型新编粤剧《凉茶王传奇》在舞台上亮相之后，它便很自然地受到广东人的高度关注和热烈欢迎了。

一

新编粤剧《凉茶王传奇》讲述了岭南草医王老吉一生的传奇故事。清道光年间，广州城暴发了瘟疫，阿吉凉茶铺的王老吉不忍街坊被瘟疫折磨，上罗浮山和飞霞山等地寻找草药的新配方。在清远飞霞山，他得到赖珍道长传授的一个绝世秘方。回到广州后，王老吉以这剂配方解救了很多受难的街坊，受到他们深深的爱戴。不料，永昌号鸦片馆的老板何永昌凭着王老吉三个月前的一张借据，要王老吉交出秘方，否则就要抢走他热恋中的蕙兰姑娘。这时，正在凉茶铺喝茶的水匪龙彪出手相助，帮王老吉还了债。没想到龙彪是有备而来，把王老吉捉到水匪寨猪笼岛。正在此时，钦差大臣林则徐到广东禁烟。何永昌勾结府台诬告王老吉投匪贩运鸦片，林则徐闻报大怒，派官兵上岛捉拿龙彪和王老吉。王老吉被打入死牢，蕙兰到钦差行辕投告。于是，林则徐和王老吉在公堂上演了一出精彩的好戏。

二

新编粤剧《凉茶王传奇》由邵忠和李新华编剧。两位作者在创作该剧的过程中，积极搜集了有关王老吉的6本书籍，从中选择了王老吉生活中的一些真实事件写入剧本中，如王老吉从道长那里拿到秘方、王老吉被水匪抓走和林则徐在广东禁烟时水土不服，饮过三剂凉茶等，使剧本具有一定的真实性。此外，王老吉凉茶是剂良药，帮助很多群众治好了病，群众自然十分感谢王老吉。因而，民间涌现了很多关于王老吉的传说，内容十分丰富。两位作者积极搜集这些传说，并从传说中选择一些故事，写入戏中，使剧本具有丰富的传奇性。所以真实性和传奇性的很好结合，是新编粤剧《凉茶王传奇》一个鲜明的艺术特色。

《凉茶王传奇》的两位作者很会写人。剧中的人物，都有鲜明的个性。能够这样，首先是作者善于通过人物的具体行动来写人。如王老吉想尽办法抗瘟疫，救街坊；不辞劳苦，攀山越岭寻药方；他不满鸦片馆老板的所为，千方百计与之抗争；他与蕙兰姑娘患难与共、真心相爱；他还与林则徐公堂相见，码头送行等。这一切都让我们看到他的具体行动。两位作者还善于运用精彩的艺术细节来刻画人物。王老吉和蕙兰在狱中拜堂一场戏就是这样。蕙兰到狱中探监，听说王老吉午时即将问斩。她深深爱着王老吉，一定要和临刑前的王老吉拜堂成亲，可见她对王老吉的感情之深。王老吉不愿连累蕙兰，当然不会同意。蕙兰坚持己见。最后，王老吉想到自己行将问斩，他唯一牵挂的就是如何将凉茶配方保留下来。王老吉正在为此苦恼时，遇到了蕙兰。他提出只要蕙兰接受配方，就和她拜堂成亲。两位作者就是通过这个精彩的细节，很好地刻画了王老吉和蕙兰两个艺术形象，这真是艺术上很精彩的一笔。

两位作者根据道光年间林则徐到广东禁烟时，曾经饮过三剂凉茶的史实，很好地虚构了一些细节，如林则徐和王老吉公堂相见，林则徐经过一番认真的勘查，查清了案情，还王老吉以清白；林则徐即将离开广东之际，王老吉还去码头送行，表现了与民族英雄林则徐依依惜别之情等，真是感人至深。

粤剧《凉茶王传奇》在音乐设计、唱段铺排及曲牌运用方面等都保持了浓郁的"粤味"。因而，著名粤剧编剧家秦中英给予此剧很高的评价，认为此剧的曲调顺畅、唱段布局合理，是一部原汁原味的优秀粤剧。

三

新编粤剧《凉茶王传奇》的演员队伍阵容强大，由中国戏剧梅花奖获得者欧凯明和剧团当家花旦崔玉梅领衔主演。欧凯明扮相英武、嗓音洪亮而富有张力，他的表演风格细腻传神、戏路宽广。他认为，如何用程式化的表演来塑造艺术形象，这是一个永远都值得我们认真探讨的问题。因而，他经常把高难度的技艺糅合于人物形象的塑造之中。

在此次《凉茶王传奇》的表演中，欧凯明就在如何运用高难度的技艺来塑造王老吉艺术形象这方面下了很大功夫，很好地塑造了王老吉的艺术形象，增强了粤剧观赏的美感，受到了广大粤剧观众的喜爱。此外，崔玉梅扮演的蕙兰、何瑛华扮演的林则徐和青年演员陈振江扮演的龙彪在艺术创作中都很成功，给观众以很好的艺术享受，导演在一些群众场面的处理上也很有特色，给该剧添色不少。

四

李新华表示，给王老吉作传，这不是卖广告，不是一种商业行为。广东凉茶是国家级非物质文化遗产，是岭南文化的积淀，京剧曾推过"全聚德"，做得很成功，我们广东的戏曲为什么不可以推广一下广东本土品牌？为什么不可以用粤剧的艺术形式来演绎广东凉茶呢？粤剧和广东凉茶都是岭南文化的瑰宝，这次，粤剧和广东凉茶结合，把它们共同呈现在广东的戏曲舞台上，这是民族品牌和民族英雄的交集，是我们推广岭南文化的一次新尝试，这是一种十分有意义的活动，值得我们加以充分肯定。

五

李新华是我省剧坛近年涌现出来的一位优秀青年编剧。他从2007年开始写戏，在不到10年的时间里，先后有10个剧本被推上舞台或在刊物上发表。2011

年，由广东粤剧青年团演出的大型粤剧《青春作伴》（与人合作），在第11届广东省艺术节获优秀剧目一等奖和优秀编剧奖；2012年创作的大型历史话剧《康有为与梁启超》在第12届广东省艺术节获优秀剧目一等奖和优秀编剧奖，并获2014年第21届曹禺剧本奖提名奖；2013年由广东粤剧院演出的大型粤剧《风云2003》（与人合作），获2014年广东省第9届精神文明建设"五个一工程"奖，在第12届广东省艺术节获优秀剧目二等奖和编剧奖，并发表于2013年《剧本》月刊。

李新华是近几年我省剧坛上涌现出来的一位多产优质的青年剧作家，我们希望李新华在此基础上戒骄戒躁、勤奋创作，为我省戏剧创作做出更大的贡献。

（原文载《南国红豆》2015年第三期）

情动于中　以情感人
——演《凉茶王传奇》蕙兰一角的体会

崔玉梅

说起凉茶，在广东生活的人大多都会想起"王老吉"这个名字。因为王老吉被誉为广东凉茶的始祖。排演一部反映宣扬岭南凉茶文化的粤剧，具有重要的历史和现实意义。当我接到《凉茶王传奇》这个剧本时就被它的人物和故事深深被吸引了。

故事讲述了道光年间广州城暴发瘟疫，阿吉凉茶铺的王老吉不忍街坊被瘟疫折磨，千辛万苦寻得药方解救百姓，却不料被永昌号鸦片馆的老板何永昌诬告陷害，幸得恋人蕙兰冒死告状，钦差林则徐明察秋毫，使王老吉转危为安，成就了一代凉茶王。

我在《凉茶王传奇》中扮演蕙兰一角，虽然这个角色戏份不多，但我深深地被这个生活在最底层的洗衣女感动，我认为她是贯串整个戏、并承前启后的重要人物。蕙兰的性格温婉善良，胆小柔弱，但在大是大非面前是一个有主见、敢于反抗的女中豪杰。因此，我把演绎人物情感作为塑造人物形象的主要手段。正所谓情由心生，以情感人，把握好抒情点是这个戏的关键。所以，我把重点放在了第五场"诉情"和第六场"鸣冤"这两场戏上。

"诉情"一场很能表现蕙兰既善良又坚强的人物个性，也体现了她面对复杂场面的情绪变化。整场戏的情节讲述王老吉被何永昌陷害，官商勾结将王老吉打入监牢，蕙兰前往探监。一开始我是带着能和王老吉平安回家的希望出场的，因为蕙兰已经去府衙告状申冤，她相信府台大人能够公正断案。当见到披枷戴锁的王老吉时，她还天真地安慰王老吉，府台大人很快就可以放他出狱。但得知何永昌串通府台，要处死王老吉，蕙兰对官场黑暗、府台颠倒黑白充满愤怒，发出了"就算是粉身碎骨，也要为你讨个清白"的决心。当老衙差告知的"辰时出门，午时问斩"，以及看到了摆在眼前的上路饭、断肠酒，此时我的表演是魂不附体。当我慢慢回身，看到了放在地上的饭和酒，突然快步走向王老吉，说出了"今晚我就要在这里与阿吉哥拜堂成亲"。

在这段诉情的戏里,根据剧情表演的需要,我把唱腔的节奏和旋律分为三种情感去表现蕙兰复杂的心理情感。一、抒情:"半壶断肠酒,斟满杯一双。与哥交杯饮,冷暖与哥尝。再把枷锁作连理衣装,不见高堂来把礼仪享,只剩下夫妻对拜恩义绵长……"我凝视着王老吉,慢慢"推磨",然后用声音营造出悲痛的情景。二、激情:当听到王老吉说不忍拖累我时,我抱着王老吉撕心裂肺地说"不是你拖累我,而是我拖累你",然后一段快中板表明了蕙兰对王老吉坚贞不渝的爱。三、悲情:这场戏的

最后,王老吉担心死后凉茶秘方失传,要蕙兰记下"汤头歌",蕙兰却以拜堂成婚作为条件,王老吉无奈之下只能一边传授药方一边与蕙兰拜堂。这时是整场戏的高潮,引起了全场观众的共鸣。著名川剧表演艺术家周慕莲说:"别人哭出来的是泪,演员哭出来的是戏。"她一语道破了戏曲的情感体验,既要忘我,又要有我。所以到最后我用了不同的哭声,有抽泣、哀哭、哭喊,通过这些声腔表现蕙兰此时此刻苍凉凄楚、生离死别、悲痛难忍的复杂情感。

"鸣冤"一场讲述了蕙兰不顾民告官先要重责四十杖的危险,冒死向钦差林则徐告状,终于使王老吉化险为夷。这场戏作者没有赋予蕙兰太多的唱腔,而是用了大量口白和白榄去表现蕙兰在公堂上面对钦差林则徐的质疑,充分体现了蕙兰的勇敢和智慧。在刚看剧本的时候,我被这大量的口白吓住了,不知道怎样去表现这个人物,在戏曲艺术传统中有"千斤白,四两唱"的说法。在念白中要表达感情,把台词念得有感情,有感染力,重点在于研究人物。所以我对剧本中蕙兰的每句话进行推敲琢磨。例如林则徐说要将王老吉收监问斩上刑架时,我用了戏曲的跪步喊出了"大人你一定是受人蒙蔽了!"为了加强这句话的分量,我重复了几个"你"

字,"蒙蔽了"这三个字也把它稍微拖长。在念白榄"三件事证明大人受人蒙蔽","其一,王老吉被贼人掳去……;其二,王老吉开的凉茶铺就在城里……;其三,有人告知大人水匪偷运鸦片……;如此三项,足以证明大人受人蒙蔽!"时,我通过语调的快慢缓急,抑扬顿挫,增强了这段白榄的节奏感,表达了蕙兰当时激昂、悲愤的情感。

以上是我演《凉茶王传奇》蕙兰一角的点滴体会。不揣浅陋,在此坦陈如上,还请同行和专家不吝指教。

(原文载《南国红豆》2015年第三期)

粤剧《杨翠喜》观后感

Evelyn

《杨翠喜》以清末的真实事件"杨翠喜案"——段芝贵以戏子换巡抚之职为创作背景,讲述了旅津广东人刘明德与著名歌伎杨翠喜相恋、与权贵抗争的爱情故事。本剧的爱情主题是全新编创的故事,加入了刘明德这个虚构的人物,虚实结合地串起了真实的历史以及《杨翠喜》这首粤曲小调。

杨翠喜,天津大观园歌伎,被庆亲王奕劻之子载振所喜,天津巡警局总办段芝贵借此重金献伎以投其所好,被破格提升为黑龙江巡抚,权色交易,举国哗然,御史赵启霖冒死上奏,慈禧震怒下旨彻查,并在《大公报》登载御旨公布结果。杨翠喜以歌伎这个不登大雅之堂的身份,卷入了被称为"丁未风潮"的历史事件而青史留名。其实,这只是清廷高层以袁世凯为首的北洋派及以瞿鸿禨为首的清流派的朋党之争的一个缩影。本剧序幕中,慈禧出现在画外音中,命载振前往东三省查勘边务,舞台上三个角色分属两派,简单的几句话,便可看出派系之争的暗流涌动,为之后清流派上奏段芝贵献贿埋下伏笔。第一折便是段芝贵下聘,段芝贵攀附权贵的谄媚,载振强夺民女的纨绔,杨翠喜的奋力抗争,刘明德的鼎力相救,一场戏便交代了所有的人物关系,奠定了全剧的悲情基调。及后杨翠喜以一己之身换取刘明德的自由,刘明德求访瞿鸿禨,正是送上门的绝佳的扳倒北洋派的良机。看似一个可歌可泣的爱情故事,实则是朋党纷争的傀儡戏。强纳杨翠喜为妾、以莫须有之名将刘明德下狱,这些对百姓而言是牵涉生命与尊严的大事,在权贵阶层看来无非是自己争权夺利的一个手段罢了,这或许也是本剧悲剧性的其中一个所在。

本剧不仅故事蓝本源于真实人物杨翠喜,其剧名也暗含了剧中的主旋律为广东著名小调《杨翠喜》之意。以高胡领奏的主题,带有广东音乐独特的悠扬、婉转又略带一点忧伤的韵味。其实关于《杨翠喜》的旋律,最为人所知的应该是《分飞燕》这首粤曲小调。《杨翠喜》可考证最早出于1934年广东音乐家丘鹤俦编的一本《国乐新声》的乐谱,作者不详,原歌词散佚,后苏翁用《杨翠喜》的旋律重新填词命名《分飞燕》,最终使其广为传唱。本剧将《杨翠喜》的作者赋予了一个虚

构的人物即男主角刘明德,为杨翠喜真实经历的空白处做了一番独特的注解,同时男女主角的故事也暗含了"分飞燕"的主题。

  杨翠喜还为人津津乐道的,可能是她和李叔同的一段情。许多传说故事,都认为李叔同因感情受挫,最终看破红尘。但也有一些考据认为,李叔同离开天津两年后,杨翠喜才来到天津,二人本不应有交集。可是真实的事件,已湮灭在历史的洪流中,人所乐道的,皆因李叔同留下了两首《菩萨蛮·忆杨翠喜》。世人更嗟叹于爱而不得的情感,本剧中刘明德与杨翠喜的爱情悲剧,应是受传说中的李叔同与杨翠喜的故事所启发而创作,劳燕分飞,各奔天涯。

  本剧的舞美不似传统戏曲灯光那样,仅以简单的琥珀色顶光贯串始终,而是吸收了现代戏剧的舞美和灯光的特点,优美而又精致,令人印象十分深刻。如第三场"定情",右侧的明式椅及中式屏风,和后面的园林景观幕布,二者结合仿佛一幅画卷展示在观众眼前。但部分场景的处理仍值得商榷,感觉一味突出"美"而忽略了与剧情的适当融合。比如序幕交代的是慈禧安排载振勘查东三省边务,实则暗含两派对峙之意，但幕启时观众看到的是背景如漫天星光的帷幕，美则美矣，却与剧情所反映的情势不符。又如，第二场"构陷"中，段芝贵出场时灯光效果是粉色和蓝色相间的顶灯，的确很美，但这样的灯光设计若烘托爱情会更加合适，而显然并不适合密谋。

本剧全由年轻演员担纲，青春气息浓厚，但部分演员在演技上还需要打磨，比如段芝贵，有些拿腔拿调，表演痕迹重，并没有很自然地展现出一步登天的走狗形象。男女主角基本上演绎得还可以，两人相约逃难的一场戏，充分展示了戏曲以虚拟实的表演手法，让人想起了《梁祝》的"十八相送"一场。

本剧依托真实的历史事件和传唱甚广的粤曲小调创作，尽管是悲剧却也有一个圆满的结局，歌颂了爱情的美好和女性的坚强。但剧中表现的杨翠喜是一个勇于抗争、勇于争取自身权益的新时代女性，而作为历史上的真实人物，歌伎出身的杨翠喜，即使有很高的出场费，仍然是一个无法主宰自身命运的社会底层凄苦女子。本剧以现代人的眼光讲旧时的故事，在教化民众的角度，固然并无不可，但以新编的爱情为主线，两派斗争只是穿针引线地起辅助作用，主体的爱情戏则略显俗套。其实历史上的杨翠喜案，本身便极富戏剧性，若能以真实的朋党相争为主线，或许能创作出一部有别于普通爱情剧的戏曲佳作，毕竟流传于世的经典戏曲作品多数以爱情为主题，而少有剧情取胜的。让年轻人在戏曲舞台上也能看到如影视剧般扣人心弦的戏剧冲突，摆脱戏曲"慢"的固有印象，或许也是戏曲发展的一条新道路。

（原文载《南国红豆》2019年第二期）

两看粤剧《初心》：红色主旋律题材作品的戏曲式表达

文 瑶

近几年，红色主旋律题材是国内舞台艺术创作的大热门，从2019年的中国艺术节参评作品便可窥一斑。在同类型题材作品如雨后春笋般涌现的当下，我注意到了由广州红豆粤剧团创排的大型现代粤剧《初心》。广州红豆粤剧团大约于11年前创排的、由梅花奖"二度梅"欧凯明主演的现代粤剧《刑场上的婚礼》曾不止一次让我热泪盈眶。因为《刑场上的婚礼》，因为欧凯明，我两度走进剧场观看粤剧《初心》。一次在2018年的首演，一次在2019年广州艺术节的展演。我惊喜地发现，《初心》的主创和演出团队一如既往的优秀，欧凯明毋庸置疑的出色，作品的舞台呈现观感甚佳。

一、历史事件的戏剧性解读

粤剧《初心》主要讲述了无产阶级革命家、军事家叶挺在北伐战争、南昌起义、广州起义三大历史事件中的动人故事。众所周知，叶挺将军是中国革命史上一位有着卓越功勋的人物，如何令作品既有历史的真实感，又有戏剧的艺术性，是创作该剧的难点。编剧李新华巧妙地选取了北伐战争、南昌起义、广州起义三个重大历史节点，以一个"情"字贯串全剧，在尊重历史事实的基础上，进行戏剧性的历史解读。

《初心》全剧共六场，外加序幕和尾声。其中，"花烛夜""别妻儿"两场展示了叶挺与李秀文的夫妻情，情感处理细腻，满足了传统粤剧观众对生旦戏的欣赏习惯；"向北伐""第一枪""困潮汕"三场重点叙写了叶挺与出生入死的将士们的战友情；第四场"哭兄弟"描写的则是叶挺与张发奎、薛岳二人曾经情同手足的兄弟情。三条情感线交织出叶挺对信仰的情，最终构筑出一位有情感、有情义、有情怀的叶挺将军，可以说叶挺是一个以情字支撑起来的人物。剧中还有大量富有戏剧性的细节，如序幕叶挺、张发奎、薛岳三人为保护孙夫人与敌军拼死一搏的场

面,再如卫生员罗九妹中枪濒死前与警卫员赵汉明成亲的场面等,都充满了戏剧张力,加深了对人物的刻画,凸显艺术效果。

二、现代题材的戏曲式表达

我们知道,现代戏如何得到传统戏曲观众的认可,是现代戏创作的一大难题。在除掉水袖、高靴、袍服之后,现代戏的戏曲身段和表演程式的表达容易变得苍白,甚至有违和感。导演李永志在如何满足传统戏曲观众的审美需求这一问题上,做了十分用心和大胆的尝试。没有水袖,就以"洗绷带"舞展示女性的灵动柔美;没有单头枪,就以拼刺刀作为刀枪把子功的展示,发挥了戏曲的"虚拟性,象征性",充分激发观众的想象力,大幅度强化了作品的艺术性和感染力。全剧最具看点的是"哭兄弟"一场,叶挺在聚义酒馆面对张发奎、薛岳二人的责问,慷慨激昂地回应。剑拔弩张之间,三人围绕一张大酒桌进行了一番唇枪舌剑。这段戏三人以念白为主,稍处理不慎就可能"话剧化"。令人欣喜的是,编剧把很多念白处理成节奏感强的"课子"和"口鼓",导演则借鉴了传统南派粤剧折子戏《武松大闹狮子楼》"狮子楼"的排场运用和"铲台""莲花座""大翻过台"等武功技巧，不仅打开了现代戏戏曲化的另一思路，还激发出粤剧独有的"男性荷尔蒙"，叶挺铁血男儿的形象立于眼前。

　　总体而言，粤剧《初心》作为一台创排仅半年的新编剧目，尽管与《刑场上的婚礼》相比还有一些距离，但作品既保持了传统粤剧的基调，又借鉴和吸收了其他艺术的表现手段，使全剧洋溢着高端大气、质朴高雅的全新艺术气息。

（原文载《南国红豆》2019年第四期）

后记

《沉吟集》是《新华剧作》的第二部，收集了2007年至2018年间创作的8部粤剧剧本。自从参加"广东省粤剧编剧研究生班"三年脱产学习以来，我一直把粤剧创作作为终生从事的职业，正如罗怀臻老师在序言里说的那样：坚守戏曲创作本业！

　　戏剧创作与别的文艺门类创作有所不同，其他文艺门类的创作大都是个体创作，从作者写下的第一个文字开始，到整部作品的完成，都可以是作者一个人的劳动。但戏剧创作不是这样的，因为戏剧的最后实现形式是在舞台，因此除了作者的一度创作，还会有导演的二度创作，以及演员的三度创作，甚至还包括音乐（唱腔）、舞美等方面的创作，这是个集体创作的过程。那么，在一度创作，也就是剧本的创作过程里，就是个体创作了吗？也不一定！现在的剧本创作，在创作的前、中、后几个阶段，总会有各种各样的意见、建议加进来，影响着或者启发着作者的创作。如果作者有足够的定力，以及有兼容并蓄的能力和笔力，那出来的作品一定不会太差。如果作者自己没有定力，就会越改越偏，几轮下来，不成样子。

　　所幸的是，收入本剧作集的8部粤剧剧本，都在不同程度上经过了反复修改，自认为每一稿质量都在不断提高，其中包括与人合作的剧本。在与人合作的过程中，基本上也是我在执笔创作。合作的过程，既是学人所长的过程，也是自我提高的过程。

　　《海心岗》是我创作的第一部大型粤剧，那时候我即将完成为期三年的粤剧编剧研究生班学业，按要求学员要提交一部相对完整的、包含了曲牌板腔的剧本。三年时间，我要从一个完全没有接触过粤剧的行外人，蜕变成一个能够创作完整大型剧本的粤剧编剧，谈何容易？在老师和同学的帮助下，《海心岗》终于完成了剧本创作。但这部剧本到目前为止，仍然没有实现舞台搬演，其中的曲牌、板腔运用还没有得到舞台检验，生涩总是难免的。

　　创作《莫雄将军》的时候，我已经从粤剧编剧研究生班学成回到清远工作。在清远英德的一次采风活动中，我听说了莫雄这个人物，以及发生在他身上的故事，感到惊讶和怀疑：这是真的吗？莫雄真的干了这件影响中国革命进程的大事吗？为什么在主流记载中都没有提及？

通过查找、阅读大量的文史资料，以及其他已经面世的文艺作品如长篇小说《英雄无语》（作者项小米）、同名电影《英雄无语》（宁夏电影制片厂摄制），还有国家安全部、江西省国家安全厅联合制作的《隐蔽战线传奇人物莫雄》纪录片，我终于确信广东英德籍爱国将领莫雄在第五次"围剿"期间，在江西为中共中央送出关于"铁桶计划"绝密情报的史实。莫雄送出的这份情报，最终成为中央红军实施战略转移、开启二万五千里长征最直接、最有力的决策依据！

《莫雄将军》我独立完成了剧本初稿，后来邀请同学楚杏兄加盟。在楚杏兄加盟后，我们又走访了位于英德洽洸的莫雄故居，拜谒了位于英德望埠的莫雄墓道，采访了莫雄后人，调整了剧本的结构和故事走向，于是就有了现在的剧本。从一开始，我就知道这种与现有历史解释不太一致的作品难登舞台，但我还是义无反顾地去挖掘这个题材、书写这个题材，只为最初的那份创作冲动。

由此引发另一个话题：作者到底为谁而创作？

从大的方面来说，当然是在为人民创作、为时代创作。文艺的一个功能就是记录时代、延续文明。又有人说，中国戏曲是角的艺术，编剧是在为演员而创作。

演员中心制也好，导演中心制也罢，没有人会否定剧本作为一剧之本的地位。真正好的剧本，一定是作者内心的真实流露，一定是既可供舞台演出又可以案头阅读的作品，而不仅仅是提供演员表演的"脚本"。时至今日，我们已经看不到万历年间在勾栏瓦舍低吟浅唱的《牡丹亭还魂记》，但丝毫不影响今天我们捧读《牡丹亭》剧本时的那份萌动和激动。400多年过去了，舆图几经换稿，人事多番更替，留下的只有文字的永恒。

由此我坚信：作者是在为自己真实的内心而创作，是在为自己所钟爱的人物形象而创作。除此之外，剧本能不能上舞台、有没有人来搬演，已经变得不再重要。

《青春作伴》《风云2003》和《杨翠喜》已经先后由广东粤剧院排演，《凉茶王传奇》《初心》则由广州粤剧院排演。这两个专业院团，是广东粤剧的双星座，也是行内所说的"省市大班"。而主演我作品的演员，既有丁凡、欧凯明、蒋文端、曾小敏、崔玉梅等这些被称为"大佬倌"的梅花奖得主，又有目前已成为行业中坚的彭庆华、文汝清、陈振江、李嘉宜等新星，还有康健、苏临轩、李钰淇等新秀。而《包公打井》因为院团的原因，虽然改到第八稿，依然未能立上舞台，虽说尚有遗憾，但这样的题材总不致过时，且收入剧作集之中，等待与这个戏有缘的人。

这些年来一直在戏剧圈打滚，越来越感到疲惫和无奈。曾以为剧本的好坏，就是一台戏成功与否的根本，现在才慢慢发现，剧本的力量并没有想象中的那么大。剧本是一剧之本不假，没有剧本，演员演什么呢？导演导什么呢？但好剧本一定就会是一台好戏吗？不一定。烂剧本就不能做出一台"好"戏吗？也不一定。决定一台戏是否能实现舞台搬演、是否走得更远、是否能去"冲奖"，其中因素更多是来自院团的安排以及主演的选择。如果院团不安排演出，主演不喜欢演，再好的剧本、再好的戏也是白搭！而完全属于编剧的自有领地，也只有文字剧本和收集在一起的剧作集了。

《沉吟集》成集之时，我向罗怀臻老师请序。怀臻师是中国当代著名剧作家，创作繁忙，时间宝贵，我还怕老师推搪，没想到他爽快答应。在序文里，怀臻师耳提面命、谆谆教导、评我文稿、启我心智。唯有继续写好戏曲，尤其是粤剧剧本，方能不负期望。

有人说戏曲已经走向式微，也有人说戏曲又迎来了春天，我觉得都不太准确。式微也好，春天也罢，作为一名编剧，我所能够做到的，就是用一部又一部的剧本，去记录自己的心路，还有身处的这个时代。

2021年4月2日于广州